凍てついた痣

カリン・スローター

田辺千幸 訳

NABE

ハーパー
BOOKS

A FAINT COLD FEAR

BY KARIN SLAUGHTER

Published by K.K. HarperCollins Japan, 2021

ＶＳに――
愛と厚意のお礼として

凍てついた痣

おもな登場人物

サラ・リントン――ジョージア州グラント郡検死官。小児科医
ジェフリー・トリヴァー――サラの元夫。グラント郡警察署長
テッサ――サラの妹
エディ、キャシー――サラの両親
フランク・ウォレス――ジェフリーの部下。刑事
マット・ホーガン――同
ブラッド・スティーヴンス――ジェフリーの部下。巡査
レナ・アダムズ――グラント工科大学保安部の警備員。ジェフリーの元部下
チャック・ゲインズ――グラント工科大学保安部の責任者
アンディ・ローゼン――自殺した学生
ジル・ローゼン――アンディの母親。大学のカウンセラー
ブライアン・ケラー――アンディの父親。生物学部の教授
エレン・シェイファー――アンディの第一発見者。大学生
リチャード・カーター――生物学部の准教授
ナン・トーマス――図書館司書
スクーター――大学生
イーサン・グリーン――大学生
メイソン・ジェームズ――グレイディ病院の医師

日曜日

1

サラ・リントンは、妊娠中の妹がチョコレートをかけたアイスクリームのカップを両手にひとつずつ持ち、〈デイリー・クイーン〉から出てくるのを眺めていた。風が吹いてきて、駐車場を歩いているテッサの紫色のワンピースを膝の上までめくる。テッサは、アイスクリームをこぼすことなくスカートを押さえようと悪戦苦闘していて、彼女が車に近づいてくるにつれ、悪態をつく声も次第に大きくなっていく。

サラは笑いをこらえながら、身を乗り出して車のドアを開けた。「手伝おうか？」

「けっこうよ」テッサは車に体をねじこみながら言った。座席に腰をおろし、サラにアイスクリームを手渡す。「笑うのはやめてくれる？」

テッサがサンダルを脱ぎ捨て、ダッシュボードに素足をのせるのを見て、サラは顔をしかめた。ＢＭＷ三三〇ｉを買ってからまだ二週間にもならないのに、テッサはすでに後部座席でグーバーズ（チョコレートでコーディングしたピーナッツの菓子）を溶かし、助手席の敷物にファンタオレンジをこぼした。まもなく妊娠八カ月でなければ、首を絞めていたところだ。

「なんでこんなに長くかかったの?」サラは訊《き》いた。

「おしっこしてた」

「また?」

「〈デイリー・クイーン〉のトイレにいるのが好きだっただけ」テッサは吐き捨てるように言うと、手で顔を仰いだ。「ああもう、暑い」

サラは無言のまま、エアコンを強くした。テッサはホルモンに振り回されているだけだと医者である彼女は承知していたが、それでもテッサを箱詰めにして鍵をかけ、赤ん坊の泣き声が聞こえるまで閉じこめておくのがすべての人にとって最善の策だと思うことがたびたびあった。

「あそこは人が多すぎ」テッサはチョコレートシロップを頬張りながら言った。「まったく、みんな教会かどこかに行っていなくていいわけ?」

「そうね」

「どこもかしこも汚いんだから。駐車場を見てよ」テッサはスプーンを振り回した。「ごみをそのへんに捨てて、だれがそれを拾うのかなんて考えもしない。ごみの妖精が掃除してくれるとでも思ってるのかしら」

サラはもっともだと応じ、携帯電話で話をしていた男性から、十分も列に並んでいながら順番が来たときにまだなにを注文するか決まっていなかった女性まで、〈デイリー・クイーン〉にいたありとあらゆる人にテッサが文句をつけているあいだ、黙ってアイスクリームを食べていた。駐車場を見つめているうちに、テッサの声が遠ざかっていき、待ち受けている忙しい週のことを考えていた。

数年前、ハーツデール児童診療所の共同経営者が引退するにあたり、その権利を買い取る資金を貯《た》めるため、サラは非常勤の郡の検死官として働き始めたのだが、ここ最近は、遺体安置所での仕事のせいで診療所のスケジュールが大変なことになっている。普段は検死官としての仕事にそれほど時間を取られることはないが、先週は裁判に出廷するために丸二日も診療所を留守にしたので、今週はその埋め合わせに残業しなくてはならないだろう。

遺体安置所での仕事は徐々に診療所の時間を侵食していて、数年のうちにはどちらかを選ばなくてはならなくなることがわかっていた。そのときが来たら、選択は難しいものになるだろう。検死官の仕事はやりがいがあったし、アトランタからグラント郡に戻ってきた十三年前にどうしてもやりたかった仕事でもある。法医学が提示する問題に常に向き合っていなければ、脳が退化するような気がしていた。一方で、子供の診察はエネルギーを与えてくれたし、自分の子供が持てないことがわかっていたから子供と触れ合えなくなるのは寂しかった。どちらの仕事を選ぶべきか、サラは日々、揺れていた。一方の仕事で悪いことがあった日は、もうひとつの仕事のほうがよく見えるのだ。

「ほんとにいらつく！」テッサの金切り声にサラは我に返った。「あたしは三十四歳なの。五十歳じゃない。看護師がよくも妊婦にあんなことを言えたもんよね」

サラは妹を見つめた。「なんのこと？」

「あたしが言ったこと聞いてた？」

サラはもっともらしく答えた。「ええ、もちろん聞いていたわよ」

テッサは顔をしかめた。「ジェフリーのことを考えていたんでしょう？」

サラは驚いた。少なくともいまは、元夫のことなどまったく考えていなかった。「いいえ」

「サラ、あたしに嘘《うそ》はつかないでよ。あの看板屋の女が金曜日に署に来ていたのは、町じゅうの人間が見ているんだから」

「彼女は新しいパトカーに字を書いていたの」サラは頬がかっと熱くなるのを感じながら応じた。

テッサは不審そうな表情を浮かべた。「それって、前のときの彼の言い訳だったんじゃなかった？」

サラは答えなかった。仕事から早く帰宅して、地元の看板店の女経営者とベッドにいるジェフリーを見つけた日のことは、いまもありありと覚えている。サラがまたジェフリーとデートしていることにリントン家の人間全員が驚き、いらだっていて、だいたいにおいてサラも同じ気持ちだった。彼とはきっぱりと別れられない気がしていた。ジェフリーのこととなると、分別がどこかに消えてしまう。

テッサが忠告した。「彼には気をつけなきゃだめ。居心地よくさせないことだね」

「わたしはばかじゃないから」

「姉さんは時々、ばかになるもん」

「あら、あなたもね」言葉にする前からばかみたいだと思いながら、サラは言い返した。

エアコンの機械音だけが車内に響いている。やがてテッサが口を開いた。「〝ばかって言うほうがばかなのよ〟って言わなくちゃ」

サラは笑ってごまかしたかったけれど、いらだちが勝った。「テッシー、あなたには関係ないことよ」

テッサの大きな笑い声が耳障りだった。「姉さん、そんな台詞《せりふ》が役に立ったことなんてないから。あの売女《ばいた》がトラックを降りるより早く、マーラ・シムズは受話器を握っているって」

「そんな言い方はやめて」

テッサはまたスプーンを振り回した。「それじゃあ姉さんは彼女をなんて呼んでいるの？尻軽女？」

「なんとも呼んでない」サラは本気で言った。「変な呼び方をしないで」

「へえ、彼女にはふさわしい呼び方があると思うけどね」

「浮気をしたのはジェフリーよ。彼女はただ機に乗じただけ」

「あのね、あたしは何度も機に乗じたことがあるけど、奥さんのいる人を追いかけたことは一度もないよ」

テッサが口を閉じてくれればいいと思いながら、サラは目を閉じた。この話はしたくない。

テッサはさらに言った。「彼女は太ったって、マーラがペニー・ブロックに言ったんだって」

「どうしてあなたがペニー・ブロックと話をしたわけ？」

「彼女のキッチンの排水管が詰まったの」テッサはスプーンをなめながら答えた。大きくなった腹部が邪魔で狭い空間に入れなくなったので、家業である配管工事の仕事を父とともにするのはあきらめたものの、詰まった排水管を直すくらいならいまのテッサにもできる。

テッサが言った。「家みたいに大きくなってるって、ペニーが言ってた」

そんなつもりはなかったのに、勝利感が湧き起こってくるのをどうしようもなかった。だがすぐに、ほかの女性の腰やお尻が大きくなっていくことを喜んだ自分がうしろめたくなった。看板店の女はそれでなくてもいささか脇腹に肉がつきすぎている。

テッサが言った。「姉さん、笑ってる」

そのとおりだった。口を閉じておこうとして、頬が痛くなってきた。「もううんざり」

「いつからうんざりしてるの？」

「自分が……」サラの言葉が尻すぼみに途切れた。「自分が底抜けのばかだって感じ始めてから」

「自分は自分よ、ポパイの言いそうなことだけどね」テッサはプラスチックのスプーンで、紙のカップの内側を大仰にこすっている。今日という日が悪い方向に向かいだしたと言わんばかりに、深々とため息をついた。「姉さんの残りをくれない？」

「いや」

「あたしは妊娠してるのよ！」

「わたしのせいじゃないし」

テッサはまたカップの中身をかき集めている。さらにいらだちを募らせようというのか、足の裏で木目調のダッシュボードをこすり始めた。サラは、姉としての罪悪感がハンマーのように自分を打つのを感じていた。アイスクリームを食べることでそれに抗《あらが》おうとしたが、喉を通らなかった。

「ほら、まったく大きな赤ちゃんなんだから」サラは自分のカップをテッサに差し出した。

「ありがとう」テッサはかわいらしく礼を言った。「あとでまた買わない？　でもそのときは姉さんが買いに行ってね？　豚だって思われたくないし、それに――」テッサは目をぱちぱちさせながら、愛らしく微笑《ほほえ》んだ。「カウンターの向こうにいる子を怒らせちゃったかもしれないの」

「いったいなにをしたら、怒らせたりできるの？」

テッサは無邪気そうにまばたきした。「世の中には傷つきやすい人がいるのよ」

サラは車を降りる理由ができたことにほっとしながら、ドアを開けた。八十センチほど車から離れたところで、テッサが窓を開けた。

「わかってる」サラは言った。「チョコレートを追加ね」

「そうなんだけど、ちょっと待って」テッサは携帯電話の横に垂れたアイスクリームをなめてから、窓の外に突き出した。「ジェフリーから」

サラは砂利の土手に車を進め、石が車の脇に当たる音を聞いて顔をしかめながら、パトカーとジェフリーの車のあいだに止めた。ふたり乗りのオープンカーをより大きな車に買い替えた理由はただひとつ、チャイルドシートを取りつけるためだ。テッサと自然の力のせいで、赤ん坊が生まれるより先にＢＭＷは傷だらけになっているだろう。

「ここ？」テッサが尋ねた。

「そうよ」サラはハンドブレーキをグイッと引くと、目の前の干上がった河川敷を眺めた。

一九九〇年半ば以降、ジョージア州は渇水に悩まされていて、かつては太った怠惰な蛇のように森のなかをのたくっていた大きな川は、ちょろちょろと水が流れるだけの細流になってしまっている。残っているのは乾いてひび割れた川床だけで、かつては人々がそこで釣りをしていたことをサラは覚えていたが、頭上十メートルのところにかかるコンクリートの橋がいまは場違いに見えた。

「あれって死体なの？」テッサは半円を作っている男たちを指さした。

「多分ね」サラはそう答えながら、あそこは大学の敷地なのだろうかと考えていた。グラント郡は、ハーツデール、マディソン、アヴォンデールの三つの市から成っている。グラント工科大学があるハーツデールは郡にとって特に大切な場所だったから、市境の内側で起きた犯罪は最悪だと考えられていた。大学の敷地内となれば悪夢だ。

「なにがあったの？」これまでサラのこちらの仕事に興味を持ったことのないテッサだが、その口調には熱がこもっていた。

「それを見つけるのがわたしの仕事」サラは聴診器が入っているグローブボックスに手を伸ばした。隙間があまりなかったので、テッサのお腹《なか》の上に手をのせる格好になった。サラはしばしそのままでいた。

「まあ、姉さん」テッサがサラの手をつかんで言った。「姉さんのこと、すごく愛してる」

テッサが不意に涙ぐんだのでサラは笑ったが、どういうわけか自分の目頭も熱くなっているのを感じた。「わたしも愛しているわよ、テッシー」サラは妹の手を握り締めた。「車のなかにいてね。それほど長くはかからないから」

車を降りてドアを閉めたサラのところにジェフリーが近づいてきた。襟足のあたりがまだ少し濡《ぬ》れている黒い髪は、きれいにうしろに撫《な》でつけられている。アイロンがけしてある完璧な仕立てのチャコールグレーのスーツの胸ポケットには、金の警官バッジが押しこまれていた。

サラは使い古したスウェットパンツと、レーガン政権時代に白であることをあきらめたTシャツという格好だった。足元は、できるだけ労力をかけずに履いたり脱いだりできるように紐《ひも》を緩く結んだスニーカーを素足に履いている。

「めかしこんでくることはなかったんだぞ」ジェフリーは冗談を言ったが、その声が緊張していることにサラは気づいた。

「どういうことなの？」

「よくわからないんだが、ちょっと疑わしいところが――」ジェフリーは言葉を切り、車に視線を向けた。「テスを連れてきたのか？」

「たまたまあの子が一緒にいて、来たがったものだから……」いまのサラの人生の目標はテッサを満足させておくこと――少なくとも泣き言を言わせないこと――以外に理由を説明できなかったから、サラはそのあとの言葉を呑《の》みこんだ。

ジェフリーは理解したようだ。「彼女と言い争いをしたくなかったわけか」

「車にいるって約束してくれたから」そう言ったとたんに、背後で車のドアが閉まる音がした。両手を腰に当てて振り返ったが、テッサはすでに彼女をいなすように手を振っていた。

「行かないと」テッサは遠くの並木を指さした。

ジェフリーが訊いた。「歩いて家に帰るのか？」

「トイレに行きたいのよ」サラは森に向かって丘をのぼっていくテッサを眺めながら答えた。

ふたりは、籠を抱えているかのようにお腹の下で両手を組み、急斜面をのぼるテッサを見つめた。「彼女があの丘を転がっておりてくるのを見ておれが笑ったら、怒るかい？」

サラは答える代わりに、彼と一緒になって笑った。

「テッサは大丈夫なのか？」

「大丈夫よ。少し運動したほうがいいんだわ」

「本当に？」ジェフリーは心配そうに繰り返した。

「大丈夫」サラは、ジェフリーがこれまで一度も妊婦の近くに一定時間以上いたことがないのを知っていた。彼はおそらく、丘の頂上の林に行き着く前にテッサが産気づくことを恐れているのだろう。妊婦がみんなそれくらい運がいいといいのだが。

サラは現場のほうへと歩きだしたが、ジェフリーがついてこないことに気づいて足を止めた。なにが始まるのかはわかっていたから、心の準備をしながら振り返った。

「今朝はずいぶん早く帰ったんだな」

「あなたは睡眠が必要だと思ったの」サラはジェフリーのほうに戻りながら、上着のポケットからラテックスの手袋を取り出した。「なにが疑わしいの?」

「おれはそんなに疲れていなかった」もしサラが今朝あのまま残っていたら、同じような言い方をしたに違いない思わせぶりな口調だった。

サラは手袋をいじりながら、言うべき言葉を探した。「犬を外に出さなきゃいけなかったの」

「今度から連れてくるといい」

サラはパトカーに鋭い視線を向けた。「あれって新しいの?」興味を引かれたふりをする。グラント郡は狭い町だ。サラは、警察署の前に止められる前から新しいパトカーのことを耳にしていた。

「数日前に来た」

「レタリングが素敵ね」サラは何気ない口調を崩さない。

「そうなんだ」彼が最近身に着けた、ほかになにを言えばいいのかわからないときに口にするいらつく台詞だった。

サラは彼にやり過ごさせるつもりはなかった。「彼女はとてもいい仕事をしたわね」

なにも隠すことなどないと言わんばかりに、ジェフリーの視線は揺るがなかった。浮気などしていないと最後に断言したときの彼と同じ表情でなかったなら、感心したことだろう。

サラはこわばった笑みを浮かべて、繰り返した。「なにが疑わしいの？」

ジェフリーは怒ったように短く息を吐いた。「すぐにわかる」そう言って川のほうへと歩きだした。

サラはいつもの速さで歩いていたが、ジェフリーは彼女が追いつくくらいに歩調を緩めた。彼が怒っているのはわかっていたが、サラは彼の気分に振り回されるつもりはなかった。

サラは尋ねた。「学生？」

「おそらく」ジェフリーの口調はまだぶっきらぼうだ。「ポケットを調べた。身分証明書のたぐいはなかったが、川のこちら側は大学の敷地だ」

「素晴らしいわね」大学保安部の新しい責任者であるチャック・ゲインズがやってきて、彼らがしていることをあれこれと尋ねだすまで、あとどれくらいの時間があるだろうとサラは考えた。邪魔だと言ってチャックを追い払うのは簡単だが、大学を満足させておくことが、グラント郡警察署長であるジェフリーにとってもっとも重要な仕事のひとつだった。

チャックはそれをだれよりもよくわかっていて、可能なかぎり自分の優位な立場を活用した。

サラは、岩に腰かけているとても魅力的な金髪女性に気づいた。隣には、遠い昔にサラの患者だった若いパトロール警察官のブラッド・スティーヴンスがいた。

「エレン・シェイファー」ジェフリーが言った。「森に向かってジョギングしていた。橋を渡ったところで、死体に気づいた」

「それはいつ?」

「一時間ほど前だ。携帯電話で通報した」

「携帯電話を持ってジョギングするの?」どうして驚いているのだろうと思いながら、サラは訊いた。退屈するのがいやで、近頃ではバスルームに行くときも携帯電話を手放せない人間が多いのだ。

「きみが死体を調べたあとで、もう一度彼女から話が聞きたい。さっきはひどく動揺していたんだ。ブラッドが彼女を落ち着かせることができるかもしれない」

「彼女は被害者を知っていたの?」

「そうは見えなかった。多分、間違ったときに間違った場所にいただけだと思う」

たいていの目撃者は同じような不運な目に遭っている。ほんの一瞬見たなにかに、その後死ぬまでつきまとわれるのだ。川床の中央にある死体を見ただけなら、彼女はそれほどの影響を受けないだろうとサラは思った。

「こっちだ」土手に近づくと、ジェフリーはサラの腕を取った。川に向かってくだりの傾斜になっている。地面には雨で削られた道ができていたが、ぬかるんでいて穴だらけだ。

このあたりの川床の幅は十二メートルはありそうだとサラは考えたが、あとでジェフリーがだれかに測らせるだろう。土ぼこりをあげながら死体を目指して歩いていくふたりの足の下の地面は乾いていて、サラはスニーカー越しに砂粒や粘土を感じることができた。十二年前であれば、すでに首まで水につかっていたところだ。

サラは真ん中あたりで足を止め、橋を見あげた。低い手すりのついたシンプルなコンクリートの橋だ。路面から数十センチ下に出っ張りがあって、そこと手すりのあいだにだれかが黒のスプレー塗料で〝死ね　くろんぼ〟という文字と大きなかぎ十字の落書きをしていた。

サラは口のなかが苦くなるのを感じた。嘲るように言う。「なに、あれ」

「まったくだ」ジェフリーもサラと同じくらいむかついている。「キャンパスじゅうにあるよ」

「いつからなの?」落書きは褪《あ》せているように見えたから、数週間前に書かれたものだろう。

「わかるもんか。大学はあんなものがあることすら認めていない」

「認めれば、なにかしなくてはならなくなるからね」サラは指摘し、振り返ってテッサを捜した。「だれが書いたのか、わかっているの？」

「学生だ」再び歩きだしながら、ジェフリーは皮肉っぽく言った。「南部で田舎者や貧乏白人をからかうのは愉快だと考えている、ばかな北部人《ヤンキー》たちだろうな」

「素人の人種差別主義者は大嫌い」サラはそう言ったあと、笑顔を作ってマット・ホーガンとフランク・ウォレスに近づいた。

「やあ、サラ」マットは片手にインスタントカメラを、もう一方の手にそれで写した数枚の写真を持っていた。

ジェフリーの副官であるフランクがサラに言った。「写真を撮り終えたところだ」

「ありがとう」サラはピシッと音をたててラテックスの手袋をはめた。

被害者は橋の真下にうつ伏せに倒れていた。両腕は横に広げられ、ズボンと下着は足首のあたりで丸まっている。その体格と、背中と臀部《でんぶ》には毛がなくて滑らかなところから判断するに、おそらく二十代の若い男性だと思われた。金色の髪は襟までの長さがあり、後頭部で左右に分かれている。血が飛び散っておらず、肛門《こうもん》からなにかの組織が飛び出していなければ、眠っていると思われたかもしれない。

「なるほどね」サラは、ジェフリーの懸念を理解した。

形式的ではあったが、サラは膝をついて死んだ若者の背中に聴診器を当てた。手の下で肋骨《ろっこつ》が動くのが感じられる。鼓動は聞こえない。

聴診器を首にかけて死体を調べ、わかったことを並べていく。「強制された肛門性交の場合に生じるような傷は見られない。打撲や裂傷はない」彼の両手と手首に視線を移す。左腕は妙な具合に曲げられていて、前腕にピンク色の醜い傷痕が見えた。その形状からして、四カ月から六カ月前にできた傷のようだ。「縛られてはいなかった」

ほかに怪我《けが》をしていないかどうかを確かめるため、サラは若者が着ている濃い緑色のTシャツをまくりあげた。脊椎のいちばん下に長いひっかき傷がある。皮膚がめくれているが、出血するほどではなかった。

「なんだろう?」ジェフリーが訊いた。

サラはなにも答えなかったが、そのひっかき傷はどこか妙に感じられた。

横に動かそうとして右脚を持ちあげたところで、足首から先がついてきていないことに気づき、サラの手が止まった。ズボンの裾から手を入れて足首の骨から脛骨《けいこつ》、腓骨《ひこつ》と探っていく。オートミールが詰まった風船を握っているようだった。反対の脚も確認したが、同じ状態だ。ただ骨が折れているだけでなく、粉砕されている。

車のドアが閉まる音が数回聞こえ、ジェフリーが小声で「くそっ」とつぶやいた。

数秒後、チャック・ゲインズが斜面に足を取られないようにしながら土手をおりてきた。黄褐色の警備員の制服は胸のあたりがきつそうだ。サラは小学校の頃からチャックを知っていて、当時、彼女の身長から成績のよさ、赤い髪まで、あらゆることを情け容赦なくからかっていた彼を校庭で見かけたときと同じように、いまもまた不快感を覚えていた。

チャックの隣には、その華奢《きゃしゃ》な体格には少なくとも二サイズは大きい同じ制服を着たレナ・アダムズがいた。ズボンがずり落ちないようにベルトで止め、アビエーターのサングラスをかけ、つばの広い野球帽に髪をたくしこんだその姿は、かっこつけて父親の服を借りてきた幼い男の子のようだ。土手で足を踏み外し、ずるずると下まで尻で滑り落ちてきたものだから、なおさらそう見えた。

助け起こそうとしたフランクを、ジェフリーが厳しい表情で制した。レナは七カ月前まで警察官――彼らの仲間――だった。ジェフリーは辞めたレナを許しておらず、自分の部下たちが彼女を許すことも認めないと決めていた。

「くそ」チャックの最後の数歩は駆け足になった。涼しい日だったにもかかわらず、唇の上にうっすらと汗をかいていたし、土手をおりてきたせいで顔は赤らんでいる。よく筋肉のついた体つきだが、なぜか不健康そうな印象を受けた。いつも汗をかいていて、薄い脂肪の層のせいで皮膚が膨張しているように見えた。顔は月のように丸く、目は少しばかり大きすぎる。それがステロイドのせいなのか、それとも下手なウェイト・トレーニングのせいなのかはわからなかったが、いまにも心臓発作を起こしそうだとサラは思った。

チャックは「やあ、赤毛」と言いながら、サラに向かっていやらしくウィンクをしてから、ぽってりした手をジェフリーに差し出した。「元気かい、署長？」

「チャック」ジェフリーは渋々彼の手を握った。レナに一瞥《いちべつ》をくれてから、被害者に視線を戻す。「一時間ほど前に通報があった。サラはたったいま来たところだ」

サラは言った。「こんにちは、レナ」

レナは小さくうなずいたが、濃いサングラスの下の表情は読み取れなかった。ふたりのそのやりとりをジェフリーが面白く思っていないことは明らかで、ほかにだれもいなかったなら、彼がすべきことをサラが教えてやっていただろう。

チャックは自分の権限を知らしめるかのように、両手を打ち合わせた。「どういうことなんだ、ドク？」

「おそらく自殺」サラは、〝ドク〟と呼ぶのはやめてくれといったい何度チャックに頼んだだろうと思いながら言った。〝赤毛〟と呼ぶのはやめてほしいと頼んだ回数には及ばないだろうが。

「そうなのか？」チャックは首を伸ばして死体を眺めた。「楽しんでいたように見えないか？」死体の下半身を示す。「おれにはそう見えるぞ」

サラは無言でしゃがみこんだ。どうやってこの男に耐えてきたのだろうと思いながら、もう一度レナに目を向ける。レナは一年前のいま頃妹を亡くし、その後捜査中に恐ろしい目に遭った。レナ・アダムズを嫌いな理由ならいくらでも思いつくが、だれであれ、チャック・ゲインズと一緒に働くのは気の毒だ。

チャックは、だれも自分に注意を払っていないことに気づいたらしい。もう一度手を打つと、命令をくだした。「アダムズ、周辺を調べろ。なにか見つかるかもしれない」

驚いたことにレナは黙って従い、下流へと歩きだした。

サラは手で陽射《ひざ》しを遮りながら、橋を見あげた。「フランク、あの上に行って、書き置きかなにかを探してもらえる？」

「書き置き？」チャックが繰り返した。

サラはジェフリーに向かって言った。「彼は橋から飛び降りたんだと思う。そして足から着地した。靴底の模様が泥に残っているのがわかるでしょう？　その衝撃でズボンがずり落ちて、脚の骨のほとんどが折れた」サラはジーンズのうしろのタグを見てサイズを確かめた。「ぶかぶかだし、あの高さから落ちたときの衝撃はかなりのものよ。出血は腸がちぎれたせいだと思う。直腸の一部が裏返しになって肛門から押し出されているのが見えるでしょう？」

チャックが低く口笛を吹いたので、サラはなにかを考える間もなく彼に視線を向けた。橋の下の人種差別的な言葉を読む彼の唇が動いている。彼は露骨な笑みを浮かべて、サラに訊いた。「妹は元気か？」

ジェフリーの顎に力が入り、ぐっと歯を噛《か》みしめたのがわかった。テッサの子供の父親であるデヴォン・ロックウッドは黒人だ。

「元気よ、チャック」サラは挑発に乗るまいとした。「どうしてそんなことを訊くの?」

チャックは、自分が橋を見ていることをサラに気づかせようとして、再び笑った。

高校生の頃から彼が少しも変わっていないことに愕然《がくぜん》としながら、サラはチャックを見つめ続けた。

「腕の傷だが」ジェフリーが口をはさんだ。「最近のもののようだ」

サラは無理やり被害者の腕に視線を移したが、怒りで喉が詰まったようになっていた。

「ええ」

「ええ?」ジェフリーは明らかに別のことを尋ねている。

「ええ」サラはその言葉で、自分のことは自分で始末をつけると彼に伝えた。気持ちを落ち着けるように大きく息を吸ってから答える。「おそらく意図的に橈骨《とうこつ》動脈を切ったんだと思う。病院に運ばれたはず」

チャックは突然、レナの動きに興味を抱いたようだ。「アダムズ!」声を張りあげる。

「あっちを調べろ」レナが向かっていたのとは反対方向の橋の向こう側を指さした。

サラは死んだ若者の腰に両手を当て、ジェフリーに頼んだ。「ひっくり返すのを手伝ってもらえる?」

ジェフリーが手袋をつけるのを待つあいだ、サラは森のほうに視線を向け、テッサの姿テッサが車に戻っていたことに感謝した。今回ばかりは、見当たらない。を捜した。

「いいぞ」ジェフリーは若者の肩に手を当てた。

サラが合図を出し、ふたりはできるかぎりそっと死体を仰向けにした。

「ファック」チャックの声が三オクターブほど高くなった。まるで死体がいきなり燃えあがったかのように、あわててあとずさる。ジェフリーは恐怖そのものの表情を浮かべ、さっと立ちあがった。マットはえずくような音をたてながら、背を向けた。

「なるほどね」それ以外に言葉が見つからず、サラはつぶやいた。

被害者のペニスの裏側は皮がほとんどはがれてしまっている。十センチほどの皮膚が亀頭からだらりと垂れさがり、ペニスにはダンベル型のピアスがジグザグ状に並んでいた。

サラは骨盤近くにしゃがみこみ、損傷部分を調べた。皮膚を伸ばして正しい位置に戻し、組織がはがれてしまったぎざぎざの断面を確認していると、だれかが歯と歯のあいだから息を吸いこむ音が聞こえた。

最初に口を開いたのはジェフリーだった。「いったいそいつはなんだ?」

「ボディピアスよ。フレナム・ラダーって呼ばれている」サラは金属のスタッドを示した。

「これはかなりの重さがある。衝撃で皮膚が引っ張られて、靴下みたいに脱げたのね」

「ファック」チャックは損傷部分をまじまじと見つめながら再び言った。

ジェフリーは信じられないような顔をしている。「自分でやったんだろうか?」

サラは肩をすくめた。性器ピアスがグラント郡で当たり前のことだとは言えないが、ピアスが原因の感染症は診療所でそれなりに診ていたから、この手のことが行われているのは承知していた。

「なんて、こった」マットは背を向けたまま、泥を蹴った。

サラは若者の鼻につけられた細い金の輪のピアスを示した。「ここの皮膚は厚いから、はずれなかったのね。眉は……」サラは地面を見まわし、死体が落ちたあたりの粘土に刺さっていた金の輪を見つけた。「落下の衝撃で留め金がはずれたんでしょう」

ジェフリーは胸を指さした。「あれは?」

ふたつに裂けた右の乳首から五センチほど下まで、細い血の筋ができている。サラはおそらくここだろうと考え、ジーンズのウエスト部分を引っ張りおろした。ファスナーとジョージアナボクサーの下着のあいだに、三つめの金の輪が引っかかっていた。「乳首ピアス」サラは輪をつまみあげた。「これを入れる袋はある?」

ジェフリーは紙製の小さな証拠保全袋を取り出して開き、嫌悪感も露《あら》わに尋ねた。「これだけか?」

「おそらく違う」

サラは親指と人差し指を若者の顎に当て、力を入れて口を開けさせた。切らないように注意しながら、指を慎重に口のなかへと差しこんでいく。

「舌にもピアスがあったはず」舌に触れながらジェフリーに告げる。「先がふたつに割れている。解剖台にのせればわかるけれど、舌のピアスは喉の奥でしょうね」

サラは手袋をはずしてしゃがみ、ピアスをしている箇所ではなく彼の全身を眺めた。鼻から滴ったものと口のまわりに溜《た》まった血の跡がなければ、見た目は普通の若者だ。滑らかな顎に赤みがかった金色のヤギひげを蓄えていて、細長いもみあげは輪郭に沿って伸びる多色の毛糸のようだ。

もっとよく見ようとして一歩前に出たチャックの口が、あんぐりと開いた。「くそっ。こいつは――くそっ……」彼は自分の頭を叩《たた》いた。「名前は思い出せない。母親が大学で働いている」

それを聞いたジェフリーが肩を落としたのがわかった。これで事態は十倍ほどもややこしくなった。

橋の上からフランクが叫んだ。「書き置きがあった」

探してほしいとフランクに頼んだのは自分だったにもかかわらず、それを聞いてサラは驚いた。これまで自殺はたくさん見てきたが、この現場はなにかがおかしい感じがする。心のなかを見通しているかのように、ジェフリーはサラをじっと見つめていた。「飛び降りたとやっぱり考えている？」

サラはその質問をはぐらかした。「そう見えるでしょう？」

ジェフリーは一拍の間を置いてから告げた。「周辺を徹底的に調べよう」

チャックが手伝おうと声をあげたが、ジェフリーはさらりとそれをいなした。「チャック、きみはマットとここに残って、若者の顔の写真を撮ってくれないか？　死体を発見した女性に見せたい」

「えーと……」チャックは断る理由を探しているようだ。ここに残りたくないのではなく、ジェフリーから命令されるのがいやなのだ。

ジェフリーはようやくこちらに向き直ったマットに合図を送った。「写真を撮れ」

マットはぎくしゃくとうなずいたが、被害者を見ることなくどうやって写真を撮るのだろうとサラは考えた。一方のチャックは死体から目を離すことができずにいる。死体を見るのはおそらくこれが初めてなのだろう。彼の人となりはよくわかっていたから、サラはその態度に驚きはしなかった。その顔に浮かんだ様々な表情は、映画を観《み》ていた人間のもののようだ。

「ほら」ジェフリーが手を貸してサラを立たせた。

「カルロスにはもう連絡してある」遺体安置所の助手のことだ。「すぐに来るはずよ。解剖すれば、もっと詳しいことがわかる」

「そうか」ジェフリーはマットに告げた。「顔がはっきりわかるようにするんだ。フランクがおりてきたら、車まで来るように言ってくれ」

マットはまだあまり口がきけないのか、敬礼しただけだった。

サラはポケットに聴診器を押しこむと、ジェフリーと並んで川床を歩きだした。テッサがいることを確かめたくて、車を見あげた。日光が斜めに当たっているせいで、フロントガラスはきらきら光る鏡のようになっている。

チャックに声が聞こえない距離まで離れたところで、ジェフリーが訊いた。「なにを黙っていた？」

自分が感じたことをどう言葉にすればいいのかわからず、サラはためらった。「なにかおかしい気がするの」

「チャックのせいじゃないのか」

「違う。チャックはいやな奴《やつ》よ。三十年前から知っている」

ジェフリーは笑った。「それなら、なんだ？」

サラは地面に横たわる若者を振り返り、それからもう一度橋を見あげた。「背中のひっかき傷。どうしてあんなところについたの？」

「橋の手すりでこすったとか？」

「どうやって？　手すりはそんなに高くない。おそらく彼はあそこに座って、足を外側に出した」

「手すりの下に出っ張りがある」ジェフリーが指摘した。「落ちるときに、あそこにこすったのかもしれない」

サラは橋を見つめたまま、その状況を想像しようとした。「ばかみたいに聞こえるのはわかっているけれど、もしわたしが飛び降りるとしたら、途中でどこかにぶつかったりしたくない。手すりの上に立って、出っ張りから遠ざかるようにジャンプするわ。なんにもぶつからないように」

「出っ張りまでじりじりとおりたのかもしれない。そのときに、橋のどこかで背中をこすったのかも」

「皮膚を探してみて」サラは言ったが、どういうわけかなにも見つからないことがわかっていた。

「足から着地したというのはどうなんだ？」

「あなたが思うほど珍しくはないのよ」

「彼は目的があってしたんだと思うか？」

「飛び降りたこと？」

「あれだ」ジェフリーは自分の下半身を示した。

「ピアス？　しばらく前にしたみたいね。きれいに治っているから」

ジェフリーは顔をしかめた。「なんだってあんなことをするんだろう？」

「性感が高まると言われている」

ジェフリーは懐疑的だった。「男の?」

「女もね」サラは答えたものの、考えただけで身震いした。

サラはテッサの姿が見えることを祈りながら、もう一度車に目を向けた。そのあたりの様子はよく見える。ブラッド・スティーヴンスと発見者以外、そこにはだれもいなかった。

ジェフリーが言った。「テッサはどこだ?」

「わかるはずないでしょう」サラはいらだって答えた。テッサを連れてくるのではなく、家に連れて帰るべきだったのだ。

「ブラッド」ジェフリーは車に向かって歩きながら、呼びかけた。「テッサは丘から戻ってきたか?」

「いいえ、サー」ブラッドが答えた。

サラは丸くなって寝ているテッサがそこにいることを期待しながら、後部座席をのぞきこんだ。車は空だった。

ジェフリーが言った。「サラ?」

「大丈夫」テッサはおそらく一度戻ってきたけれど、また丘をあがらなくてはならなくなったのだろうとサラは思った。この数週間、赤ん坊はテッサの膀胱《ぼうこう》の上でタップダンスを踊っている。

ジェフリーが提案した。「おれが捜しに行こうか?」

「きっとどこかに座りこんで、休憩しているんだと思う」

「本当に？」

サラは手を振って彼を黙らせると、テッサと同じ道をたどって丘をのぼり始めた。大学の学生は、町の一方の端から端まで通じている森のなかの道をよくジョギングしている。東に一・五キロほど行けば、児童診療所がある。西に進めば高速道路で、北に行けば町の反対側、リントン家の近くに出る。テッサがだれにも告げないまま歩いて家に帰っていたら、殺してやるとサラは心に決めた。

勾配は思っていたよりも急だったので、サラは丘をのぼりきったところで足を止めて呼吸を整えた。あたりには落ち葉のようにごみやビールの空き缶が散乱している。駐車スペースを振り返ると、ジェフリーが死体を発見した女性に話を聞いていた。ブラッド・スティーヴンスが手を振ったのでサラも手を振り返しながら、丘をのぼったわたしが息を切らしたのだから、テッサはぜいぜいあえいだはずだと考えた。再び丘をおりる前に息を整える必要があっただろう。野生の動物に出くわしたかもしれない。陣痛が始まったのかもしれない。そう考えたサラは森のなかの踏み慣らされた道を歩き始めた。数メートル進んだところであたりを見まわし、妹の存在を示すものを探す。

「テス？」怒るまいとしながら妹の名を呼ぶ。おそらくテスは歩きまわっているうちに、時間が過ぎるのを忘れてしまったのだろう。数カ月前、手首がむくんで金属製のバンドができなくなってから、彼女は腕時計をつけるのをやめている。

サラは森の奥深くへと進み、さらに声を張りあげた。「テッサ？」

天気のいい日だったにもかかわらず、からませて遊んでいる子供の指のような高い木の枝が光をほとんど遮断していたので、森のなかは暗い。それでもサラは、そうすることでもっとよく見えるとでもいうように、手で目の上にひさしを作った。

「テス？」サラはもう一度呼びかけ、二十数えるまで待った。

返事はない。

風が頭上の木の葉をざわめかせ、サラはうなじがぞわりとするのを感じた。むき出しの腕をこすりながら、さらに数歩進んだ。五メートルほど先で、道が枝分かれしていた。どちらに行くべきだろう？　両方ともよく使われているようだったし、土の上にテニスシューズの靴跡が重なり合って残されているのがわかった。膝をついて、うねのあるZ字形の靴跡のなかにテッサのサンダルの平坦《へいたん》な跡はないかと目を凝らしていると、背後で物音がした。

サラはぎくりとした。「テス？」だがそれはアライグマで、サラが驚いたのと同じくらい、サラを見て驚いていた。数秒間見つめ合ったあと、アライグマは森の奥へと逃げこんでいった。

サラは立ちあがり、両手についた土を払った。分かれ道を右へと歩きだしたものの、すぐに枝分かれしているところまで戻り、どちらの道を選んだのかを示す矢印を靴のかかとで土の上に描いた。描き終えたとたんにばかみたいな気持ちになったが、無駄な用心だったとテッサを車に乗せて帰るときに笑えばいい。

「テス?」さらに進みながら、低く伸びている枝から小枝を折った。「テス?」再び呼びかけ、足を止めて待ったが、やはり返事はない。

前方で小道がわずかにカーブし、再び枝分かれしているのが見えた。ジェフリーを呼びに行こうかどうしようかと迷ったが、やめた。そんなことを考えた自分にあきれながらも、心の奥底では恐怖を抑えつけることができずにいた。

サラはテッサの名前を呼びながら進んだ。分かれ道までやってくると、また目の上に手でひさしを作って、両方を眺めた。小道はカーブを描きながら双方向に遠ざかっていて、右に伸びる道は二十五メートルほど先で鋭く曲がっている。このあたりの森はいっそう暗く、なにかを見るためには目を凝らす必要があった。左の道に印をつけようとしたところで、目に映った映像が脳に届くまで時間がかかったみたいに、頭のなかでなにかが点滅した。右の道に視線を向けると、急カーブの直前に妙な形の石が見えた。サラは数歩そちらに進み、その石がテッサのサンダルであることに気づくと、駆けだした。

「テッサ!」拾いあげたサンダルを胸に押し当て、半狂乱で妹の姿を捜す。めまいがして、サンダルを取り落とした。ずっと抑えつけていた不安が一気に満開の恐怖となって襲ってきて、喉が締めつけられた。前方の開けた空間に、片手をお腹に当て、もう一方の手を横に伸ばした格好でテッサが仰向けに倒れている。頭は妙な角度に曲がり、唇はわずかに開き、目は閉じていた。

「嘘――」サラは妹に駆け寄った。その距離は六メートルもなかったはずだが、一キロほどにも感じられた。走っているあいだに百万もの可能性が脳裏をよぎったが、サラが目にしたものはそのどれでもなかった。

「ああ、神さま」膝から力が抜け、サラは地面にへたりこんだ。「嘘よ……」

テッサは少なくとも腹を二度、胸を一度刺されていた。一面血だらけで、濃い紫色のワンピースは濡れて黒く変色している。サラは妹の顔を見た。頭皮がはがれて、その一部が左目にかぶさっていた。組織の内側の鮮やかな赤色が血の気のない白い肌と対照的だ。

サラは悲鳴をあげた。「だめ……テス……だめ！」テスの頬に手を当てて、目を開かせようとした。「テッシー？　ああ、どうしよう、なにがあったの？」

テスは反応しなかった。サラがはがれた頭皮を元の位置に戻し、無理やりまぶたを開けて瞳孔を見ようとしても、ぐったりしたままだ。サラは頸動脈《けいどうみゃく》で脈拍を確認しようとしたが、手の震えがひどすぎてテッサの首にぞっとするような血の模様を描いただけだった。サラはテッサの胸に耳を押し当てた。生きている兆候を聞き取ろうとすると、濡れたワンピースが頬に張りついた。

耳を澄ましながら、サラは腹部に目を向けた。赤ん坊に。蛇口から水が滴るみたいに、下側の傷口から血液と羊水が流れ出している。紫色のワンピースの大きな裂け目から、腸の一部が飛び出している。サラはそれを見るまいとして目を閉じ、テッサの心臓のかすかな鼓動が聞こえ、空気を肺に取り込んでいる胸がごくわずかに上下しているのを感じるまで息を止めていた。

「テス？」サラは体を起こし、顔についた血を腕でぬぐった。「テッシー、お願いだから起きて」

背後でだれかが小枝を踏み、パキンというその大きな音にサラは振り返った。心臓が喉までせりあがっていた。ブラッド・スティーヴンスが驚愕《きようがく》に口を開けて立っていた。数秒間、ふたりは言葉もなく、ただ見つめ合った。

「ドクター・リントン？」ようやくそう言ったときのブラッドの声は、広い空間のなかであまりに小さかった。その表情は、小道を逃げていったアライグマと同じだった。

サラは彼を見つめることしかできずにいた。心のなかでは、ジェフリーを呼んできて、なにかしてと叫んでいたが、言葉にならない。

「助けを呼んできます」ブラッドはどたどたと足音をたてながら、向きを変えて小道を駆けだした。

サラはカーブの先にブラッドの姿が見えなくなると、テッサに視線を戻した。これは現実じゃない。これは恐ろしい悪夢で、じきに目を覚ましてすべては終わる。これはテッサじゃない――子供の頃にいつもそうしていたみたいに、わたしについていくと言い張った妹じゃない。テッサはただ散歩に行っただけ、膀胱を解放する場所を探しに行っただけ。わたしがなにも考えられず、ただ手を握って泣いているあいだ、血を流しながら地面に横たわっているのはテッサじゃない。

「大丈夫よ」サラはテッサのもう一方の手を握ろうとした。なにかが皮膚に張りついているのを感じてテッサの右手を見ると、手のひらに白いビニールのようなものがあった。

「これはなに？」サラは尋ねた。テッサはぎゅっと手を握り締めてうめいた。

「テッサ？」サラはビニールのことを忘れて言った。「テッサ、わたしを見て」

彼女のまぶたが震えたが、開くことはなかった。

「テス？　テス、しっかりして。わたしを見て」

テッサはゆっくりと目を開き、「サラ……」と声を絞り出したが、まぶたがまた震えながら閉じようとした。

「テッサ、目を閉じないで！」サラはテッサの手を強く握って命じた。「感じる？　答えて。手を握っているのを感じる？」

テッサはうなずき、深い眠りからいま不意に目覚めたかのように大きく目を開いた。

「息はできる？」自分の声がパニックのせいで甲高くなっていることにサラは気づいた。

これでは事態を悪くするだけだとわかっていたから、落ち着いた声を出そうとした。「息がしにくかったりする?」

テッサは唇を震わせながら、声に出さずにノーと言った。

「テス? どこが痛い? いちばん痛いのはどこ?」

テッサは答えない。のろのろと片手があがっていき、指先がはがれた頭皮の上をさまよった。ほんのささやき程度の声で尋ねる。「なにがあったの?」

「わからない」サラにわかっているのは、テッサを起こしておかなければいけないということだけだった。

テッサの指が頭皮に触れて皮膚が動いたので、サラがその手をどけた。「なに……?」

テッサの言葉はそこで途切れた。

彼女の頭の近くに、表面に血と髪の毛がこびりついた大きな岩があった。「倒れたときに頭をぶつけたの?」そうに違いないと思いながらサラは尋ねた。「そうなの?」

「あたし……」

「だれかに刺されたの、テス? なにがあったか覚えている?」

テッサの手が腹部へとおりていき、顔が恐怖に歪《ゆが》んだ。

「だめ」サラはテスの手を握り、傷口に触れないようにした。

枝の折れる音がしてジェフリーが駆け寄ってきた。サラの向かい側に膝をつく。「なにがあった？」

彼の姿を見て、サラの目からいきなり涙があふれた。

「サラ？」ジェフリーが促したが、サラは話ができないほど激しく泣いていた。「サラ」ジェフリーが彼女の肩をつかんだ。「サラ、集中しろ。だれがやったのか、見たのか？」

テッサを刺した人間がまだ近くにいるかもしれないことに初めて気づき、サラはあたりを見まわした。

「サラ？」

サラは首を振った。「見てない……見なかった……」

ジェフリーはサラの前ポケットを探って聴診器があることを確かめると、力なく垂れた彼女の手に握らせた。「フランクが救急車を呼んでいる」その声はひどく遠くから響いていたので、サラは彼の言葉を聞いているのではなく唇を読んでいるような気がした。

「サラ？」

サラは感情に呑みこまれて、なにをすべきかを考えられなくなっていた。視界が狭まり、見えているのは血にまみれ、恐怖に怯《おび》え、ショックで目を見開いているテッサだけだ。ふたりのあいだをなにかが行きかっている。絶望的な恐怖、痛み、押しつぶされそうな不安。サラは完全に無力だった。

ジェフリーがもう一度言った。「サラ？」彼女の腕に手をのせる。水がダムから放流されたかのように、サラの聴力が一気に戻ってきた。

ジェフリーは痛みを感じるほど強くサラの腕を握った。「なにをすればいいのか言ってくれ」

どういうわけかその言葉がサラを現実に引き戻した。それでもまだ、言葉が喉に引っかかった。「シャツを脱いで。出血を止めないと」

サラは、ジェフリーが上着を脱ぎ、シャツのボタンを引きちぎるようにして脱ぐのを見ていた。頭が徐々に働き始める。できる。すべきことをわたしは知っている。

ジェフリーが訊いた。「どんな具合だ？」

損傷の程度を口に出せばさらに動揺がひどくなることがわかっていたから、サラは答えなかった。そうする代わりに彼のシャツをテッサの腹に当て、その上にジェフリーの手を置いて、どれくらいの力を加えればいいのかがわかるように「こんなふうに」と言いながら圧迫した。

「テス？」サラは妹のために強くならなければと思った。「わたしを見ていてほしいの、できる？　とにかくわたしを見て、なにかおかしくなったら教えて。いい？」

テッサはうなずき、フランクが近づいてくるとそちらに視線を向けた。

フランクはジェフリーの隣にしゃがみこんだ。「十分以内に救急ヘリコプターが来る」

彼がシャツのボタンをはずし始めたところで、レナ・アダムズが現れた。そのうしろには、体の脇でこぶしを握り締めたマット・ホーガンがいる。

「そっちに向かったはずだ」ジェフリーは森の奥へと続く道を示した。ふたりはなにも言わずに走り去った。

「テス」サラは深さを調べるため、胸の傷を押し開いた。ナイフの刃は心臓ぎりぎりのところを刺していた。「痛いわよね、でも気をしっかり持って。いい？　頑張れる？」

テッサは落ち着きなくあたりを見まわしながら、小さくうなずいた。

サラは聴診器をテッサの胸に当てた。鼓動はせわしないドラムのようだったし、呼吸はスタッカートを刻んでいるみたいだ。胎児の心拍を確認するため腹部に聴診器を当てたときには、サラの手は再び震えていた。腹を刺すことは胎児を刺すことだから、ふたつめの心臓の鼓動が聞こえてこなくてもサラは驚かなかった。傷口から羊水が流れ出たせいで、胎児の防御環境が損なわれた。ナイフが直接胎児を傷つけなかったとしても、血液と羊水が失われれば、間違いなく胎児は損傷を受ける。

サラは、答えることのできない質問を投げかけているテッサの射るような視線を感じていた。テッサがショック状態になったり、アドレナリンが急増したりすれば、心臓は鼓動をいっそう速めて出血が増えるだろう。

「弱いわ」サラはその嘘の奥深さに、胃がひきつれるのを感じた。あえてテッサの目を見つめ、手を取って告げる。「心拍は弱いけれど、でも聞こえているから」

テッサの右手が持ちあがり、腹部へと動いたが、ジェフリーがそれを止めた。手のひらを見つめて尋ねる。

「これはなんだ？　テッサ？　手のなかにあるのはなんだ？」

テッサに見えるように、ジェフリーは彼女の手を持ちあげた。ビニールが風に揺れ、困惑の表情がテッサの顔に広がった。

「犯人のものなのか？」ジェフリーが尋ねた。「きみを襲ったやつの？」

「ジェフリー」サラの声は低かった。彼のシャツは血にぐっしょり濡れて、手首まで赤く染まっている。ジェフリーはサラの言わんとしてることを察してアンダーシャツを脱ごうとしたが、サラは違うと言って彼の上着をつかんだ。そのほうが早い。

圧迫する強さが一瞬変わったせいで、テッサは歯のあいだからうめき声をもらした。

「テス？」サラは再び彼女の手を取り、大声で訊いた。「我慢できる？」

テッサは唇をきつく結んでわずかにうなずいた。懸命に呼吸をしようとしているのか、鼻孔が広がっている。骨がきしむくらい強くサラの手を握った。

「息は苦しくないわよね？」サラの問いにテッサは答えず、うろたえたようにジェフリーからサラへと視線を移した。

サラは怯えが声に表れないようにしながら、もう一度訊いた。「息はできているわね？」もしテッサが自分で呼吸ができなくなったら、サラにはどうすることもできない。

ジェフリーが厳しいけれど落ち着いた声で言った。「サラ?」テッサの腹に当てられた彼の手がこわばっている。「陣痛みたいだ」

サラは小さく首を振りながら、ジェフリーの手の横に手を置いた。子宮が収縮しているのが感じられた。

声を大きくして尋ねる。「テッサ? ここの痛みが強くなっている? 骨盤が痛い?」

テッサは答えなかったが、寒さを感じているかのように歯をかたかた鳴らした。

「子宮口を確かめるわね、いい?」サラは声をかけてから、テッサのスカートをまくりあげた。べたべたした黒いマットのような血液と羊水が、太腿にこびりついている。サラは膣《ちつ》に指を差し入れた。傷を負うと、その反応として肉体は緊張して硬くなるが、テッサの体もそうだった。サラは万力に手を締めつけられているような気がした。

「力を抜いて」サラは子宮頚部《けいぶ》を探りながら言った。ローテーションで産科に行ったのはもう何年も前だし、その後出産に備えて本を読んだとはいえ、知識は著しく不足していた。

それでもサラは言った。「大丈夫。大丈夫よ」

「まただ」ジェフリーがつぶやいた。

サラは彼を黙らせたくて、険しい顔でにらみつけた。彼女も収縮を感じていたが、できることはなにもない。たとえ赤ん坊が生きていたとしても、この状況での帝王切開はテッサの命を危うくするだけだ。ナイフが子宮を切り裂いていれば、病院に着く前にテッサは出血多量で死んでしまうだろう。

「よかった」サラはテッサから手を抜いた。「子宮口は開いていない。問題ないわ。わかった、テス？　問題ないから」

テッサの唇は動き続けていたが、そこから出ているのはあえぐような短い呼吸音だけだった。過呼吸になっていて、低炭酸症を起こしかけている。

「ゆっくりよ、テッサ」サラはテッサに顔を近づけた。「ゆっくり息をするようにして。いい？」

サラは数週間前、同じことをラマーズ法のクラスでやったと思いながら、手本を見せるように深々と息を吸い、ゆっくりと吐き出した。

「そうよ」テッサの呼吸が落ち着き始めた。「落ち着いてゆっくり」

サラが安堵《あんど》したのもつかの間、テッサの顔のあらゆる筋肉がいきなりこわばった。頭が震え始め、まるで音叉《おんさ》のようにサラの手から腕へとその波が伝わっていく。テッサの唇からごぼごぼという音がもれ、透明の液体が細い筋となって流れ出た。目はガラスのように無表情だ。

サラは低い声でフランクに尋ねた。「ヘリコプターの到着予定時刻《ETA》は？」

「もうそれほどかからないはずだ」

「テッサ」サラは脅すようないかめしい声を出した。こんなふうに妹に語りかけたのは、テッサが十二歳の頃、家の屋根ででんぐり返しをしたがったとき以来だ。「テッサ、頑張って。あともう少し頑張るの。聞いている？　しっかりして。気を確かに――」

テッサの体が不意にがくんと引きつったかと思うと、両顎に力がこもり、両目が裏返り、喉が鳴った。その発作はぞっとするほどの激しさで、電流のようにテッサの体をとらえていた。

テッサがこれ以上自らを傷つけないように、サラは自分の体で痙攣《けいれん》を押さえこもうとした。テッサは白目をむいたまま、うめきながら激しく震えている。膀胱が緩み、漏れた尿は強い酸のにおいがした。あまりに強く奥歯を嚙みしめているせいで、首の筋肉がスチール製のコードのように浮き出ていた。

遠くからエンジン音が聞こえ、やがてヘリコプターの独特のローター音に変わった。救急ヘリコプターが頭上にホバリングし、旋回しながら川床におりてくるあいだ、サラは涙をこらえていた。

「急いで。お願い、急いで」

2

離陸するヘリコプターの窓越しにサラの姿が見えていた。祈りを捧《ささ》げているかのように頭を垂れ、胸の前でテッサの手を握っている。ジェフリーにしろサラにしろ、取り立てて信心深いわけではないが、気がつけば彼はテッサが無事であるようにと、だれであれ耳を傾けてくれる存在に祈っていた。ヘリコプターが森の上空で大きく右に旋回するまで、サラを見つめながら声に出さず祈り続けた。ヘリコプターが遠ざかるにつれ、祈りの言葉をつむぐのが難しくなってきて、機体がアトランタのある西に向きを変えたときには、怒りと無力さしか感じられなくなっていた。

ジェフリーは、テッサの手に握られていた白く細長いビニールの断片を見つめた。彼女を襲った人間の手がかりになるかもしれないと思い、ヘリコプターに乗せられる前にその手からむしり取ったのだ。だがいまそれを見つめていると、圧倒的な絶望感に押しつぶされそうだった。彼もサラもこのビニールに触れた。血のついた指紋は残っていなかった。テッサが襲われたことに関係しているとしても、それを知るすべはない。

「署長?」フランクがぽたぽたと血が滴るスーツの上着とシャツをジェフリーに手渡した。

「なんてこった」ジェフリーは警察バッジと財布を取り出しながらつぶやいた。どちらも服と同じくらい血まみれだ。証拠保全袋にビニールの断片を入れて封をした。「いったいなにがあったんだ?」

フランクは無言で両手をあげた。

その仕草にジェフリーはいらだったが、テッサ・リントンの身に起きたことはフランクのせいではないとわかっていたから、浮かんできた厳しい言葉を呑みこんだ。責任がある人間がいるとすれば、それはジェフリーだ。テッサが襲われていたとき、彼はそこから百メートルも離れていない場所で、するべきこともせず立っていたのだ。テッサの姿が車のなかに見えなかったとき、なにかおかしいと感じていたのだし、サラと一緒に捜しに行くべきだったのに。

ジェフリーは証拠保全袋をズボンのポケットに押しこんだ。「レナとマットはどこだ?」

フランクは携帯電話を開いた。

「だめだ」ジェフリーは言った。森のなかでマットの携帯電話を鳴らすのは最悪だ。「十分待て」腕時計を見たが、どれほどの時間がたったのかはわからなかった。「それまでに戻ってこなかったら、こちらから捜しに行こう」

「わかった」

ジェフリーは地面に服を落とし、その上に財布とバッジを置いた。「署に連絡して、六ユニットよこすように言うんだ」

フランクは電話をかけながら尋ねた。「発見者を帰すのか?」

「いいや」ジェフリーは答え、それ以上なにも言わずに車に向かって丘をくだり始めた。

歩きながら、考えをまとめようとした。サラは、自殺になにか疑わしいものを感じていた。そのすぐ近くでテッサが刺されたことで、サラの疑念が正しい可能性が強まった。川床で発見された若者が殺されたのだとすれば、テッサ・リントンは森でその犯人に出くわしたのかもしれない。

「署長」ブラッドは不作法にならないよう、抑えた声で言った。そのうしろでは、エレン・シェイファーが携帯電話で話をしている。

ジェフリーはブラッドをにらみつけた。十分後には、大学にいる全員がなにが起きたかを知っているだろう。

ブラッドは自分の過ちを悟り、顔をしかめた。「すみません」

エレン・シェイファーはふたりのやりとりに気づき、「もう切るわ」と短く告げて電話を終わらせた。

金髪にハシバミ色の目をした魅力的な若い女性で、その言葉にはジェフリーがここしばらく聞いたことがないくらいひどく不快なヤンキーのアクセントがあった。ぴったりしたランニングショーツに、それ以上にぴったりした丈の短いライクラのシャツという格好だ。腰の低いところにCDプレーヤーを入れたベルトをつけていて、臍《へそ》のまわりには複雑なデザインの日輪のタトゥーがあった。

ジェフリーが切り出した。「ミズ・シェイファー――」

シェイファーの声は、ジェフリーが思っていた以上に耳障りだった。「彼女は大丈夫なんですか？」

「だと思います」ジェフリーはそう答えたものの、その質問にはらわたをねじられるようだった。ストレッチャーに乗せられたとき、テッサは意識がなかった。再び目覚めるかどうかはなんとも言えない。彼女と――サラと――一緒にいてやりたかったが、ジェフリーが病院でできることはなにもない。ただ待つだけだ。少なくともここでなら、サラの家族が抱くであろう疑問への答えを見つけられるかもしれない。

「なにがあったのかをもう一度聞かせてもらえますか？」

シェイファーの下唇が震えた。

ジェフリーが促した。「橋から死体を見たんですよね？」

「ジョギングしていたんです。いつも朝に走るんです」

ジェフリーは腕時計を見た。「いつも同じ時間に？」

「はい」

「ひとりで？」

「たいていは。時々は」

本当は彼女を揺すぶって、知りたいことを吐き出させたいところだったが、礼儀正しくしろとジェフリーは自分に言い聞かせた。「いつもひとりで走るんですか？」

「はい。すみません」

「普段からこのコースを？」

「はい、普段から」彼女が繰り返した。「橋を渡って、それから森を走るんです。森のなかに道ができていて……」ジェフリーは知っているに違いないと気づいて、彼女の声が途切れた。

「それで」ジェフリーは話を戻した。「あなたは毎日、ここを走っているんですね？」

エレンは素早く顔を上下に動かした。「いつもは橋で止まらないんですけど、今日はなにか変だったんです。どうして止まったのかわからない」唇をきゅっと結び、考えている。

「普段は鳥の声とか、自然の音がするんです。でも今日は静かすぎた。わたしの言っていること、わかります？」

ジェフリーにはわかっていた。サラとテッサを捜して森を走っていたとき、同じような薄気味悪さを感じていたのだ。聞こえるのは地面を踏みしめる自分の足音と頭のなかでそれ以上に大きく響く心臓の鼓動だけだった。

エレンは言葉を継いだ。「なので、止まってストレッチをしました。それから手すりの向こうをのぞいたら――彼が見えたんです」

「下におりて確認はしなかったんですね?」

シェイファーはばつの悪そうな顔になった。「しませんでした……するべきでしたか?」

「いいえ」ジェフリーはそう答えたあとで、彼女のためを思って言い添えた。「現場を汚染しなくてよかったです」

彼女はほっとしたようだ。「わかったので……」自分の手を見つめ、声に出さずに泣いている。

ジェフリーは、マットとレナがまだ戻ってこないことに不安を覚えて森を振り返った。ヘリコプターの音がいっそう不安をかきたてる。ふたりを森に行かせたのはいい判断ではなかったかもしれない。

シェイファーの言葉に彼の思考が中断した。「彼は苦しみましたか?」

「いいえ」知る由もなかったが、ジェフリーは断言した。「橋から飛び降りたんだと考えています」

彼女は驚いたようだ。「わたしはてっきり……」

ジェフリーは、自分の感情についてあれこれ考える時間を彼女に与えなかった。「あなたは彼を見た。警察に連絡した。それからどうしました?」

「警察官が来るまで、橋の上で待っていました」彼女は恥ずかしそうな笑みを浮かべているブラッドを示した。「それからほかの人たちが来て、わたしは彼と一緒にいました」

「ほかにだれかを見かけませんでしたか？　森のなかで？」

「丘をあがっていく女性だけです」

「ほかには？」

「いえ、だれも」シェイファーはジェフリーのうしろに目をやった。振り返ると、マットとレナが森から出てくるのが見えた。レナは足を引きずっていて、万一転んだときのために両手を横に広げている。丘をおりる際にはマットが手を貸そうとしたが、レナはそれを振り払った。

ジェフリーはエレン・シェイファーに言った。「明日またお話をうかがいます。ご協力ありがとうございました」それからブラッドに告げた。「彼女を寮まで送り届けろ」

「はい、サー」ブラッドが答えたときには、ジェフリーはすでに丘を駆けのぼっていた。

レナとマットに向かって走っていくあいだ、ローファーの足元はひどく滑ったが、レナを森に行かせたことで女性をもうひとり危険な目に遭わせたのだという思いで頭はいっぱいだった。ふたりのところにたどり着いたときには、自責の念に胸を締めつけられるようだった。レナの腕を下から支えて座らせようとした。

「なにがあった？」ジェフリーはオウムになった気分で尋ねた。今日は同じ質問を百万回もしているのに、まだ満足できる答えをひとつも得ていない。「大丈夫か?」「はい」レナはジェフリーの手をさっと振り払い、勢い余って土手を滑り落ちた。フランクが助けようとして彼女の腕を取ったが、レナはその手も振り払った。「やめて、わたしは大丈夫」だが片方の足が地面に触れると、その顔が歪んだ。

男三人は、レナが靴紐《くつひも》をほどいているあいだその場に立ちすくんでいたが、ほかのふたりも自分と同じ気持ちであることがジェフリーにはわかっていた。視線をあげると、マットとフランクはどちらも非難のまなざしを彼に向けていた。レナは森で重傷を負わされていたかもしれないのだ。彼女の身に起きたことは——起きたかもしれないことは——ジェフリーの責任だ。

レナがその場の張りつめた空気を破った。「犯人はまだあそこにいます」

「どこに?」ジェフリーは脈が速まるのを感じた。

「彼は木の陰に隠れて、なにが起きているのかを見ていたんです」

フランクは怒りをこめて「くそったれ」とつぶやいたが、その怒りが犯人に向けられたものなのか、それとも自分になのか、ジェフリーにはわからなかった。

「奴を追いかけました」レナは緊迫した空気に気づかないのか、あるいは無視することに決めたのか、さらに言った。「なにかにつまずいたんです。丸太かもしれない。わかりません。奴が隠れていたところならわかります」

ジェフリーはどういうことなのだろうと考えた。犯人は、テッサに助けが来るまで近くで待っていたのだろうか？　それともホームビデオを眺めるように、ことの成り行きを楽しんでいた？

フランクがとげのある口調でマットに訊いた。「そのあいだじゅう、おまえはどこにいたんだ？」

マットも同じ口調で切り返した。「広い範囲を調べられるように、二手に分かれたんだ。二分後くらいに、走っている彼女が見えた」

フランクはうなるように言った。「そもそも彼女をひとりにするべきじゃなかった」

マットがうなり返す。「おれは手順に従っただけだ」

「ふたりとも」ジェフリーはふたりを止めようとした。「いまはそんなことをしている場合じゃない」再びレナに視線を戻す。「奴は現場の近くにいたのか？」

「はい。小道から五十メートルほどのところです。奴がまだ近くをうろついているかもしれないと思って戻ってみたら、現場の動きがわかるくらい近くでした」

「顔を見たのか？」

「いいえ。彼のほうが先にわたしに気づいたんです。木の陰にしゃがみこんでいました。サラがパニックを起こしているのを見て、喜んでいたのかもしれない」

「憶測はいい」サラの名前を口にしたときの彼女の見下すような調子が気に入らなくて、

ジェフリーは鋭く言った。レナとサラは仲がいいとはとても言えないが、いまは悪意を表に出すときではない。テッサの状態を考えればなおさらだ。

「きみはその男を見た。それで？」

「見てはいません」怒りに火がついたらしく、レナはぴしゃりと言い返した。ジェフリーはボタンを押し間違えたことに気づいたが、手遅れだった。助けを求めてフランクとマットに目を向けたが、どちらの顔もレナと同じくらい険しかった。

「続けてくれ」ジェフリーは言った。

レナは素っ気なく言葉を継いだ。「動くものが見えた。彼は立ちあがって走りだした。なので、そのあとを追いました」

「どっちに向かった？」

レナはすぐには答えず、太陽のある方向を確かめた。「西です。おそらく高速道路のほうに」

「黒人？　白人？」

「白人です」レナはそう答えてから、ふざけたように言い添えた。「多分」

「多分？」火に油を注いでいることはわかっていたが、ジェフリーは自分を抑えることができなかった。

「さっきも言いましたけど」レナは身構えた。「彼は背を向けて走り出したんです。わたしはどうすればよかったんですか？　人種を確かめたいからスピードを落とせって言えばよかったんですか？」

ジェフリーは怒りを呑みこもうとして、つかの間黙りこんだ。「奴はなにを着ていた？」

「黒っぽいものでした」

「コートが？　ジーンズが？」

「ジーンズかもしれないし、コートかもしれない。わかりません。暗かったんです」

「ロングコートか？　それとも短かった？」

「ジャケット……だと思います」

「武器は持っていたか？」

「見えませんでした」

「髪の色は？」

「わかりません」

「わからない？」

「帽子をかぶっていたんだと思います」

「かぶっていたと思う？」瀕死《ひんし》状態で倒れているテッサを見たときから彼のなかで膨れあがっていた無力感が、不意に爆発した。「冗談じゃない、レナ。きみは何年警察官をやっていたんだ？」

レナは、尋問を受けている容疑者がしばしば浮かべるような激しい憎悪の表情でジェフリーをにらみつけた。

ジェフリーはさらに問いただした。「くそったれの容疑者を追いかけていたのに、帽子をかぶっていたかどうかすら答えられないのか？　いったい森でなにをしていたんだ？　花でも摘んでいたのか？」

レナは言いたいことを言ってしまわないようにぐっと奥歯を嚙みしめながらジェフリーをにらみ続けている。

「奴がきみを追ってこなくてよかったよ。あのヘリコプターに怪我人をひとりじゃなくて、ふたり乗せていたところだ」

「わたしは自分の面倒は見られます」

「足首につけたそのちっぽけなナイフで身を守れるとでも思っているのか？」レナの顔に浮かんだ驚きの表情を見て、ジェフリーはうんざりした。彼女にはそれ以上のことを教えていたはずなのに。レナが尻もちをついて土手を滑り落ちてきたときに、足首のナイフが見えたのだ。

「武器を隠し持っていたきみを連行すべきだろうな」

レナはいかにも憎々しげにジェフリーをにらみ続けている。

「その顔をどうにかしろ」

レナは言葉が聞き取りにくいほどぎりぎりと奥歯を嚙みしめた。「わたしはもうあんたの下で働いているわけじゃないよ、くそったれ」

ジェフリーの内側でなにかがはじける寸前だった。視界が研ぎ澄まされ、なにもかもが驚くほど鮮明に見える。

「署長」フランクがジェフリーの肩に手をのせた。自分が愚かしい真似《まね》をしていることはわかっていたから、ジェフリーは引きさがった。地面の上の自分の服とテッサの血が目に入った。その瞬間、すべてが一気に蘇《よみがえ》った。血に染まったサラの頰を伝う涙。持ちあげられたとき、ストレッチャーの脇からだらりと垂れたテッサの腕。

ジェフリーは表情を見られないように彼らに背を向けると、バッジを拾いあげ、気持ちを落ち着ける時間を稼ぐため、下着のシャツの裾で拭いた。

まさにそのとき、ブラッド・スティーヴンスが手のなかで帽子をくるくる回しながら近づいてきた。「なにかあったんですか、署長？」

怒りのあまり、ジェフリーの喉が詰まった。「シェイファーを寮まで送れと言ったはずだ」

「途中で彼女の友だちに会ったんです」ブラッドの顔が蒼白《そうはく》になった。「彼女たちと一緒に帰りたいと言ったんで」澄んだ青色の目が恐怖に見開かれ、口ごもった。「そ、その、そのほうがいいと思って。同じ寮なんです。キーズ・ハウス。問題があるとは――」

「わかった」ブラッドに怒りをぶつけてもいらだちは増すだけだとわかっていたから、ジェフリーは彼を遮り、フランクに告げた。「何人かを高速道路に行かせろ。歩いている人間を捜すように言うんだ。歩いている奴全員だ。上着を着ているかもしれないし、着ていないかもしれない」最後の部分はレナを見ずに言ったが、上着の有無が大きな違いを生むことは彼女もわかっているはずだ。

フランクが言った。「ユニットがいまにも到着する」

ジェフリーはうなずいた。「レナが襲撃者を見た地点までグリッドサーチをするんだ。ナイフを探せ。そこにあるべきではないものならなんでもいい」

「奴は手になにか持っていました」レナは賞金を提供するかのように言った。「白い袋を」

ブラッド・スティーヴンスが息を呑み、全員の視線が集まったことに気づいて顔を赤くした。

ジェフリーが訊いた。「なんだ?」

ブラッドは不安と謝罪の入り混じった口調で答えた。「丘をのぼっていくとき、テッサがなにか拾ったのを見ました」

「なにかとは?」

「ごみかなにかだと思います。彼女はビニールの袋を持っていました。ピッグでもらえるようなやつです」町の食料品店の〈ピグリー・ウィグリー〉のことだ。毎週何千人もがそこで買い物をしている。

ジェフリーは数秒間は口を閉じていろと自分に命じた。テッサの手のなかに見つけたビニールの切れ端を思い出した。ちぎれたビニール袋の取っ手である可能性はおおいにあった。

ブラッドに尋ねる。「テッサはその袋を丘で拾ったのか?」あたりに落ちているごみの多さにジェフリーは初めて気づいた。大学の清掃員は、校舎の近くを整備することにエネルギーのほとんどを費やしている。このあたりはおそらくまったく掃除をしていないだろう。

「そうです、サー。彼女は袋を拾って、丘をあがりながらあれこれとなかに入れていました」

「あれこれとは?」

ブラッドはまた口ごもった。不安になったときだけ、そうなるようだ。「ご、ごみです。包み紙とか空き缶とかそんなものです」

どういうわけか彼の吃音《きつおん》が怒りに再び火をつけたので、ジェフリーは声を荒らげまいとした。「丘をのぼって、なにをしているのか彼女に訊こうとは思わなかったのか?」

「発見者と一緒にいろとあなたに言われましたから」ブラッドの青白い顔に再び赤みがさした。「それに……その……彼女がしていることを邪魔したくなかったので。その、プ、プライベートなことなので」

ジェフリーはマットに向き直った。「このことを無線で流せ。黒っぽい服、おそらく白い袋を持っている」

「彼がごみを盗んだと考えているんですか?」レナは疑わしそうに尋ねた。

マットは携帯電話を耳に当て、ジェフリーの命令を伝えるために数メートルその場から離れた。フランクはレナを見つめていたが、なにを考えているのかはわからない。

ジェフリーはゆっくりと丘をのぼってくるチャックに気づいた。彼が足を止めてかがみこんだのを見て思わず肩に力が入ったが、ただ靴紐を結んでいただけだった。

チャックはジェフリーたちに近づいてきて言った。「死体のそばで、現場を保全していた」

レナは彼を無視してジェフリーに訊いた。「関係があると思いますか?」

これだけのことがあったのにフランクはいま初めてその可能性に気づいたのだと、彼の表情からジェフリーは悟った。彼もいずれ同じ結論に達していただろうが、レナは隊の年上の警察官たちより一歩も二歩も先を行っている。彼女が警察を辞めたあと、ジェフリーがもっとも惜しんでいたのがその頭の回転の速さだった。

レナがもう一度言った。「なにか関係があるはずです」

ジェフリーは彼女を無視した。チャックがその場にいて話を聞いているというだけでなく、レナは七カ月前に警察官を辞めている。彼女はもうジェフリーのチームの一員ではないのだ。

彼はフランクに言った。「書き置きを見せてくれ」

「橋の端に石で押さえてあった」フランクはポケットから折りたたんだノート紙を取り出した。ジェフリーは、書き置きを証拠保全袋に入れていないフランクを叱らなかった。どちらの手も染みを作るくらいには血に汚れている。

ジェフリーは書き置きに目を向けたが、焦点は合っていなかった。

チャックは顎に手を当てて、考えるポーズを作った。「彼が自分で飛び降りたといまも考えているのか？」

「ああ」ジェフリーは大学の警備員を見つめた。チャックは秘密に関しては歩くザルだ。彼がいろいろな人の噂話《うわさばなし》をするのを聞いていたから、信用できないことはわかっていた。

フランクがジェフリーを援護した。「殺人なら、彼を橋から突き落とすのではなく、刺していたはずだ。奴らはこんなふうに手口《MO》を変えない」

「もっともだ」チャックはうなずいたが、一オンスでも知性がある人間ならもっとなにか尋ねていただろう。

ジェフリーは書き置きをフランクに返した。「チームが到着したら、あんたは川の向こう側を頼む。徹底的に探すんだ。わかったな？」

「ああ。川から始めて高速道路まで探すよ」

「頼む」

マットが電話を終えたので、ジェフリーは次の指示を与えた。「メイコンに電話して、犬をよこしてくれるように頼むんだ」

チャックが胸の前で腕を組んだ。「おれの部下たちを――」

ジェフリーは彼を指で突いた。「あんたの部下たちを犯罪現場に近づけるな」

チャックは譲らなかった。「ここは大学の敷地だぞ」

ジェフリーは川床で死んでいる若者を指さした。「大学がすべきなのは、あの若者がだれなのかを突き止めて、母親に告げることだ」

「ローゼンだ。アンディ・ローゼン」

「ローゼン？」レナが訊き返した。

ジェフリーが尋ねた。「知っているのか？」

レナは首を振ったが、なにかを隠しているとジェフリーは思った。

「レナ？」ジェフリーは彼女に本当のことを言うチャンスを与えた。

「知らないったら」レナはぴしゃりと答え、彼女が嘘をついているのか、それとも彼の時間を無駄にしているだけなのか、ジェフリーにはわからなくなっていた。どちらにしろ、いまは彼女のゲームにつきあっている暇はない。

「捜索はあんたに任せる」ジェフリーはフランクに言った。「おれはすることがある」

ジェフリーが行かなければならない場所がわかっているのか、フランクはうなずいた。

ジェフリーはチャックに言った。「母親と話がしたいから、一時間後に図書館に連れてきてくれ」親指でレナを示す。「おれだったら、母親に知らせるのはレナにやらせる。こういうことに関しては、あんたよりはるかに経験を積んでいるからな」

感謝してくれるだろうと思いながら、ジェフリーは再びレナに視線を向けた。こちらを見返すその表情からは、ありがたいとは考えていないことが伝わってきた。


ジェフリーはいつも車に予備のシャツを入れているが、どれほどこすっても手についた血をすべて落とすことはできなかった。ボトルの水を使って胸と上半身はきれいにしたが、爪の縁はまだ赤いままだ。オーバーン大学のクラスリングには、フットボールのユニホームの番号と辞めていなければ卒業していたはずの年度の刻印があって、そのまわりに乾いた血がこびりついている。ジェフリーは『マクベス』の有名な台詞を思い出した。罪悪感のせいで、実際よりも血が大げさに見えているのだ。テッサはあの丘をのぼるべきではなかった。銃を携えたベテランの警察官が百メートルも離れていない場所にいたのに、彼女は命が危うくなるほど刺された。おれは彼女を守るべきだった。なにかするべきだった。

ジェフリーはリントン家の私道に車を進め、エディのバンのうしろに止めた。増殖するウィルスのような恐怖を覚えながら、渋々車を降りる。サラと離婚して以来、エディ・リントンが彼のことを長女の靴についたくそ以下の存在だと考えているのはよくわかっていた。それにもかかわらず、ジェフリーは彼を本当の親戚のように感じていた。エディは、子供の頃こんな父親が欲しかったとジェフリーが考えるような父親だった。リントン夫妻と知り合って十年以上になるが、サラと結婚生活を送っていたあいだ、彼は生まれて初めて家族というものを持った気がしていた。いろいろな意味で、テッサは妹のようなものだった。

ジェフリーは大きく深呼吸をしてから、私道を歩きだした。涼しい風に肌寒さを感じて、自分が汗ばんでいることを知った。家の裏手から音楽が聞こえてきたので、玄関をノックするのではなくそちらに向かうことに決めた。ラジオから流れている曲に気づいて、不意に足が止まった。

サラは形式的なことや大騒ぎを嫌ったので、ふたりの結婚式はリントンの家で行われた。居間で誓いの言葉を交わし、それから裏庭で家族と友人だけのこぢんまりした披露宴をした。夫婦としてのふたりの初めてのダンスがこの曲だった。彼女を腕のなかに抱いた感触、首のうしろに当てられた彼女の手にそっとうなじを撫でられたこと、ぴったりと寄せ合った体が貞淑でもあり、これまでなかったほど官能的にも感じられたことを覚えていた。サラはダンスが恐ろしく下手だったが、ワインのせいか、はたまたこのときだけは奇跡的に手足が協調してくれたのか、サラの母親から飛行機の時間が迫っていることを告げられるまでふたりは踊り続けた。エディは妻を黙らせようとした。あのときですら、彼はサラを手放したくなかったのだ。

ジェフリーは自分を駆り立てるようにして、再び歩きだした。彼はかつて、リントン夫妻から娘をひとり奪い、そしていまもうひとりの娘も失うかもしれないと告げようとしている。

ジェフリーが角を回ったとき、キャシー・リントンはエディが言ったなにかに笑い声をあげていた。ふたりは裏のデッキに座り、シェルビー・リンを聞きながら、グラント郡の大方の人間がしているようにのんびりとした日曜日の午後を楽しんでいた。キャシーはスリングチェアに座ってスツールに片足をのせ、その爪にエディがペティキュアを塗っている。

サラの母親は、金色の髪にわずかに白いものが交じる美しい女性だ。六十歳近いはずだが、いまでも魅力的だった。セクシーでありながら足がしっかり地に着いていて、ジェフリーは常々それを好ましいと思っていた。自分は少しも母親に似ていないとサラは言うが――彼女は長身なのにキャシーは小柄だし、彼女はそれなりに肉づきがいいのに、キャシーは少年のようにほっそりしている――ふたりには共通点がたくさんある。サラの完璧な肌と笑顔は母親と同じで、その笑みを向けられると、自分が地球上でいちばん重要な存在だという気持ちになる。サラの痛烈な機知も母親譲りだ。また彼女は、褒めているようでありながら、身の程を思い知らせる言葉の使い方を知っていた。

キャシーはジェフリーに気づくと、笑みを浮かべて言った。「ランチに間に合わなかったのね」

エディは座ったまま体を起こし、マニキュアの蓋を閉めながらなにか言ったが、聞こえなくてよかったとジェフリーは思った。

キャシーが音楽のボリュームをあげたのは、結婚式を思い出したに違いなかった。低いハスキーな声で口ずさむ。「I'm confessin' that I love you……」楽しそうなからかいの表情が浮かぶその目はあまりにサラにそっくりだったので、ジェフリーは視線を逸《そ》らさずにいられなかった。

なにかおかしいと感じたのか、キャシーは音量をさげた。サラと喧嘩《けんか》をしたとでも思ったのだろう。「娘たちはもうすぐ帰ってくるはずよ。どうしてこんなに遅いのかしら」

ジェフリーはさらにふたりに近づいた。足元がぐらつく。これから言おうとしていることが、すべてを変えるのだとわかっていた。キャシーとエディは今日の午後のことを、ふたりの人生が完全にひっくり返ってしまったこの瞬間のことをずっと忘れないだろう。警察官であるジェフリーはこれまで何百回となく告知をしてきた。何百人という両親、配偶者、友人たちに、愛する人が傷ついたと、あるいはもっと悪いことに二度と帰ってこないと告げてきた。だがそのどれも、いまほど心を打ちのめすものではなかった。リントン夫妻に告げるのは、あの空き地でテッサが大量に出血し、サラが取り乱すさまを見ていたとき、自分にはふたりを助けるためになにもできないことがわかっていたときと同じくらい苦しかった。

あまりに長く押し黙っていたせいで、ふたりからじっと見つめられていることにジェフリーは気づいた。「デヴォンはどこです？」こんなことは二度とごめんだ。

キャシーはいぶかしげな表情を浮かべた。「お母さんのところよ」サラがほんの一時間前にテッサに向けていたのと同じ口調だ。張りつめていて、落ち着いていて、そして怯えている。キャシーはなにか尋ねようとして口を開いたが、声は出てこなかった。

ジェフリーは自分にやれるだろうかと思いながら、ゆっくりと階段をあがった。あがりきったところで止まり、両手をポケットに突っ込んだ。キャシーの視線が、血と罪に汚れた彼の手を追っていた。

彼女の喉が動き、唾を飲んだのがわかった。不意にこみあげた涙が光り、手で口を押さえた。

エディがようやく妻の代わりに口を開き、ふたりの子供がいる親にできる唯一の質問をした。「どっちだ？」

3

レナは足首を捻挫したことを言い訳にして、チャックから遅れて歩いた。彼が話しかけてきたら、癇癪《かんしゃく》を爆発させてしまうことがわかっていたからだ。ジェフリーとのあいだに起きたことを考える時間が必要だった。彼が自分に向けたまなざしをやり過ごすことができずにいた。ジェフリーはこれまでもレナに腹を立てていたが、今日のようなことはなかった。今日の彼はレナを憎んでいるようだった。

この一年、失業するわ、川床まで土手をお尻で滑り落ちるわで、レナの人生は大失敗の連続だった。警察を辞めろとジェフリーに言われたのも当然だ。彼は正しい。わたしは信用できない。信頼に値しないと幾度となく立証したから、ジェフリーはわたしを信用できないのだ。今回はわたしのせいで、テッサ・リントンを刺した人間を逃がしたのかもしれない。

「早く来い、アダムズ」チャックが肩越しに言った。レナは数メートル前を歩く彼の広い背中を、ありったけの憎しみをこめて見つめた。

「しっかりしろ、アダムズ。ちゃんと歩け」

「大丈夫」

「そうか」チャックは足取りを緩めた。ぬめっとした笑顔をレナに向ける。「署長は……あんたにしばらく戻ってきてほしくないんだな」

「あなたにもね」レナが言い返した。

彼女は事実を指摘したわけではなく、ただ冗談を言っただけだとでもいうように、チャックは鼻を鳴らした。わかりきったことに気づかないふりをするのがこれほどうまい人間をレナは知らなかった。

「あいつがおれを嫌っているのは、高校の頃おれがあいつの彼女と付き合っていたからさ」

「サラ・リントンと付き合っていたの？」英国女王と付き合うことくらいありえないと思いながら、レナは訊いた。

チャックは何気なさそうに肩をすくめた。「ずっと昔ね。彼女とは親しいのか？」

「まあね」レナは嘘をついた。サラと親しいとはとても言えない。「そんな話、聞いたことがないけど」

「思い出したくないんだろうな」チャックはごまかした。「おれが違う女に乗り換えたんだ」

「そうなのね」いかにもチャックらしいとレナは思った。彼は自分の口から出た言葉はすべて信じてもらえると考えていて、この仕事につけたのは彼の父親がグラント工科大学の学部長ケヴィン・ブレイクに電話をかけたからだということは周知の事実であるにもかかわらず、キャンパスではみんなから尊敬されているという誤った思いこみのもとで仕事をしていた。グラントトラスト・アンド・ローン社社長であるアルバート・ゲインズは、この町、とりわけ大学で大きな力を持っている。八年の軍隊生活を終えて戻ってきたチャックは、なんの審査も受けることなく、すんなりと大学保安部の責任者の職を得た。

チャックのような男の下で働くのは、毎日苦い薬を飲まされるようなものだった。警察バッジをあきらめたあとのレナには、あまり選択肢がなかった。三十四歳にして、警察以外の世界を知らない。高校を卒業してすぐに警察学校に入学し、それ以来一度も振り返ったことはなかった。ほかにできそうなことと言えば、ハンバーグをひっくり返すか家の掃除くらいで、どちらもやりたいとは思えなかった。

警察を辞めてしばらくは、どこか遠いところに行こうかと考えていた。メキシコに行って祖母の親戚を探してもいいし、海外のどこかでボランティアをしてもいい。だがやがて現実が追いついてきて、レナに気分転換が必要なことなど銀行は一切斟酌《しんしゃく》してくれないのだと悟った――住宅ローンと車のローンの毎月の支払いを待ってはくれない。警察からもらう微々たる障碍者《しょうがいしゃ》給付金と、家を売って手にしたわずかなお金はあるものの、懐は厳しかった。

大学での仕事は、キャンパス内の住居を無料で提供してもらえるだけでなく、生活賃金の代わりに医療保険を払ってくれる。住居は最悪だったうえ、くしゃみをしただけでパニックを起こしそうなくらい医療保険の控除免責金額が高額だとしても、仕事は安定していたし、おじのハンクの家に越さなくてすむことを意味していた。ハンクがレナと双子の妹のシビルを育てたリースに戻るのは、あまりに安易すぎた。ハンクが経営するバーで働き、酒で悪夢を紛らすのはあまりに安易すぎた。三十年たって、まだバーで働いていて、そもそも酒を飲み始めた理由を思い出させるのが両手の傷だけになるまで世界から隠れて暮らすのは、あまりに安易すぎた。

レナは一年と少し前にレイプされた。レイプだけでなく誘拐され、犯人の家に数日間監禁された。大部分の時間は薬を盛られていたため当時の記憶は断片的で、肉体が残酷な仕打ちを受けているあいだ、心は安全な場所にいた。犯人が好きなときに虐げられるように、両手脚を大きく広げた格好で床に釘《くぎ》で固定されていたことをいつまでも彼女に思い出させるのが、手足の傷だ。寒い日にはいまも手が痛むが、ハンマーで長い釘を打ちつけられているのを見ていたときの恐怖に比べれば、ささいなことだった。

レナをターゲットに定める前、そのけだものはレナの妹のシビルを殺していて、彼が死んだという事実もレナを慰めてはくれなかった。彼はいまもレナの夢に出てきて、そのありありとした姿に布団を握り締め、部屋に彼の存在を感じながら冷や汗にまみれて目覚めることが時々あった。それよりもっと悪いのが悪夢ではない夢だ。彼に優しく触れられた肌がぞくぞくし、朦朧《もうろう》とする頭が作りあげたエロティックなイメージに反応した体が震え、うろたえ、欲情して目を覚ますのだ。与えられていた薬物のせいで肉体が反応していたのだとわかっていても、それでもレナはまだ自分を許すことができずにいた。彼に触れられたときの記憶が繊細な絹の蜘蛛《くも》の巣のように全身にからみつくことがあって、そんなときはあまりに激しく体が震えるので、火傷《やけど》するほど熱いシャワーを浴びてようやく、肌が自分のものだと実感できるのだった。

ひと月前、大学のカウンセリングセンターに電話をかけたのが、絶望からだったのか、それとも愚かさのせいだったのか、レナにもわかっていなかった。なにに駆り立てられたにせよ、彼女が受けた三回半のセッションは大きな過ちだった。なにがあったのかを他人に話すのは――実際にそのことを語ったわけではないが――辛《つら》すぎた。他人には話せない自分だけの事柄というものがある。四回目の、とりわけ辛いセッションが十分ほど過ぎたところで、レナは立ちあがってセンターをあとにし、二度と戻らなかった。少なくともいまはまだ戻っていない。息子が死んだことを彼女に告げに行くまでは。

「アダムズ」チャックはちらりとレナを振り返った。「その女を知っているのか？」

チャックにとって女性は、やれるかやれないか次第で、女かあまのどちらかだった。レナは後者だと彼がわかっていることを切に願っていたが、チャックは彼女が自分の足元に身を投げ出すのは時間の問題だと考えているらしいと、感じることが時々あった。

「一度も会ったことはない」そう言ってから、念のため付け加えた。「キャンパスで見かけたことはあるけど」

チャックはまた振り返ってレナを見たが、彼は友人を作るのと同じくらい人の感情を読み取るのが下手だ。

「ローゼンか。ユダヤ人だろうか？」

レナは肩をすくめた。考えたこともない。グラント工科大学は人種差別があまりなく、なんであれ動かないものを見ればスプレーで差別的な落書きをするばかが最近になってひとりふたり現れたことを除けば、キャンパス内に緊迫した空気はない。

「彼女がこうでないといいが――」チャックは口笛を吹きながら、こめかみの近くで指をぐるぐる回した。当然のことながらチャックは、メンタルヘルスクリニックで働いている人間はだれもが頭がおかしいと考えている。

レナは彼が満足するような反応を見せなかった。クリニックの人間が自分に気づくだろうかと考えていた。クリニックは日曜日の午後二時に閉まるが、おそらくはレナの事件にまつわる悪評のせいだろう、ローゼンは勤務時間後にレナとのセッションを行うことに同意した。新聞を読める者ならだれでも、レナが誘拐されてレイプされた身の毛もよだつような事件の詳細を知っている。レナから電話がかかってきたとき、ローゼンは大喜びしたに違いない。

「さあ、着いた」チャックはカウンセリングセンターのドアを開けながら言った。

レナはドアが顔にぶつかる前に押さえ、チャックのあとについて混み合った待合室に入った。

たいていの大学同様、グラント工科大学のメンタルヘルス部門は深刻な資金不足だった。とりわけジョージア州では、抽選によるホープ奨学金さえ得られれば、丸を描ける人間ならだれでも州立大学に入ることができるので、自宅を離れることや働かなくてはならないことに対するストレスに対処できない若者が、ぞくぞくと大学に進むようになった。工科系であるグラント工科大学には、そもそも数学オタクや標準より学力の高い人間が多い。こういったタイプAの人間は失敗をうまく受け入れることができないので、カウンセリングセンターは大量の新入生で文字どおりあふれていた。彼らの保険がレナと同じようなものであれば、大学に頼らざるを得ないからだ。

チャックはグイッとズボンを引きあげながら、カウンターに近づいていく。ほとんどの患者が丈の短いTシャツとベルボトムジーンズの若い女性だったから、レナは室内を見まわしている彼の頭のなかを読める気がした。レナ自身は彼女たちについて、また別のことを考えていた。おそらく彼女たちの最大の問題は、恋人や故郷の飼い犬が恋しいといったことだろう。彼女たちはきっと本当の問題がどんなものなのかを知らない。眠ることができず、朝が来てまた息ができるようになるまで汗にまみれている夜がどんなものなのかを。

「こんにちは」チャックはカウンターの上のベルを手のひらで押しながら言った。その音に数人の女性がぎくりとし、どうして止めなかったのかとでも言いたげに、さも不快そうな顔でレナを見た。

「こんにちは」チャックはカウンターに身を乗り出し、廊下の先をのぞきこもうとした。

狭い部屋のなかでその声は大きすぎて、レナは耳を押さえたくなった。そうする代わりに床を見つめ、ばつの悪さを表に出すまいとした。

いらだたしげな表情を浮かべた長身でストロベリーブロンドの受付係が、ようやく姿を現した。ちらりとレナを見たが、気づいた様子はない。

「ああ、来たね」チャックは古い友人に会ったみたいに微笑みかけた。

「はい?」

「カーラ?」チャックは名札を読んだ。その視線は胸から離れようとしない。

彼女は腕を組んだ。「なんですか?」

レナは声を潜めて言った。「ドクター・ローゼンに会いたいんです」

「いまセッション中です。邪魔するわけにはいきません」

レナは彼女を脇に連れていき、ひそかに状況を説明しようとしたが、チャックがさらりと告げた。「一時間ほど前、彼女の息子が自殺したんだ」

一斉に息を呑む音がした。雑誌が床に落ち、ふたりの娘が外に出ていった。

ややあって、ショックから立ち直ったカーラが切り出した。「彼女を呼んできます」

レナがそれを止めた。「わたしから話します。彼女のオフィスに案内してください」

カーラはほっとして息を吐いた。「ありがとう」

彼女に案内されて細長い廊下を歩いていくあいだ、チャックはレナのすぐうしろをついてきた。不意に炎が燃えあがったみたいに閉所恐怖症が襲ってきて、ジル・ローゼンのオフィスまでやってきたときにはレナは汗ばんでいた。事態を悪化させる生まれつきの才能の持ち主であるチャックは、レナに覆いかぶさるくらい近くに立っている。レナのすぐ耳元でくちゃくちゃと噛んでいるガムの甘ったるい不快なにおいとアフターシェーブローションが混じったにおいが鼻をついた。レナは吐き気を催さないように、彼から顔を背けて息を止めた。

受付係はドアを軽くノックした。「ジル？」

レナは息がしやすいように、襟を引っ張った。

ドアを開けたローゼンはいらだった口調だった。「なに？」そう言ってからレナに目を留め、だれであるかに気づいていぶかしげな笑みを浮かべる。なにか言おうとして口を開けたが、レナがそれを遮った。

「ドクター・ローゼンですか?」突然、自分の声が甲高くなったことにレナは気づいていた。

ローゼンはレナからチャックに視線を移し、しばしためらってからオフィスにいる自分の患者を振り返った。「リリー、すぐに戻るわ」

彼女はドアを閉めた。「こちらへ」

レナは彼女のあとを追う前にチャックをにらみつけたが、それでも彼はぴったりとついてきた。

ローゼンは開いたドア口で足を止め、部屋を示した。「ここで話しましょう」

レナはこれまで待合室と彼女のオフィスにしか入ったことがなかったので、広々とした会議室を見て驚いた。ジル・ローゼンのオフィスと同じく、たくさんの植物が飾られた、温《ぬく》もりのある広々とした空間だ。壁は心を落ち着かせる淡い灰色に塗られている。長いマホガニーの会議用テーブルには薄紫色の布張りの椅子が並べられ、部屋の片側は四つの引き出しがあるファイリング・キャビネットが占めていた。勝手にのぞけないように鍵がかけられているのを見て、レナはほっとした。

ローゼンは振り返り、目にかかった髪を払った。顔は細長く、茶色の髪を肩まで伸ばしている。四十代前半とおぼしき年齢にしては魅力的で、彼女の体形によく似合った素朴なデザインのゆったりしたブラウスとスカートという格好だ。彼女の態度には強引なところがあって、レナはそれに反感を覚えていた。たった三回のセッションでアルコール中毒と診断されたのだからなおさらだ。考えてみれば、自分の息子が浅い川に飛びこむのを止められなかった精神分析医なのだから、たいして取柄がないということだろう。

予期していたとおり、ローゼンは単刀直入に訊いた。「なにがあったの？」

ローゼンとのセッションがああいう終わり方をしたことを考えれば、緊迫した時間になりそうだと思いながら、レナは大きく息を吸った。「あなたの息子さんのことで来ました」

「アンディ？」ローゼンは少しずつ空気が抜けていく風船のように、椅子のひとつにゆるゆると体を沈めていく。座って背筋を伸ばし、膝の上で両手を組んだ。いたって落ち着いて見えたが、その目にはパニック以外の何物でもない表情が浮かんでいる。レナはこれほどはっきりと他人の感情を読めたことはなかった。彼女は怯えている。

「息子は――」ローゼンは言葉を切って咳払《せきばら》いをした。不意にその目に涙が浮かぶ。「なにか大変なことになっているの？」

レナはチャックのことを思い出した。トークショーでも見ているみたいに、両手をポケットに突っ込んでドア口に立っている。文句を言う間を与えず、レナは彼の顔の前でドアを閉めた。

「すみません」レナはテーブルに両手を当てて腰をおろした。チャックのことを謝ったつもりだったが、ローゼンは違う意味に受け取った。

「なにが?」その声には絶望の響きがあった。

「わたしが言ったのは——」

ローゼンが突然テーブルの上に手を伸ばしてレナの手をつかんだ。レナはぎくりとしたが、ローゼンは気づいていないようだ。レイプされて以来、だれかに触ることを——もっと悪いのは触られることを——考えると、冷たい汗が出てくる。いま彼女と触れたことで、レナの喉の奥に苦いものがこみあげてきた。

ローゼンが尋ねた。「あの子はどこ?」

レナの脚が震え始め、片方の踵《かかと》がどうしようもなく上下にがくがくと揺れた。口を開いたとき声がうわずっていたのは、同情のせいではなかった。「写真を見てもらえますか?」

「いやよ」ローゼンは、あたかも崖から落ちかけていて、それを阻止できるのはレナだけだとでもいうように彼女の手を握り締めた。「いや」

レナはなんとか片方の手を自由にして、ポケットからポラロイド写真を取り出した。それを差し出したが、ローゼンは子供のように目を閉じて顔を背けた。

「ドクター・ローゼン」レナは言いかけたが、途中で口調を和らげた。「ジル、これはあなたの息子ですか?」

彼女は白熱した炭のような憎しみを放ちながら、写真ではなくレナを見た。

「彼なのかどうか、教えてください」早く終わらせたくて、レナはさらに言った。

ローゼンはようやく写真を見た。涙をこらえているのか、鼻孔が開き、唇が一本の線になった。その表情から、死んだ若者が彼女の息子であることをレナは悟ったが、ローゼンは時間をかけて写真を眺め、自分の目が見ているものを受け入れようとしていた。無意識なのだろうが、ローゼンはそれがお守りかなにかのように、レナの手の甲の傷を親指で撫で始めた。その感触は黒板を紙やすりでこすっているようで、レナは奥歯を噛みしめて悲鳴をあげたくなるのをこらえた。

ローゼンはようやく口を開いた。「どこで?」

「キャンパスの西側で発見しました」手を無理やり引き抜きたくて、レナの腕が震え始めた。

ローゼンは当然の質問をした。「なにがあったの?」

レナは唇をなめたが、口のなかは砂漠のようにからからだった。「飛び降りたんです」息をしようとしながら答える。「橋から」そこで言葉を切った。「おそらく——」

「なに?」ローゼンはレナの手を握り締めたまま尋ねた。

レナは我慢できなくなって、いつしか口走っていた。「お願い、ごめんなさい……」ローゼンの顔に困惑の表情がよぎり、それを見たレナはさらに罠《わな》にはまったような気持ちになった。ひとことごとに声が大きくなり、最後は悲鳴になった。「手を放して!」

ローゼンはあわてて手を放し、レナは椅子を倒しながら立ちあがって背中にドアが当たるまであとずさった。

おののいたようにローゼンの顔が歪んだ。「ごめんなさい」

「違うの」レナはドアにもたれ、汚れをぬぐうように両手を腿にこすりつけた。「大丈夫」心臓が震えている。「怒鳴ったりしちゃいけなかった」

「わかっているべきだった……」

「お願い」レナは摩擦で腿が熱くなっているのを感じた。その手を止め、今度は寒いときにするように両手を合わせてこすった。

「レナ」ローゼンは座ったまま姿勢を正したが、立とうとはしなかった。「大丈夫よ。ここなら安全だから」

「わかってる」レナはそう言ったものの、その声は弱々しかったし、口のなかには恐怖の酸っぱい味が残っていた。「わたしは大丈夫」それでも手をもみしだく仕草は止まらない。両手を見つめ、そうすれば消えるかのように手のひらの傷を親指で押したり、こすったりした。「わたしは大丈夫。わたしは大丈夫」

「レナ……」ローゼンは切り出したが、最後まで言うことはなかった。

レナは呼吸に意識を集中させて、自分を落ち着かせようとした。両手は真っ赤で汗でべたべたしていて、傷は赤く腫れあがったレリーフみたいになっている。脇の下に両手を差し入れて、無理にでもやめようとした。いかれた人間みたいな振る舞いをしている。これは、精神を患っている人間がすることだ。ローゼンはきっと彼女を入院させようとするだろう。

ローゼンはもう一度言った。「レナ？」

レナは笑ってごまかそうとした。「ちょっと不安になっただけ」髪を耳にかけながら言う。汗のせいで髪が頭に張りついた。

どういうわけかレナはなにか卑劣なことを言いたくなった。ローゼンを真っ二つにして、ふたりを公平な立場に戻すなにかを。

ローゼンがこう尋ねたのは、レナの意図に気づいたからかもしれない。「警察署ではだれと話をすればいいのかしら？」

つかの間ここに来た理由を思い出せなくて、レナは彼女を見つめた。

「レナ？」ローゼンは自分を取り戻したらしく、両手を膝の上で組み、ぴんと背筋を伸ばした。

「わたし――」レナは口ごもった。「トリヴァー署長が三十分後に図書館に来ます」

どうすればいいかわからないかのように、ローゼンはじっとレナを見つめている。息子の身になにが起きたのかを知るために待つ三十分は、母親には一生分の時間にも思えるだろう。

「ジェフリーは知らないんです……」レナはふたりのあいだの空間を示しながら告げた。

「セラピーのこと？」その言葉を口にできないレナをばかにするかのような口ぶりだった。

「ごめんなさい」今度は心からの言葉だった。レナはジル・ローゼンを慰めるためにここに来たのであって、怒鳴りつけるためではない。レナは役に立つとジェフリーはチャックに言ってくれたのに、わずか五分ですべてを台無しにしてしまった。

レナはもう一度言った。「本当にごめんなさい」

謝罪したことは認めるが許したわけではないと言う代わりに、ローゼンは顎をくいっとあげた。

レナは椅子の位置をもとどおりにした。部屋から逃げ出したいという衝動に抗ううち、両脚が痛み始めた。

ローゼンが言った。「なにがあったのか話して。知っておきたいの」

レナは椅子の背に両手を当てて、強く握り締めた。「森の近くの橋から飛び降りたようです。学生が見つけて九一一に通報しました。まもなく検死官が到着して、死亡を確認しました」

ローゼンは息を吸い、数秒間肺に溜めてから言った。「学校に行くのに、そこを通っているのよ」

「橋を？」ローゼンの家は、教授たちの多くが暮らすメインストリートにあるのだとレナは気づいた。

「自転車がしょっちゅう盗まれるの」ローゼンが言い、レナはうなずいた。キャンパスでは自転車はしばしば盗まれ、だれの仕業なのか保安部もまったくわかっていない。

　悲嘆を少しずつ吐き出すかのように、ローゼンは再びため息をついた。「苦しまなかった？」

「わかりません。そうだと思います。ああいったことは……一瞬だと思います」

「アンディは躁鬱《そううつ》病なの。昔から繊細な子で、でもあの子の父親とわたしは……」詳しい話ができるほどレナを信用していないのか、ローゼンはその先の言葉を呑みこんだ。ついいましがたわたしが感情を爆発させたばかりだから、無理もないとレナは思った。

「遺書を残していた？」ローゼンが訊いた。

　レナはうしろのポケットから書き置きを取り出して、テーブルに置いた。ローゼンはためらいながら、それを手に取った。

「これはアンディのものではありません」レナは、フランクとジェフリーがつけた血の指紋を示して言った。テッサの身に起きたことを考えれば、フランクがレナにこの遺書を届けさせたのは驚きだった。

「これは血？」

　レナはうなずいただけで、なにも説明しなかった。母親にどの程度の情報を与えるかはジェフリーに任せるつもりだ。

ローゼンはチェーンをつけて首に吊《つ》るしていた眼鏡をかけた。レナが頼んだわけでもないのに、彼女は声に出して読みあげた。「もうこれ以上我慢できない。愛しているよ、ママ。アンディ」

空気と一緒に感情を呑みこもうとするかのように、ローゼンは再び大きく息を吸った。ゆっくりと眼鏡をはずし、遺書をテーブルに置く。まだ読んでいるつもりなのか、遺書を見つめながら言った。「前に書いたものとほとんど同じだわ」

「それはいつですか？」レナの頭のなかで、カチリと捜査のスイッチが入った。

「一月二日。腕の真ん中を切ったの。出血がひどくなる前にわたしが見つけたんだけれど……」ローゼンは片手で頭を支えながら、遺書を見おろした。あたかも息子の一部――息子が残した唯一のもの――に触れているかのように、遺書に指を這《は》わせる。

「それは返してもらう必要があります」ジェフリーとフランクのせいで、証拠としての価値がなくなったことはわかっていたが、レナはそう言った。

「そう」ローゼンは手を引いた。「あとで返してもらえるの？」

「はい。すべてが終わったあとで」

「そう」ローゼンは眼鏡のチェーンをいじり始めた。「息子に会える？」

「解剖しなければならないんです」

ローゼンはその知らせに強く反応した。「どうして？　なにか疑わしい点でもあったの？」

「いいえ」確信はなかったが、レナは否定した。「ひとりで亡くなられているので、それが決められた手順なんです。その場にだれもいなかったんです」

「あの子の体はひどく……傷ついていた？」

「それほどでもありません」レナには、その答えが主観的なものであるとわかっていた。去年、遺体安置所で妹を見たときのことをいまもありありと思い出せる。サラがきれいに整えてくれていたにもかかわらず、シビルの顔の小さな痣《あざ》や切り傷は千もあるように見えた。

「あの子はいまどこに？」

「遺体安置所です。一日か二日のちには、葬儀場に運ばれるはずです」レナはそう答えたあとで、息子を埋葬しなければならないことを考えられる段階にまでまだローゼンの頭が追いついていないことを、彼女の顔を見て悟った。謝罪しようかと思ったが、言葉がなんの意味も持たないことはわかっていた。

「あの子は火葬してほしがったの」ローゼンが言った。「とても無理だわ。あの子をそんな……」彼女は途中で口をつぐみ、首を振った。口を押さえた手に結婚指輪があることにレナは気づいた。

「ご主人にはわたしから話しましょうか？」

「ブライアンはいま町にいないの。助成金の申請をしているのよ」

「ご主人も大学で働いているんですか？」

「ええ」ローゼンは感情を抑えているのか、眉間にしわを寄せた。「アンディが手伝っていたの。よくなっているのだとばかり――」こらえようとしたが、こらえきれずに嗚咽《おえつ》がもれた。

レナは椅子の背をつかんだまま、ローゼンを見つめていた。彼女は無言で泣いていた。口は開いているが声は出ていない。片手を胸に当て、きつく閉じた目から涙をこぼしている。細い肩を丸め、胸につくくらいにうなだれた顎は震えていた。

レナは、ここを出ていきたいという思いに押しつぶされそうになっていた。レイプされる前ですら、彼女は人を慰めることが苦手だった。人を元気づけるためには自分の一部を放棄する必要があると言われているみたいに、安心を求められるとなぜか脅されているような気持ちになる。家に帰って自分を立て直したかった。口のなかの恐怖の味を洗い流したかった。再び世界に出ていく前に、強さを取り戻すすべを見つけなければならない。とりわけ、ジェフリーに会う前に。

ローゼンはレナの気持ちに感づいたようだ。涙をぬぐい、素っ気ない口調で言った。「夫に電話しなくてはいけないの。しばらくひとりにしてもらえる？」

「もちろんです」レナはほっとした。「図書館で待っています」ドアノブに手を置いたところで足を止め、彼女に背を向けたまま言った。「こんなことをお願いする権利がないことはわかっているんですが」なにがあったのかをジェフリーに知られたら、完全に見放されることはわかっていた。

レナがなにを心配しているのか、ローゼンは正確に感じ取っているようだ。辛辣な口調で告げる。「ええ、あなたにそんな権利はない」

レナはノブを回しながら、ローゼンの視線を痛いほど感じていた。罠にかかった気分だったが、かろうじて尋ねた。「なにか？」

ローゼンは和解案を出してきた。「お酒を断つなら、彼には言わない」

レナはごくりと唾を飲んだ。この二分ばかり心のなかで思い描いていたウィスキーの味が口のなかに広がる気がした。そのまま黙って部屋を出て、ドアを閉めた。

レナは図書館の貸出・返却受付デスクのそばにあるだれもいないテーブルに座り、司書のナン・トーマスにちょっかいを出しているチャックを眺めていた。灰色がかった茶色の髪と分厚い眼鏡のナンにそれだけの労力を割く価値はないという事実は別にしても、彼女がゲイであることをレナは知っていた。ナンは四年間、シビルの恋人だった。シビルが殺されたとき、ふたりは一緒に暮らしていた。

チャックから意識を逸らすため、レナは図書館内を見まわし、中央に並べられた長い机で勉強している学生たちを眺めた。中間試験が迫っていたから、日曜日にしてはかなり混んでいる。カフェテリアとカウンセリングセンターを除けば、今日開いているのは図書館だけだった。

グラント工科大学の図書館はなかなか立派だ。この学校にフットボールチームがないのは、施設に余分にお金をかけるためだろうとレナは考えていたが、なにか運動部があればもっと裕福だっただろうという気がしていた。五年前、ここのふたりの教授が、豚がより短期間でより太る注射だか薬だかを開発した。この発見に農家は熱狂し、裕福そうで満足そうなふたりの教授の写真が載った『豚と鶏』誌の額入りの表紙が、図書館の入り口の脇に飾られている。見出しは〝ビッグでリッチに〟で、ふたりの笑顔を見るかぎり、金に困っていないことは確かだ。たいていの研究機関と同じく、大学は所属する教授たちの収益からかなりの額を受け取っていて、学長のケヴィン・ブレイクは図書館の大幅な改装にその一部を費やしている。

大学の東側に面している大きなステンドグラスの窓は、なかの熱が逃げないようにガラスが新しくされた。壁のダークウッドの羽目板と床から天井まである二階分の本棚は、堂々としながらも重苦しくないように、明るい色に塗り替えられた。全体的に心が安らぐ雰囲気が漂っていて、レナは仕事後のルーティンの一環として夜にここを訪れるのが好きだった。パーティションで仕切られたスペースに座り、十時頃まで適当な本をぱらぱらとめくって過ごし、家に戻ったあとは緊張を和らげるために一、二杯お酒を飲んで、それから眠ろうと努める。だいたいにおいて、このルーティンは役に立った。スケジュールが決まっていると思うと、気分が安らいだ。

「くそっ」リチャード・カーターが近づいてくるのを見て、レナはうめいた。

リチャードは誘われるのを待つことなく、レナの向かいの椅子にどすんと座った。

「やあ」彼は笑顔で声をかけた。

「ハイ」レナはかなうかぎりの嫌悪感をその声にこめた。

「知っているか？」

レナは、消えてくれればいいのにと思いながら彼を見つめた。かつてシビルの授業助手だった男は背は低いががっちりした体格をしていて、最近になって分厚い眼鏡をコンタクトレンズに替えていた。レナより三歳年下だが、頭頂部にはすでに大きな禿《は》げがあって、残りの髪をうしろに撫でつけることでそれを隠そうとしている。新しいコンタクトのせいでしきりに繰り返すまばたきと富士額が、彼を混乱しているフクロウのように見せていた。

シビルが死んだためにリチャードは生物学部の准教授に昇進したが、彼の不愉快な性格を考えれば、おそらくキャリアは行きづまるだろう。息苦しいほどの愚かさをなんの根拠もない優越感で隠そうとするところが、リチャードはチャックによく似ていた。レストランで朝食を注文するときでさえ、料理人よりも自分のほうが卵のことはよく知っているとまわりにいる人間にほのめかさないではいられないのだ。

「あの若者のことを聞いたか？」リチャードは口笛で飛行機が墜落するときのような音を出しながら、片手を宙でひらひらさせ、その手をぴしゃりとテーブルに打ちつけた。「橋から飛び降りたんだ」

「聞いた」レナはそれ以上言わなかった。

「殺されたっていう噂がある」リチャードはへらへらした口ぶりだった。彼は、女よりも噂話が好きだ。三ドル札より珍しいくらいの男だから、驚くことではないだろう。「両親はどっちも大学で働いている。母親はカウンセリングをしているんだ。どれほどのスキャンダルになるか、想像できるか？」

レナはジル・ローゼンのことを思い出し、恥ずかしくなった。「ふたりともさぞ落ちこんでいるでしょうね。息子が死んだんだもの」

リチャードは唇の片側を歪め、あからさまにレナを値踏みした。自分のことが大好きなろくでなしにしては、彼は洞察力が鋭い。レナはなにも感づかれていないことを祈った。

「ふたりを知っている？」

「だれのこと？」

「ブライアンとジルさ」リチャードはそう言いながら、レナの肩の向こうに目を向けた。だれかに向かって、幼い少女のようにばかみたいに手を振ってからレナに視線を戻した。

レナは答えず、ただ彼を見つめた。

「痩せた？」

「ううん」レナは答えたが、実は痩せていた。ズボンは先週よりも緩くなっている。ここのところ、あまり食欲がなかった。「あなたの生徒だったの？」

「アンディ？　シビルは一学期、彼を教えていた。あんなことになる前――」

「彼はどんな子だった？」

「たちの悪い奴だったね。親はなんでもしてやっていたんだろうな」

「甘やかされていたの？」

「腐ってたよ。奴はもう少しでシビルの単位を落とすところだった。有機生物学。そんなに難しいか？　奴は次代のアインシュタインになるはずだったのに、そんなものにも合格できないのか？」リチャードは不快そうに鼻を鳴らした。「ブライアンはシビルに圧力をかけようとした。成績をあげてもらいたいと頼んだんだ」

「シビルはそんなことしない」

「もちろんしないさ」考えたこともないと言わんばかりにリチャードは応じた。「シブはいつものようにすごく礼儀正しかったが、ブライアンは怒った」彼は声を潜めた。「正直に言うよ。ブライアンは前からシビルに嫉妬していたんだ。学部のトップである彼女のポジションを狙って、しきりに活動していたよ」

リチャードが本当に正直なところを話しているのか、それともただことを荒立てようとしているだけなのか、レナには判断がつかなかった。彼には、注目を浴びたがる癖がある。シビルが殺された事件の捜査中には、べらべらと適当なことを喋《しゃべ》ったせいで容疑者リストに載りかけたことがあった。レナに羽が生えてこないのと同じくらい、彼には人殺しなどできるはずもないのだが。

レナは彼を困らせようとした。「ブライアンのことをよく知っているみたいね」

リチャードはレナのうしろにいるだれかに手を振りながら、肩をすくめた。「小さな学部だからね。いつも一緒に仕事をしている。シビルがしていたことだ。彼女のモットーは〝チームワーク〟だったからね」

彼はまた手を振った。

本当にだれかがそこにいるのかどうか、振り返って確かめたい気持ちもあったが、リチャードから情報を引き出すほうが重要だとレナは考え直した。

「とにかくだ」リチャードが再び口を開いた。「アンディは結局落第して、そうしたらもちろんパパが、研究所の仕事を世話してやった」いらだったように息を吐く。「一日六時間、座ったままなんにもしないでラップミュージックを聞いているのを、ぼくは仕事とは呼ばないけれどね。だがだれもブライアンに文句は言えないのさ」

「知らせを聞いて、辛い思いをするでしょうね」

「しない人間がいるか？　ふたりとも打ちのめされるだろうな」

「ブライアンはなにをしているの？」

「生物医学の研究だ。いまは補助金の申請中だ。ここだけの話だが……」リチャードは最後まで言わなかったが、ここだけでなく大学全体に知れ渡った話であることは、レナにはよくわかっていた。「補助金を受けられなかったら、ここを出ていくことになるとだけ言っておくよ」

「終身在職権を持っていないの？」

「いや」リチャードは訳知り顔で答えた。「持っている」

レナはその続きを待ったが、リチャードは柄にもなく黙りこんだ。ここで働き始めてからほんの数カ月にしかならないが、採算が合わない教授を大学がどうやってお払い箱にするのかはレナにも想像がついた。リチャードはこうすれば解雇することなく教授に罰を与えられるといういい例として、一日中、居眠りばかりの新入生を対象にした生物の補習コースを教えている。問題は、リチャードのような人間は決して辞めないということだった。

レナは訊いた。「彼は頭はよかったの？」

「アンディか？」リチャードは肩をすくめた。「この大学にいたんだぞ」

その言葉がいくつかの異なる意味に解釈できることはわかっていた。グラント工科大学はいい学校だが、優秀な生徒は皆、アトランタのジョージア工科大学に行きたがる。ジョ

のに、彼女はなぜかグラントを選んだ。どこでも望むところで教えることができたれだけで教授陣のなかでも一目置かれていた。つとされていた。シビルは全額支給の奨学金を得てジョージア工科大学に進んでいて、そージア工科大学はジケーターにあるエモリー大学と並んで、南部のアイビーリーグのひと

リチャードは後悔しているような口ぶりだった。「本当はぼくもジョージア工科大学に行きたかったんだ。記憶にあるかぎりの昔からね。それがここを抜け出る道になるはずだった」彼は笑みを浮かべ、ほんの一瞬だけ当たり前の人間のように見えた。「子供の頃は、壁一面にポスターを貼っていたよ。ぼく自身が、あの大学のマスコットカーのランブリング・レックだった」彼はジョージア工科大学のモットーのひとつを引用した。「ぼくという人間を見せてやるつもりだった」

「どうして行かなかったの？」恥をかかせるかもしれないと思いながらレナは尋ねた。

「うん、入学は許可されていたんだ」リチャードはレナが感嘆の声をあげるのを待っている。「でも母が死んでね……」彼はその先を言おうとはしなかった。「まあ、いまさらどうしようもないことだ」レナを指さす。「きみの妹からたくさんのことを学んだよ。本当に素晴らしい教師だった。ぼくのお手本だ」

レナは彼の褒め言葉を聞き流した。リチャードとはシビルの話をしたくない。

「おっと」リチャードがさっと背筋を伸ばした。「ジルだ」

ローゼンがドア口に立ち、レナを捜している。放心状態のように見えて、なにか言葉をかけるべきだろうかとレナが考えているあいだに、リチャードが女の子っぽく手を振った。

ジル・ローゼンは弱々しく微笑むと、ふたりのほうへと歩いてきた。

リチャードが立ちあがった。「ああ、ハニー」ローゼンの両手を握る。

「ブライアンがワシントンから来るの」ローゼンが言った。「次の飛行機に乗れるように手配してくれるみたい」

リチャードは眉間にしわを寄せた。「ぼくにできることがあったら……」

「ありがとう」ローゼンはそう応じたが、彼女の目はレナを見ていた。

レナはリチャードに言った。「それじゃあ、また」

リチャードは眉を吊りあげたものの、「なんでもするから」ともう一度言いながら優雅にお辞儀をした。

ローゼンはお礼の代わりにこわばった笑みを浮かべ、リチャードはその場を離れていった。彼女はレナに訊いた。「トリヴァー署長はまだ?」

「まだです」

ローゼンはレナを見つめた。約束を守っているのかどうかを確かめようとしているのだろう。実のところ、レナは守っていた。酔ってはいない。ローゼンに息子のことを告げたあと、自分の家で二杯引っかけたくらいでは、飲んだうちに入らない。

レナは言った。「署長は先にしなければならないことがあるんです」

「あの女性のこと?」ローゼンに訊かれ、カウンセリングセンターから図書館に来るあいだに、少なくとも二十回はテッサ・リントンの話を耳にしたことだろうとレナは考えた。

「その話はお伝えしたくなかったんです」

ローゼンは素っ気ない口調で応じた。「そうでしょうね」

「そういうことじゃないんです」レナは説明した。「その件がアンディに関連しているのかどうかすら、まだわかっていません。あなたに誤解を――」

「遺書についていたのは、彼女の血なの?」

「あれはあとからついたものです。遺書を手に持ってしまったので……」

ローゼンの目に涙が浮かんだ。なにか支えがないと立っていられないというように、両手をテーブルについた。

レナは言った。「もしひとりになりたいのでしたら、わたしは」彼女がうなずいてくれることを切に願いながら、レナは切り出した。

「いいえ」ローゼンは鼻をかんだ。どうしてレナにそばにいてほしいのか、理由を言おうとはしなかった。

ふたりは図書館の人々をぼんやりと眺めながら、その場に立っていた。レナは自分が手の傷を撫でていることに気づいて、無理やり止めた。「息子さんのことは本当にお気の毒です。身内を亡くす辛さはよくわかります」

ローゼンは顔を背けたままうなずいた。「最初のことがあったあと——」彼女が腕を示しながら言い、アンディの以前の自殺未遂のことを言っているのだとレナは悟った。「——あの子はよくなっていたの。投薬が合っていて、よくなっているように見えた」彼女は笑みを浮かべた。「車を買ってやったばかりなのよ」

「この学校に入学したんですよね？」

「リチャードから聞いたのね」彼女の口調に苦々しさはなかった。「回復に専念できるように、先学期でやめさせた。父親の研究所を手伝わせたり、わたしの診療所で雑用をしてもらったりしていた」笑顔でそのときのことを思い出している。「木曜日には絵のレッスンを受けていたのよ。とても上手だった」

聞いた情報を書き留めておけるようにメモ帳を持ってくればよかったとレナは考えたが、実際のところ、そんな必要はない。ジェフリーが指摘したとおり、レナはもう警官ではない。彼女はチャックの使い走りにすぎず、それもかろうじて務まっているだけなのだから。

ローゼンが訊いた。「トリヴァー署長はわたしになんの用なのかしら?」

「息子さんの友人のリストが欲しいんだと思います。彼がよく行っていた場所とか」レナは警察官のような考え方をするのをやめられず、当て推量をした。「アンディはドラッグをやっていましたか?」

ローゼンは驚いたようだ。「どうしてそんなことを訊くの？」

「鬱の人は自分で治療しようとしがちですから」

ローゼンは首を片側にかしげ、わかっているだろうというような顔でレナを見た。レナが反応しなかったので、答えた。「ええ、やっていたわ。初めは大麻だったけれど、去年のいま頃にもっと強いクスリに手を出したの。治療施設に入れた。一カ月で出てきた」一拍の間を置いた。「もうやっていないって言ったけれど、確かなことはわからない」

レナは、息子のすべてを知っているわけではないと認めた彼女を立派だと思った。これまでの経験からすると、親というものはだれよりも——当の本人よりも——自分の子供のことを知っていると言い張るものだ。

「施設から戻ってきたあの子に、友だちはだれも話しかけようとしなかった。麻薬を使っている人は、使っていない人間と一緒にいたいとは思わないのよ」ローゼンはあとから思いついたように言い添えた。「でも、あの子は昔からひとりだったの。うまくなじめなかった。とても頭がよかったから、ほかの子供たちの反感を買ったのね。あの子は疎外されたように感じていたと思う」

「お友だちのなかに、彼に腹を立てていた人はいましたか？　彼を傷つけようと思うくらいに怒っていた人は？」

レナは、ローゼンの目に希望の光を見た気がした。「突き落とされたかもしれないと考えているの?」

「いいえ」そんな考えをローゼンの頭に吹きこんだことを知られたら、ジェフリーに殺されると思いながらレナは否定した。ジェフリーのことを思い出すと、心臓が腹の底に落ちていくようだった。

「今日のことを署長に言うんですか、言わないんですか?」レナは訊いた。

ローゼンはすぐには答えず、レナの息のにおいを嗅ごうとするかのように顔を近づけた。ミントのにおいしかしないはずだが、それでもレナはつかの間パニックに襲われた。

「言わない」ローゼンは答えた。「今日のことは彼に話さない」

「前のことは?」

ローゼンは戸惑ったようだ。「セラピーのこと?」首を振る。「あれは秘密事項よ、レナ。初めに話したはず。わたしには、自分の患者がだれなのかを暴露する趣味はないわ」

安堵があまりに大きすぎて、レナはうなずくことしかできなかった。七カ月前ジェフリーは最後通告をレナに突きつけた。精神分析医にかかるか、それともほかの仕事に就くか。当時は簡単な選択にレナに思えたから、レナは机にバッジと銃をすんなり置いた。ひと月前に耐えられなくなってクリニックに行ったことをジェフリーに知られるくらいなら、銃で頭を撃ち抜くほうがましだ。彼女にもプライドがある。

それが合図だったかのように、部屋の入り口の大きなオーク材のドアが開いて、ジェフリーがきょろきょろしながら入ってきた。チャックが歩み寄ったが、すぐに尻尾を巻いて出ていったところを見ると、彼を追い払うようなことをジェフリーが言ったらしい。

レナは、これほどひどい有様のジェフリーを見たことがなかった。服を着替えてはいたものの、スーツはしわだらけで、ネクタイもしていない。近づくにつれ、ますますひどく見えた。

「ドクター・ローゼン」ジェフリーが切り出した。「息子さんはお気の毒です」まったくジェフリーらしくないことに、握手をすることも彼女の返事を待つこともなかったので、レナは驚いた。

ジェフリーはローゼンに椅子を差し出した。「いくつかお訊きしたいことがあります」

ローゼンは腰をおろした。「彼女は無事ですか？」

レナが気の毒に思うくらい、ジェフリーの顔が歪んだ。「家族がいまアトランタに向かっています」

ローゼンは手のなかでティッシュペーパーを折りたたんだ。「彼女を襲った人間が、息子を殺した可能性はあると思いますか？」

「いまのところ我々は、アンディの死を自殺として扱っています」理解する時間をローゼンに与えるつもりなのか、ジェフリーは言葉を切った。「ご主人と話をしました」

「ブライアンと？」ローゼンは驚いて訊き返した。

「あなたと話したあとで、署に電話をかけてきたんです」肩に力が入ったところを見ると、父親は礼儀正しいとは言えなかったようだ。

ローゼンも気づいたらしい。「ブライアンは不愛想になることがあるんです」申し訳なさそうに言う。

「ドクター・ローゼン、いまは、ご主人にお話ししたのと同じことしか言えません。我々はあらゆる手がかりを追っていますが、息子さんの履歴から考えると、自殺というのがもっとも可能性のあるシナリオだと思われます」

「アダムズ刑事と話していたんですが――」

「失礼ですが、マダム」ジェフリーが遮った。「ミズ・アダムズは警察官ではありません。大学の保安部で働いているだけです」

そんな話に巻きこまれるつもりはないとローゼンの口調が告げていた。「組織の序列と息子が死んだという事実にどういう関係があるのかよくわかりません、ミスター・トリヴァー」

ジェフリーはたいしてすまなそうな顔をしなかった。「すみません」そう言いながら、コートのポケットからなにかを取り出した。「森でこれを見つけました」ダビデの星が吊るされた銀のチェーンを見せる。「指紋は残っていなかったので――」

ローゼンは息を呑み、チェーンをつかんだ。その目に再び涙が浮かび、顔をくしゃくしゃにしてチャームを唇に押し当てながら、つぶやく。「アンディ、ああ、アンディ……」

ジェフリーはちらりとレナを見たが、彼女にジル・ローゼンを慰めるつもりがないことを知ると、ローゼンの肩に手を置いて自分でその役割を果たそうとした。犬にするように肩を叩く彼を見ながら、男はこういうことが苦手でも問題なく許されるのに、女がうまくできないと劣った人間のように見られるのはなぜだろうとレナは考えた。

ローゼンは手の甲で涙をぬぐった。「ごめんなさい」

「いいえ、当然のことです」ジェフリーはさらにもう数回彼女の肩を叩いた。

ローゼンは口元にチャームを当てたまま、チェーンをまさぐった。「ここしばらくつけていなかったんです。だれかにあげたのか、売ったんだろうと思っていました」

「売った？」ジェフリーが訊き返した。

レナが答えた。「彼がドラッグをやっていたかもしれないと考えているんです」

「やっていないと父親は言っていたが」

レナは肩をすくめた。

ジェフリーはローゼンに尋ねた。「息子さんに恋人はいましたか？」

「だれかと付き合ったことはありません」ローゼンは乾いた笑い声をあげた。「男であれ、女であれ。わたしたちは気にしませんでした。ただあの子が幸せならそれでよかった」

「特に仲のよかった人はいましたか？」

「いいえ。あの子はとても孤独だったと思います」

レナはローゼンの次の言葉を待ったが、彼女の冷静さは再びはがれ始めた。両目を閉じ、強くつぶった。唇が声を出すことなく動いていたが、なんと言っているのかはわからなかった。

ジェフリーはしばらく待ってから、口を開いた。「ドクター・ローゼン?」

「息子に会えますか?」

「もちろんです」ジェフリーは立ちあがり、手を差し出した。「遺体安置所までお送りしましょう」そう言ってから、レナに向き直った。「チャックがケヴィン・ブレイクに会いたがっている」

「わかりました」

ローゼンは心ここにあらずといったふうだったが、レナに礼を言った。「ありがとう」

「いいえ」レナは慰める仕草になっていることを願いながら、自分に言い聞かせるようにしてジル・ローゼンの腕に触れた。

ジェフリーはその様子をちらりと見て、言った。「あとで話がある」脅し以外の何物でもない口ぶりだった。

レナは親指で手の甲を撫でながら、ふたりを見送った。男ふたりがばか騒ぎをしているらしく二階のバルコニーから物音がしたが、レナは気に留めなかった。腰をおろして十分前からのことを思い返し、ほかにすべきことがあっただろうかと考えてみた。数分考えたところで、すべてを正しくするためにはこのくそったれの一年をやり直すほかはないと悟った。

「ああ」ナンがうめきながら、レナの向かい側の椅子にどすんと腰をおろした。「よくもあんなクズと働けるわね？」

「チャック？」レナは肩をすくめたが、気を逸らすものができてほっとしていた。「仕事だもの」

「わたしなら、地獄で本を棚にのせているほうがいい」ナンはぺたんとした茶色の髪を赤いゴムでまとめながら言った。眼鏡の右のレンズには大きな親指の指紋がついていたが、気づいていないようだ。ペプトビスモル（胃酸を中和する薬）のピンク色のTシャツの裾を、ウエストがゴムのデニムのスカートにたくしこんでいる。足元はコンバースの赤のオールスターにピンク色のソックスだった。

ナンが尋ねた。「この週末はなにをしているの？」

レナはまた肩をすくめた。「わからない。どうして？」

「イースターにハンクを呼ぼうと思って。ハムを焼こうかな」

レナは言い訳を考えようとしたが、突然の誘いに面食らっていた。カレンダーは、いつが祝日なのかを調べるためではなく、給料日を確認するときにしか見ない。もうすぐイースターだとはまったく知らなかった。

「考えておく」そう答えると、ナンがすんなりうなずいたのでほっとした。

頭上から叫び声がして、ふたりはバルコニーでふざけている若者たちに目を向けた。若者のひとりが申し訳なさそうな笑みを浮かべ、持っていた本を広げて読むふりを始めたところを見ると、ナンが立腹していることに気づいたらしい。

「ばかな子たち」レナは言った。

「ううん、いい子たちよ」ナンはそう言ったものの、彼らがまた騒ぎだしたりしないように、その後数秒間、視線をはずさなかった。

ナンは、この世でレナがいちばん友だちでいたくない人間だったが、この数カ月で変化があった。ふたりは普通の意味での友人ではない――レナは彼女と映画に行きたいとも、彼女のゲイの人生について聞きたいとも思わなかった――が、ふたりはシビルのことを話題にした。シビルをよく知る人間と彼女について語り合うことで、レナはシビルと再び会えたような気持ちになれた。

「ゆうべ電話したのよ」ナンが言った。「どうして留守番電話をつけないの?」

「そのうち、つける」レナは言ったが、実はクローゼットの底で一台眠っている。キャンパスで暮らすようになった最初の週に、いまいましいその機械のプラグを抜いた。電話をかけてくるのはナンとハンクだけで、どちらもレナがどうしているかを気にかけて、心配そうな口ぶりの同じようなメッセージを残していた。いまは発信者番号を表示させるようにしていて、だれからの電話かを確認するにはそれだけで充分だった。

「さっきまでリチャードがいたの」レナが言った。

「レナ」ナンが眉間にしわを寄せた。「失礼なことをしなかったでしょうね」

「噂の種をかき集めようとしていた」

例によって、ナンはリチャードをかばおうとした。「ブライアンは彼の学部で働いているのよ。リチャードはなにがあったのかを知りたいだけよ」

「彼のこと、知っていた？　死んだ子のことだけど」

ナンは首を振った。「学部のクリスマスパーティーで毎年ジルとブライアンのことは見かけていたけれど、付き合いはなかった。リチャードに話を聞くのね。同じ研究所で働いていたんだから」

「リチャードはろくでなしよ」

「シビルにはとてもよくしてくれたのよ」

「シビルは自分の面倒は自分で見られた」レナは言い張ったが、必ずしもそれが事実ではないとどちらも承知していた。シビルは目が不自由だった。キャンパスではリチャードがシビルの目になっていたおかげで、彼女は毎日をずっと楽に過ごすことができたのだ。

ナンは話題を変えた。「保険金の一部を受け取ることについて話を――」

「お断り」レナはそれ以上言わせなかった。シビルは大学を通じて、事故死の場合、保険金が倍額になる生命保険に入っていた。受取人はナンで、保険金が支払われて以来、その半額を受け取ってほしいと彼女はずっとレナに言い続けている。

「シビルはあなたに遺《のこ》したの」レナは同じことを百万回も言ったような気がしていた。

「あなたに受け取ってほしかったのよ」

「遺言書はなかった」ナンが反論した。「シビルは死んだあとのことはおろか、死ぬことを考えるのすら嫌がった。あなたもよく知っているでしょう?」

レナは涙がこみあげるのを感じた。

「彼女が生命保険に入ったのは、大学の健康保険に無料でついていたっていう、ただそれだけの理由よ。わたしを受取人にしたのは――」

「あなたに受け取ってほしかったから」レナは手の甲で涙をぬぐいながら、あとを引き取って言った。去年散々泣いたから、いまはもう人前で泣くことをなんとも思わなくなっている。「よく聞いて、ナン。あなたがそう言ってくれるのはありがたいけれど、でもあれはあなたのお金なの。シビルはあなたに受け取ってほしかったの」

「彼女はあなたをチャックの下で働かせたいとは思わないわよ。絶対に嫌がる」

「わたしもそれは歓迎してるわけじゃない」レナがいままでそれを認めた相手は、ジル・ローゼンだけだった。「自分がなにをしたいのかを見つけるまで、とりあえずやっているだけだから」

「学校に戻ってもいいのよ」

レナは声をあげて笑った。「学校に戻るには、わたしはちょっとばかり年を取りすぎているって」

「あなたはエアコンの効いた教室に十分いるよりも、八月に汗だくでマラソンするほうを選ぶってシビーはいつも言っていた」

同じことを言うシビルの声が頭のなかに聞こえて、レナは思わず微笑んだ。脳のなかでカチリとなにかが切り替わって、悪いことが遮断され、いいことだけが思い出されるときがたまにある。

ナンが言った。「もう一年になるなんて信じられない」

レナは窓の外に目を向け、ナンとこんなふうに話をしているなんておかしなものだと考えていた。シビルがいなければ、ナン・トーマスのような人間とはできるかぎり距離を置いていただろう。

「今朝、シビルのことを考えていた」妹をヘリコプターに乗せたときのサラ・リントンの顔に浮かんでいた恐怖は、ここしばらくなかったほど深くレナを傷つけた。「シビルは一年のいま頃が好きだったの」

「森を散歩するのが好きだった」ナンが言った。「わたしは毎週金曜日は早く帰るようにしていたの。そうすれば、暗くなる前に散歩に行けるから」

レナは口を開くと嗚咽がもれるような気がして、黙ってごくりと唾を飲んだ。

「さてと」ナンはテーブルに手を当てて立ちあがった。「チャックが戻ってきて食事に誘われる前に、本の分類を始めたほうがよさそうね」

レナも立ちあがった。「どうしてゲイだって彼に言わないの？」

「そして彼の好奇心を満たすわけ？　お断りよ」

もっともだとレナは思った。新聞を読んだチャックはレナが受けた残酷な仕打ちを知っていると思うと、それだけで不安になったのだ。

「それに」ナンはさらに言った。「ああいった男は、わたしが彼にそばにいてほしくないのは、わたしがレズビアンで、レズビアンは男を憎んでいるからだって言うに決まっているのよ」ナンは秘密を打ち明けるように顔を寄せた。「実を言えば、わたしたちは別に男をみんな憎んでいるわけじゃない。彼を憎んでいるだけなのにね」

レナは首を振り、それが基準になるのなら、キャンパスにいる女はみんなレズビアンということになると考えた。

4

グレイディ病院は国内でも評価の高いレベル一の外傷センターだが、アトランタの住人たちのあいだではひどく評判が悪い。フルトン－ディカーブ病院管理局によって運営されていて、この地域にわずかに残る公立病院のひとつでもある。国内最大の熱傷治療室を備え、もっとも包括的なＨＩＶ／ＡＩＤＳプログラムを展開し、ハイリスクの母子のための地域治療センターとして機能しているが、腹痛や耳痛で診察を受けようとすれば、医者の顔を見るまでにかなりの確率で二時間は待つことになる――運がよければ。

グレイディは教育病院なので、サラの母校であるエモリー大学とモアハウス大学からは、常に一定数のインターンが送りこまれてくる。救急医療を学ぶのにグレイディ以上の病院はないと言われているため、救急処置室の担当枠は学生たちの取り合いだった。十五年前サラは、小児科チームの席を手に入れるために必死に努力し、たいていの医者が一生かけて学ぶことを一年で身につけた。アトランタからグラント郡に戻ったときには、二度とグレイディを見ることは――それもまさかこんな状況で来ることになろうとは――ないだろうと思ったものだ。

「だれか来た」サラの隣の男性が言うと、待合室にいる全員——少なくとも三十人はいた——が期待に満ちた顔で看護師を見た。

「ミズ・リントン？」

サラの心臓がどくんと打ち、母親がようやく到着したのかと一瞬考えた。立ちあがり、席を確保するために雑誌を置いた。この二時間、隣の老人と座る場所を取り合っていた。

「手術が終わったんですか？」サラは声の震えを抑えることができなかった。最低でも四時間はかかると外科医には言われていたが、控えめな数字だとサラは考えていた。

「いえ」看護師はサラをナースステーションにいざないながら言った。「電話がかかっています」

「両親ですか？」サラは声のボリュームをあげた。廊下は人でいっぱいだ。増え続ける患者をなんとかさばこうとする医者や看護師たちが、目的のある足取りですたすたと通り過ぎていく。

「警察官だと言っています」看護師はサラに電話機を渡した。「手短にお願いします。本当はこの回線で私用電話は許可されていないんです」

「ありがとう」サラは電話機を受け取ると、邪魔にならないようにナースステーションに背を向けた。

「ジェフリー?」

「やあ」サラと同じくらいストレスを感じている声だった。「手術は終わった?」

「まだ」サラは手術室に通じる通路に視線を向けた。ドアをくぐって、どうなっているのかを確かめに行こうかと何度か考えたが、そこにはとりわけ熱心に仕事をしている警備員がいた。

「サラ?」

「聞いてる」

「赤ん坊はどうなった?」

サラは喉を締めつけられる気がした。彼とテッサの話はできない。こんなふうには。

「なにかわかった?」

「ジル・ローゼンと話をした。自殺した若者の母親だ。あまり参考にはならなかった。チェーンを森で見つけたんだ。ダビデの星がついたネックレスで、若者のものだった」

サラがなにも言わないので、ジェフリーは言葉を継いだ。「アンディ――自殺した若者だ――が森にいたか、あるいは彼のチェーンを奪った人間が森に入ったかのどちらかということだ」

サラはなんとか応じた。「どっちの可能性が高いと思う?」

「わからない。ブラッドが、テッサが丘をあがっていく途中で白いビニール袋を拾ったのを見ているんだ」

「テッサはなにか手に持っていたわ」サラは記憶を手繰った。

「彼女がごみを拾うような理由がある？」

サラは考えてみた。「どうして？」

「丘でごみを拾っていたようだとブラッドが言っている。袋を見つけて、そのなかにごみを入れていたようなんだ」

「拾ったかもしれない」サラは困惑した。「ごみを捨てていく人がいるって文句を言っていたから。わからない」

「丘でなにかを見つけて、それを袋に入れたんだろうか？　おれたちは被害者のものだったダビデの星を見つけたが、それはもっと森の奥だった」

「もしテッサがなにかを拾ったのだとしたら、わたしたちが死体のそばにいるあいだ、だれかに監視されていたことになる。彼の名前はなんていったかしら——アンディ？」

「アンディ・ローゼン。きみはいまもまだ、なにか怪しいところがあると思っている？」

サラはどう答えればいいのかわからなかった。アンディの死体を調べたのは、遠い昔のように思える。彼がどんな様子だったかも、ほとんど思い出せなかった。

「サラ？」

サラは正直に答えた。「いまはわからない」

「彼は前にもやっているると言ったきみは正しかったよ。母親から聞いた。腕を切ったそうだ」

「過去の自殺未遂と遺書」解剖でなにかが判明しないかぎり、そのふたつが揃《そろ》えば普通は自殺だと断定できると考えながら、サラはつぶやいた。「薬物検査をしてもいいかもしれない。あの橋から突き落とされたなら、争ったはずだもの」

「背中に擦り傷があった」

「争ったような跡じゃなかった」

「ブロックに確認させよう」ジェフリーが言った。ダン・ブロックは地元の葬儀屋で、サラが戻ってくる前は検死官を務めていた。「怪しい点があることは公表していない。ブロックは秘密を守れる」

「血液サンプルを彼に取ってもらってもいいんだけれど、わたしは解剖がしたいの」

「きみにできるのか？」

「彼の死が関係しているなら、テスにこんなことをした人間は……」サラは最後まで言うことができなかったが、生まれてこのかた、これほど報復がしたいと思ったことはなかった。ようやく答えた。「ええ、できる」

ジェフリーは確信が持てないようだった。「いまアンディのアパートメントを調べている。彼の部屋でパイプを見つけた。しばらく前に薬物の問題を抱えていたと母親は言っていたが、やめたはずだと父親は言っている」

「そう」麻薬の取引の手違いのような、くだらなくて意味のない争いごとに妹が巻きこまれたのかもしれないと思うと、サラの心のなかでかっと怒りが燃えあがった。ドラッグは罪のない楽しみだと主張する人間は、テッサが刺されたような暴力沙汰を見ないふりをする。

「彼の部屋の指紋を採取して、コンピューターで検索をかけてみるつもりだ。両親とは明日話をするよ。母親から何人かの名前を聞いたが、みんな学校を替わったり、卒業したりしていた」ジェフリーがいらだっているのがわかった。

手術室のドアがさっと開いたが、出てきた患者はテッサではなかった。サラは彼らが通れるように、ナースステーションの幅木に踵を押しつけた。ストレッチャーに乗せられているのは濃い金髪の年配の女性で、手術のときのまま、そのまぶたはテープで留められていた。

「ご両親は知らせを聞いてどうだった?」サラは自分の両親のことを考えながら訊いた。

「あんなものだろうと思う」ジェフリーは一拍の間を置いた。「母親は車のなかで取り乱した。彼女とレナのあいだにはなにかあるみたいだ。なにとははっきり言えないが」

「たとえばどんな?」そう尋ねたものの、レナ・アダムズはサラにとって、いまいちばんどうでもいい人間だった。

「わからない」当然の答えだった。なにかを指でこつこつと叩いている音が聞こえた。

「ローゼンは車のなかで感情を抑えられなくなった。爆発したんだ」叩く音が止まった。

「知らせを聞いて、夫はおれに電話をしてきた。警察署から電話が回ってきたんだ」ジェフリーは一度、言葉を切った。「ふたりはどっちもひどく打ちのめされていた。辛いことだからね。親は――」

「ジェフリー」サラが遮って言った。「あなたに……」言葉が彼女を窒息させようとしているみたいに、また喉が詰まるのを感じた。「あなたにここにいてほしいの」

「わかっている」その声には諦めの響きがあった。「でも無理だと思う」

サラは手の甲で涙をぬぐった。通りかかった医者のひとりが彼女に目を向け、それからあわてて持っていたカルテに視線を落とした。サラは自分をひどく無防備でばかみたいに感じて、彼女を呑みこもうとする感情に流されまいとした。「もちろん、そうよね。わかるわ」

「違うんだ、サラ――」

「もう切らないと。ナースステーションの電話なの。待合室の電話は、もう一時間もだれかが使っているのよ」サラは緊張をほぐそうとして笑った。「ロシア語を話しているんだけれど、麻薬の取引をしているんだと思うわ」

「サラ」ジェフリーが遮った。「きみのお父さんなんだ。彼に頼まれた――来るなと言われた」

「なんですって?」サラの声の大きさに、作業中の数人が顔をあげた。

「彼は動転していた。わからない。家族の問題だから、病院には来るなと言われたんだ」

サラは声のボリュームを落とした。「父にそんなことを言う権利は――」

「サラ、よく聞いて」ジェフリーの声はサラが感じているよりも落ち着いていた。「彼はきみの父親だ。おれはそれを尊重しなきゃいけない」一拍の間。「それにお父さんだけじゃない。キャシーも同じことを言ったよ」

サラはまた自分をばかみたいに感じたが、こう言うのがせいいっぱいだった。「なんですって?」

「ふたりの言うとおりだ。テッサはあそこにいるべきじゃなかった。おれは彼女を――」

「あそこにあの子を連れていったのはわたしよ」この数時間感じていたうしろめたさが、不意に猛威をふるい始めた

「ふたりはいま動揺しているんだ。無理もないよ」ジェフリーはどう言うべきかを考えているのか、一度言葉を切った。「時間が必要なんだ」

「どうなるのかを確かめる時間が?　テッサが助かったら、あなたをまた日曜日のディナーに招待するけれど、でももし……」サラは最後まで言うことができなかった。

「ふたりは怒っている。こういうことが起きたとき、人間はそうなるんだ。自分を無力だ

と感じて、だれであれそばにいた人に怒りをぶつける」

「わたしもそばにいたのよ」

「それはそうだが……」

つかの間サラはショックのあまり声を出せずにいた。ようやく言葉を絞り出す。「わたしに怒っているの？」けれど両親には怒るだけのもっともな理由があるとわかっていた。サラにはテッサに対する責任がある。昔からそうだった。

「ご両親には時間が必要なだけだよ、サラ。おれはそれを与えなきゃいけない。これ以上ふたりを動揺させたくない」

ジェフリーには見えないにもかかわらず、サラはうなずいた。

「あなたに会いたい。わたしのために、テッサのために、あなたにここにいてほしいの」

ジェフリーの声は苦悩に満ちていたから、今回のことで彼がどれほど辛い思いをしているかはわかっていた。それでもサラはここにいない彼に裏切られたと感じずにはいられなかった。ジェフリーには、サラが必要としているときにそばにいてくれなかったという過去がある。いま彼は正しいことを、尊敬できることをしているけれど、サラはそれを称《たた》える気にはなれなかった。

「サラ？」

「わかった。あなたの言うとおりね」

「おれはきみの犬たちに餌をやっておくよ。家のことをやっておく」ジェフリーはまた口をつぐんだ。「途中できみの家に寄って、服を持っていくとキャシーが言っていた」

「服なんていらない」サラはまた感情がこみあげてくるのを感じた。これしか言えなかった。「あなたにいてほしいの」

彼の声は優しかった。「わかっているよ、ベイビー」

またもや涙があふれそうになった。サラはまだ泣いていなかった。ヘリコプターに乗っているときも、テッサが救急処置室に運ばれたときも、待合室で待っているときも、そんな時間はなかった――看護師が見つけてくれたスクラブにバスルームで着替えたときですら、あまりに人が多すぎて、悲しみに身を委ねることはできなかった。

看護師が見計らったように声をかけてきた。「ミズ・リントン？　本当にその電話が必要なんです」

「ごめんなさい」サラは看護師に謝り、それからジェフリーに言った。「もう切らないと」

「どこかほかの場所からかけられない？」

「ここを離れられないの」サラは廊下を近づいてくる年配の夫婦を眺めながら言った。やや猫背気味の夫の腕を妻が支えるようにして、ドアの表示を確かめながら並んで歩いてくる。

「道路の反対側にマクドナルドがあるだろう？　大学の駐車場の近くに？」

「わからない」アトランタのこのあたりにはもう何年も来たことがなかった。「そうなの？」

「あるはずだ。明日の朝六時にそこで会おう。いい？」

「ううん」近づいてくる年配夫婦を見つめながらサラは答えた。「犬の世話をお願い」

「本当にそれでいいのか？」

サラは夫婦を見つめ続けた。それが自分の両親であることにようやく気づいてぎょっとした。

「サラ？」

「あとで電話する。両親が着いたから。もう行かなくちゃ」

サラはカウンターに身を乗り出して、電話を切った。狼狽《ろうばい》していたし、怖くもあった。両手でお腹を抱えるようにして廊下を進み、両親が再び両親として見えるようになるのを待った。ふたりがどれほど老いたのかを、サラは驚くほどはっきりと見て取った。たいていの人が大人になってもそうであるように、サラのなかの両親はある年齢のまま止まっていた。けれどいま目の前にいるふたりは年を取って、どうやって歩いているのだろうと思えるくらい弱々しく見えた。

「ママ？」サラは声をかけた。

キャシーは、サラがそうするだろうと思っていたように、そうしてほしいと思っていたように、彼女のほうに手を伸ばすことはなかった。夫を支える必要があるかのように、片手を彼の腰に回したままだ。もう一方の手は体の横に垂らしている。「あの子はどこ?」

「まだ手術中」サラは母に近づきたかったが、その硬い表情を見ればそうすべきでないことはわかっていた。「ママ――」

「なにがあったの?」

その声すらいつものキャシーとは違って聞こえたので、サラは喉になにかが詰まったように感じた。そこには鋭い響きがあったし、口はまっすぐな冷たい一本の線になっている。サラは話ができるように、人が忙しく行きかう廊下の脇にふたりを連れていった。まるでたったいま会ったばかりのように、なにもかもがよそよそしかった。

サラは切り出した。「テッサはわたしと一緒に来たがって――」

「おまえはそれを許したわけだ」エディの言葉に潜む非難が、サラにぐさりと刺さった。

「いったいなんだって一緒に行かせた?」

サラは唇を噛んで、泣くのをこらえた。「こんなことになるなんて思わなくて――」

エディがぴしゃりと言った。「そうだろうとも」

「エディ」キャシーの言葉は夫をたしなめるためではなく、いまはそんなことを言うタイミングではないと告げたにすぎなかった。

サラはしばし黙りこみ、これ以上動揺するまいと自分に言い聞かせた。「いまテッサは手術中なの。まだあと数時間はかかるはず」ドアがまた開いたので三人は揃ってそちらに目を向けたが、手術から抜け出してきたらしい看護師がいただけだった。

　サラは言葉を継いだ。「お腹と胸を刺されたの。頭にも傷があった」サラは自分の頭に手を当てて、テッサが岩に頭をぶつけた箇所を示した。傷のことを考えると、またパニックが押し寄せてきたので、それ以上話せなくなった。なにもかも恐ろしい夢だったのかもしれないと、何度目かに考えた。その夢から覚まさせるように手術室のドアが再び開き、空の車椅子を押した雑役係が出てきた。

　キャシーが言った。「それで？」

「出血を止めようとした」サラの頭のなかでその場面が繰り返された。待合室でそのときのことを何度も再生し、ほかにできたかもしれないことを考えてみたけれど、状況は絶望的だったと思い知らされただけだった。

「それで？」キャシーが素っ気なく繰り返した。

　サラは咳払いをして、感情から自分を切り離そうとした。自分の患者の両親に話すときのような調子で言った。「ヘリコプターが来る一分ほど前に、大きな発作を起こしたの。わたしは助けるためにできるだけのことをした」手の下でテッサがどんなふうに痙攣していたのかを思い出して、サラは口をつぐんだ。父親を見つめ、ここに着いてから彼が一度も自分を見ていないことに気づいた。

「搬送中に、さらに二度発作を起こした。左の肺が虚脱していたの。息ができるように、胸にチューブを入れた」

キャシーが訊いた。「いまはなにをしているの?」

「出血を止めようとしている。神経学の専門家が呼ばれたけれど、なにがわかったのかは聞いていない。いま大事なのは出血を止めることなの。帝王切開をして——」サラは口をつぐみ、息を止めた。

「赤ん坊を取り出した」キャシーがあとを引き取って言い、エディはがっくりと彼女にもたれかかった。

サラは止めていた息をゆっくりと吐いた。

「ほかには?」キャシーが尋ねた。「なにを隠しているの?」

サラは顔を背けて答えた。「出血をコントロールできなければ、子宮を摘出しなければならなくなるかもしれない」

両親はそれを聞いても黙っていたが、まるで大声で叫んでいるかのように、彼らがなにを考えているのかサラにはよくわかっていた。テッサは、ふたりが孫を抱くための唯一の希望なのだ。

「だれがやったの?」キャシーがついに尋ねた。「いったいだれがこんなことを?」

「わからない」その質問はサラの心のなかでこだまとなって繰り返された。妊婦を刺して、置き去りにするなんて、どんな怪物の仕業なの？

「ジェフリーはなにかつかんでいるのか？」エディがすんなりとその名を口にできたわけではないと、サラは気づいていた。

「できることはしている。わたしはグラントに戻らないと。テッサが気づいたら……」サラはその先を言うことができなかった。

「あの子はいつ目が覚めると思っていればいいの？」キャシーが訊いた。

サラは、なにを言えばわたしを見てくれるだろうと思いながら父親を見つめた。ふたりが自分の両親でなければ、事実を告げていただろう。今後のことはまったく予想がつかないと。はっきりしたことがつかめないうちに被害者の親族や友人と話をするのは気が重いと、ジェフリーはよく言っていた。彼にしてはずいぶん意気地がないとサラはこれまで感じていたが、人間にはなんらかの希望が、なにかひとつでもうまくいくことがあるという確信が必要なのだといまはわかっていた。

「サラ？」キャシーが促した。

「脳の活動を調べる必要があるの。脳がダメージを受けていないことを確認するために、脳波を取ると思う」サラはなにか前向きなことが言いたかったが、確かなことはひとつだけだった。「問題が起きる可能性はいろいろある」

キャシーはもうなにも尋ねなかった。エディに向き直ると、目を閉じて、彼の額に唇を当てた。

エディはようやく口を開いたが、相変わらずサラを見ようとしなかった。「赤ん坊がだめなことは間違いないのか？」

サラは声が出ないことに気づいた。川床のように喉が乾ききっていて、かろうじてかすれ声を絞り出した。「ええ、パパ」


サラは病院のカフェテリアの外にある自動販売機の前に立ち、こぶしに鋭い痛みを感じるまで、スナックの機械のボタンを叩き続けた。なにも起きなかったので、間違ったことをしたのだろうかと思いながら、かがみこんで取り出し口をのぞいた。空だ。

「くそっ」サラは自動販売機を蹴飛ばした。ファンファーレの音とともに、キットカットが落ちてきた。

包装紙を破り、カフェテリアの喧騒《けんそう》から逃れるように廊下を進んだ。サラがこの病院で働いていた頃とは、メニューが変わっている。タイ料理からイタリア料理、肉汁たっぷりの分厚いハンバーガーまで食べられるようになっていた。病院にとっては収入源なのだろうが、病気を治すための場所であんな健康に悪い食べ物を売るのは筋が通らないとサラは思った。

真夜中近い時間でも病院は人の動きが活発で、蜂の巣のなかを歩いているみたいに常になにか物音がしている。インターン時代はどうだったのか記憶になかったが、変わってはいないはずだ。当時は恐怖と睡眠不足のせいで気づかなかったのだろう。あの頃、インターンは組合を作り、より人道的な働き方を求め始めていた。当時のグレイディのシフトは、二十四時間から三十六時間の連続勤務だった。サラはいまだに、睡眠時間を取り戻していないような気がしていた。

一度腰をおろしたら二度と立てないことがわかっていたから、〝リネン〟と書かれたドアに背を預けた。テッサの手術は三時間前に終わり、いまはＩＣＵで家族が順番に付き添っている。強い鎮静剤を打たれているので、手術後まだ目覚めていなかった。容態は要観察ということになってはいるが、出血はコントロールできたと外科医は考えている。また子供が欲しいと思えるくらいに回復したときには、それが可能だということだった。小さな言葉にされたわけではないが、エディとキャシーに非難されていることを感じながら小さなＩＣＵでテッサに付き添っているのは、耐えがたかった。デヴォンでさえ、サラと話をしようとはせず、恋人と子供の身に起きたことの衝撃に大きく目を見開いて隅のほうに引きこもっていた。サラは自分が限界寸前まで来ていることを感じていたが、ばらばらになりかけている彼女をいま一度つなぎ合わせてくれる人は近くにはいなかった。

ドアに頭をもたせかけて目を閉じ、妹が最後に言ったことを思い出そうとした。発作を起こしたあと、ヘリコプターでは話ができるような状態ではなかった。最後に彼女が意味のある言葉を口にしたのは車のなかにいたときで、サラを愛していると言ったのだった。

サラは空腹ではなかったが、キットカットをかじった。

「こんばんは、マダム」年配の男性が帽子を軽く持ちあげながら、通り過ぎていった。

サラは笑顔を作り、階段をあがっていく彼を眺めた。エディと同年配だろうが、見えるところの髪は真っ白だ。病院の人工の明かりに照らされたその肌はほとんど透き通っているようで、紺色のズボンと水色のシャツは清潔そうだったが、彼の通り過ぎたあとには潤滑油か機械油のようなにおいが残っていた。機械工か病院の補修係かもしれないし、だれか知り合いが上の階で命を懸けて必死に闘っているのかもしれない。テッサのように。

カフェテリアのドアの前で数人の医者が立ち止まった。スクラブはしわだらけで、白いジャケットにはいろいろな染みがついている。若いから、学生かインターンだろう。目を充血させ、どこか人生に疲れた様子を見せているのは、サラもここグレイディにいた頃に覚えがあった。

彼らは明らかにだれかを待っていて、低い声でぼそぼそと話をしている。病院内の噂話や手がけてみたい手術の話を聞きながら、サラは手のなかのチョコレートのラベルをぼんやりと見つめていた。

男の声がした。「サラ？」

彼が呼びかけているのは別のサラだろうと考えたサラは、ラベルに目を落としたままだった。

「サラ・リントン？」彼が繰り返し、サラはハーツデール児童診療所の患者のひとりがいまはエモリーで働いているのかもしれないと思いながら、インターンのグループに目を向けた。若い顔を見ていると自分が年寄りになった気分だったが、やがて彼らより年上で長身の男がうしろのほうに立っていることに気づいた。

「メイソン？」サラはようやくその顔を認識した。「メイソン・ジェームズ？」

「そうだ」彼はインターンの若者たちを押しのけた。サラの肩に手をのせる。「上で、ご両親に会ったよ」

「そう」サラはなにを言えばいいのかわからなかった。

「いまはここで働いているんだ。小児外傷を担当している」

「そうだった」サラは覚えていたかのようにうなずいた。グレイディで働いていた頃彼とデートをしたことがあったが、グラント郡に戻ってからは連絡を取っていない。

「下になにか食べに行ったってキャシーから聞いたんだ」

サラはキットカットを見せた。

メイソンは笑った。「きみの食べ物の好みは変わっていないんだな」

「フィレミニヨンがなかったのよ」サラの言葉に、メイソンはまた笑った。

「元気そうだね」明らかな嘘だが、育ちとマナーのよさのなせる技でメイソンはさらりと言ってのけた。メイソンの父親は、祖父と同じ心臓専門医だった。メイソンが自分に惹《ひ》かれた理由のひとつに、エディが配管工だったことがあるのではないかとサラは常々考えていた。寄宿舎とカントリークラブの世界で育った彼は、支払いのための小切手を書く以外、労働者階級の人間と接触する機会がほとんどなかった。

「あなたは……えーと……」サラは懸命に言葉を探した。「元気だったの？」

「もちろんさ。下でテッサのことを訊いた。ＥＲ中、その話でもちきりだ」

グレイディほど大きな病院であっても、テッサのような事件が特別視されることはサラも理解していた。子供が関わる暴力事件はすべて、なによりも恐ろしいものだと考えられているからだ。

「彼女の様子を見てきたよ。気にしないでくれるといいんだが」

「もちろん気にしないわ」

「主治医はベス・ティンダールだ。いい医者だよ」

「そうね」サラはうなずいた。

メイソンは優しい笑顔を見せた。「きみのお母さんはいまでもきれいだね」

サラは笑みを返そうとした。「あなたに会えて喜んだと思う」

「まあ、こんな状況だから……。だれの仕業かわかっているの？」

サラは冷静さが剝《は》がれかけているのを感じながら、首を振った。「まったく」

「サラ」メイソンはサラの手の甲を指でそっと撫でた。「本当に残念だよ」

サラは泣くまいとして顔を背けた。テッサが刺されてから、彼女を慰めようとした人はだれもいない。彼に触れられて肌がぞくりとし、こんなささいなことに慰めを見出《みいだ》している自分がばかみたいに思えた。

メイソンはサラの変化に気づいた。片手を彼女の顔に当てて、自分のほうを向かせる。

「大丈夫か？」

「もう戻らないと」

彼はサラの肘を取った。「行こう」彼女を連れて廊下を歩きだした。

サラはＩＣＵへと向かいながら、彼の話を聞いていた。サラがアトランタをあとにしてからの病院や自分の人生について語る彼の言葉に取り立てて興味を抱いたわけではないが、単調なその声にほっとするものを感じていた。メイソン・ジェームズは、あらゆることを冷静に処理できる人間だった。グラント郡から来たばかりで、満足できるデートというのは父親のビュイックの後部座席でサラの体を撫でまわすことだと思っていたスティーヴ・マンとしか付き合ったことのなかった当時のサラには、メイソンはとても大人で洗練されているように見えた。

角を曲がると、激しい言い争いをしているらしい両親の姿が廊下の先に見えた。エディが先にサラとメイソンに気づき、言いかけていた言葉を呑みこんだ。

エディのまぶたは垂れさがり、サラが見たこともないほど疲れた様子だった。母親はこの一時間で二十年分年を取ったように見える。ふたりはあまりにも弱々しくて、サラは喉が詰まったみたいになった。

「テスの様子を見てくる」サラはその場を離れた。ドアの右側にあるボタンを押して、ICUのなかへと入った。

たいていの病院がそうであるように、グレイディの集中治療室は狭くてひっそりとしている。廊下と病室の照明は抑えられ、患者だけでなく二時間ごとに面会が許されている見舞客のために、落ち着いた雰囲気が作られていた。すべての病室のドアはガラス製のスライドドアで、プライバシーはあまりないが、ほとんどの患者は文句を言えるような状態ではなかった。サラは心臓モニターのピッピッという音や、人工呼吸器のゆっくりした息遣いを聞きながら、奥へと進んだ。テッサの病室はナースステーションの真向かいにあって、彼女の状態がどれほど重篤であるかを教えていた。

病室では、両手をポケットに突っ込んだデヴォンがベッドから数十センチのところにいた。すぐ脇に座り心地のよさそうな椅子があるというのに、壁にもたれて立っている。

「ハイ」サラは声をかけた。

デヴォンはろくにサラを見ようともしなかった。泣きはらしたように目は赤く、人工の明かりの下で黒い肌は青白く見えた。

「テッサはなにか言った?」

彼はすぐには答えなかった。「何度か目を開けたんだが、よくわからない」

「目を覚まそうとしているのよ。いいことだわ」

彼の喉仏が上下に動いた。

「休憩したかったら……」サラは切り出したが、デヴォンは彼女が言い終わるのを待たなかった。ちらりとも振り返ることなく、病室を出ていった。

サラはベッド近くに椅子を持ってきて腰をおろした。ほぼ一日中、ただ座って知らせを待っていただけなのに、疲労困憊《ひろうこんぱい》だった。

頭皮をもとどおり縫い合わせたところは包帯が巻かれている。腹部には、体液を排出するためのドレインが二本留置されている。ベッドの手すりに吊るされている排液バッグには、少ししか中身が溜まっていなかった。部屋は暗く、様々なモニターからの明かりがあるだけだ。人工呼吸器は一時間前にはずされていたが、心臓モニターはまだ装着されたままで、金属的な音が心臓の鼓動を伝えていた。

サラはテッサの手がこんなに小さいなんて知らなかったと思いながら、妹の指を撫でた。テッサの初めての登校日、その手を引いてバス停まで連れていったときのことをいまもよく覚えている。家を出る前、妹の面倒を見るようにとキャシーはサラに言い聞かせた。子供の頃、散々聞かされた言葉だ。エディでさえ同じことを言ったが、スティーヴ・マンとデートするときにはテッサを連れていくようにと父がいつも促した本当の理由は、あとになって理解した。ビュイックの広々とした後部座席のことをエディは知っていたのだ。

だれかがそばにいることがわかったのか、テッサの頭が動いた。

「テス？」サラは彼女の手を取り、そっと力をこめた。「テス？」

テッサの口から洩《も》れた音は、うめき声に近かった。この八カ月のあいだ何百万回としたように、その手がお腹に向かった。

テッサの目がゆっくりと開いた。部屋のなかを見まわし、サラに気づいた。

「ハイ」サラは安堵の笑みが浮かぶのを感じた。「起きたのね」

テッサの唇が動いた。喉に手を当てる。

「喉が渇いた？」

テッサはうなずき、サラは看護師がベッド脇に置いていった氷片の入ったコップを手に取った。氷はほとんど溶けていたが、かろうじていくつかのかけらを見つけた。

「喉にチューブが入っているの」テッサの口に氷を入れてやりながら、サラは説明した。「そのせいでしばらくは痛いし、話をするのも難しい」

テッサは目を閉じ、口のなかのものを飲みこんだ。

「すごく痛い？　看護師を呼んでほしい？」

サラは立ちあがろうとしたが、テッサは彼女の手を放そうとしなかった。いちばん訊きたいことをテッサが言葉にする必要はなかった。目を見るだけで充分だった。

「いいえ、テッシー」サラの顔を涙が伝った。「だめだった。助からなかった」サラはテッサの手を唇に押し当てた。「ごめんなさい。本当に――」

テッサは言葉を発することなく、サラの口を封じた。心臓モニターの音だけが部屋に響いている。テッサが生きているという金属製の証だ。

「覚えている?」サラが尋ねた。「なにがあったのか、わかる?」

テッサの顔が一度だけ横に動いた。

「あなたは森に行ったの。袋を拾って、ごみをそこに入れているのをブラッドが見ている。覚えている?」

テッサはまたノーの身振りをした。

「だれかがいたんだと思う」サラは言い直した。「だれかが森にいたことはわかっているの。その袋が欲しかったのかもしれない。それとも……」サラは頭に浮かんだことを口にするのをやめた。情報を与えすぎても妹が混乱するだけだし、サラ自身にも事実はわかっていないのだ。

「だれかがあなたを刺したの」

テッサは続きを待っている。

「わたしがあなたを森で見つけた。あなたは空き地で倒れていて、わたしは……できることをしようとしたの。助けようとしたの。でもだめだった」サラはまた冷静さが剝がれ落ちるのを感じた。「ああ、神さま、テッシー、あなたを助けようとしたのよ」

サラは泣いている自分が恥ずかしくて、ベッドに顔を伏せた。妹のために強くならなくてはいけない。一緒に乗り越えるのだということを妹に見せなくてはいけない。けれど、すべては自分のせいだとしかいまは考えられなかった。生まれてからずっとテッサの面倒を見てきたのに、彼女がいちばん自分を必要としているときにそばにいてやれなかったのだ。

「ああ、テス」サラはすすり泣いた。妹の許しがこれほど必要だったことはない。「本当にごめんなさい」

後頭部にテッサの手を感じた。ぎこちない動きだったが、テッサはサラを自分のほうに引き寄せようとしていた。

サラは顔をあげ、テッサから数センチのところまで近づいた。

テッサは唇を動かしたが、まだ口を使うことに慣れていないようだった。声にならない声で尋ねる。「だれ?」だれが彼女にこんなことをしたのか、だれがお腹の子供を殺したのかを知りたがっている。

「わからない」サラは答えた。「調べているところよ、テッサ。ジェフリーがいま、できることをしている」サラの声が途切れた。「あなたにこんなことをした人間が、二度とだれのことも傷つけないようにするから」

テッサの指がサラの目のすぐ下に触れた。震える手が涙をぬぐう。

「ごめんなさい、テッシー。本当にごめんなさい。わたしはなにをすればいいのか教えて。お願い」

テッサの声はかすれていて、ささやいているに等しかった。サラは彼女の唇を見つめていたが、叫んでいるのと同じくらい、はっきりその声を聞き取ることができた。

「見つけて」

月曜日

5

ジェフリーは身をかがめてフロントポーチから新聞を拾いあげ、サラの家に入った。朝六時までにここに来るから、テッサのその後の容態を電話で伝えるようにとサラに言ってある。ゆうべ電話で話したとき、サラはひどい状態だった。ジェフリーはサラの泣き声を聞くのがなにより嫌いだ。自分が役立たずで弱虫に感じられる。それがだれであれ、ジェフリーはそのふたつの性質を軽蔑していたが、自分のなかにあるとなればなおさらだった。

廊下の明かりをつけた。家の反対側で、犬たちが首輪をカチャカチャ言わせたり、大きなあくびをしたりしているのが聞こえたが、彼らが来訪者を確かめるためにここまでやってくることはなかった。エブロにある犬のレース場で二年間走り続けてきた二匹のグレーハウンドは、必要にかられないかぎり、わずかなエネルギーですら消費するのを嫌う。

ジェフリーは口笛を吹き、キッチンカウンターに新聞を置くと、第一面を見ながら犬たちが来るのを待った。折り目のすぐ上の写真には、父親とケヴィン・ブレイクにはさまれて立つチャック・ゲインズが写っている。三人は、土曜日にオーガスタで行われたなにかのゴルフ大会で勝ったらしい。その下の記事は、学校の外のトレーラーを恒久的な教室に変えることを目的とする公債の発行を認めるための住民投票《ボンド・レファレンダム》を支持するよう呼びかけるものだ。『グラント・オブザーバー』紙は、アルバート・ゲインズを特別扱いすることになにより重きを置いている。彼が町の半分の建物を所有していて、残りの半分には彼の銀行が抵当権を設定しているからだ。

どうしてなかなか来ないのだろうと思いながら、ジェフリーはもう一度口笛を吹いて犬たちを呼んだ。二匹は黒と白のタイルの床にカチャカチャと爪の音をたてながら、ようやくのんびりとキッチンに姿を現した。ジェフリーは柵に囲まれた庭に二匹を出してやり、用を足し終えたら戻ってこられるようにドアを開けたままにした。

忘れないうちにコートのポケットから二個のトマトを取り出すと、サラの冷蔵庫を開き、悲しくも短い命のどこかの時点で食べ物だった緑色の妙な丸いものの隣に置いた。ジェフリーの秘書のマーラ・シムズは庭仕事が好きで、彼ひとりでは食べきれないほどの野菜をくれる。他人のことに首を突っ込みたがるマーラのことだから、ジェフリーがサラに分けることを期待して、あえてそうしているのかもしれない。

自分がいなくなるまで出てこないことはわかっていたが、サラの飼い猫のバッバのために、キャットフードを容器に入れた。バッバは用具入れの近くに置いたボウルからしか水を飲まないのだが、ジェフリーがここで暮らしていた頃は、よくそれを蹴飛ばした。バッバはそれを含め、ほかの様々なことを自分に対する個人攻撃と受け取った。ジェフリーとサラは、バッバとは愛憎半ばする関係だった。サラはバッバを愛し、ジェフリーは嫌っていた。

ジェフリーが餌の缶詰を開けていると、犬たちがとことことキッチンに戻ってきた。ボブは撫でてほしくてジェフリーの脚に体をこすりつけ、ビリーはエベレスト山に登ってきたばかりのように、大きなため息をつきながら床に寝そべった。これほど大型の動物が室内で暮らせることがジェフリーにはどうしても理解できなかったが、二匹のグレーハウンドは一日中家のなかにいることになんの不満もないらしかった。あまり長いあいだ庭で放っておかれたりすれば、二匹は寂しくなって柵を飛び越えてサラを捜しに行くに違いない。

ボブはまたジェフリーに鼻をこすりつけて、彼をカウンターに押しつけた。

「ちょっと待てってて」ジェフリーは二匹のボウルを手に取った。ドライフードをすくって入れ、スープスプーンで缶詰の餌を混ぜる。二匹が、ボウルに入っているものならなんでも食べることはわかっていたが――ビリーは猫の砂箱を自分のおやつ入れだと思っている――サラが混ぜた餌をやっていたので、ジェフリーもそのとおりにした。

「さあ、いいぞ」ジェフリーはボウルを置いた。

二匹はボウルに近づき、細い尻をこちらに向けながら食べ始めた。ジェフリーはしばらくそれを眺めていたが、キッチンを片付けようと決めた。サラは調子のいい日でもきれい好きとは言えなかったから、金曜の夜のディナーに使った皿がまだシンクで山積みになっている。ジェフリーはキッチンの椅子の背にジャケットをかけると、袖をまくった。シンクの上の大きな窓からは穏やかな湖が見えるので、ジェフリーは皿を洗いながらぼんやりと湖面を見つめていた。彼はサラの家にいるのが好きだった。キッチンの温かな雰囲気や、書斎に置いてある深くて座り心地のいい椅子が好きだった。窓を開けたままサラと愛し合い、湖にいる鳥の鳴き声を聞き、彼女のシャンプーのにおいを嗅ぎ、彼に抱き締められて目を閉じる彼女を眺めるのが好きだった。その全部が好きすぎたので、サラにもそれが伝わっていたに違いない。ふたりはたいていの時間を彼の家で過ごした。

最後の皿を洗っているときに電話が鳴り、考え事にすっかり没頭していたジェフリーは危うく皿を落とすところだった。

三度目の呼び出し音で受話器を取った。

「もしもし」小さくて、疲れた声だった。

ジェフリーはタオルをつかんで、手を拭いた。「テッサの容態は？」

「よくなっている」

「なにか覚えていたか？」

「なにも」サラは黙りこんだが、彼女が泣いているのか、それとも疲労のあまり喋れずにいるのかはわからなかった。

ジェフリーの視界がぼやけ、彼はいつしかまた、あの森のなかにいた。テッサの腹部に手を押し当てていて、シャツがテッサの血でぐっしょり濡れていた。なにかを感じたのかビリーが振り返ってジェフリーを見たが、またすぐに朝食に戻った。首輪についている金属製のタグがボウルに当たる音がした。

「大丈夫かい？」

サラは曖昧な返事をした。「ブロックと話をして、やってほしいことを伝えた。明日までには、検査の結果が出るはずよ。カルロスが急がせるから」

ジェフリーははぐらかされなかった。「ゆうべは少しでも眠ったのか？」

「あんまり」

それはジェフリーも同じだった。夜中の三時頃、そうすれば疲れて眠れるだろうと思い、ベッドから出て十キロほど走った。間違っていた。

「ママとパパがいま付き添っている」

「ふたりはどんな具合だ？」

「怒ってる」

「おれに？」

サラは答えなかった。

「きみに？」

サラが鼻をかむ音が聞こえた。「あの子を連れていくべきじゃなかった」

「サラ、きみにわかるはずがなかったじゃないか」ジェフリーは、もっと彼女の気持ちを楽にしてやれる言葉を思いつかない自分が腹立たしかった。「おれたちはこれまで百件もの犯罪現場に足を運んでいるが、なにも悪いことなんて起きなかった。一度も」

「それでも、犯罪現場には変わりない」

「そうだ。犯罪がすでに起きた場所だ。なにが起きるか、おれたちに予測することなんて――」

「今夜、ママの車で帰るわ」サラが言った。「昼食のあとで、テッサを移動させるんですって。あの子が落ち着くまでそばにいてやりたいの」一度言葉を切った。「帰ったらすぐに解剖をする」

「おれが迎えに行くよ」

「だめよ。長距離だし、それに――」

「かまわない」ジェフリーはサラを遮った。サラが自分を必要としているときにそばにいてやれなかったという過ちを以前に犯している。二度と繰り返すつもりはなかった。「四時にロビーで待っている」

「ラッシュの時間に近すぎる。ものすごくかかるわよ」

「逆から行くさ」ジェフリーは応じたが、十五歳以上の人間がひとり残らず車を持っているアトランタでは、ほぼ意味のないことだった。「きみに運転させたくない。きみは疲れ切っているからね」

サラはなにも言わない。

「きみの意見を訊いているんじゃないよ、サラ。そうするって言っているんだ」ジェフリーは断固とした口調を崩さなかった。「四時頃にそっちに行く。いいね？」

サラはようやく受け入れた。「わかった」

「四時にロビーで」

「いいわ」

ジェフリーはサラの気が変わる前に、別れの言葉を言って電話を切った。袖をもとどおりにおろしかけたところで、腕時計を見て考え直した。ダン・ブロックがアンディ・ローゼンの血液サンプルを受け取れるように、一時間後に彼を迎えに行って遺体安置所まで送っていくことになっている。そのあとはローゼン夫妻と彼らの息子について話をして、夜のあいだになにか思い出したことがないかどうかを確かめる予定だ。

鑑識が、両親のガレージの上にあるアンディのアパートメントを調べ終えるまで、オフィスにいてもジェフリーにできることはない。指紋が見つかればコンピューターにかけられるが、コンピューターはすでにファイルにある指紋としか照合できないので、結果は運次第だ。報告があがってきたら、フランクがジェフリーの携帯電話に連絡してくるだろうが、それまで彼にできることはないといっていい。天地がひっくり返るような新事実が出てこないかぎり、エレン・シェイファーの寮に寄ってアンディ・ローゼンの写真を見せ、見覚えがあるかどうかを尋ねるつもりだった。彼女は死体を背後からしか見ていないが、キャンパスの噂話がどれほどの速さで伝わるかを考えれば、シェイファーはおそらく警察のだれよりもアンディ・ローゼンのことをよく知っているはずだ。

ジェフリーはもう少しサラのためになにかしようと決めた。寝室に向かい、サラのソックスと靴を、それからスカートと下着を拾いながら廊下を歩いていく。サラが歩きながら服を脱ぎ捨てたのだ。一緒に暮らしていた頃は、サラのこういった行動にどれほどいらだったかを思い出し、ジェフリーの頰が緩んだ。

ビリーとボブがベッドでくつろいでいたので、ジェフリーはサラの服を窓のそばの椅子にかけた。ジェフリーは二匹の隣に腰をおろし、順番に撫でてやった。サラのベッドの近くに額入り写真が何枚か飾られていて、ジェフリーは手を止めてそれを眺めた。一枚目は釣り竿《ざお》を手に湖の前に立つテッサとサラの写真だ。テッサがかぶっている古ぼけた釣り帽子は、エディのものだとジェフリーは気づいた。二枚目の写真はテッサの卒業式で、エディ、キャシー、テッサ、サラの四人が互いに腕を組み、満面に笑みを浮かべている。

濃い赤色の髪と白い肌のサラは父親より数センチ背が高く、家族写真に紛れこんだ近所の子供のようにしか見えないが、その顔に浮かんだ笑みは間違いなく父親と同じものだ。

テッサは母親譲りの金髪と青い目と小柄な体軀《たいく》の持ち主だが、女性三人は皆、同じようなアーモンド形の目をしている。サラはほかのふたりより女性らしくて、そうあるべきところがちゃんと曲線を描いている体つきをジェフリーは常々魅力的だと思っていた。

写真をもとどおりにしたジェフリーは、もう一枚の写真が置かれていたらしいほこりの筋が机に残っていることに気づいた。床を眺めてから引き出しを開け、数冊の雑誌を脇にのけると、その下に銀縁のフレームが隠されていた。その写真ならよく知っている。ジェフリーとの新婚旅行で、通りすがりの人に海岸で撮ってもらったものだ。ジェフリーはシーツの端でフレームのほこりを払ってから、また引き出しのなかに戻した。

ブロックの葬儀屋は、ジェフリーが子供の頃、そこで暮らすことを夢見ていたような大きなヴィクトリアン様式の家で営業していた。かつてジェフリーと母親――時々は父親も――はアラバマ州シラコーガで、なにも問題のない日でも我が家とはとても呼べないような寝室がふたつとバスルームがひとつだけの家で暮らしていた。母親が幸せだったことはなく、ジェフリーの記憶にあるかぎり、壁に写真が飾られていたこともなければ、床に絨毯《じゅうたん》が敷かれていることもなく、家庭的な雰囲気を醸し出すようなものはなにひとつなかった。あたかもメイ・トリヴァーは、そこに根をおろすことを断固として避けていたかのようだ。そうしたからといって、すべきことがたくさんあるわけではないのに。

玄関のドアを閉めると、断熱が不十分な窓はがたがた揺れたし、キッチンの床は裏口に向かって大きく傾いていて、落とした食べ物は幅木まで転がった。ひどく寒い冬の夜は、ジェフリーは廊下のクローゼットの床に寝袋を置いて寝た。そこが家じゅうでいちばん暖かかったからだ。

長年警察官をしてきたジェフリーは、ひどい子供時代を過ごしたことはなんの理由にもならないと考えていたが、それを言い訳にする人間がいることは理解していた。ジミー・トリヴァーは酒癖の悪い酒飲みで、父親の邪魔をするという間違いを犯したジェフリーに幾度となく暴力をふるった。母親をジミーのこぶしから守ったときに殴られることが多かった。だがそれは過去の話で、ジェフリーは遠い昔にふんぎりをつけていた。だれもが人生のどこかで一度や二度は大変な目に遭っている。それが人間のありようというものだ。逆境をどう乗り越えてきたかで、その人間の真価がわかる。ジェフリーがレナに厳しい態度を取るのはそのせいかもしれない。レナには以前とは違う人間になってほしかった。

ダン・ブロックがあわただしく玄関から出てきたが、母親に呼ばれて足を止めた。母親が発砲スチロールのコップをふたつ彼に手渡すのを見て、片方が自分の分であることをジェフリーは切に願った。ブロックの母親はとてもおいしいコーヒーをいれる。

母親と息子が別れの挨拶をするのを眺めながら、ジェフリーは笑いたくなるのをこらえた。ブロックは母親がキスできるように頰を差し出し、母親はすかさず息子の黒いスーツの肩からなにかを払った。四十歳近くになるダン・ブロックに結婚歴がない理由がよくわかった。

ブロックはこぼれるような笑みを浮かべながら、車へと歩いてくる。はなはだ不幸なことにいかにも三代目の葬儀屋らしく見える男で、ひょろりとした体形に、骨ばった長い指と遺族を慰めるのに役立つ表情のない顔の持ち主だ。胸が張り裂けるほど泣いている人以外と話す機会があまりないので、喪に服していない人が近くにいるときはとんでもなくお喋りになる傾向があった。ひどく辛口な洒落《しゃれ》を言うことがあり、ときに人を不安にさせるようなユーモアのセンスを発揮する。笑うときにはマペットのようにぱかっと口を開け、顔全部を使った。

ジェフリーは手を伸ばしてドアを開けようとしたが、大きな片方の手でコップをふたつ持ったブロックのほうが早かった。

「やあ、署長」ブロックは車に乗りこみ、コップをひとつジェフリーに差し出した。「母さんからだ」

「お礼を言っておいてくれ」ジェフリーはコップを受け取った。蓋をはずし、これで目が覚めるだろうと思いながら香りを吸いこむ。サラの家を片付けるのはさほど大変な作業ではなかったが、まるで結婚していたという事実を思い出したくないかのように、サラがふたりの写真を引き出しにしまいこんでいたせいで、おじけづいていた。自分を笑わずにはいられない。恋に悩む少女みたいじゃないか。

「どうかしたか?」ブロックは葬儀屋らしく、感情に支配されている人間に気づくことができた。

ジェフリーは車のギアを入れた。「なんでもない」

ブロックは折った二本のつまようじのように長い脚を前に伸ばし、嬉々《きき》としてシートに収まった。「迎えに来てくれてありがとう。霊柩車《れいきゅうしゃ》がいつ必要になるのかわからないし、母さんは毎週月曜日にはジャザサイズに行っているんだ」

「なんでもないさ」ジェフリーはブロックの母親のレオタード姿を想像して、笑いたくなるのをこらえた。でこぼこのじゃがいも袋が頭に浮かんだ。

ブロックが尋ねた。「テッサはその後どうだ?」

「今朝サラと話をした。いくらかはよくなっているようだ」

「神さまに感謝だ」ブロックは片手を掲げた。「彼女のために祈っていたんだ」その手をおろし、ぴしゃりと腿を打つ。「小さな赤ん坊のためにも。子供には神さまが特別な場所を用意してくれているよ」

ジェフリーはなにも言わなかったが、ふたりを刺した人間には神さまがもっと特別な場所を用意してくれていることを願った。

「ご両親はどうしている？」

「大丈夫そうだ」ジェフリーは答えてから話題を変えた。「きみはここしばらく、郡の仕事はしていないんだろう？」

ブロックは何年も郡の検死官を務めていたにもかかわらず、たじろいだように応じた。「サラが引き継いでくれたときには、心底ほっとしたよ。報酬がどうとかいうことじゃなくて、グラント郡はぼくの手に余るくらい大きくなりすぎたんだ。シティから大勢の人間がやってきて、シティのやり方を持ってくる。ぼくはなにかを見逃したりしたくなかった。とんでもない責任だよ。サラには頭がさがるよ」

ブロックの言う〝シティ〟がアトランタであることはわかっていた。九〇年代初期の多くの小さな町がそうだったように、グラント郡にものんびりした生活を求める都市の住人が大量に流れこんできた。彼らは州間高速道路の終点には平和なメイベリーの町があると思って、大きな都市をあとにしてくる。たいていは見つかるものだ――故郷に子供たちを残してくれれば。ジェフリーが警察署長として雇われた理由のひとつに、アラバマ州バーミンガム警察のギャング対策部に所属していたということがあった。ジェフリーが契約書にサインしたことで若者の不良グループ問題は解決だと思っていたなら、グラント郡の上層部はあまりにもおめでたすぎた。

ブロックが言った。「簡単な仕事だってサラは言っていた。血液と尿のサンプルが必要なだけなんだろう？」

「そうだ」

「ヘアが彼女の仕事を手伝っていると聞いた」

「そうだ」ジェフリーはコーヒーをする合間に答えた。サラのいとこのヘアトン・アーンショーも医者だが、小児科医ではない。サラがアトランタにいるときは、彼が診療所で代わりを務めていた。

「父さんは――安らかに眠りたまえ――よくエディたちとトランプをしていた。時々ぼくを連れていってくれて、サラとテッシーと遊んだことを覚えているよ」ブロックは車のなかに反響するくらいの大声で笑った。「学校中でぼくと話をしてくれた女の子は、彼女たちふたりだけだったんだ！」その理由を説明する彼の声はいかにも残念そうだった。「ほかの子たちは、ぼくの手からばい菌がうつると思っていた」

ジェフリーは彼の顔を見た。

ブロックは手を見せながら説明した。「死人に触っているから。子供の頃は触っていなかったんだよ。触るようになったのは、ずっとあとだ」

「なるほどね」ジェフリーはどうしてこんな話題になったのだろうと考えた。

「触っていたのは、兄さんのロジャーだ。ロジャーは本当に悪党だった」

ジェフリーは身構え、悪趣味な冗談で終わることを願った。

「兄さんは父さんがベッドに入ったあと、ひとり二十五セントで友人たちをエンバーミングの部屋に連れていっていたんだ。明かりは消して、懐中電灯だけで彼らを案内すると、故人の胸をぐっと押す。こんなふうに」見ないほうがいいと思いながら、ジェフリーはブロックの手元に目を向けた。「すると遺体はこんなうめき声を出すんだ」

ブロックは口を開けて、声に出さずに低くうめいた。その声は恐ろしくて、身がすくむようで――ジェフリーは、今夜ベッドに入ったときに思い出さないことを神に祈りたくなった。

「くそっ、ぞっとする」ジェフリーはだれかが自分の墓の上を歩いたみたいに、背筋がぞくりとするのを感じた。「二度としないでくれ、ブロック。ちくしょう」

ブロックは後悔したようだが、それを態度に表すことはなく、遺体安置所に着くまで無言でコーヒーを飲んでいた。

ローゼン家に到着したとき、まず目についたのが、私道に止められているつややかな赤いフォード・ムスタングだった。ジェフリーは玄関に向かう代わりに車に近づき、その流れるようなラインをうっとりと眺めた。アンディ・ローゼンの年の頃、ジェフリーは赤いムスタングを運転するのが夢だったから、こうしていまその車を目の前にすると、不合理な嫉妬を感じた。ボンネットに指を這わせ、黒のストライプをなぞりながら、あの年齢の頃の自分よりもアンディのほうがはるかに生きる理由があったのにと考えた。

この車を愛している人間がほかにもいるようだ。朝早い時間にもかかわらず、車体に朝露は残っていない。後部のフェンダーの近くに逆さまにしたバケツが置かれ、その上にスポンジが乗っている。ホースがまだ車に向かって繰り出されたままだ。ジェフリーは腕時計を眺め、洗車をするには妙な時間だと考えた。持ち主が前日に死んでいるのだからなおさらだ。

フロントポーチに近づいていくと、ローゼン夫妻が激しく言い争っている声が聞こえてきた。警察官としての長年の経験から、人は怒っているときに真実を口にする可能性が高いことをジェフリーは知っていた。早起きのジョガーに不審に思われることのないよう、注意しながらドアの前で耳を澄ました。

「どうしていまになって気にかけるのよ、ブライアン?」ジル・ローゼンの声がする。

「いままではあの子を気にしたことなんてなかったじゃないの」

「くそみたいなでたらめだ。わかってるはずだぞ」

「そんな言葉遣いをしないで」

「ファックユー! おれは言いたいように言うんだ」

少し間があって聞こえてきたジル・ローゼンの声は小さくなっていて、なにを言っているのかを聞き取ることはできなかった。応じた夫の声も同じくらい低い。

ジェフリーは、ふたりが再び声を荒らげるのをたっぷり一分待ったが、あきらめてドアをノックした。ふたりが家のなかでごそごそしているのが聞こえたので、どちらかが、あるいは両方が泣いていたのだろうと思った。

ドアを開けたのはジル・ローゼンで、散々使ったティッシュペーパーを握り締めているところを見ると、朝から涙にくれていたらしい。ジェフリーは、昨日自宅のデッキにいたキャシー・リントンを思い出し、自分にそんなものがあるとは想像もしていなかった同情を覚えた。

「トリヴァー署長。こちらはドクター・ブライアン・ケラー。わたしの夫です」

「電話でお話ししましたね」ジェフリーが言った。

ケラーは精神的に相当ダメージを負っているようだった。薄くなりかかった白髪とたるんだ顎のラインから判断するに五十代後半だろうが、悲嘆のあまり二十歳は老けて見える。ピンストライプのズボンは明らかにスーツの片割れだったが、上は黄ばんだ肌着という格好で、深いVネックからは白くなりかかったわずかな胸毛が見えていた。息子と同じようにダビデの星のチェーンをつけている。それともあれは、警察が森で見つけたものかもしれない。妙なことに足元は裸足《はだし》で、車を洗っていたのはケラーだろうとジェフリーは見当をつけた。

「昨日の電話は申し訳なかった。動揺していたもので」ケラーが言った。

「息子さんのことはお気の毒です、ドクター・ケラー」ジェフリーは彼と握手を交わしながら、気を悪くさせることなくアンディが実の息子なのか、それとも養子なのかを尋ねるにはどう言えばいいだろうと考えた。結婚しても旧姓のままでいる女性は多いが、子供は普通父親の姓を名乗る。

ジェフリーはケラーに尋ねた。「あなたはアンディの生物学上の父親ですか？」

ローゼンが答えた。「アンディが充分な情報を得たうえで決断できるくらいの年齢になったら、どちらの姓を選ぶのかを決めさせるつもりでした」

ジェフリーはなるほどというようにうなずいたが、多すぎる選択肢を与えたことが警察署であれほど多くの若者を目にするようになった理由のひとつだというのが、彼の意見だった。間違った選択が本当にトラブルを招くことを知って、ショックを受ける若者は多かった。

「どうぞなかに」ローゼンはジェフリーを短い廊下にいざない、居間へと案内した。

たいていの教授がそうであるように、彼らも大学近くのメインストリートから少しはずれたところにあるウィロー・ドライブに住んでいた。大学が銀行と交渉して保証人となり、新しい教授たちが低金利の住宅ローンを組めるように手配したので、彼らは町でもっともいい家で暮らしている。ほかの教授たちもケラーのように、自宅を荒れ放題にしているのだろうかとジェフリーはいぶかった。天井には雨漏りの染みがいくつもできていたし、壁はすぐにでもペンキを塗り直す必要がある。

「散らかっていてごめんなさい」ジル・ローゼンが慣れた調子で言った。

「いえ、お気になさらずに」ジェフリーは応じたものの、よくこんな乱雑なところで暮らせるものだと考えていた。「ドクター・ローゼン――」

「ジルと呼んでください」

「ジル、お訊きしたいのですが、レナ・アダムズとはお知り合いですか？」

「昨日来た女性？」語尾をあげて尋ねる。

「以前からの知り合いなのかと思ったもので」

「彼女はアンディのことを伝えるために、わたしのオフィスに来てくれました」

ジェフリーはしばし彼女を見つめたが、様々な意味に解釈できるその言葉に、それ以上の意味があるのかどうかを判断できるほどには彼女を知らない。レナとジル・ローゼンのあいだにはなにかあると直感がささやいていたが、それが事件とどう関連しているのかはわからなかった。

「座りましょうか」ローゼンは狭苦しい居間を示した。

「ありがとうございます」ジェフリーは部屋を見まわした。

ここに越してきたときにローゼンが入念に部屋を設《しつら》えたことは間違いないが、それも遠い昔のことだ。家具はいいものだったが、かなり使いこまれている。壁紙は時代遅れだったし、絨毯は森の小道のように人が通った跡がはっきりと残っていた。たとえそういった表面的な問題がなくとも、この部屋には物が多すぎた。重ねられた本や雑誌が山になっている。先週の日付の新聞が、窓の近くの肘掛け椅子に広げられたままだ。リントンの家も同じくらい物が多いし、本はそれ以上にあるけれど、この家にはもう長いあいだ幸せな人間はいなかったかのような、どこか重苦しい雰囲気が漂っていた。

「葬儀屋と話をしました」ケラーが言った。「ジルとわたしは、なにをすべきなのかを考えていたんです。息子は火葬にひどくこだわっていた」彼の下唇が震えた。「解剖のあとで、それができますか?」

「ええ、もちろんです」ジェフリーは答えた。

「あの子の希望に沿いたいんです。でも……」

「それがあの子の望みだったんだ、ジル」

ふたりのあいだの張りつめた空気を感じたジェフリーはなにも言わなかった。

ローゼンが大きな椅子を示した。「どうぞ座ってください」

「ありがとうございます」ジェフリーはネクタイをシャツのなかに押しこみ、でこぼこした椅子に沈みこまないようにクッションの端に腰をおろした。

「なにか飲みますか?」

ジェフリーが断るより先にケラーが言った。「水がいいな」

妻が部屋を出ていくまで、ケラーはじっと床を見つめたままだった。なにかを待っているようだが、それがなんなのかジェフリーにはわからない。キッチンの蛇口から水が出る音が聞こえると、彼は口を開いたが言葉は出てこなかった。

ジェフリーは切り出した。「いい車ですね」

「ええ」ケラーは膝の上で両手を組んだ。その肩は丸まっていて、彼が当初思っていたよりも大柄であることにジェフリーは気づいた。

「今朝、洗ったんですか？」

「アンディはあの車を大事にしていたんです」ケラーは質問をはぐらかした。

「あなたは生物学部の教授ですね？」

「研究をしています」

「なにか話したいことがあるようでしたら……？」

ケラーはまた口を開いたが、ちょうどそのときローゼンが戻ってきて、ジェフリーと夫に水のグラスを渡した。

「ありがとうございます」ジェフリーはひと口飲んだが、グラスは妙なにおいがした。コーヒーテーブルにグラスを置き、ちらりとケラーを見てなにか言うつもりなのかどうかを確かめてから、本題に入った。

「いまはいろいろと考えなければならないことがあるのは承知しています。いくつか決まった質問をさせてもらったら、そのあとはお邪魔はしません」

「必要なだけ訊いてください」

ローゼンが言った。「ゆうべは遅くまで、警察の人がアンディのアパートメントにいたようですね」

「ええ」テレビのなかの警察官とは対照的に、ジェフリーは鑑識の作業が終わるまで、できるかぎり犯罪現場に近づかないようにしている。アンディが自殺した川床は範囲が広すぎるうえ、だれもが近づける場所なのであまり役に立たないが、アンディのアパートメントは話が別だ。

ケラーは妻が腰をおろすのを待ってから、彼女と並んで長椅子に座った。妻の手を取ろうとしたが、彼女は手を引いた。さっきの諍《いさか》いはまだ終わっていないようだ。

ローゼンが尋ねた。「あの子が突き落とされた可能性はあると思いますか？」

彼女はだれかになにかを言われたのか、それとも自分で思いついたことなのだろうかとジェフリーは考えた。「息子さんを傷つけると脅していた人はいましたか？」

そのことならすでに話題にしていたとでもいうように、ふたりは顔を見合わせた。「わたしたちが知るかぎりではいません」

「アンディは以前にも自殺を図ったことがあったんですよね？」

ふたりは揃ってうなずいた。

「遺書を見ましたか？」

ローゼンは小さく答えた。「はい」

「考えにくいと思います」ジェフリーはふたりに告げた。いま彼がなにを疑っていようと、それは単なる憶測にすぎない。アンディの両親にすがりつくものを与え、あとからそれを奪うようなことはしたくなかった。「あらゆる可能性を調べますが、おふたりに望みを持たせるようなことはしたくありません」ジェフリーは言葉の選択を間違えたと後悔した。自分たちの子供が殺されたことを望む親がどこにいる？

ケラーは妻に言った。「なにかおかしなことがあれば、解剖でわかる。なにもかもわかるんだ。近頃の科学は素晴らしいんだよ」彼の言葉には、その分野で働き、すべての主張を裏付けるために科学的手法に頼っている人間らしい確信がこめられていた。

ローゼンは夫の言葉を聞いていた素振りも見せず、ティッシュペーパーを鼻に当てた。ふたりのあいだの緊張感はさっきの喧嘩のせいなのか、それともしばらく前から結婚生活に問題があったのだろうかと、ジェフリーはいぶかった。キャンパスでそれとなく訊いてみる必要がありそうだ。

ケラーの声にジェフリーの思考が中断された。「あなたに話すことがあるかもしれないと考えていたんです。アンディには以前友人がいて――」

「よくは知らないんです」ローゼンが口をはさんだ。「ドラッグつながりの友人です」

「ええ、よく知りません。わかっているかぎりでは、ここ最近は付き合いはなかったはずです」

「少なくともアンディから紹介されたことはありません」ローゼンが認めた。

「わたしがもっとここにいるべきだったんだ」後悔のあまり、ケラーの声はくぐもっていた。

ローゼンは反論せず、泣くのをこらえているのかケラーの顔が赤く染まった。

「ワシントンにいらしたんですよね？」ジェフリーはケラーに訊いたが、答えたのは妻だった。

「ブライアンはいま、とても複雑な助成金の申請をしているところなんです」

そんなものは無意味だと言わんばかりに、ケラーは首を振った。「そんなものになんの意味がある？」だれにともなく尋ねる。「わたしは、あれだけの時間をいったいなんのために無駄にしたんだ？」

「あなたの研究はいつかだれかの役に立つわ」ローゼンは言ったが、ジェフリーはそこに恨みのようなものを感じ取った。夫の長時間労働に腹を立てる妻は大勢いる。

「私道に止めてあるのは息子さんの車ですか？」ジェフリーはローゼンに尋ねた。ケラーは視線を逸らした。

「つい最近、買ってやったんです。あの子に……わかりません。頑張っているあの子に報いてやりたいと、ブライアンが」

夫の決断に賛成ではなかったと言っているのが伝わってきた。あの車はものすごく高価だし、大学の教授は億万長者にはほど遠い。決して高給取りとは言えない自分のほうがケラーより稼いでいるかもしれないとジェフリーは考えた。

「息子さんは普段、車で学校に通っていたんですか？」

「歩いていくほうが楽なんです」ローゼンが答えた。「三人で一緒に歩いていくことも時々ありました」

「息子さんは、昨日の朝はどこに行くつもりだと言っていましたか？」

「わたしは先にクリニックに行っていました。あの子は一日中、家にいるのだろうと思っていました。レナが来たとき……」

レナの名前を口にしたときの彼女の声には言い慣れた響きがあって、ジェフリーはもっと追及したかったが、その話にもっていく糸口がつかめなかった。

代わりにメモ帳を取り出して確認した。「アンディはあなたのところで働いていたんですよね、ドクター・ケラー？」

「はい。たいしてすることはなかったんですが、長い時間、ひとりで家に置いておきたくなかったんです」

ローゼンが言い添えた。「クリニックも手伝ってもらっていました。受付係があまり頼りにならなくて。時々、受付やファイリングをしてもらっていたんです」

「彼が患者の情報にアクセスしたことはありましたか？」

「まさか」驚いたようなローゼンの口調だった。「患者の情報は厳重に保管されています。アンディがしていたのは経費報告書の整理とかスケジュール管理とか電話の応対とか、そういったことです」その声は震えていた。「昼間あの子を忙しくさせておくための、時間つぶしの仕事でした」

「研究所でも同じです。研究を手伝えるような資格はアンディにはなかった。そういう作業は大学院生がするものです」ケラーは両手を膝にのせ、背筋を伸ばした。「わたしはただ目の届くところに息子を置いておきたかったんだ」

「息子さんがこういうことをするかもしれないと心配だった？」ジェフリーは訊いた。

「いいえ」ローゼンが答えた。「ああ、わからない。無意識のうちに、感じていたのかもしれません。ここ最近、ひどく妙な態度だったんです。なにかを隠しているみたいな」

「なにを隠していたのか、心当たりはありませんか？」

「まったく」ローゼンは心から後悔しているようだった。「あの年頃の男の子は難しいんです。そういう意味では女の子もですけれど。ティーンエイジャーから大人へと移行しようとしているときで、その時々によって親は、責任と支えのあいだを行ったり来たりしている」

「あるいは、子供が金を必要としているかどうかによってね」ケラーが付け加え、ふたりはそれがいつもの冗談であるかのように笑みを浮かべた。

ケラーが訊いた。「息子さんはいますか、トリヴァー署長？」

「いえ」ジェフリーは体を起こした。その質問が不快だった。若い頃は、自分の子供が欲しいと思う日は絶対に来ないだろうと思っていた。サラの状態を知ってからは、そのことは考えないようにしていた。レナとともに捜査に当たった最後の事件では、父親になるのはどういう感じだろうとなぜか考えさせられた。

「心がずたずたになりますよ」ケラーはしわがれた声でつぶやくと、両手で頭を抱えた。ローゼンは葛藤しているようだったが、やがて手を伸ばして夫の背中を撫でた。まるでなにか贈り物をもらったかのように、ケラーは驚いて顔をあげた。

ジェフリーはしばらく待ってから尋ねた。「アンディはなにか問題を抱えているようなことを言っていましたか？」ふたりは揃って首を振った。「彼を悩ませているような人間や事柄はありませんでしたか？」

ケラーは肩をすくめた。「息子はアイデンティティを確立しようと必死になっていました」家の裏手を手で示した。「だからわたしたちはあの子をガレージの上に住まわせていたんです」

「芸術に興味を持っていました」ローゼンはジェフリーのうしろの壁を指さした。

「いい絵ですね」ジェフリーはカンバスに目をやり、二度見しないように平静を装った。岩にもたれかかっている裸の女性を描いた、深みのない絵だ。両脚は大きく広げられ、性器にだけ色がつけられているので、まるで太腿のあいだにラザニアの皿を張りつけたみたいに見える。

「あの子にはとても才能がありました」ローゼンが言った。

ジェフリーはうなずいたが、あの絵を描いた人間に才能があると考えるのはだまされている母親か、ポルノ雑誌の『スクリュー』の編集者くらいだろうと考えていた。ケラーのほうを見ると、彼もジェフリー同様、ひどく気まずい様子だった。

「アンディはよくデートをしていましたか？」ジェフリーが尋ねたのは、あの絵が細かいところまで描かれているにもかかわらず、重要な部分が欠けているようだったからだ。

「わたしたちが知るかぎりではしていません」ローゼンが答えた。「あの子の部屋にだれかが入っていくところを見たことはありません。でも、ガレージは家の裏にありましたから」

ケラーは妻をちらりと見てから口を開いた。「ジルは、息子がまたドラッグに手を出したかもしれないと考えていました」

「彼の部屋で道具がいくつか見つかりました」ジェフリーは、ローゼンが当然尋ねてくるだろう質問を待たなかった。「四角く切ったアルミ箔《はく》とパイプです。最後にいつ使われたのかはわかっていません」

ローゼンはがっくりと肩を落とし、ケラーがその体に腕を回して抱き寄せた。それでも妻は夫から遠いところにいるようで、ふたりの結婚生活はどういう状態なのだろうとジェフリーは考えた。

「ドラッグの問題を示すようなものは、ほかには見つかりませんでした」

「息子は気分に大きなムラがありました」ケラーが言った。「ひどく沈んでいることが時々あった。むっつりしていた。それがドラッグのせいなのか、もともとの気質なのかはわかりません」

アンディのピアスの話を持ち出すのは、いまがいちばんいいだろうとジェフリーは判断した。「彼は眉にピアスをしていましたね」

ケラーは天を仰いだ。「妻は卒倒しそうになりましたよ」

「鼻もよ」ローゼンは非難がましく顔をしかめた。「最近になって、舌にもなにかしたんだと思います。わたしには見せなかったけれど、始終噛んでいたから」

ジェフリーはさらに尋ねた。「ほかに変わったことは?」

ケラーとローゼンはなにも知らない様子でジェフリーを見つめた。ケラーが妻の分もまとめて答えた。「それ以外にピアスができるところはないと思いますよ!」笑ってはいなかった。

ジェフリーは思った。
の感情のあいだを行ったり来たりしながらこれからの人生を過ごすことになるのだろうと、
愛する人に裏切られたような気持ちになるのだ。アンディ・ローゼンの両親はそのふたつ
づけなかった自分を責めるか、あるいはあと始末を彼らに任せて逝ってしまった身勝手な
死はそれだけで悲しいものだが、残された人々にとって自殺はとりわけ辛い。兆候に気
「気づくべきだったんだ。なにか兆候があったはずなんだ」
「いいえ、本当のことよ」ローゼンがささやくように言った。
ケラーは首を振った。「わかりません。こんなことを言うべきじゃないのかもしれない」
ローゼンは反論しなかった。
「息子は時々、ばかなことをしていた。その結果がどうなるかを考えなかったんです」
いた。
ジェフリーはローゼンがなにか言うのを待ったが、彼女は目を閉じて夫の胸にもたれて
を切った。「わたしたちの関心を引きたかっただけだと思いました」
は大事になる前に見つけてもらえるように、時間を見計らっていたんです」彼は一度言葉
ーが言った。「あの朝、起きてきたジルが遺書を見つけることはわかっていた。アンディ
「いまになって考えてみると、アンディがなにをしたかったのかよくわかりません」ケラ
「一月の自殺未遂についてはどうですか?」

ローゼンは鼻をぬぐって、背筋を伸ばした。箱からもう一枚ティッシュペーパーを取り出して、涙を拭いた。「あのアパートメントでなにかを見つけられたなんて驚きました。ものすごく散らかっていたのに」彼女は冷静さを取り戻そうとしていたが、自分の言葉に現実が蘇ってきたらしい。ローゼンはゆっくりと崩れていった。涙をこらえようとして唇を引きつらせていたが、やがてついに両手で顔を覆った。

ケラーが再び妻に腕を回して、引き寄せた。「すまなかった」彼女の髪に顔をうずめる。「わたしがここにいるべきだった。ここにいるべきだった」

ジェフリーがその場にいないかのように、ふたりは数分間そのままでいた。

ジェフリーは咳払いをした。「よろしければ、わたしはアパートメントを見に行こうと思います」

顔をあげたのはケラーだけだった。一度うなずいてから、またすぐに妻を慰めている。ローゼンはぐったりと夫にもたれかかった。彼の手に抱かれているぬいぐるみのようだ。

ふたりに背を向けたジェフリーは、アンディのヌード画を正面から見る格好になった。モデルの女性にはなぜか見覚えがある気がしたが、それがだれなのかはわからなかった。ぼんやりと眺めてしまいそうだったので、自分を促すようにして家を出た。ケラーからもう一度話を聞いて、妻がいるところで口にできなかったのがなんの話なのかを確かめたかった。エレン・シェイファーにもう一度会う必要がある。現場から離れたことで、呼び起こされた記憶があるかもしれない。

ムスタングの前で足を止め、再びそのラインをほれぼれと眺めた。アンディが死んだあと、こんな朝早くから洗車をするのは妙ではあるが、犯罪というわけではない。ケラーは息子のためにしたのかもしれない。あるいは証拠を隠そうとしたのかもしれないが、この車が犯行に関わっていると考えるのは難しかった。テッサ・リントンが襲われたこと以外、犯罪があったのかどうかもジェフリーには確信がなかった。

しゃがみこんで、タイヤのトレッドに手を這わせた。橋の近くの駐車場は砂利敷きだし、そこに続く道は舗装されている。たとえ一致するタイヤ痕が見つかったとしても、アンディはいままでに百回はこの車でそこに行っているだろう。あのあたりが恋人たちの絶好の逢引《あいびき》場所になっていることは、パトロールの報告書にも記されていた。

ジェフリーは携帯電話を開いてフランクにかけようとしたが、大きなキャセロール皿を持ったリチャード・カーターが近づいてくるのを見て、その手を止めた。

ジェフリーに気づいたリチャードは顔をほころばせたが、はっと気づいて深刻な表情を作った。

「ドクター・カーター」ジェフリーは喜んでいるふりをしようとした。いまは、キャンパスで大きな顔をするためにあれこれ詮索してくるリチャードをうまくさばくより、ほかにすべきことがある。

「ブライアンとジルのためにキャセロールを作ったんですよ。いますか？」

ジェフリーは振り返り、あの家に漂っていた重苦しい空気やふたりがいま味わっている激しい悲嘆を思った。「いまは行かないほうがいいと思いますよ」

リチャードの顔が曇った。「なにか力になりたくて」

「かなり動揺していますから」ブライアン・ケラーについて尋ねたいが、どう言えばあからさまに聞こえないだろうと考えながらジェフリーは言った。リチャードがどういう行動を取るかはわかっていたから、違う角度から攻めてみることにした。「あなたはアンディの友人だったんですか？」リチャードはアンディとせいぜい八歳か九歳しか違わないはずだ。

「まさか」リチャードはおかしそうに笑った。「彼は生徒ですよ。それを抜きにしても、彼は不愉快なガキでしたよ」

アンディ・ローゼンについてはジェフリー自身もいろいろと思うところはあったが、リチャードの言葉の激しさには驚いた。「でもあなたはブライアンとジルとは親しいんですよね？」

「素晴らしい人たちですよ。キャンパスでは、だれもがみんなを大切にしている。学部全体が小さな家族のようなんです」

「なるほど。ブライアンは家庭を大切にするタイプのようですね」

「そうなんですよ。アンディにとっては世界一の父親でしたね。ぼくもあんな父親が欲しかったですよ」リチャードの口調には好奇の響きがあって、自分が尋問されていることに気づいているのだとジェフリーは悟った。リチャードは自分のほうが上に立った気になったらしく、薄ら笑いを浮かべてジェフリーがスキャンダルについて尋ねるのを待っている。

ジェフリーは誘いに乗った。「夫婦関係はいいようですね」

リチャードは唇を片側に歪めた。「そう思いますか?」

ジェフリーは答えず、リチャードはそれをいい兆候だと受け止めた。

「まあ、噂を広めたくはないんですけどね……」リチャードは切り出した。

ジェフリーは、〝たわごとを抜かすな〟と言いたくなるのをこらえた。

「ただの――噂なんですよ。確かな証拠があるわけじゃない。ただ、去年の学部のクリスマスパーティーで、ジルのブライアンに対する態度がひどく妙だったのは間違いないですね」

「みなさん、同じ学部なんですか?」

「さっきも言ったとおり、小さなキャンパスですからね」

ジェフリーは黙ってリチャードの顔を見つめたが、彼の背中を押すにはそれだけで十分だった。

「しばらく前に噂があったんですよ」

リチャードはなにか言ってほしいようだったので、ジェフリーはそのとおりにした。

「それで？」

「言っておきますが、あくまでも噂ですからね」リチャードは本物のエンターテイナーのように間を置いた。「学生のことです」もう一度、間を置く。「女子学生」

「浮気ですか？」ジェフリーは尋ねたが、それほど難しい連想ではなかった。ケラーは当然この件を妻の前で話題にしたくはないだろう。彼女が知っているのならなおさらだ。ジェフリー自身、ふたりの結婚生活を終わらせることになった出来事をサラにほのめかされるだけで、グランドキャニオンの上で足をぶらぶらさせているような気分になったものだ。

「その女子学生の名前を知っていますか？」

「わかりません。でも噂を信じるなら、ジルにばれたあと転校したらしいですよ」

ジェフリーは半信半疑だったし、なにかを隠している人間にはうんざりしていた。「どんな女性だったか覚えていますか？　専攻はなんでした？」

「本当にそんな女性がいたのかどうかすら、ぼくは疑っているんですよ。さっきも言ったとおり、ただの噂ですから」リチャードは顔をしかめた。「それに、学校からいなくなる話をするのはいやなものですしね」

「リチャード、もしなにか隠していることがあるのなら……」

「知っていることは全部話しましたよ。少なくとも、耳にしたことは。さっきも言ったとおり――」

「ただの噂なんですよね」ジェフリーはあとを引き取って言った。

「ほかになにかありますか?」リチャードは唇を尖《とが》らせた。

ジェフリーは話を逸らすことにした。「食べるものを持ってきてあげるなんて親切なんですね」

リチャードの口角がさがった。「数年前に母が亡くなったとき、いろいろと持ってきてくれた人がいて、人生でいちばん真っ暗だったときに射しこんだひと筋の日光のようだったんです」

ジェフリーはリチャードの言葉を頭のなかで繰り返し、けたたましい警鐘が鳴るのを感じた。

「署長?」

「日光」ジェフリーは、アンディ・ローゼンのみだらな絵に見覚えがある気がした理由を悟った。絵のなかの女性は臍のまわりに日輪のタトゥーがあった。

エレン・シェイファーの女子寮にやってきたジェフリーは、なにも要請されていないのにパトカーとフランク・ウォレスの特徴のないトーラスが止まっていることに気づいた。

「くそっ」ジェフリーはトーラスの近くのスペースに車を止めた。互いの体に腕を回し、すすり泣きながら寮から出てきたふたりの娘を見る前から、なにかあってはならないことが起きたのだと悟っていた。

ジェフリーは寮まで走っていき、階段を一段飛ばしで駆けあがった。キーズ・ハウスは何年も前に火事で全焼したのだが、フォーマルな複数の応接室と三十人が座れる広々とした食堂がある戦前の古い屋敷と同じような建物が再建されていた。フランクは応接室のひとつで、立ったまま彼を待っていた。

「署長」フランクはジェフリーを招き入れながら言った。「何度も電話をしたんだ」

ジェフリーはポケットから携帯電話を取り出した。バッテリーは充分に残っているが、町には電波が届かない地域がある。

「なにがあった？」

フランクはせめてものプライバシーを確保しようとドアを閉めてから答えた。「頭を吹き飛ばした」

「くそっ」答えはわかっていたが、ジェフリーは訊いた。「シェイファー？」

フランクはうなずいた。

「事故じゃないんだな？」

フランクは声を潜めた。「昨日の今日だ。だれにわかる？」

またもや不安がじわじわと忍び寄るのを感じながら、ジェフリーは長椅子の端に腰かけた。自殺が二件続くというのはまったくないことではないが、テッサ・リントンが刺された事件はキャンパスのあらゆる出来事に影を落としている。

ジェフリーは説明した。「ブライアン・ケラーと話をしてきた。アンディの父親だ」

「彼は養子なのか？」

「いや、母親の姓を名乗っていたんだ」フランクの困惑した顔を見て、ジェフリーは言い添えた。「訊かないでくれ。ケラーはアンディの生物学的父親だ」

「わかった」フランクはキツネにつままれたような顔のまま、うなずいた。ほんの一瞬、フランクではなくレナがここにいればよかったのにとジェフリーは考えた。フランクが無能というわけではないが、レナのほうが直感が鋭いし、ジェフリーと協力して捜査を進めるすべを知っている。フランクは、ジェフリーが〝デカ〟と呼ぶタイプの警察官だった。推理を組み立てて事件を解決するよりは、靴底をすり減らして手がかりを追うほうが得意だという意味だ。

盗み聞きされることのないように、ジェフリーはキッチンに通じるスイングドアに近づいた。「リチャード・カーターによれば――」

フランクが鼻を鳴らした。それがリチャードの性的指向のせいなのか、それとも彼の不愉快な性格のせいなのか、ジェフリーにはなんとも言えなかった。ジェフリーが受け入れられないのは後者だけだが、フランクが自分の考えにこだわることはずいぶん前に学んだ。

ジェフリーが言った。「カーターは大学の噂話に詳しい」

「なにを聞いた？」

「ケラーは学生と浮気をしていたらしい」

「なるほどね」言葉とは裏腹な口調だった。

「ケラーの周辺を洗ってくれ。彼の背景を調べるんだ。噂が本当かどうかが知りたい」

「息子に浮気を気づかれて、妻に話させないように父親が彼の口を封じたと考えているのか？」

「違う。妻は知っていたとリチャードは言っていた」

「あのおかま野郎が信用できるならな」

「そういう言い方はやめろ、フランク」ジェフリーは命じた。「もしケラーが浮気していたなら、自殺の理由にはなる。父親のことが許せなくて、橋から飛び降りることで罰したんだ。両親は今朝、喧嘩をしていた。生きていたときは息子のことを気にかけていなかったと、ローゼンがケラーを非難していた」

「彼女はただ意地が悪かっただけかもしれない。女っていうのは、時々そんなふうになるからな」

その点についてはジェフリーも争うつもりはなかった。「ローゼンの頭ははっきりしているように見えたが」

「彼女がやったと思うか?」

「それでなんの得になる?」

フランクの答えはジェフリーと同じだった。「わからない」

ジェフリーは暖炉を見つめながら、ここに話し相手としてレナかあるいはサラでもいいからいてくれればよかったのにと、改めて思った。「親のまわりでことを荒立てておいて、息子は結局自殺だったってことがわかったら、おれは訴えられるよ」

「確かに」

「その時間にケラーが本当にD.C.にいたのかどうか調べてくれ。キャンパスで慎重に話を聞いて、噂が本当かを確かめてほしい」

「飛行機を確認するのは簡単だ」フランクはメモ帳を取り出した。「浮気についてはおれが調べてもいいが、そういうことを訊くにはあの子のほうが適任じゃないか」

「レナは警察官じゃない、フランク」

「彼女は役に立つ。前から大学にいたんだ。知っている学生もいるだろう」

「彼女は警察官じゃない」

「それはそうだが、でも――」

「でももくそもない」ジェフリーは彼を黙らせた。レナは昨日図書館で、捜査に手を貸すつもりはないことを態度で示した。ジル・ローゼンと話す機会を何度も与えたのに、レナは口を閉じたままだったし、ローゼンを慰めようともしなかったのだ。

フランクが訊いた。「シェイファーはどうなんだ？　彼女はどう関係している？」

「絵があった」ジェフリーは、ケラーとローゼンの居間にあった絵について説明した。

「母親がそれを飾っていたのか？」

「息子が誇りだったんだろう」ジェフリーは言ったが、自分の母親なら彼を叩きのめして、煙草《たばこ》の火で絵を燃やしていたことだろう。

「どちらも、息子はだれとも付き合っていなかったと言っていた」

「親には話していなかったのかもしれない」

「そうかもしれない。だがシェイファーがアンディとセックスしていたなら、どうして昨日は彼だと気づかなかったんだ？」

「見えていたのは尻だからな。彼だと気づかなかったのがカーターだったなら、奴を疑っていたところだが」

ジェフリーはいさめるような表情をフランクに向けた。

「わかったよ」フランクは両手をあげた。「だが、彼女は動揺していた。アンディは十五メートル下に倒れていた。なにに気づけばよかったんだ？」

「もっともだ」

「遺書にそう書くはずだ」

「それなら一緒にやるだろう。一日ずらしたりはせずに」ジェフリーが指摘した。「遺書からなにか採取できたのか？」

「母親も含めて、みんなが触っているからな」フランクの台詞が冗談なのかどうか、ジェフリーには判断がつかなかった。

「心中なら、遺書にそう書くはずだ」

「アンディは彼女を振ったのかもしれない。だから彼女は橋から突き落とすことで、彼を取り戻そうとした」

「そんなことができるほど、彼女は力が強いと思うか？」ジェフリーが尋ねると、フランクは肩をすくめた。「おれはそうは思わない。女性はそういう行動には出ない」

「シェイファーは離婚はできなかったからな」

「言葉に気をつけろ」ジェフリーはフランクの台詞をあてつけとして受け取った。彼が謝罪してきてふたりして気まずくなる前に、さらに言った。「若い女性はああいうことはしない。彼女たちがするのは、男に恥をかかせたり、彼のことで友人に嘘をついたり、妊娠したり、薬を飲んだり――」

「もしくは頭を撃ち抜く？」フランクが口をはさんだ。

「どれもこれも、アンディ・ローゼンが殺されたと仮定しての話だ。やはり自殺だったのかもしれない」

「なにかわかったのか？」

「ブロックが今朝血液サンプルを採取した。明日には検査結果が戻ってくるはずだ。いまのところ、犯罪行為があった証拠はない。怪しいと考えるのはテッサの件があったからだが、関連があるかどうかもわかっていないんだ」

「関連がないとしたら、偶然が過ぎる」

「ケラーに今日一日思い悩む時間をやって、それからなにを知っているのか厳しく追及するつもりだ。今朝彼はなにか話したそうだったんだが、妻の前では言いたくないみたいだった。今夜サラが解剖をしたあとなら、なにかもっとわかっているかもしれない」

「サラは今夜戻ってくるのか？」

「ああ。今日の午後、おれが迎えに行く」

「彼女は大丈夫なのか？」

「苦しんでいる」ジェフリーはそれだけ言って、話題を変えた。「シェイファーはどこだ？」

「こっちだ」フランクはポケットドアを開けた。「先にルームメイトから話を聞くか？」

ジェフリーはノーと言いかけたが、廊下の突き当たりの窓下のベンチで泣いている女性を見て気が変わった。若い娘ふたりがルームメイトをはさんで慰めている。金髪に青い目の三人はとてもよく似ていた。だれもが、エレン・シェイファーの妹で通るだろう。

「こんにちは」ジェフリーは元気づけるような声を出そうとした。「わたしはトリヴァー――」

その女性がわっと泣きだしたので、ジェフリーはそれ以上言えなくなった。「なんでこんなことに！　今朝は元気だったのよ！」

ジェフリーはちらりとフランクを見た。「彼女を最後に見たのがそのときだったんですね？」

彼女の頭が釣りの浮きのように上下した。

「それは何時頃でしたか？」ジェフリーは尋ねた。

「八時です」その時間、自分がローゼンとケラーと一緒だったことをジェフリーは思い出した。

「あたしは授業があって……エレンはさぼるって言ったんです。アンディのことですごく動揺しているからって……」

「彼女はアンディ・ローゼンと知り合いだったんですか？」

その質問に、娘は全身を震わせるようにして再び激しく泣きだした。「いいえ！　だからたまらないんです。彼はエレンと同じアートのクラスだったけど、エレンは彼のことなんて知りもしなかったのに！」

ジェフリーはフランクと顔を見合わせた。警察の仕事に関わっていると、生きていたときにそうだった以上に、被害者とは親しかったと思いこむ人間にしばしば遭遇する。アンディの場合は自殺ということになっているから、メロドラマ感がいっそう増しているのだろう。

「それでは」ジェフリーが切り出した。「エレンを八時に見たんですね？　ほかに彼女を見た人はいますか？」

ルームメイトの傍らにいた娘のひとりが声をあげた。「あたしたちはみんな早い時間の授業があるんです」

「エレンも？」

三人は揃ってうなずいた。ひとりが口を開いた。「あの寮の人間はみんなです」

「彼女の専門は？」ケラーとどこかでつながっているかもしれないとジェフリーは考えた。

「細胞生物学です」三人目の娘が答えた。「明日、実験結果を提出することになっていたんです」

「彼女はドクター・ケラーの授業を取っていましたか？」

三人は首を振った。ひとりが「それってアンディのお父さんですか？」と尋ねたが、ジェフリーは答えなかった。

フランクに命じる。「彼女の時間割のコピーをもらって、ここに来てからどの授業を取っていたかを調べてくれ」娘たちに尋ねる。「エレンはだれか特定の相手と付き合っていましたか？」

「えーと」最初の娘が友人たちを不安そうに見ながら切り出し、ジェフリーが促す前に続きを口にした。「エレンはたくさんの男の子と会っていました」かなり多かったことをほのめかした。

「だれかに恨まれていたとか？」

「ありえません」娘はエレンの肩を持った。「みんな、彼女が大好きでした」

「今朝、怪しい人間が寮のまわりをうろついているのを見ませんでしたか？」

三人は首を振った。

ジェフリーはフランクに向き直った。「寮の全員に話を聞いたか？」

「ほとんどは出かけていたよ」フランクが答えた。「いま、回っているところだ。銃声を聞いた者はいない」

ジェフリーは驚いて眉を吊りあげたが、娘たちの前なのでなにも言わなかった。

「話を聞かせてくれてありがとう」娘たちに礼を言ってから、なにか役に立ちそうなことを思い出したときに連絡してほしいと言って、それぞれに名刺を渡した。

フランクに案内されて、一階にあるシェイファーの部屋に向かって廊下を歩きだしてからようやく、ジェフリーは尋ねた。「彼女はなにを使ったんだ？」

「レミントン八七〇だ」

「ウィングマスター?」エレン・シェイファーのような娘がどうしてそんな銃を持っていたのだろうとジェフリーは不思議に思った。このポンプアクション式ショットガンは、警察でもっとも広く使われている武器のひとつだ。

「彼女はスキート射撃をしていたんだ。チームに入っていた」

そう言えばグラント工科大学には射撃チームがあったとジェフリーは思い出したが、昨日会った活発そうな金髪女性とスキート射撃を結びつけることができずにいた。

フランクは閉じたドアを示した。「このなかだ」

ジェフリーはなんの先入観もなくエレン・シェイファーの部屋に足を踏み入れたが、そこで目にしたものに思わずあんぐりと口が開いた。彼女は長椅子に座り、ポンプアクション式ショットガンの銃身に両脚を巻きつけていた。銃口を頭――頭だったものの残骸――に向けている。

強烈な臭気にジェフリーの目に涙がにじんだ。「このにおいはなんだ?」

フランクは机の上の裸電球を指さした。白いすりガラスにへばりついた頭皮の一部が熱で焼け、天井に煙がたちのぼっている。

ジェフリーはにおいを吸いこむまいと、片手で口と鼻を覆った。二十五センチほど開いている窓に近づいた。寮の裏手に目をやると、あずまやと休憩所のある芝生が見えた。その向こうは国有林だ。おそらく学生の半分が使っているだろう小道が森のなかへと延びていた。

「マットはどこだ?」

「話を聞いてまわっているところだ」

「この窓の外に足跡が残っていないか調べさせてくれ」

フランクが電話をかけているあいだに、ジェフリーは窓を隅々まで眺めた。たっぷり一分かけて調べたが、なにも見つからなかった。窓に背を向けようとしたところで、ラッチの近くで油の筋がきらりと光った。「これを見たか?」

フランクが近づいてきて、よく見えるように体をかがめた。「オイル?」そう言ってから、長椅子の脇の机を示した。金属製のブラシとウェス布とエルトンのガンオイルの小さな瓶がのっている。床には、明らかに銃身を磨くのに使われた布が丸まって落ちていた。

「自殺する前に銃の手入れをしたのか?」自分ならありえないと思いながらジェフリーは言った。

フランクは肩をすくめた。「確実に作動させたかったのかもしれない」

「そう思うか?」ジェフリーは長椅子の前に立った。シェイファーはぴったりしたジーンズと裾を切ったTシャツを着ている。足は裸足で、爪先が引き金にかかっていた。飛び散った血の下に臍のまわりの日輪のタトゥーが見て取れた。両手が銃身に添えられているのは、狙いを頭に定めるためだろう。

ジェフリーはポケットに入っていたペンを使って、右手を銃からはずした。手のひらには血がついていなかったから、自らを撃ったとき、もしくは撃たれたときにシェイファーの手は銃を握っていたということだ。反対の手も同じだった。

長椅子の上のクッションのあいだに、引き金を引いたときに薬室から排出された薬莢《やっきょう》がはさまっていた。ジェフリーはどこか妙だと思いながら、ペンでそれを押してみた。銃口に記された小さな文字を確かめてから、フランクに言った。「十二ゲージの銃なのに、二十ゲージの弾を使っている」

フランクはしばらくジェフリーを見つめてから訊いた。「どうして二十ゲージを使ったんだ？」

ジェフリーは首を振りながら、体を起こした。銃口の方が弾よりも大きい。銃を扱う上でもっとも危険なことのひとつが、誤った銃弾を使うことだ。それを防ぐために、各メーカーは弾薬のジャケットの色を統一している。

「彼女がスキートチームに入ってどれくらいだ？」ジェフリーは尋ねた。

フランクはメモ帳を取り出し、ページをめくった。「今年入ったばかりだ。ルームメイトによれば、十種競技をやりたがっていたらしい」

「色覚異常だったんだろうか？」鮮やかな黄色の弾薬を緑色の二十ゲージのものと間違え

ると は考えにくい。

「調べておく」フランクはメモを取った。

ジェフリーは息を止め、銃口の先にじっと目を凝らした。「スキート・チョークがついている」チョークとは銃口の内径を小さくするためのものだから、より小さな弾薬を使っていた可能性が高い。

「辻褄《つじつま》が合わない」ジェフリーは体を起こした。

「壁を見てくれ」フランクが言った。

ジェフリーは言われたとおり、長椅子の頭の部分にできた血溜まりを迂回《うかい》して、死体の背後の壁に近づいた。散弾は頭蓋骨の大部分を吹き飛ばしていて、粉々になった破片が高速で壁にぶちまかれている。

白い壁に飛び散った血と肉片になにか意味があるのだろうかと、ジェフリーは目を凝らした。鉛の散弾は大きな穴をいくつか作っていて、なかには隣の部屋に飛びこんだものもある。

「隣の部屋になにかあるのか?」引き金が引かれたとき、隣室にだれもいなかったことをジェフリーはひそかに感謝した。

「そういうことじゃない」フランクが応じた。「壁にあるものが見えたか?」

「待ってくれ」ジェフリーはじっと壁を見つめ、ようやくなにかがこちらを見つめ返してていることに気づいた。

エレン・シェイファーの眼球が石膏《せっこう》ボードにはまりこんでいた。

「なんてこった」ジェフリーは顔を背けた。そこを開けて、においを追い出したいと思いながら再び窓に近づく。まるで、農産物家畜品評会の最終日の屋外トイレに閉じこめられているようだ。

ジェフリーは、離れたところから彼女を眺めた。もっと早く彼女と話をするべきだった。朝一番にここに来ていれば、エレン・シェイファーはいまもまだ生きていたかもしれない。おれはほかになにを見逃しているのだろうとジェフリーは考えた。口径の違いは確かに疑わしいが、人間はだれでもミスを犯す。自分があと片付けをするわけではないと思っていたなら、なおさらだろう。だが、すべては仕組まれたものだという可能性もある。頭に標的を描かれた人間がほかにもいるのだろうか？

「彼女が発見されたのはいつだ？」

「三十分ほど前だ」フランクはハンカチを取り出して、額を拭いた。「なにも触っていないそうだ。ドアを閉めて通報した」

「なんてこった」ジェフリーは繰り返し、自分のハンカチを取り出した。机を振り返った。

「マットが来た」フランクが言い、ジェフリーは裏庭に現れたマットに気づいた。両手をポケットに入れ、なにかおかしなものはないかと地面を見つめている。ある地点で足を止め、もっとよく見えるようにと膝をついた。

「なんだ?」ジェフリーが呼びかけたちょうどそのとき、フランクの携帯電話が鳴った。

マットは声を張りあげた。「矢印のように見えます」

「なんだって?」ジェフリーはくだらないことに付き合っている時間はないと思いながら訊き返した。

「矢印です。だれかが地面に描いたみたいです」

「署長」フランクが胸に電話機を押し当てながら言った。

ジェフリーはマットに訊いた。「間違いないのか?」

「見に来てください。確かにそんなふうに見えます」

フランクがもう一度呼びかけた。「署長」

「なんだ?」ジェフリーはつっけんどんに訊いた。

「アンディ・ローゼンのアパートメントで見つかった指紋のひとつが、コンピューターのデータと一致した」

「それで?」

フランクは首を振った。床に視線を落とし、考え直したように言った。「知らないほうがいいかもしれない」

6

レナは仰向けになって天井を見あげ、ヨガのインストラクターのアイリーンに教わったとおりに息をして、体の力を抜こうとした。レナはクラスのだれよりも長く、ヨガのポーズを取っていることができたが、クールダウンの段階では完全な落ちこぼれだった。〝手放す〟という概念は、いついかなるときも――とりわけそれが己の肉体に関わっているときは――自分自身をコントロールするというレナの個人的信仰に反していた。

最初のセラピーのセッションで、ジル・ローゼンはリラックスしてよく眠れるように、ヨガのレッスンを受けることをレナに勧めた。レナがセッションを受けていた短い期間にローゼンはいろいろとアドバイスをしたが、効果があったのはこれだけだ。事件のあとのレナが抱えている問題の一部が、自分の体が自分のものではないように思えることだった。若い頃から運動を続けていたから、うじうじと塞ぎこんで自分を哀れむばかりの怠惰な生活には、筋肉が慣れていなかった。ストレッチをしたり、体を酷使したり、上腕やふくらはぎの筋肉が以前の硬さを取り戻すのを見たりすることで、以前の自分に戻れるかもしれないという希望を抱くことができた。だがクールダウンの時間がやってくると、学校で初めて代数を選択したときのような気持ちになる。サマースクールで二度目に代数を選択したときも同じような気持ちになった。

レナは目を閉じて背中のくぼみに神経を集中させ、緊張をほどこうとしたが、肩が耳に近づいてきただけだった。彼女の体はゴムバンドのように張りつめていて、アイリーンがなぜこの時間をレッスンでもっとも大事だと言い張るのか、理解できずにいた。音楽のボリュームがさがり、仰向けになって息をしてと言われたとたんに、体を伸ばすことで感じていた喜びは消えていく。緩やかに流れる川や打ち寄せる波を思い浮かべるように言われても、レナの頭に浮かぶのは時を刻む時計と、ジムを出たらすぐにしなければならない百万もの事柄だけだった。今日は休日だったけれど。

「息をして」腹立たしいほど屈託のない単調な声でアイリーンが言った。二十五歳くらいの女性で、思わず殴りたくなるような快活な性格の持ち主だ。

「背中を柔らかく」聞いている者を安心させるような、低い声だ。腹に手を当てられて、レナの目がぱっと開いた。触られたことでさらに体に力が入ったが、アイリーンは気づかなかったようだ。「いいですよ」彼女の細い顔に笑みが広がった。

彼女が遠ざかるのを待って、レナは再び目を閉じた。口を開けて一定の速さで息を吐いていき、うまくいくかもしれないと思い始めたところで、アイリーンが手を叩いた。

「はい、けっこうです」アイリーンが言い、レナは急いで立ちあがったので頭がくらくらした。ほかの生徒たちは笑顔を向け合ったり、元気いっぱいのインストラクターをハグしたりしていたが、レナはタオルをつかむとロッカールームに向かった。

　自分ひとりであることに安心しながら、ロッカーのダイヤル錠を回した。鏡のなかの自分を眺め、思わず二度見した。襲われて以来、レナは鏡を見ることをやめていたのだが、今日はなぜか自分の姿を見る気になった。目は黒く落ちくぼみ、頬骨はいつも以上に目立っている。食べ物のことを考えただけで気分が悪くなる日がほとんどだったから、体重が落ちすぎているのだ。

　髪を留めていたクリップをはずすと、顔と首のまわりに長い茶色の髪が落ちてきた。最近はカーテンのように髪をおろしたままにするほうが居心地がいい。だれも自分をまじまじと見ることはできないと思うと、安心感を得られるからだ。

　だれかが入ってきたことに気づき、鏡の前にいるところを見られた自分をばかみたいに感じながら、レナはロッカーに戻った。ほっそりした若者が近づいてきて、隣のロッカーからバックパックを取り出した。すぐ近くに立たれたので、レナはうなじの毛が逆立つのを感じた。外で履こうと思いながら、彼に背を向けて靴を手に取った。

「やあ」彼が言った。

　レナは待った。彼が出口を塞いでいる。

「あのピチピチのやつときたら」彼は、いつもそのことを冗談にしているような口ぶりで言った。

レナは若者を眺めたが、これまで一度も言葉を交わしたことがないのは間違いない。男にしては小柄で、レナより少し背が高いくらいだ。細身で華奢だったが、黒い長袖Tシャツの下の腕と肩にしっかり筋肉がついているのは見て取れた。髪はミリタリースタイルに短く刈りあげられ、ソックスは目に痛いくらい鮮やかなライムグリーンだった。

彼が手を差し出した。「イーサン・グリーン。二週間ほど前にこのクラスに入ったんだ」

レナはベンチに座り、靴を履こうとした。

イーサンは反対の端に腰をおろした。「きみはレナだよね？」

「新聞で読んだの？」テニスシューズの紐をほどこうとしながら、シビルについて書かれたいまいましい記事は、自分の人生を必要以上に難しくしたと考えた。

「いいや」彼は間延びした口調で答えた。「っていうか、うん、きみのことは知っているけど、アイリーンがきみをレナって呼ぶのを聞いて、そうじゃないかって考えたんだ」

「賢いこと」レナは靴紐をほどくのをあきらめた。立ちあがり、無理やり靴に足を押しこむ。

彼も立ちあがり、バックパックを体に押しつけて持った。ヨガのクラスに男性は三、四人しかおらず、レッスンのあと彼らはいつもロッカールームに居残り、自分の感情と向き合い、内なる自分を探索するためにヨガをしているのだとペラペラと語り続ける。なかなかうまい策略で、ヨガをやっている男性はキャンパスにいるほかのどの男性よりもまめにセックスをしているに違いないとレナは考えていた。

「通して」レナは言った。

「ちょっと待ってくれないか」彼は口元にうっすらと笑みを浮かべた。魅力的な若者で、女性からちやほやされることに慣れているようだ。

「なに？」レナは彼を見つめ、返事を待った。彼の顔の横を小さな汗の粒が伝い、耳のすぐ下にある先がふたまたになった傷の脇を滑り落ちた。怪我が治る前に傷口を汚してしまったらしく、顎に沿って残った傷痕は黒ずんでいた。

彼はぎこちない笑みを浮かべた。「コーヒーでもどうかな？」

「お断り」これで終わりにできればいいと思いながらレナは言った。

ドアが開いて、女性たちがぞろぞろと入ってきたかと思うと、勢いよくロッカーを開けたり閉めたりし始めた。

「コーヒーは嫌い？」彼が訊いた。

「子供は嫌いなの」レナはバッグをつかむと、彼がそれ以上なにか言う前にロッカールームをあとにした。

ジムを出たレナはいらついていたし、あの若者につけこまれるような油断を見せた自分に腹を立てていた。リラクゼーションという苦しい闘いがあるとはいえ、ヨガのレッスンを終えたあとは始める前より穏やかな気分になっているのが常だ。けれどいまはそれも消えてしまっている。また緊張でぴりぴりしていた。部屋に荷物を置いたら着替えて、夜まで眠ってしまうほど体を疲れさせるくらい、長く走ろうかと考えた。

「レナ?」

またあの若者だろうと思いながらレナは振り返った。ジェフリーだった。

「なに?」とたんに警戒心が高まるのを感じた。大きく脚を広げ、肩を怒らせて彼女のすぐ近くに立つその姿勢を見れば、彼がただ会いに来ただけでないことは歴然としていた。

「一緒に署まで来てもらいたい」

レナは声をあげて笑ったが、冗談ではないとわかっていた。

「すぐに終わる」ジェフリーは両手をポケットに突っ込んだ。「昨日のことについて、いくつか訊きたいことがある」

「テッサ・リントン? 死んだの?」

「いいや」ジェフリーが振り返り、五十メートルほど離れたところにイーサンがいることにレナは気づいた。ジェフリーはさらにレナに近づき、声を潜めて言った。「アンディ・ローゼンのアパートメントできみの指紋が見つかった」

レナは驚きを隠せなかった。「彼のアパートメントで?」

「どうして彼を知っていると言わなかった？」

「だって知らないもの」レナは歩き去ろうとしたが、ジェフリーがその腕をつかんだ。軽く添えているだけだったが、力をこめるのは簡単だ。

「きみの下着のＤＮＡ検査だってできるんだぞ」

レナは記憶にあるかぎり、これほどショックを受けたことはなかった。「下着って？」

驚愕が大きすぎて、体に触れられたことに反応する暇もなかった。

「きみがアンディの部屋に残していった下着だ」

「いったいなんの話？」

ジェフリーは彼女の腕を握っていた手の力を緩めたが、レナにとっては逆効果だった。

ジェフリーが言った。「行こう」

レナは、少しでも常識のある人間であれば、いまのジェフリーのようなまなざしで自分を見つめている警察官に言うであろう台詞を口にした。「お断りよ」

「ほんの数分だ」ジェフリーの口調は親しげだったが、真意がわかるくらいにはレナは彼と一緒に働いてきた。

「わたしは逮捕されたの？」

ジェフリーは侮辱されたような顔になった。「もちろん違う」

レナは冷静な口調を崩すまいとした。「それなら、離して」

「話がしたいだけなんだ」

「わたしの秘書に予約を取って」レナが腕を引き抜こうとすると、ジェフリーはつかんでいる手に再び力をこめた。レナの内側でパニックがむくむくと頭をもたげる。「やめて」レナは彼の腕を振り払おうとした。

「レナ――」ジェフリーは彼女の反応が大げさすぎると言いたげだった。

「離してってば！」レナは叫びながら強く彼の手を振りほどいたので、勢い余って歩道に倒れこんだ。ハンマーのように尾骨が激しくセメントを打ち、痛みが背筋を駆けあがった。

不意にジェフリーがよろめいた。自分の上に倒れこんでくるのかとレナは思ったが、彼は彼女の脇で大きく二歩足を踏み出し、ぎりぎりのところで体勢を保った。

「いったい……」驚きのあまり、レナの口があんぐりと開いた。イーサンがうしろからジェフリーを押したのだ。

ジェフリーはすぐに立ち直り、レナが事態を把握したときにはイーサンと顔を突き合わせていた。「自分がなにをしているか、わかっているのか？」

イーサンはうなるような低い声で応じた。ロッカールームでレナに話しかけてきた軽薄そうな若者は、たちの悪いピットブルのような男に変わっていた。「うせろ」

ジェフリーはイーサンの鼻から数センチのところに警察バッジを突きつけた。「もう一回言ってみろ、坊や」

イーサンはバッジではなくジェフリーを見つめている。首の筋肉がくっきりと浮かびあがり、目の近くの血管は顔面が痙攣するほど強くどくどくと打っている。「うせろと言ったんだ、くそったれの豚野郎」

ジェフリーは手錠を取り出した。「名前は？」

「目撃者だ」イーサンの口調は険しかったが、声を荒らげることはなかった。自分に力があることがわかるくらいには法律を知っている。「この目で見た」

ジェフリーは笑った。「なにを？」

「あんたがこの女性を転ばせたところを」イーサンはジェフリーに背を向け、レナの腕を取って立たせた。ジェフリーを無視したまま彼女のズボンについた泥を払って言った。「行こう」

レナは自信に満ちたその口調に圧倒されて、彼について歩きだした。

「レナ」理性的な態度を取っているのは自分だけだと言わんばかりのジェフリーの口ぶりだった。「必要以上にことを難しくしないでくれ」

イーサンはこぶしを握り締め、喧嘩腰で振り返った。彼はばかなだけでなく、頭がおかしいに違いないとレナは思った。ジェフリーは彼より少なくとも二十キロは重いだけでなく、その体の使い方も知っている。銃を持っていることは言うまでもない。

レナは言った。「行きましょう」リードを引っ張るように、彼の腕をつかんで歩きだした。振り返ると、ジェフリーはその場から動いていなかった。彼の表情がこれで終わりではないことを教えていた。

イーサンはマグをふたつ、テーブルに置いた。レナにはコーヒー、自分には紅茶だ。「砂糖は？」ズボンのポケットから小袋をいくつか取り出す。また軽薄そうな気のいい若者に戻っていた。その変化はあまりにも完璧だったので、さっき見たのがだれだったのかレナは確信が持てなくなっていた。今日という日がひどすぎて、自分の記憶を信用していいものかどうかもわからない。

「いらない」どうせならウィスキーを勧めてくれればいいのにとレナは思った。ジル・ローゼンがなにを言おうとレナにはレナのルールがあって、そのうちのひとつが夜の八時前には絶対にアルコールを飲まないというものだった。

消えてと言おうとレナが考えつくより早く、イーサンは向かい側に腰をおろした。ジェフリーに聞かされた話のショックから立ち直ったら、すぐに家に帰ろうとレナは心に決めた。心臓はまだ激しく打っているし、マグを包む両手は震えている。アンディ・ローゼンには会ったこともないのに、どうして彼のアパートメントにわたしの指紋があるの？　指紋はまだいい――どうしてジェフリーは彼がわたしの下着を持っていたと考えているの？

「おまわりときたら」イーサンは人が〝小児性愛者〟と言うときと同じ口調でつぶやいた。

首を振りながら、紅茶を口に運ぶ。

「口を出すべきじゃなかった」レナは言った。「あんなふうにジェフリーを怒らせるべきじゃなかった。今度会ったら、大変よ」

イーサンは肩をすくめた。「気にしないさ」

「気にしたほうがいい」ゴルフの約束を取りつけるのに忙しくて、権力に敬意を払うことを教えるのを怠った両親に育てられた、郊外で暮らす不満だらけの若造たちと同じ口のき方だとレナは思った。ここが警察署の取調室だったなら、レナはそのしたり顔を引っぱたいていただろう。

「ジェフリーの言うことを聞くべきだった」

彼の目に怒りが灯《とも》ったが、それをぐっと抑えこんだ。「きみがしたみたいに？」

「わたしの言っていることはわかるでしょう？」レナはまたコーヒーを口に運んだ。コーヒーは舌を火傷するほど熱かったが、かまわず飲んだ。

「あいつがあんなふうにきみに無理強いするのを黙って見ているつもりはなかった」

「あなたはわたしの兄さんなの？」

「問題はおまわりなんだ」イーサンはティーバッグの糸をいじっている。「警察バッジがあれば、人を乱暴に扱ってもいいと思っている」

彼の言葉にレナはむっとし、たったいまなにがあったかを思い出す前に口を開いていた。

げでね」

「警察官でいるのは大変なの。あなたのような人間があんなくそみたいな態度を取るおか
「おいおい」彼はけげんそうな顔で両手をあげた。「きみが昔、彼らの仲間だったことは知っているけど、あの男に無理強いされていたことは認めるだろう?」

「無理強いなんてされていなかった」だれにも無理強いなどされていないと、暗にほのめかしていることに彼に気づいてほしかった。「あなたが手を出すまではね」彼がその言葉を理解するのを待つ。「だいたい、警察官に手をあげるなんていったいどういうつもり?」

「あいつがしていたことと同じじゃないか」イーサンの目にまたもや怒りが灯った。落ち着きを取り戻そうとするように、自分のマグを見つめる。再び顔をあげたときには、それですべてが丸く収まると言わんばかりの笑みを浮かべていた。

「おまわりがあんなふうに怒りをぶつけてきたときには、目撃者が必要なのさ」

「経験をたくさん積んでいるの? あなた、いくつ? 十二?」

「二十三さ」彼はレナの質問を彼女の意図どおりには受け取らなかったようだ。「おれがおまわりのことを知っているのは、おまわりのことを知っているからだよ」

「そうでしょうね」彼が肩をすくめただけだったので、レナは言葉を継いだ。「当ててみましょうか。郵便ポストを倒して少年院に送られた。ううん、そうじゃない、英語の先生があなたの鞄《かばん》からマリファナを見つけたとか?」

彼は笑みを浮かべたが、本当に笑ってはいなかった。前歯の一本が少し欠けていることにレナは気づいた。「ちょっとしたことに巻きこまれたんだ。でもいまはもう違う。それでいいか？」

「あなたは怒りっぽい」それは皮肉ではなく、観察の結果だった。レナも頭に血がのぼりやすいとよく言われるが、イーサン・グリーンに比べればマザー・テレサにも等しい。

「おれはもうあの手の人間じゃない」

彼がどんな人間だろうとどうでもよかったので、レナは肩をすくめた。どうでもよくないのは、どうして彼女とアンディ・ローゼンに関わりがあるとジェフリーが考えたかということだ。ジル・ローゼンがなにか言ったんだろうか？　どうすれば調べられる？

「それで」彼はその話題を持ち出せることがうれしそうだった。「アンディをよく知っていたの？」

レナは再び警戒心が高まるのを覚えた。「どうして？」

「あのおまわりがきみのパンティの話をするのが聞こえたからさ」

「ひとつ言わせてもらえれば、彼は〝パンティ〟とは言わなかった」

「ふたつ目は？」

「ふたつ目は、あなたには関係ない」

彼はまた笑みを浮かべた。その顔が魅力的だと思っているのか、それとも変わったチック症なのかもしれない。

レナはなにも言わずに、じっと彼を見つめた。イーサンは小柄だが、その華奢な体躯のすべての筋肉を鍛えることでそれを補っている。腕はチャックのように盛りあがってはいないが、マグのなかでティーバッグを泳がしているだけで、三角筋が浮き出ている。首はたくましそうだが、太くはない。顔すらも引き締まっていて、しっかりした顎と頬骨は花こう岩のように突き出ていた。冷静さを失いかけては取り戻すその様子は興味をそそるもので、これがほかの日であれば、彼に境界を越えさせることができるかどうか試してみたくなっただろう。

「きみはヤマアラシみたいだ。そう言われたことはある?」

レナは答えなかった。実を言えば、シビルがしょっちゅう同じことを言っていた。例によって、シビルのことを思い出すとまぶたが熱くなってきたので、レナはうつむいてコーヒーをマグのなかでぐるりと回転させ、マグの縁にへばりつくのを眺めた。

感情をうまく隠せたと思ったところで顔をあげた。イーサンが選んだのは、キャンパスのはずれにある、新しくておしゃれなコーヒーショップだった。小さな店はこの時間でも人でいっぱいだ。ジェフリーがそこにいて彼女を見張っているかもしれないと思いながら、レナは振り返った。いまも彼の怒りを感じることができたが、それ以上にレナを傷つけていたのは、彼女は一線を越えたと言わんばかりのまなざしだった。警察官でなくなったことはともかく、事件を妨害すれば――事件に関わっているだけでなく、嘘までついたとなれば――間違いなく彼のブラックリストに載るだろう。これまでジェフリーを怒らせたことは何度もあるが、必死に働いて手に入れたものを今日一日で失ってしまったことははっきりしていた。彼の信頼を。

そんなことを考えていると、全身に冷や汗が噴き出した。ジェフリーは本当にわたしを容疑者だと考えているのだろうか？　ジェフリーの仕事ぶりはよく知っているが、彼に尋問される側に回ったことはない。たとえなにかをつかむまでのほんの数日であっても、彼がだれかを簡単に留置場に送りこめることは知っている。わたしは一秒たりとも鍵のかかった留置場にはいられない。警官にとって――元警官であっても――留置場は危険な場所だ。ジェフリーはなにを考えているのだろう？　どんな証拠をつかんでいる？　アンディのアパートメントにわたしの指紋があるわけがない。彼がどこに住んでいるのかすら知らないのだ。

イーサンが彼女の思考を中断させた。「昨日刺されたあの女の人のことだよね？」

レナは彼を見つめた。「わたしたち、ここでなにをしているの？」

イーサンはそう訊かれて驚いたようだ。「きみと話をしたかっただけだ」

「どうして？　新聞であの記事を読んだから？　レイプされたわたしに興味があるの？」

レナの声がだんだん大きくなったからか、イーサンは落ち着きなくあたりを見まわした。

レナは少しトーンを落とそうかとも考えたが、ここにいる人間はだれもが彼女が襲われたことを知っている。映画館でコーラを買うときですら、カウンターの向こうにいるろくでなしは彼女の手の傷に視線を向けてくる。だれもあのことについて彼女と話をしようとはしないが、彼女のいないところでは嬉々として語り合っていた。

「なにが知りたいの？」レナは普通の会話のような口調を崩すまいとした。「学校のプロジェクトかなにか？」

イーサンはさらりと応じようとした。「それは社会学の範疇《はんちゅう》だな。おれの専攻は材質科学なんだ。ポリマー。金属。合成物。トライボマテリアル」

「わたしは床に釘で打ちつけられたの」レナは手を突き出し、釘が貫通したところが見えるように反対側も見せた。靴を脱いだままだったら、足も見せていただろう。「彼はわたしに薬を飲ませて、二日にわたってレイプした。ほかになにが知りたい？」

なにか大きな誤解があるとでもいうように、彼は首を振った。「おれはただ、きみとコーヒーが飲みたかっただけだ」

「それじゃあ、もう望みはかなったわね」レナはひと息にコーヒーを飲み干した。熱い液体に食道が焼けるようだったが、音をたててマグをテーブルに置いて立ちあがろうとした。

「それじゃあ」

「待って」イーサンは恐ろしいほどの素早さで手を伸ばし、レナの左の手首を強くつかんだ。耐えがたいほどの鋭い痛みが腕を駆けあがった。だった。激しい痛みに胃がひっくり返りそうだったが、レナは表情を変えることなくその場に立っていた。

「頼むよ」彼の手はレナの手首をつかんだままだ。「あと一分だけいてほしい」

「どうして？」レナは冷静な声を保とうとした。これ以上力をこめられたら、骨が折れてしまうだろう。

「おれがそんな男だってきみに思われたくない」

「あなたはどんな男なの？」レナは彼の手を見おろしながら訊いた。

イーサンは一拍の間を置いてから、手を離した。レナは思わず歯の隙間から小さく安堵のため息をもらした。骨や腱がダメージを受けているかどうかを調べもせず、体の横に手を垂らす。血液が一気に流れこんだせいで手首がどくどくと脈打っていたが、そちらに目を向けて彼を満足させたりはしなかった。

レナは繰り返した。「あなたはどんな男なの？」

イーサンの笑顔は、人を安心させるとは言いがたかった。「きれいな女性と話をするのが好きな男さ」

レナはとげとげしく笑い、この数分のあいだにがらんとしてきた店内を見まわした。カウンターの向こうにいる男はふたりを眺めていたが、レナと目が合うと、ずっと掃除をしていたと言わんばかりにエスプレッソ・マシーンに向き直った。

「ほら、座って」イーサンが言った。

レナは彼を見つめた。

「きみを傷つけたならごめん」

「どうしてわたしを傷つけたと思うの？」そう言ったものの、手首はまだずきずきと痛んだ。どうなっているのかを確かめるために手を曲げてみたが、痛くて曲がらなかった。借りは返すと心に決めた。わたしを傷つけたまま、おめおめと帰しはしない。

「おれに怒らないでほしいんだ」

「あなたのことなんてなにも知らない。それに気がついていないなら教えてあげるけれど、わたしはいま自分の問題でせいいっぱいなの。コーヒーをごちそうさま——」

「おれはアンディを知っている」

レナの思考は再びジェフリーと、レナがアンディのアパートメントにいたと言っていたことに引き戻された。嘘かどうかを確かめるためイーサンの表情を読もうとしたが、だめだった。ジェフリーの脅しが一気に蘇ってきた。「アンディのなにを知っているの？」

「座って」要請というよりは命令に近かった。

「ここでもあなたの声は聞こえる」

「きみが立っているあいだは話さない」イーサンは椅子の背にもたれて待っている。

レナは椅子の脇に立ち、どうするべきかを考えた。イーサンは学生だ。おそらくレナ以上に噂話に通じている。アンディに関する情報を手に入れられれば、ジェフリーはあのばかげた告発を考え直すかもしれない。事件を解決に導く手がかりをジェフリーに与えることを考えて、レナは頬が緩むのを感じた。彼女はもう警察官ではないとジェフリーは言い切った。わたしを切ったことを後悔させてやろうじゃないの。

「なんで笑っているんだ？」イーサンが訊いた。

「あなたのことじゃない」レナは椅子の向きを変えながら応じた。椅子の背に両手を預けるようにして腰をおろすと、手首は内側から燃えているように痛んだ。激しい痛みをコントロールするという行為は、どこか誘惑的だ。いつもとは違って、強くなったように感じさせてくれる。

レナは痛みを無視して、手をだらりとさげた。「アンディについて知っていることを話して」

イーサンは話せることを探しているようだったが、結局あきらめた。「あまりない」

「時間の無駄ね」レナは立ちあがろうとしたが、彼が手を伸ばしてそれを押しとどめた。今度は腕に触れはしなかったものの、痛みの記憶がレナを椅子に座らせたままにした。

「なに？」

「彼と親しかった人間を知っている。親しかった友人だ」

「だれ？」

「きみはパーティーをする?」

麻薬文化における婉曲《えんきょく》表現であることをレナは知っていた。「あなたは? Eでもやっているの?」

「いいや」失望したような口ぶりだった。「きみは?」

「どう思うの? アンディはしていたの?」

彼女のなにかを解き明かそうとでもしているように、イーサンはしばしレナを見つめていた。「ああ」

「あなたがやっていないなら、どうしてそんなことを知っているわけ?」

「彼の母親がクリニックにいるだろう? 自分の息子すら救えないっていうのは、面白い噂だからね」

ジル・ローゼンについては同じように感じていたが、レナは彼女の援護をしなければならないような気持ちになった。「人のためにできることは限られている。アンディはやめたくなかったのかもしれない。やめられるほど強くなかったのかもしれない」

イーサンは興味を引かれたようだ。「そう思う?」

「わからない」レナは答えたが、レイプされる前にはさっぱりわからなかったドラッグの誘惑を、いまの彼女の一部は理解していた。「人は時々、ただ逃げたくなるときがあるの。考えることをやめたくなるときが」

「一時的なものさ」

「わかっているみたいな口ぶりね」レナは、建物のなかは暖かいにもかかわらず、シャツの袖で覆われたままの彼の腕に目を向けた。不意に、先週のレッスンで彼を見かけていたことを思い出した。あのときも長袖のTシャツを着ていた。腕に注射痕が残っているのかもしれない。レナのおじのハンクには薬物を射《う》ち続けたせいでひどい痕が残っているが、彼はあたかも覚醒剤をやめた自分はヒーローで、注射痕は気高い闘いによる傷だとでもいうように、それを誇らしく思っているふしがあった。

イーサンは、レナが袖に隠れた自分の腕を見つめていることに気づいた。袖を手首までさらに引っ張りながら言う。「ちょっとしたトラブルに巻きこまれたんでやめたとだけ言っておくよ」

「わかった」彼からなにか役立つ話が聞けるだろうかとレナは考えた。彼の前科を――イーサン・グリーンには間違いなくひとつはあるはずだ――調べられればいいのにとレナは思った。そうすればそれを利用して、知りたいことを引き出せるのに。

「グラント工科大学にはいつから？」

「一年ほど前だ。ジョージア大学《UGA》から転校してきた」

「どうして？」

「雰囲気が合わなかった」彼は肩をすくめ、レナはその仕草にそれ以上のものを見て取った。彼の言葉はもっともなものだったにもかかわらず、そのポーズにはどこか身構えているようなところがある。彼は放校になったのかもしれない。

「もっと小さな学校がよかったんだ。UGAはいまやジャングルだよ。犯罪、暴力……レイプ。おれが身を置きたいようなところじゃない」

「グラントは身を置きたいところなの?」

「おれはゆったりしているのが好きなんだ」イーサンはまたティーバッグをもてあそんでいる。「あっちのキャンパスにいたときの自分が好きじゃなかった。あそこにいることが耐えられなかった」

レナにはそれが理解できたが、彼には言わなかった。レナが警察をやめた理由のひとつが――ジェフリーに最後通告を受けたことは別にして――もっとストレスの少ない日々を送りたいということだった。チャックと仕事をすることがいろいろな意味でこれほどストレスが多いとは、予想もしていなかった。ジェフリーをうまくごまかして、仕事を続ける方法があったかもしれないのに。ジェフリーは、精神科医と会っている証拠を出せとは言わなかった。すべてを台無しにするのではなく、嘘をついてうまく立ち回ることもできたはずなのに。ふん、どっちにしろ台無しになっていた。つい一時間ばかり前、ジェフリーは彼女に手錠をかけんばかりだったのだ。

レナは、自分とアンディ・ローゼンをつなぐものを考えようとした。なにかの間違いに決まっている。ジル・ローゼンのオフィスでなにかに触れて、それがアンディの部屋に運ばれたのかもしれない。それしか説明がつかない。下着については、じきに本当のことが判明するだろう。でもどうしてジェフリーはそれがわたしのものだと思ったんだろう？彼を怒らせるのではなく、話をするべきだった。関係ないことに首を突っ込むなとイーサンに言うべきだった。ジェフリーとのあいだがごたごたしたのは彼のせいだ、わたしではなく。だれかと敵対したとき、ジェフリーにどんな対応ができるのかをレナは知っている。その気になれば彼は、町でとは言わないまでも大学でのレナの立場を困ったものにすることはできる。レナは仕事を失うかもしれない。住む場所も、食べ物を買うお金もなくなるかもしれない。ホームレスになるかもしれない。

「レナ？」眠りに落ちた彼女を起こすかのように、イーサンが呼びかけた。

「アンディの親しい友人ってだれなの？」

イーサンは切羽詰まったレナの口調を、権力をふりかざしているのだと誤解した。「おまわりみたいな言い方だな」

「だってそうだもの」レナは思わず答えていた。

レナの答えで惨めな気持ちになったとでもいうように、彼は冷ややかな笑みを浮かべた。

「イーサン？」レナはうろたえていることに気づかれまいとした。

「きみがおれの名を呼ぶときの言い方が好きだな」冗談めかして彼が言った。「キレてるみたいで」

レナは険しい表情を彼に向けた。「アンディが親しくしていたのはだれなの？」

イーサンは考えこんだ。彼女の頭の上でひらひらと情報を振りかざしているみたいに、出し渋るのを楽しんでいる。その顔には、レナの手首を砕きかけていたときと同じ表情が浮かんでいた。

「ふざけるのはいいかげんにして」レナは言った。「わたしはそれでなくても山ほどの厄介事を抱えていて、隠し事をするどこかのばかなガキの相手をしている暇はないの」アンディ・ローゼンの情報を手に入れる最善の策はイーサンの口を割らせることだとわかっていたから、言葉を切った。「なにか話すことがあるの、ないの？」

イーサンはぎゅっと口を結んだだけで、答えなかった。

「わかった」レナははったりを見抜かれないことを願いながら、また帰るふりをした。

「今夜遅く、パーティーがある。アンディの友人たちが集まる。おれが言っているその男も。彼はアンディとかなり親しかった」

「どこで？」

イーサンの目にまた傲慢そうな表情が浮かんだ。「ひとりでのこのことそこに入っていって、訊きたいことを訊けるとでも思っているのか？」

「わたしからなにを手に入れられると思っているの？」人はいつも、なにかしら望むものがあるものだ。「なにが望み？」

イーサンは肩をすくめたが、目を見れば答えはわかった。彼は明らかにレナに惹かれているが、自分が主導権を握りたいのだ。その手のゲームならレナにもできる。二十三歳の坊やよりは、はるかに上手だ。

レナは椅子の背に体を乗り出しながら言った。「どこでパーティーがあるのか教えて」

「おれたちは出だしでつまずいたみたいだな。きみの手首はすまなかった」

レナは、彼の指が骨に食いこんだところに濃い紫色の痣ができている手首を見た。

「きみはおれを怖がっているように見える」

レナは信じなかった。「どうしてあなたを怖がるの？」

「きみを傷つけたから」イーサンはもう一度レナの手首を示した。「本気で言っているんだ。悪かった」

「去年あんな目に遭ったあとで、手をつかもうとするどこかの坊やをわたしが怖がると本気で思うの？」レナはばかにしたように笑った。「あなたなんて怖くないわよ、ばかね」

彼の顎がブルドーザーのショベルのように動き、表情は再びジキルとハイドもどきに変化した。

「なに？」どこまで追いつめようかとレナは考えた。彼がまた手首をつかもうとしてきたら、思いっきり蹴飛ばして、血だらけにして地べたに放って言ってやる。

「あなたの感情を傷つけた？　イーサン坊やは泣きだすのかな？」

彼は感情を抑えた落ち着いた口調で応じた。「きみは職員用寮で暮らしている」

「わたしを脅しているつもり？」レナは笑い声をあげた。「一大事ね、あなたはわたしが住んでいるところを知っているわけだ」

「今夜八時に行く」

「そうなの？」レナは彼の狙いをつかもうとした。

「八時にきみを迎えに行く」イーサンは立ちあがった。「映画を観て、それからパーティーに行こう」

「ええと」レナは冗談の続きを待った。「やめておく」

「きみはアンディの友人と話をして、あのおまわりを追い払いたいんじゃないのかな」

「あらそう？」彼の言うとおりだとわかっていた。「どうして？」

「おまわりっていうのは犬みたいだからな。気をつけなきゃいけない。どいつが狂犬病なのか、わかったもんじゃない」

「いい隠喩ね。でもわたしは自分の面倒は見られるから」

「直喩だよ」イーサンはバックパックを肩にかけた。「髪はうしろにまとめるといい」

レナはたじろいだ。「お断りよ」

「うしろでまとめるんだ。八時に会おう」

7

サラはグレイディ病院のメインロビーに座り、広々とした正面入り口をひっきりなしに出入りする人々を眺めていた。この病院が建てられたのは百年以上前で、それ以来アトランタは人口を増やし続けている。困窮した人々のために作られた、ほんの一握りの病室しかなかった小規模の施設は、いまや千床近い病床を抱え、ジョージア州の医者の二十五パーセント以上を養成している。

サラがここを辞めたあとで、メインの建物にいくつかの新しいセクションが建て増しされていたが、古いものと新しいものを融合させる工夫はあまりされていなかった。新しいロビーは広大で、郊外のショッピングモールの入り口のようだ。どこもかしこも大理石とガラスばかりだが、そこからつながる古い廊下の大部分は、アボカド色のタイルと四〇年代から五〇年代のひび割れた黄色い床のままだったから、ロビーから廊下へと進んでいくと、まるで時間を超えて移動しているように感じられた。おそらく改修が完了する前に予算が尽きたのだろうとサラは考えた。

ホームレスの人たちがたむろするのを防ぐためなのか、ロビーにベンチは置かれていなかったが、幸いなことにサラは、だれかがドア口近くに残していったプラスチックの椅子を見つけていた。彼女が座っているところからは、一日を始めるべく、もしくは終わらせるべく、大きなガラス製のドアを出入りしている人たちが見える。正面はジョージア州立大学の立体駐車場のひとつで、柵の上で寝そべる猫のような黒い雲がその屋根に忍び寄っていた。正面の階段に座っている人々は煙草を吸ったり、友人同士話をしたりして、シフトが始まるまでの時間をつぶし、あるいは家に帰るバスを待っていた。

ジェフリーはどうしたのだろうと思いながら、サラは腕時計を見た。四時に迎えに来ると言ったのに、五分過ぎている。渋滞につかまったのだろうとは思ったが――ダウンタウンコネクターのラッシュアワーは二時半頃に始まり、八時まで続く――彼が来ないかもしれないという不安は消えなかった。ジェフリーの時間の見積もりが甘いことは知っている。母親の携帯電話を握り締め、ジェフリーにかけようかと考えていたちょうどそのとき、電話が鳴った。

「どれくらい遅れるの？」サラは電話に応答した。

「遅れる？」ヘアが訊き返した。「きみはピルを飲んでいるって言ってただろう？」

いまいちばん話したくない相手は間抜けないとこなのにと思いながら、サラは目を閉じた。彼のことは大好きだったが、ヘアは物事を真剣に受け止めることが病的なほどできなかった。

「ママと話をした？」

「したよ」ヘアはそれ以上は言わなかった。

「診療所はどんな具合？」

「泣かれてばかりだ」ヘアはうめくように答えた。「きみはよく我慢しているよ」

「慣れるにはしばらくかかるわ」サラは同情した。注射をした人だと気づいて、〈ピグリー・ウィグリー〉の駐車場で六歳の子が泣きながら逃げていったときのことを思い出すと、いまだに身がすくむ。

「泣き言」ヘアは言葉を継いだ。「苦情」トーンをあげてとげとげしい裏声で言う。「〝カルテは元の場所に戻してください！　処方箋つづりに落書きはやめて！　シャツはズボンのなかに入れて！　お母さんはそのタトゥーのことを知っているんですか？〟まったく、ネリー・モーガンは手ごわい女性だよ」

診療所の事務長を揶揄《やゆ》するヘアの言葉を聞きながら、サラはいつしか微笑んでいた。ネリーはもう長年、サラやヘアがそこの患者だったくらい昔から診療所を任されている。

「とにかく～」ヘアは間延びした口調で言った。「きみは今夜帰ってくるって聞いたけれど」

「そうなの」この話の続きをするのが怖かったが、彼が対処しやすいようにしようとサラは決めた。「あなたが休暇を取ることになっているのはわかっている。明日出発するなら、わたしが働くから」

「おいおい、にんじん、ばかを言うんじゃないよ」彼は鼻で笑った。「これできみに貸しを作っておくほうがずっといい」

「借りができたわ」お礼を言わなかったのは、感謝していないからではなく、彼がサラの言葉を冗談にしてしまうことがわかっていたからだ。

「今夜きみはグレッグ・ローガニスに取りかかるんだろう?」

　彼の質問を理解するまで、一秒ほど考えなくてはならなかった。グレッグ・ローガニスはオリンピックで金メダルを獲得した飛びこみの選手だ。

「ええ」サラはそう答えてから、グラントの救急処置室で働いているヘアに訊いた。「アンディ・ローゼンを知っていた?」

「いずれ気づくだろうなと思っていたよ。大晦日《おおみそか》に腕のバナナスプリットで来た」

　ERで働いているヘアは、人間に起こりうるあらゆる症状に隠語を作っていた。「それで?」

「それだけだ。橈骨動脈がゴムバンドみたいに丸まっていた」

　サラは考えてみた。腕を縦に切るのは、自殺するのにうってつけの方法とは言えない。橈骨動脈が裂けたとしても、体はすぐに自らその傷を修復しようとする。出血多量で死ぬには、もっと簡単な方法がいくつもある。

「本気でやったんだと思う？」

「本気で関心を引こうとしたんだろうな。ママとパパはパニック状態だった。両親の愛を浴びて育った将来ある若者は、勇気ある役者を演じたわけだ」

「精神科医に相談した？」

「母親が精神分析医だったからね。自分で対処できると言われたよ」

「不作法だった？」

「とんでもない。すごく礼儀正しかった。もっとドラマチックに見せるために、社説でも書こうかと思ったくらいだ」

「ドラマチックだったの？」

「両親にとってはそうだったろうね。だがふたりの愛《いと》しい息子はいたって冷静だった」

「関心を引くためにしたことだと思う？」

「車を手に入れるためにしたんじゃないかな」ヘアは舌を鳴らした。「一週間後、ダウンタウンで犬を散歩させていたら、ぴかぴか光る真新しいムスタングに乗ったアンディが通り過ぎていったよ」

サラは片手を目に当てて、脳のシナプスをつなごうとした。「彼が自殺したって聞いて、驚いた？」

「ものすごく。あの子は自殺するには自己中心的すぎた」ヘアは咳払いした。「わかっているると思うが、ここだけの《アントラ・ヌ》話。これはフランス語で――」

「その意味は知っている」ヘアがでっちあげの定義を口にするのを待つことなく、サラは言った。「なにかほかに思いついたことがあったら、教えて」

「わかった」ヘアはがっかりしたような口調だった。

「ほかになにかある？」

ヘアは唇のあいだから音をたてて息を吐いた。「きみの医療過誤賠償責任保険だが……」

サラが軽い心臓発作を起こしたような気持ちになるまで、ヘアは黙っていた。彼にからかわれているのはわかっていたが、アメリカ中のすべての医者同様、サラの医療過誤保険の保険料は国の借金より多い。

サラはようやく声を絞り出した。「なに？」

「ぼくもカバーされているのかな？　ぼくの保険でもう一度請求をかけたら、使っていないステーキナイフを返せって言われるだろうからね」

サラは正面入り口に目を向けた。驚いたことに、メイソン・ジェームズが二歳か三歳の男の子の手を引いてこちらに歩いてくる。

サラはヘアに言った。「もう行かないと」

「きみはいつもそうだ」

「ヘア」近づいてくるメイソンを見ながらサラは言った。彼が明らかに足を引きずっていることに初めて気づいた。

「なんだい？」

「代わりをしてくれてありがとう」そう言ったことをあとで後悔するのはわかっていた。

「いつものことだ」ヘアはくすくす笑いながら電話を切った。

メイソンは温かな笑みを浮かべて、サラに挨拶をした。

「邪魔をしたのでなければいいんだが」

「ヘアだから」サラは電話を切った。「いとこなの」立ちあがろうとしたが、メイソンはそのままでと身振りで示した。

「きみが疲れているのはわかっている」メイソンは少年の手を振りながら言った。「この子はネッド」

サラは父親によく似ていると思いながら、少年に笑いかけた。「あなたはいくつかな、ネッド？」

ネッドは指を二本立てたが、メイソンがかがみこんでもう一本引っ張りあげた。

「三つなのね。三つにしては大きいのね」

「よく寝るんだ」メイソンはネッドの髪をくしゃくしゃにした。「妹さんはどう？」

「よくなっている」サラはほんの一瞬、泣きたくなった。サラと交わしたほんの数語以外、テッサはだれとも話そうとしない。起きている時間のほとんどを、ぼんやりと壁を見つめて過ごしている。

「まだ痛みはひどいみたいだけれど、でも順調に回復しているわ」

「それはよかった」

ネッドが両手を差し出しながら、サラに近づいてきた。サラはたいていの子供に好かれるが、しばしば子供たちを突いたり刺したりしていることを考えれば、幸いだと言える。サラはうしろのポケットに携帯電話を押しこみ、ネッドを抱きあげた。

メイソンが言った。「この子はきれいな女性はわかるんだ」

サラは彼のお世辞を聞き流し、ネッドを膝にのせて笑顔を作った。「脚をどうしたの？」

「子供に嚙まれた」サラの反応を見てメイソンは笑った。「国境なき医師団」

「まあ」サラは感銘を受けた。

「アンゴラで子供たちにワクチンを打っていたんだ。そのとき、幼い女の子に脚の肉を嚙みちぎられた」メイソンはしゃがんで、ネッドの靴紐を結び始めた。「二日後、感染を防ぐために脚を切断しなくてはならないかどうかが話し合われていた」彼の目に悲しげな表情が浮かんだ。「いつかきみもそういうことをする羽目になるだろうといつも思っていたんだ」

「あなたの脚を切断するっていうこと？」サラは訊き返したが、彼の言いたいことはわかっていた。「地方は医療が行き届いていないのよ。患者を診る人が他にいない」

「あそこはきみがいて運がよかった」

「ありがとう」この手の褒め言葉は素直に受け止められる。

「きみが検死官だなんて信じられないよ」

「三年たって、パパはようやくわたしをクインシーって呼ぶのをやめたわ」

メイソンは笑いながら首を振った。「想像がつくよ」

ネッドがサラの膝の上でごそごそし始めたので、サラは彼を揺すった。「わたしは科学が好きなの。難しいことに挑むのも」

メイソンはロビーを見まわした。「ここでも挑むことはできたんだよ」一度言葉を切った。「きみは優れた医者だ、サラ。外科医になるべきだった」

サラは落ち着きなく笑った。「わたしが無駄な時間を過ごしているみたいな言い方ね」

「そういう意味じゃないよ。ぼくはただ、きみがあそこに帰ったのが残念なだけだ」そう言ってから思いついたように言い添える。「その理由がどうであれ」最後の言葉とともにサラの手を取り、そっと握った。

サラはその手を握り返した。「奥さんはお元気？」

メイソンは笑ったが、サラの手を放そうとはしなかった。「ぼくはホリデイ・インで暮らしているから、彼女は家を独り占めできて満足だと思うよ」

「半年になる。彼女とふたりで開業するのは、ちょっと微妙になったね」

サラは膝の上のネッドを意識した。子供は、大人が思っている以上にいろいろなことを理解しているものだ。「決定的なの？」

メイソンはまた笑みを浮かべたが、無理に作ったことがわかる笑顔だった。「残念ながら」

「別れたの？」

「きみは？」そう尋ねる彼の声には、あきらめきれないような響きがあった。サラがグレイディを辞めたあともメイソンは彼女と会いたがったが、望みどおりにはならなかった。サラはグラントでの暮らしを容易にするため、アトランタとのつながりを断ちたかったからだ。メイソンと会っていてはそれができなくなる。

メイソンの質問に対する答えを考えてみたが、ジェフリーとの関係はあまりに中途半端でどうにも説明できない。サラは彼の姿が目に入るより早くその存在を感じて、入り口に目を向けた。ネッドを肩に抱きあげながら立ちあがる。

こちらに近づいてきたジェフリーの顔に笑みは浮かんでいなかった。サラと同じくらい疲れた様子で、こめかみ付近の白髪が増えているように思えた。

「やあ」メイソンはジェフリーに手を差し出した。

ジェフリーはその手を握り、サラを横目で眺めた。

「ジェフリー」ネッドを抱き直しながらメイソンを紹介する。「こちらはメイソン・ジェームズ。わたしがここで働いていた頃の同僚よ」なにも考えることなく、サラはメイソンに告げた。「彼はジェフリー・トリヴァー。わたしの夫」

メイソンはジェフリーと同じくらいショックを受けたようだが、サラはそれ以上だった。「お会いできてうれしいです」ジェフリーはサラの言い間違いを訂正しようとはしなかった。いかにも満足そうにニタニタしているので、サラは自分で訂正したくなった。

ジェフリーは子供を示して尋ねた。「この子は？」

「ネッドよ」サラは答え、ジェフリーがネッドの顎の下を撫でるのを見て仰天した。

「こんにちは、ネッド」ジェフリーは体をかがめて声をかけた。

ネッドに対するジェフリーのあけっぴろげな態度に、サラはあっけに取られていた。ふたりの関係が円満だった頃、サラが子供を産めないことについては話し合っていて、彼女の心を傷つけないためにジェフリーはあえて子供に冷たく振る舞っているのだろうかと、当時サラはしばしば考えた。その彼が、いまは隠すこともなく、変な顔をしてネッドを笑わせている。

「さてと」メイソンはネッドに手を伸ばした。「遅くなる前にこの子を家に連れて帰らないと」

「会えてよかった」サラは言ったが、ぎこちない沈黙が長く続いたので、ふたりの顔を交互に見た。淡い金色の髪とジムで鍛えあげたたくましい体の持ち主であるメイソンと付き合っていた頃から考えると、サラの好みは大きく変わっている。ジェフリーは引き締まったランナーのような体形をしていて、浅黒いハンサムな顔だちにはどこか危険な香りのするセクシーさがあった。

「そうそう」メイソンはポケットを探った。「ぼくのオフィスの鍵があるんだ。南棟の一二四二号室」鍵を差し出しながら言う。「きみやきみの家族がここで休めればいいと思って。病院でゆっくりできる場所を見つけるのは難しいからね」

「まあ」サラは鍵を受け取ろうとはしなかった。ジェフリーが明らかに体をこわばらせている。「あなたに負担はかけられない」

「負担じゃないよ。本当だ」彼はサラの手に鍵を押しつけ、必要以上に長くそのまま手のひらに触れていた。「ぼくのメインオフィスはエモリーにあるんだ。ここは、書類仕事を片付けるために机と長椅子を置いているだけだから」

「ありがとう」そう言うほかはなかった。サラはポケットに鍵を入れ、ジェイソンはジェフリーに手を差し出した。

「会えてよかった、ジェフリー」

ジェフリーはその手を握り返したが、余裕が失われているようだ。サラとメイソンが別れの挨拶を交わしているあいだ、ふたりの動きをじっと眺めながら辛抱強く待っていた。

メイソンがようやくその場から去ったところで、「ろくでなし」と言っているのも同然の口調で「いい奴だ」と言った。

「そうね」サラは正面玄関へと歩きだした。なにかが起きようとしているのはわかっていたが、病院のロビーで繰り広げたくはない。

「メイソン」ジェフリーは嫌な味のするものを嚙んだみたいにその名前を口にした。「ここで働いていたときに、付き合っていた男か？」

「まあね」サラは病院に入ろうとしている年配の夫婦のためにドアを開けた。「昔の話よ」

「そうか」ジェフリーは両手をポケットに突っ込んだ。「いい奴みたいじゃないか」

「ええ、そうよ。車は立体駐車場？」

彼はうなずいた。「ハンサムだし」

サラはドアの外に出た。「そうね」

「奴と寝ていたのか？」

サラはショックのあまり言葉が出なかった。その話をやめさせたくて、立体駐車場を目指して通りを渡り始める。

ジェフリーは小走りに追いかけてきた。「リストを交換したとき、きみは名前を挙げなかったからな」

サラは信じられないというように笑った。「あなたは自分のリストの半分も思い出せなかったじゃないの、スリック」サラは、若かりし頃のジェフリーのあだ名を口にした。

ジェフリーは意地の悪そうな顔になった。「面白くないね」

「いいかげんにして」彼が本気で言っているとはとても信じられない。「あなたは結婚前に、散々遊びまわっていたくせに」

ジェフリーは無言のまま、立体駐車場の階段の入り口付近でうろうろしている人たちのあいだを強引にすり抜けた。ドアを開け、閉まるドアにサラがぶつかっていないかを確かめようともせずに進んでいく。

「彼は結婚しているの」サラの声がコンクリートの階段の吹き抜けに反響した。

「おれだってしていた」ジェフリーは指摘したが、そのことが釈明になっているとは思えなかった。

ジェフリーは最初の踊り場で足を止め、サラが追いついてくるのを待った。「おれにはわからないよ、サラ。わざわざここまで来たっていうのに、きみはほかの男の手を握り、そいつの子供を膝に抱いていたんだぞ」

「あなた、妬《や》いているの？」驚きのあまり、サラは笑い混じりに訊いた。だれかに嫉妬しているジェフリーを見るのは初めてだ。彼はとにかくうぬぼれが強いから、彼が求めている女性がほかのだれかを求めているなどと、考えもしないのだ。

「説明する気はあるか？」

「はっきり言って、ない」いまにも彼が冗談だよと言い出すだろうとサラは考えていた。

ジェフリーはさらに階段をあがっていく。「きみがその気ならそれでいいさ」

サラは彼のあとを追った。「なんであれ、わたしはあなたに説明する義務はないから」

「いいか」ジェフリーは階段をあがり続ける。「しゃぶらせてやろうか」

怒りがサラの足を止めた。「頭がどうかしたんじゃないの。しゃぶりたかったら、自分ですれば」

サラを見おろすように立つジェフリーの顔には、彼女に裏切られて自分をばかみたいに感じているような表情が浮かんでいた。彼が深く傷ついていることを知って、サラのいらだちがいくらか和らいだ。

サラは階段をのぼって彼に近づいた。「ジェフ……」

彼はなにも言わない。

「わたしたち、疲れているのよ」ジェフリーのすぐ下の段で足を止めた。

ジェフリーは向きを変えて、また階段をあがっていく。「おれはきみの家のキッチンを掃除したのに、きみはここで――」

「キッチンを掃除してなんて頼んでいない」

ジェフリーは踊り場で立ち止まり、通りを見渡せる大きなガラス窓の前の手すりに両手をかけた。あくまでも自分の主義にこだわって、グラントまでの四時間のドライブを黙って耐えるか、それとも彼の傷ついた自尊心をなだめてもう少し穏やかな時間にするか、サラには選択肢があった。

サラが譲歩しようとしたところで、ジェフリーは肩を持ちあげて大きく息を吸った。ゆっくりと息を吐く。少しずつ落ち着いてきているのがわかった。

「テッシーはどう？」

「よくなってる」サラは階段の手すりにもたれた。「よくなってきている」

「ご両親は？」

「わからない」サラは答えたが、実を言えばそのことを考えたくなかった。キャシーはそれほどでもないようだが、父親の怒りはすさまじく、彼を見るたびにサラは罪悪感で息がつまりそうになるのだ。

足音が聞こえてきて、少なくともふたりの人間が階段の上にいることがわかった。ジェフリーとサラは立ち止まり、忍び笑いを隠そうともせずにおりてくるふたりの看護師が通り過ぎるのを待った。

ふたりが通り過ぎたところで、サラは口を開いた。「わたしたち、みんな疲れている。みんな怯えている」

ジェフリーは、立体駐車場の前にバットマンの秘密基地のようにそびえた立つ、グレイディの正面玄関を見つめた。「ここにいるのは、ご両親にとって辛いことだろうな」

サラは肩をすくめてその言葉を聞き流し、踊り場まであがった。「ブロックはどうだった?」

「まあ、あんなものだろう」彼の肩からさらに力が抜けた。「ブロックはずいぶん変わった男だね」

サラは次の階段をのぼり始めた。「彼のお兄さんに会わせたいわ」

「お兄さんの話も彼から聞いたよ」ジェフリーは次の踊り場でサラに追いついた。「ロジャーはまだ町にいるの?」

「ニューヨークに行った。なにかの代理店をやっているはず」

ジェフリーが大げさに身震いをするのを見て、彼はさっきの言い争いを忘れようとしているのだとサラは気づいた。

「ブロックはそんなにひどくないわよ」サラはブロックの擁護をしなければならないような気分になった。ダンは子供の頃、容赦なくいじめられていて、幼いながらもサラはそれを看過できなかった。いまも、病気というよりは学校で執拗《しつよう》にいじめられることに疲れ切った子供が、ひと月にふたりか三人は診療所にやってくる。

「薬物検査の結果はどうだろうな」ジェフリーが言った。「ローゼンの父親は、息子はやっていないと考えているようだ。母親のほうはそれほど確信は持てないらしい」

サラは片方の眉を吊りあげた。子供がクスリをやっていることを親が知るのは、たいてい最後だ。

「そうだな」ジェフリーはサラの疑念に気づいて、うなずいた。「ブライアン・ケラーはよくわからない」

「ケラー?」サラは次の踊り場にたどり着き、さらに次の階段を目指した。

「父親だよ。息子は母親の苗字《みようじ》を名乗っている」

サラは足を止めたが、あくまでも息を整えるためだった。「いったいどこに車を止めたの?」

「いちばん上だ。あと一階だよ」

サラは手すりをつかみ、自らの体を引っ張りあげるようにして階段をのぼった。「父親になにか問題が?」

「なにかありそうなんだ。今朝、彼はなにかを話したそうだったんだが、妻が部屋に戻ってくると口をつぐんだ」

「もう一度話を聞くつもり?」

「明日ね。フランクがいま探りを入れている」

「フランク?」サラは驚いた。「どうしてレナじゃないの? 彼女のほうが――」

ジェフリーはそれ以上言わせなかった。「彼女は警察官じゃない」

最後の数段をサラは無言のままのぼり、ジェフリーが最上階のドアを開けたときには安堵のあまり倒れそうになった。こんな夕方の時間でも、上の階はあらゆる製造元のあらゆるモデルの車がいっぱいだ。嵐が近づいているせいで、頭上の空は不気味な黒色に変わりつつある。ジェフリーの覆面パトカーのほうへと歩いていると、保安灯が灯った。

大型の黒いベンツのまわりに若い男たちがたむろしていた。筋肉隆々の腕を胸の前で組み、ジェフリーが警察官だと気づいて、目を見交わした。ジェフリーがドアのロックをはずすのを待つあいだ、なにか恐ろしいことが起きるような気がして、サラは鼓動が速まるのを感じていた。

車に乗ると、居心地のいい青い内装の繭のなかは安全だと思えた。ジェフリーが、ベンツ脇の悪党たちをひたと見据えながら車の前方を回ってくるのを眺める。その見せかけの態度が重要であることをサラは知っていた。ジェフリーが怖がっていると彼らに思われたら、嫌がらせをしてくるだろう。自分たちが脆弱《ぜいじゃく》だと感じたら、ジェフリーはなにかをしなければならないと思うかもしれない。

「シートベルト」ジェフリーはドアを閉めながら告げた。サラは言われたとおりに、カチリとベルトを締めた。

車が立体駐車場を出るまで、サラは口をつぐんでいた。通りに出ると、手で顔を支えて通り過ぎる町の景色を眺めながら、ここにいた頃とはなにもかも変わったと考えた。建物は高くなっているし、隣の車線を走る車との距離が近すぎるような気がする。わたしはもう都会の人間ではない。サラはだれもが互いを知っている――少なくともそう考えている――小さな町に戻りたかった。

ジェフリーが言った。「遅れて悪かった」

「気にしないで」

「エレン・シェイファー。昨日の目撃者だ」

「彼女からなにか聞いたの？」

「いいや」ジェフリーは続きを言う前に、一拍の間を置いた。「今朝、自殺した」

「なんですって？」ジェフリーが答えるのを待たずにさらに言う。「どうして話してくれなかったの？」

「いま話している」

「電話してほしかった」

「きみになにができた？」

「グラントに帰れたわ」

「いま、帰っているじゃないか」

サラはいらだちを抑えこもうとした。こんなふうにかばわれるのは嫌いだ。「だれが死亡を宣告したの？」

「ヘアだ」

「ヘア？」電話でその話をしなかったいとこに、いらだちの一部が向けられた。「なにかわかったことはある？　彼はなんて？」

ジェフリーは顎に指を当て、普段より数オクターブ高いヘアの声を真似た。「〝まさかとは思うが、なにかなくなっているようだ〟」

「なにがなくなっていたの？」

「頭が」

サラはうめくような声をあげた。頭部の傷は大嫌いだ。「自殺に間違いないの？」

「それを突き止める必要があるんだ。合わない弾が使われていた」

アンディ・ローゼンの両親に会った話からエレン・シェイファーを発見したことまで、ジェフリーは今朝の出来事を語った。シェイファーの部屋の窓の外の地面にマットが見つけた矢印を見つけたくだりで、サラは口をはさんだ。「わたしも矢印を描いたわ。テッサを捜していたとき、目印として」

「わかっている」ジェフリーはそれ以上なにも言おうとはしなかった。

「だからわたしに話さなかったの？　情報を隠されるのはいやよ。あなたが決めることじゃ――」

ジェフリーは突然激しい口調になった。「きみには気をつけてほしいんだ、サラ。あの大学のキャンパスにひとりで行ってほしくない。どんな犯罪現場もうろついてほしくないんだ。わかったか?」

サラが答えなかったのは、ショックを受けていたからだ。

「家でもひとりになってはいけない」

サラは我慢できなくなった。「ちょっと待って――」

「必要なら、おれがきみの家のソファで寝る。きみと夜を過ごすってことじゃない。そうすれば、ほかの人間の心配をせずにすむってことなんだ」

「わたしのことを心配しなきゃいけないと思っているの?」

「きみはテッサを心配しなきゃいけないと思っていたか?」

「それとこれとは話が違う」

「あの矢印は意味を持ったかもしれない。きみを示すことになっていたかもしれないんだ」

「靴で地面に絵を描くのはだれだってすることよ」

「ただの偶然だと思うのか? エレン・シェイファーの頭が吹き飛ばされて――」

「自分でしたのでなければね」

「話の腰を折るな」彼がサラの身の安全を心配しているのでなければ、サラは声をあげて笑っていただろう。「言っておくが、おれはきみをひとりにしないからな」

「これが殺人かどうかすら、わかっていないのよ、ジェフリー。いくつか不自然な点があるだけで、それだって簡単に説明ができるんだし、自殺だって証明されるかもしれない」

「それじゃあきみは、アンディが自殺をして、テスが刺されて、今日あの娘が自殺したことに関連はないと思うのか？」

考えにくいことだとわかっていたが、それでもサラは言った。「ありえることよ」

「ああ、確かに。ありえることはたくさんあるが、きみは今夜ひとりにはならない。いいね？」

口をつぐんだままでいることが、サラの同意の返事だった。

「ほかにどうすればいいか、わからないんだ、サラ。こんなふうにきみを心配するのはたまらない。きみが危険にさらされていると考えるのは耐えられない。まともにものが考えられなくなる」

「わかった」サラはようやくそう答えた。納得したと思ってもらえるように言ったつもりだ。いまいちばんしたいことは自分の家に帰り、自分のベッドで眠ることだとわかっていた。ひとりで。

「これら全部が無関係だってわかったら、おれをくそったれと呼んでくれていいから」

「あなたはくそったれなんかじゃない」ジェフリーが本気で心配していることはわかっていた。「どうして遅くなったのか話して。なにかわかったの？」

「途中で刺青の店《タトウー・パーラー》に寄って、店主と話してきた」

「ハル？」

ジェフリーは州間高速道路に合流しながら、横目でサラを見た。「どうしてハルを知っているんだ？」

「ずっと昔、わたしの患者だったのよ」サラはあくびを嚙み殺しながら答えた。そして、ジェフリーは彼女のすべてを知っているわけではないことをはっきりさせるために、言い添えた。「数年前、テッサとふたりでタトゥーを入れてもらいに行ったの」

「タトゥーを？　タトゥーを入れるつもりだったのか？」

サラは意味ありげな笑みを作った。

「どうしてやめたんだ？」

サラは彼の顔が見えるように、座席の上で座り直した。「入れたあとは、しばらく濡らしちゃいけないの。翌日、ビーチに行くことになっていたのよ」

「なんて入れるつもりだったんだ？」

「覚えていないわ」本当は覚えていた。

「どこに入れるつもりだったんだ？」

サラは肩をすくめた。

「そうか」ジェフリーはまだ信じていないようだ。

「彼はなんて言っていたの？」サラは尋ねた。「ハルだけど」

ジェフリーはしばし彼女の視線を受け止めてから答えた。「親と話をしてからでないと、二十二歳未満の子供にはタトゥーは入れないそうだ」

「賢明ね」タトゥーを入れるためではなく、教育を受けさせるために子供を送り出した親から、怒りの電話が山のようにかかってくるのを防ぐためだろうとサラは思った。

サラはもう一度あくびを嚙み殺した。車の揺れは眠りを誘う。

「だが、つながりはあるかもしれない」ジェフリーはそう言ったものの、あまり期待を持っているふうではなかった。「アンディはピアスをしていた。シェイファーはタトゥーを入れていた。一緒にやったのかもしれない。ここことサヴァンナのあいだには、三千ものタトゥー・パーラーがあるんだ」

「両親はなんて？」

「直接は訊きにくいことだからね。なにも知らないみたいだった」

「子供が親に許可を求めるようなことじゃないものね」

「確かに。アンディ・ローゼンが生きていたなら、シェイファーについては彼が第一容疑者になっていただろうな。彼は明らかに彼女に夢中だった」ジェフリーは苦々しい表情になった。「きみがあの絵を見なくてすむことを願うよ」

「ふたりが知り合いじゃないのは確かなの？」

「友人たちは間違いないと言っている。シェイファーは一方的に片思いされることがよくあったと、寮にいる人間全員が言っていた。しょっちゅうあることで、彼女自身は気づいてもいなかったそうだ。アートの教授に話を聞いたが、彼ですら感づいていたよ。アンディはエレンに夢中だったが、彼女のほうは彼がだれなのかすら知らなかった」

「魅力的な子だったわね」サラは、テッサが刺される前のことをあまり覚えていなかったが、エレン・シェイファーの美しさは印象に残っていた。

「嫉妬深いライバルがいたのかも」そう言いながらも、ジェフリーの口調は自信なさげだった。「シェイファーに熱をあげているほかの男が、アンディを排除したとか？」一度言葉を切り、考えをまとめている。「それなのに、シェイファーが自分になびかなかったので、彼女も殺した？」

「ありうるわね」そこにテッサが刺されたことがどう関わってくるのだろうとサラは考えた。

「シェイファーはなにかを見たのかもしれない」ジェフリーが言葉を継いだ。「森のなかでなにかを見たのかもしれない。だれかがそこにいたのかも」

「もしくは森で待ち伏せしていた何者かが、彼女がなにかを見たと思ったとか」

「なにがあったのか、テッサは思い出すだろうか？」

「ああいった頭部の傷を負ったあと、記憶障害はよくあることなの。なにかを思い出すとは思えないし、仮に思い出したとしても反対尋問には耐えられない」思い出さないことを願っているとは言わなかった。子供を失ったという記憶は、サラにとってすら辛い。今回のことを記憶にとどめたまま生きていく人生がテッサにとってどういうものなのか、想像もできなかった。

サラはエレン・シェイファーに話題を戻した。「なにか目撃した人はいなかったの？」

「寮は空だった」

「病気で休んでいる人もいなかったの？」五十人の女学生が全員授業に出ているというのは、新聞記事になるくらい珍しいと思いながら、サラは訊き返した。

「寮全部を回った。全員が説明してくれたよ」

「どこの寮？」

「キーズだ」

「頭のいい子たちね」全員が授業に出ていたことが、これで説明できるとサラは納得した。

「キャンパスにいた人は、銃声を聞いていないの？」

「車のバックファイアのような音を聞いたと言ってきた人間は何人かいる」ジェフリーはハンドルをこつこつと指で叩いた。「彼女は十二口径のショットガンを使った」

「なんてこと」その結果がどういうものか、サラにはよくわかっていた。

ジェフリーは後部座席に手を伸ばし、ブリーフケースからファイルを取り出した。

「近距離で撮影したものだ」ファイルからカラー写真を出す。「銃口をおそらく口にくわえたんだと思う。頭部がサイレンサーの役割を果たしたのかもしれない」

サラは室内灯をつけて写真を見た。想像していたよりもひどかった。

「ひどい」サラはつぶやいた。解剖は難しいものになるだろう。ラジオについている時計を見た。渋滞次第だが、グラントに着くのはおそらく八時を回る。二件の解剖はそれぞれ三時間から四時間かかるだろう。明日、診療所で代わりを務めてくれるヘアに心のなかで感謝した。この状況からすると、明日は一日寝ていることになりそうだ。

「サラ?」

「ごめんなさい」サラは彼からファイルを受け取って開いたものの、字がぼやけてよく見えない。そこで写真に集中することにして、地面にかかれた矢印の写真は飛ばし、現場のものに目を向けた。

「何者かが窓から侵入したのかもしれない。そいつはクローゼットかどこかに隠れていたのかも。彼女が廊下の先にあるバスルームに行き、帰ってきたところで――待ち構えていたんだ」

「指紋は見つかったの?」

「手袋をしていた可能性がある」サラの質問の答えにはなっていなかった。

「女は普通、顔を撃たないものよ」サラはエレン・シェイファーの机のクローズアップを眺めながら言った。「そういうことをするのは、男の人のほうが多い」サラは常々、この統計は性差別的だと考えていたが、数字は正直だ。

「こいつはどこかおかしい」ジェフリーは写真を示した。「矢印のせいだけじゃない。矢印や、テッサのことを差し引いても、この現場にはどこかおかしいところがある」

「どこが？」

「説明できればと思うよ。ローゼンのときと同じだ。これとはっきり指摘できるものはないんだ」

サラは病院のベッドに横たわるテッサのことを思った。こんなことをした人間を見つけてと彼女に命じた妹の声がいまも聞こえる。シェイファーの部屋の写真を見て、蘇ってきた記憶があった。昔、引っ越しの手伝いをするため、テッサを車でバサーまで送ったことがある。テッサの寮の部屋は、エレン・シェイファーの部屋と同じように飾られていた。世界自然保護基金とグリーンピースのポスターが、様々な雑誌から切り抜いた男性の写真と並んで、壁に貼られている。机の前に吊るされているカレンダーには、重要な日付が赤で囲まれている。一致しないのは、机の上に並べられた銃の掃除用具だけだった。

サラは報告書をめくった。眼鏡なしで字を読むと頭痛がするのはわかっていたが、なにかをしているという実感が欲しかった。エレン・シェイファーの死についてジェフリーが集めた情報すべてを読み終える頃には、頭はがんがんしていたし、走る車のなかで字を読んだせいで気分が悪くなっていた。

ジェフリーが尋ねた。「どう思う？」

「どうって……」サラは閉じたファイルに視線を落とした。「わからない。どちらの死も偽装された可能性はある。シェイファーは不意を突かれたのかもしれない。後頭部を撃たれたのかもしれないわね。後頭部がどこにあるかはわからないけれど」

サラは数枚の写真を引っ張り出し、順に並べた。「彼女は長椅子の上にいた。だれかがそこに座らせたのかもしれない。自分で座ったのかもしれない。手の長さが足りなくて引き金に届かないから、足の指を使った。それは珍しいことじゃない。ハンガーを使う人もいる」サラは再び報告書に視線を戻し、弾の相違についてジェフリーが記した覚書をもう一度読んだ。「間違った弾薬を使うことの危険性を彼女は知っていたかしら？」

「インストラクターと話をしたよ。彼によれば、エレンは銃の扱いにはとても慎重だったらしい」ひとつ息を吸った。「そもそもグラント工科大学は、なんだって女性の射撃チームなんて作ったんだ？」

「タイトル・ナイン」それは、女性にも男性と同じスポーツをする権利を与えるように大学に命じた法律だ。もしサラが高校生の頃にこの法律が存在していたなら、女子テニスチームは少なくとも学校のコートを使う時間を確保できただろう。実際は、彼女たちは体育館の壁に向かってボールを打たなくてはならなかった——男子バスケットボールチームが練習していないときに。

「新しいスポーツを覚えるチャンスがあるのはいいことよ」

驚いたことに、ジェフリーはうなずいた。「射撃チームはかなり優秀だ。あらゆる競技会で勝っている」

「それじゃあ、彼女がチームに入っていることを知っている学校の人たちは、銃を持っていることを知っていたわけね」

「おそらく」

「銃は部屋に置いていたの？」

「ふたりとも。ルームメイトもチームの一員だったんだ」

サラは銃のことを考えた。「指紋は取った？」

「カルロスが取ったよ」彼女の次の質問は予測がついた。「シェイファーの指紋は銃身、フォアエンド、弾の残骸に残っていた」

「弾は一発だけ？」サラが知るかぎり、ポンプアクション・ショットガンのマガジンには三発装塡《そうてん》できるはずだ。フォアエンドを引くことで、次の弾が薬室に送りこまれて続けて発砲できる。

「そうだ。弾は一発。あの銃には合っていない口径だった。スキート・チョークが取りつけられていたから、銃口が小さくなっていたんだ」

「足の指の指紋は引き金のものと一致していた？」

「調べようとも思わなかった」ジェフリーは認めた。

「解剖の前に調べましょう。何者かが無理やり彼女に弾を装塡させたんだと思う？　銃に詳しくない人間が？」

「最初の弾が詰まる可能性は高かった。マガジンにほかの弾が入っていなければ、彼女は時間を稼ぐことができた。銃を振り回して、相手を殴ることもできたかもしれない」

「弾が銃身で暴発するんじゃない？」

「そうとも限らない。マガジンにほかの弾が入っていたなら、二発目の弾が一発目に当たって、どちらも薬室近くで暴発するはずだ」

「だから彼女は一発だけ装塡したのね」

「とても頭がいいか、とてもばかなのかどちらかだな」

サラは写真を見つめ続けた。自殺はこれまでもたくさん扱ってきたし、そのどれもが同じように見える。前日にアンディ・ローゼンが死んでいなければ、テッサが襲われていなければ、サラとジェフリーはこんな疑問を抱かなかっただろう。アンディの背中の傷にしても、全面的な捜査を行う根拠にはならなかったはずだ。

「共通点はなにかしら？」

「わからない。テッサが不確定要素だ。シェイファーとローゼンは同じアートのクラスだったが、それも――」

「ユダヤ人じゃない?」サラが遮って言った。「シェイファーのことだけど」

「ローゼンはそうだ。シェイファーはわからない」

ありえるかもしれない関連について考えていると、サラは不安に心をつかまれるのを感じた。「アンディ・ローゼンはユダヤ人。エレン・シェイファーもそうかもしれない。テッサは黒人と付き合っている。それどころか、彼の子供を身ごもっている」

「なにが言いたいんだ?」ジェフリーは訊いたが、サラの意図はわかっていた。

「アンディが突き落とされたにしろ、飛び降りたにしろ、あの橋には人種差別主義者の落書きがあった」

ジェフリーは前方の道路をじっと見つめ、丸一分間、なにも喋ろうとしなかった。「それがつながりだと思うのか?」

「わからない。あの橋にはかぎ十字が描いてあった」

「〝死ね　くろんぼ〟の隣に」ジェフリーが指摘した。「ユダヤ人とは書かれていなかった」またハンドルを指で叩く。「ユダヤ人だという理由でアンディに敵意を持っていたのなら、もっとはっきりそう書いていたはずだ。〝死ね　ユダヤ人〟ってね」

「あなたたちが森で見つけたダビデの星はどうなの?」

「アンディが自殺する前に森を歩いていて落としたのかもしれない。あれがテッサを襲った犯人と関係があるかどうかは、わかっていないんだ」ジェフリーは言葉を切った。「だが、ローゼンとシェイファーはどちらもユダヤ人の名前だ。それがつながりかもしれない」

「大学にユダヤ人の子は大勢いる」

「確かに」

「あの落書きは白人至上主義者のグループがここで活動をしているっていうことかしら?」

「ほかにだれがあんなものを学校の周辺に落書きしたりする?」

サラは自分の仮説の穴を探そうとした。「橋の落書きは最近のものじゃなかった」

「調べてみるが、確かに少なくとも二週間前に描かれたようだったな」

「つまり、昨日、アンディ・ローゼンを橋から突き落とし、その後わたしがテッサを連れてやってきて、用を足したくなったテッサが森で刺されることを知っていた何者かが、二週間前に橋にかぎ十字と中傷の言葉を描いたっていうこと?」

「それはきみの仮説だ」

「もっともな仮説だとは言わなかったわ」サラは認めた。目をこすりながら言う。「疲れすぎて、目がかすむ」

「眠りたい?」

眠りたいのはやまやまだったが、サラはテッサのことしか考えられなかった。彼女は、こんなことをした犯人を見つけてほしいと、ただそれだけをサラに頼んだのだ。「人種差別主義者の線は捨てましょう。自殺に見えるように偽装されたと考えましょう。ふたりが殺されたかもしれないことは隠しておくほうがいいと思う？」

「本当のことを言えば、わからないんだ。親に偽りの期待を持たせたくないし、キャンパスにパニックを起こしたくもない。それにもしこれが殺人なら——本当にそうかどうかもわかってはいないが——犯人はうぬぼれて間違いを犯すかもしれない」

ジェフリーが言いたいことはわかっていた。世間一般に信じられていることとは違い、殺人者が捕まりたいと考えていることはめったにない。殺人は究極の危険な行為だ。うまく逃げれば逃げるほど、彼らはさらに危険を追求したくなるのだ。

「だれかが大学生を殺しているとして、動機はなんだと思う？」

「ドラッグしか思いつかないな」

サラは大学内でドラッグが問題になっていたのかと訊こうとして、ばかな質問だと考え直した。「エレン・シェイファーはやっていたの？」

「おれに言えるのは、彼女はある種の健康マニアだったってことだ。だから、考えにくいと思う」ジェフリーはサイドミラーを確認してから、隣の車線の大型トラックを追い抜いた。「ローゼンはやっていたかもしれないが、やめていたという可能性もある」

「浮気の噂はどうなの？」

ジェフリーは顔をしかめた。「リチャード・カーターを信じていいものかどうか。あいつはスプーンみたいなやつだ——いつだってあたりをかきまわすんだ。あいつがアンディを嫌っていたことは確かだ。あいつなら、ふんぞり返って騒ぎを楽しむために噂を流すくらいのことはやりかねない」

「とりあえず、彼の言っていることが本当だとしましょう。アンディの父親がシェイファーと浮気をしていた可能性はある？」

「シェイファーは彼の授業を取っていなかった。彼と知り合う理由がない。彼女には足元にひざまずく同年齢の男が大勢いたんだ」

「だからこそ、年上の男性に惹かれたのかもしれない。より洗練されているように見えるものよ」

「ブライアン・ケラーは違うよ。ロバート・レッドフォードというわけじゃないんだ」

「聞きこみはしてみた？　つながりはない？」

「わかっているかぎりでは。だが明日、彼と話をするよ。なにか教えてくれるかもしれない」

「自白するかもしれないわ」

ジェフリーは首を振った。「彼はワシントンにいたんだ。今日の午後、フランクが確認した」数秒待ってから、言い添える。「だれかを雇うことは可能だが」

「動機はなに？」

「動機は……」ジェフリーはそのあとの言葉を呑みこんだ。「くそっ、わからないよ。必ず動機に戻ってきてしまう。いったいこんなことをする理由はなんだ？　なにを得られるっていうんだ？」

「人を殺す理由は限られている」サラは言った。「お金、ドラッグ、嫉妬や怒りといった感情的な理由。無差別に殺すのは、連続殺人者よ」

「なんてこった。やめてくれ」

「考えにくいことだとは思うけれど、でもなにひとつ筋が通らないのよ」サラはしばし口をつぐんだ。「一方で、アンディはやっぱり飛び降りたのかもしれない。エレン・シェイファーはすでに鬱状態で、死体を発見したことが引き金になって――」サラははたと気づいた。「洒落のつもりじゃないから」

ジェフリーはちらりとサラを見た。

「彼女はただの自殺かもしれない。ふたりともそうだったのかもしれない」

「テスはどうなんだ？」

「テスはどうって？　あの子が襲われたのは、ほかのふたりとはなんの関係もなかったのかもしれないわ。ふたりが自殺ならっていうことだけれど」サラはじっくり考えてみようとしたが、正しい手がかりを結びつけることができなかった。「森で、なにか違法なことをしているだれかに出くわしたとか」

「隅々まで調べてみたが、ネックレス以外なにも見つからなかった。だとしても、どうしてそいつはその場にぐずぐずして、きみとテッサを見ていたんだ？」

「見ていたのはほかのだれかかも……森を走っていたランナーとか」

「それなら、どうしてレナを見かけて逃げたんだ？」

サラは寝不足がひどくて頭が働かないと思いながら、ゆっくりと息を吐いた。「わたしはどうしてもアンディの背中のひっかき傷が気になるの。解剖でなにかわかるかもしれない」サラは筋道立ったことを考えるのをあきらめ、手で頭を支えた。「ほかになにが気になっているの？」

ジェフリーの顎が動き、サラは彼が口に出す前から答えに気づいていた。「レナ」

サラはため息をつきたくなるのをこらえて、窓の外に目を向けた。サラの記憶にあるかぎりの昔から、ジェフリーはレナのことを心配し続けている。

「彼女がなにをしたの？」〝今度は〟という言葉は呑みこんだ。

「なにもしていない。いや、したのかもしれない。わからない」ジェフリーが口をつぐんだのは、いま一度考えているのだろう。「レナはあの若者、ローゼンを知っていたと思うんだ。彼のアパートメントにあった図書館の本に、彼女の指紋があった」

「彼女が借りたことがあったんじゃない？」

「いいや。記録を調べた」

「見せてくれたの？」

「正式に司書を通したわけじゃないんだ」ジェフリーが言い、図書館の利用記録を見るために彼がどう裏から手を回したのか、サラには想像するほかはなかった。ナン・トーマスがそれを知ったら大声をあげていただろうし、サラも彼女を非難しなかっただろう。

「レナは、だれにも知られないようにその本を借りたのかもしれない」

「レナが『いばらの鳥』を読むようなタイプに見えるか？」

「わたしにはわからない」サラはそう答えたものの、レナがじっと座って本を読んでいるところは想像できなかった。恋愛小説となればなおさらだ。「彼女に訊いたの？　なんて言っていた？」

「なにも。彼女を連れていこうとしたんだが、拒否された」

「警察署に？」

ジェフリーはうなずいた。

「わたしだってそれは拒否するわ」

ジェフリーは心底驚いたようだ。「どうしてだ？」

「ばか言わないで」サラは答えようともしなかった。「レナはなにか隠していると思うの？」

「わからない」ジェフリーはこつこつとハンドルを指で叩いた。「話したくないことがあるように見える。丘で話をしたとき――きみとテッサがいなくなったあとだ――アンディの名前に聞き覚えがあるようだった。尋ねたら、知らないと言われたが」

「死体を仰向けにしたときの彼女の反応はどうだった？」

「彼女はその場にいなかった」

「そうだった」

「ほかにも見つけたものがあるんだ。彼の部屋に女性の下着があった」

「レナの？」どうしてジェフリーはいままで黙っていたのだろうと思いながらサラは尋ねた。

「だと思う」

「どんなデザイン？」

「きみがはいているようなものとは違う。小さいやつだ」

サラは彼をにらみつけた。「それはありがとう」

「おれが言いたいことはわかるだろう。うしろが細くなっているやつだ」

「Tバック？」

「そうかな。つるんとしていて、濃い赤色で、脚のところにはレースがついているんだ」

「それって、『いばらの鳥』と同じくらいレナらしくないけれど」

ジェフリーは肩をすくめた。「わからないだろう？」

「アンディ・ローゼンのものだという可能性は？」

ジェフリーは考えているようだ。「その可能性は除外できないな。彼がなにをしていたかを思うと……」

「シェイファーから盗んだのかもしれないわよ」

「毛は濃い茶色だった。シェイファーは金髪だ」

サラは笑った。「それはどうかしらね」

ジェフリーはしばらく無言だった。「レナはアンディ・ローゼンと寝ていたのかもしれない」

ありそうもないとサラは思ったが、相手がレナではなんとも言えない。

「レナを連れていこうとしたとき、どこかの若造が現れたんだ。高校生みたいに見える生意気なやつだった。レナは彼と付き合っているのかもしれない。そんなふうに見えた」

「アンディ・ローゼンと寝ていながら、その若い子と付き合っているっていうの？」サラは首を振った。「一年前に彼女の身になにがあったかを考えれば、レナがそういうことをするのは早すぎる。もしするとすればだけれど」腕を組み、ドアにもたれた。「彼女の下着に間違いないの？」

彼女に言うべきかどうか迷っているのか、ジェフリーは黙りこんだ。

「なんなの？」サラはそう尋ね、さらに促した。「ジェフ？」

「付着している……物質があった」ジェフリーの答えを聞いて、どうして言いよどんだのだろうとサラは不思議に思った。触れてはいけないことがレナにはあるとわかっているからかもしれない。いままでジェフリーは、こういった話題を口にするのをためらったことはない。「DNA検査ができるくらいの量があったとしても、レナは比較するためのサンプルを絶対に提供しないだろう。提供さえしてくれれば、彼女の疑惑を晴らして、この話を終わりにできるのに」

「警察署にすら行かないのなら、血液を提供するはずもないわね」

ジェフリーの口調が険しくなった。「おれはただ、彼女の疑惑を吹き払いたいだけなんだ。彼女が自分でそうするつもりがないのなら……」

サラは、一年前にレナに行ったレイプキットのことを即座に思い浮かべたが、その話を持ち出すことはなかった。レイプ検査をするために採取されたDNAが、レナとアンディ・ローゼンを結びつけるかもしれない検査に使われるのは、納得できなかった。二次被害を与えるようなものだと思えた。レナは裏切りだと受け止めるだろう。だれでもそうだ。

「サラ?」

サラは首を振った。「疲れただけ」レイプキットを使った夜のことを思い出さないようにしながら言った。レナの肉体は激しい損傷を受けていて、背中を七針縫わなければならなかった。監禁中にドラッグを与えられていたから、鎮静剤はごく微量しか使うことができなかった。テッサが刺されるまで、レナのレイプ検査は医師としてのサラのキャリアのなかで最悪の出来事だった。

「もしもレナのDNAが一致したら、それでなにが証明できるの？　アンディ・ローゼンと寝ていたからといって、彼の死に関係していることにはならない。テッサを刺したことにも」

「それなら、どうして嘘をつくんだ？」

「嘘をついたからといって、罪を犯したというわけじゃない」

「おれの経験からすると、人が嘘をつくのはなにかを隠したいときだけだ」

「学生とセックスしたことがわかったら、彼女は仕事を失うんじゃないかしら」

「レナはチャックが大嫌いだ。いまの仕事にそれほどこだわるとは思えないね」

サラは指摘した。「いまの彼女は、あなたの最大のファンというわけじゃない。あなたを困らせるために嘘をついたのかもしれない」

「彼女は、捜査の邪魔をするほどばかじゃないよ。こんな大事なことなんだぞ」

「おおいにありうることよ、ジェフリー。彼女はあなたにものすごく腹を立てていて、これで追い出された恨みを晴らせるって――」

「おれは追い出したり――」

サラは両手をあげて彼を黙らせた。この点についてはこれまで散々議論してきたから、最後まで聞かなくとも、彼の残りの台詞はわかっていた。つまるところ、ジェフリーはレナにものすごく腹を立てているせいで、その怒りの大部分が失望から来ていることを認めようとしないだけなのだ。レナもまた、条件反射的に彼を拒否する態度を取る。そこに巻きこまれてさえいなければ、サラは滑稽だと思っただろう。

「理由はどうあれ、レナは一ミリたりとも譲らないでしょうね。警察署に行かなかったことで、それははっきりしている」

「おれのアプローチの仕方が間違っていたのかもしれない」ジェフリーは認め、これまでの彼の行動から判断するに、かなりろくでもない態度を取ったのだろうとサラは考えた。

「彼女が一緒にいたあの若造」

サラは待ったが、ジェフリーはなかなかその続きを言おうとはしなかった。

「奴にはなにかおかしなところがある」

「どうおかしいの？」

「危険だ。前科があるほうに十ドル賭けてもいい」

サラがその賭けにのることはなかった。それなりに能力のある警察官なら、前科者は見ればわかる。そこで次の質問に移った。「彼が問題を起こしていたことをレナは知っていると思う？」

「彼女の頭のなかなんてだれにわかる？」

サラもまた当惑していた。

ジェフリーは言った。「やつはおれを押した」

「あなたを押した？」比喩でその言葉を使っているのだとサラは思った。

「うしろから近づいてきて、おれを押したんだ」

「あなたを押した？」どこの愚か者がそんなことをするのだろうと思いながら、サラは繰り返した。「どうして？」

「おれがレナを突き飛ばしたと思ったんだろう」

「突き飛ばしたの？」

ジェフリーは明らかに侮辱されたと思ったようだ。「彼女の腕に手を添えた。彼女は取り乱した。腕を振り払った」ジェフリーは言葉を切り、道路を見つめた。「勢いよく振り払いすぎて、地面に倒れたんだ」

「予測できる反応だと思うけれど」

ジェフリーはそれを聞き流した。「その若造はおれとやる気満々だった。やせっぽちのチビなんだぞ。多分テスよりも軽い」ジェフリーは首を振ったが、その口調にはどこか感心しているような響きがあった。彼に歯向かってくる人間はそういない。

「どうして彼の履歴を調べないの？」

「名前を知らない」そう答えてから、付け加える。「心配いらない。コーヒーショップまでふたりを尾行した。テーブルにコップが残っていたから、指紋を取ったよ」ジェフリーはにやりとした。「あの若造について知りたいことすべてが判明するのは時間の問題だ」

そのとおりだということがわかっていたから、サラはレナの白馬の騎士が少しだけ気の毒になった。

ジェフリーはまた黙りこみ、サラは窓の外を眺めながら高速道路上で起きた事故を示す十字架を数えた。その根元にリースが置かれているものもあれば、写真が飾られているものもあって、よく見えなくてよかったとサラは思った。小さな十字架にもたせかけたピンク色のテディベアが目に入り、心臓が飛び出しそうになって前方に視線を移した。前を走る車はどれも赤いブレーキランプを灯している。メイコンに近づくにつれ、道路は混み始めていた。ジェフリーは迂回するだろうが、それでもこの時間に渋滞を回避するのは不可能だ。

ジェフリーが尋ねた。「ご両親はどうしている？」

「怒っている。わたしに。あなたに。わからない。ママはろくにわたしと話そうともしない」

「理由を言っていた？」

「心配しているだけよ」そうは言ったものの、彼女に怒りを抱いている両親と過ごす一秒一秒に胸をねじ切られるようだった。エディはまだサラと口をきいていないが、それが彼女を責めているからなのか、あるいは娘がふたりとも危機に陥っていることに対処できないせいなのか、サラにはわからなかった。ただ小さく丸くなって自分を慰めていたいときに、まわりにいる人の前で強くいることがどれほど難しいものなのか、サラは理解し始めていた。

「二、三日すればよくなるさ」ジェフリーはサラの肩に手を置いて慰めた。親指で首を撫でられると、サラは座ったまま体をずらして彼の胸に頭をもたせかけたくなった。なにかがそれを押しとどめた。許可したわけでもないのに彼女の心は、痣だらけでぼろぼろで、深い切り傷を負った両脚のあいだから黒っぽい血を流していたあの日のレナのところにしきりに戻ろうとする。レナは本来、小柄な女性だが、傲慢な態度のせいで実際よりも大きく見える。だがストレッチャーに乗せられ、救急隊員が両手足に急いで巻いた白い包帯から血をにじませていた彼女は大人の女性というよりは、幼い子供のようだった。サラは、あれほど打ちひしがれた人間を見たことはなかった。

サラは涙がこみあげるのを感じた。ジェフリーに見られたくなくて、窓の外に顔を向けた。ジェフリーは首を撫で続けていたが、どういうわけかさっきほど慰められることはなかった。

「少し眠るわ」サラはそう言って彼から離れると、車のドアにもたれた。

ハーツデール・メディカルセンターは、その名前から連想されるほど立派な施設ではなかった。地下に遺体安置所を備えた二階建ての建物で、メインストリートの反対側の突き当たりにある大学のための形ばかりのクリニックにすぎない。いつものごとく、駐車場には数台の車が止まっているだけだ。ジェフリーはサラが普段使っている通用口を通り過ぎ、救急処置室の前のメインの駐車場に車を止めた。奥のスペースのひとつにジェフリーがバックで車を入れるまで、サラは辛抱強く待った。

ジェフリーはギアをパーキングに入れたが、エンジンは切らなかった。「フランクに連絡を取らなきゃいけない」携帯電話を取り出しながら言う。「おれ抜きで始めていてくれるか？」

「わかった」サラはしばらくひとりになれることに、心のどこかでほっとしていた。彼に笑顔を向けてから、車を降りた。ジェフリーは十年以上前からサラを知っていて、サラの心になにか引っかかるものがあることにも気づいているようだ。ジェフリーは物事を解決しないままにしておくのを嫌う。立体駐車場でのことで、まだ腹を立てているのかもしれない。

グラントまでの車中で、サラはあまり眠れなかった。睡眠と覚醒のあいだに囚《とら》われたまま、昨日の出来事におののいていた。ようやくうとうとしたかと思うと、去年のレナを夢に見た。夢だけがもたらす恐ろしいひずみのなかでサラとレナは入れ替わっていて、診察台に乗って両足を台に置き、体をさらしているのはサラで、レナが膣を綿棒でぬぐい、異物を採取するために陰毛を櫛《くし》で梳《す》いていた。精液とそのほかの体液を光らせるためにブラックライトが当てられると、サラの下半身は燃えているみたいに明るくなった。

少しも寒くはないのに、サラは駐車場を歩きながら腕をこすった。のしかかってきそうな暗い空を見あげた。「嵐がやってくる」サラたちが子供の頃、アーンショーの祖母が口にしていた台詞をつぶやいた。心配そうに胸の前で腕を組み、勝手口に立って近づいてくる嵐を眺めながら、今夜は眠るときに蠟燭《ろうそく》を用意しておくようにと子供たちに告げていた祖母を思い出すといくらか緊張がほぐれ、サラの頬が緩んだ。

救急処置室に入ったサラは、夜間担当の看護師と、休暇を取ることになっているヘアの代わりを務めてくれるマット・ディアンドリアに手を振った。思春期に入った夏以来、いとこがいないことをいまほどうれしく思ったことはなかった。

「お母さんたちは元気にしている？」マットはありきたりの挨拶をした。そう言ったあとで、どういう答えが返ってくるかに不意に気づいたのか、彼の顔が青くなった。

「元気よ」サラは無理に笑顔を作った。「みんな大丈夫。ありがとう」

その後はどちらもたいして話すことはなかったので、サラは地下の遺体安置所へとおりる階段に向かって廊下を進んだ。

遺体安置所とグレイディ病院を比較したことはなかったが、アトランタでそれなりの時間を過ごしてきたばかりだったから、似ているところがあるのはよくわかった。メディカルセンターは数年前に改築されていたが、地下の遺体安置所は一九三〇年代に建てられたときとほぼ変わっていない。壁には水色のタイルが貼られ、緑色と黄褐色の正方形のリノリウムが床に敷きつめられている。天井には雨漏りのせいで染みができていて、最近修理された白い箇所が灰色がかった古い漆喰《しっくい》の上でくっきりと際立っていた。しばらく留守したあとでなければ気づくこともほとんどない単調な音は、冷凍庫の上のコンプレッサーと空調システムのホワイトノイズだ。

広い胸の前で腕を組んだカルロスが、部屋の中央にボルトで固定してある陶器のテーブルの前に立っていた。浅黒い肌をしたヒスパニック系の好青年で、なまりがかなり強いのでサラがそれに慣れるまでしばらくかかった。口数は少なく、なにか話すときにはぼそぼそとつぶやくように言う。彼が担っているのは汚れ仕事で――たとえの意味でも、実際の意味でも――賃金はかなりよかったが、サラは彼のことをあまりよく知らなかった。長年ここで働いているにもかかわらず、彼が自分について話したことも、仕事の文句を言ったことも一度もない。なにもすることがないときでも、床を掃いたり、冷凍庫の掃除をしたりと必ずなにかをしているのが常だったから、サラが入っていったとき、ただそこに立っているだけの彼を見て驚いた。サラが来るのを待っていたらしい。

「カルロス?」サラは声をかけた。

「ぼくは二度とミスター・ブロックとは仕事をしません」断固として譲らないことを知らしめるような口調だった。

サラは彼の言葉の長さではなく、そこにこめられたはっきりした意志に驚いた。言葉を選びながら尋ねる。「なにか理由があるの？」

カルロスはまっすぐサラを見つめて答えた。「彼はすごく変わっている。ぼくが言えるのはそれだけです」

サラは安堵の波に包まれた。彼がやめると言いだすのを恐れていたのだと気づいた。

「わかった。気分を害したのなら、悪かったわ」

「気分を害してなんかいません」カルロスは応じたが、気分を害しているのは明らかだった。

「そう」この話が終わりであることを願いながら、サラはうなずいた。実のところ、小学校に入った最初の日、チャック・ゲインズが八歳の子供（チャックは幼稚園で留年した）にしか許されないような癇癪を起こしてダン・ブロックをジャングルジムから突き落として以来、サラは彼をかばってきた。

ブロックは一風変わっているという以上に愛情に飢えていて、適者生存の原則に基づいて運営されている学校生活に、その特質は追い風にならなかった。キャシーとエディのおかげでサラは友人たちからの承認を必要としなかったから、人気者のグループと順番にいじめられる子供たちのはざまで、存在しない人間のように扱われても気にはならなかった。クラスでいちばん頭がいい少女だと思われていたし、その身長と赤毛とＩＱにまわりの人間はおじけづいた。一方のブロックは高校生になるまで散々いじめられた。その頃になってようやくいじめっ子たちも、どれほど辛く当たってもブロックはにこやかに受け流すことを理解したのだ。

「ドクター・リントン？」サラが何度も頼んだにもかかわらず、カルロスは決して彼女をサラとは呼ばない。

「なに？」

「妹さんはお気の毒です」

サラはぎゅっと口を結び、お礼の代わりにうなずいた。「女の子から始めましょう」難しいほうを先に処理したほうがいいだろうと思った。「写真とレントゲンは撮った？」

カルロスは素っ気なくうなずいただけで、死体の状態についてはなにも言わなかった。彼は常にプロとしての態度を崩さず、仕事に対する真面目な態度をサラは高く評価していた。

サラは遺体安置所を窓越しに眺められる自分のオフィスに戻った。机の前に腰をおろすと、この四時間半ほど座りっぱなしだったにもかかわらず、足を休めることができてほっとした。受話器を手に取り、父親の携帯電話にかけた。

ひとつ目の呼び出し音が鳴り終わる前に、キャシーが応答した。「サラ？」

「着いたわ」もっと早く電話すべきだったと思いながら、サラは言った。キャシーが心配していたことは間違いない。

「なにかわかった？」

「まだよ」カルロスが黒い死体収納袋をストレッチャーで運び出しているのを見ながら、サラは答えた。「テスはどう？」

キャシーはすぐには答えなかった。「変わりない」

カルロスは袋のファスナーを開き、陶器の台に死体を移動させ始めた。見ている人がいたら残酷だと思うだろうが、死体をひとりで台に乗せるには強引に扱うほかはない。カルロスはまず足を台に乗せ、そのあとグイッと引っ張って体の残りの部分を所定の位置に収めた。証拠を保全するため、頭をくるんでいるビニールの袋はそのままにされた。

キャシーが言った。「あなたに怒ってはいないから」

サラは息を吐き、いままで止めていたことに気づいた。「よかった」

「あなたのせいじゃない」

サラが答えなかったのは、母の言葉に同意できなかったからだ。

「あなたが小さかった頃」キャシーの声はやさしかった。「あの子が危ない目に遭わないように、わたしはいつもあなたに頼っていた。あなたはいつだって頼りになった」

サラは机の上の箱からティッシュペーパーを一枚取り出し、目の下に当てた。カルロスはTシャツを脱がせようとしているが、頭が引っかかっている。顔をあげてこちらを見たので、サラは手で切る仕草をした。現場の鑑識がすでに衣服は調べ終えている。

キャシーが言った。「あなたのせいじゃない。ジェフリーのせいじゃない。たまたま起きてしまったことで、わたしたちはみんなこれを乗り越えるのよ」

昨日はこの言葉を聞きたくてたまらなかったのに、今日は少しも慰めにはならなかった。生まれて初めて、母親が信じられなかった。

「ベイビー?」

サラは涙を拭いた。「もう行かないと、ママ」

「わかった」キャシーは一度言葉を切った。「愛しているわ」

「わたしも愛している」サラはそう告げて電話を切った。頭をはっきりさせたくて、両手で押さえた。テッサのことを考えながら、エレン・シェイファーを解剖するわけにはいかない。いま妹のためにできるのは、彼女を刺した男を捕まえる手がかりになるなにかを見つけることだ。解剖はそれ自体が暴力行為であり、究極の侵害だ。すべての死体には物語がある。皮膚の下を見ることで、その人間の生と死がどんな栄光や不名誉に包まれたものなのかが明らかになる。

サラが立ちあがって遺体安置所に戻ったとき、カルロスはあとでもとどおりにして詳しく調べられるように、縫い目に沿ってシャツを切り終えたところだった。その生地には血が飛び散っていて、銃が当たっていたところだけ楕円形《だえんけい》に抜けている。サラは片方の足の指を調べ、そこにも血が飛び散っていることを確認した。反対側の足はきれいなままだった。

十三歳の子にふさわしいような少女趣味のブラジャーが彼女の胸を覆っていた。カルロスは手を開いて、丸めたトイレットペーパーをサラに見せた。

「それはなに?」わかっていたが、サラは尋ねた。

「ここに入っていたんです」カルロスはブラジャーを示した。もう一方のカップに手を入れ、そこからも丸めた紙を取り出した。

「自殺をするのに、どうしてブラジャーに詰め物をするの?」サラは尋ねたが、カルロスが質問に答えないことはわかっていた。

階段から足音が聞こえて、ふたりは振り向いた。

「なにかわかった?」ジェフリーが訊いた。

「いま始めたところ。フランクはなんて?」

「なにも」ジェフリーはそう答えたものの、なにかあるとサラは感づいた。どうして彼は話したがらないの? カルロスが信頼できることはわかっている。彼にも遺体安置所の外での生活があることを、サラはしばしば忘れてしまうほどだ。

「これを脱がせましょう」サラはカルロスを手伝って、娘のジーンズを脱がせた。

ジェフリーは彼女の下着を眺めた。アンディ・ローゼンのアパートメントで見つけたものとは違って、シンプルなコットンだ。

「彼女の部屋のタンスは調べた？」サラは訊いた。

「いろいろあった。シルク、コットン、Tバック」

「Tバック？」

ジェフリーは肩をすくめた。

「ブラジャーにティッシュが詰めてあったの」

ジェフリーは眉を吊りあげた。「ブラジャーに詰め物？」

「彼女が自殺したなら、だれかが自分を見つけること、葬儀屋か検死官が死体を調べるこ

とはわかっていたはずよ。それなのに、どうして詰め物なんてするの？」

「いつもそうしていたのかもしれない。習慣だったのかも」ジェフリーは言ったが、信じ

ていないことははっきりしていた。

「タトゥーは古いものだわ。おそらく三年はたっている。あくまでも推測だけれど、でも

最近になって入れたものじゃない」

カルロスが下着をずらし、サラとジェフリーは別のタトゥーに同時に気づいた。アラビ

ア文字のようなものが書かれている。

「アンディの絵にこれはなかった」

「これも最近入れたものじゃない。彼はわざと描かなかったのかしら?」

「いや、もし見ていたなら、絶対に描いていたはずだ」

「つまり、彼女とアンディは無関係だったということね」サラはタトゥーの写真を撮るように、カルロスに身振りで示しながら言った。「これをスキャンして、意味がわかる人を捜さないと」

カルロスが言った。「シャローム」

「なんですって?」彼が口をきいたことに驚きながら、サラは訊き返した。

「ヘブライ語です。〝平和〟という意味です」

無条件で信じることはできなかった。「間違いない?」

「ヘブライ語の学校で学びました。母がユダヤ人なんです」

「まあ」そんなことも知らないまま、よくもこれだけの年月を彼と過ごしてきたものだとサラは思った。ちらりとジェフリーを見ると、彼はメモ帳になにかを書きつけていた。眉間にしわが寄っていて、なにか関連性に気づいたのだろうかとサラは考えた。

自分がどこに立っているかを忘れて振り向いたので、サラは台の足側の上にある秤《はかり》に頭をぶつけた。

「もう」頭に手を当てて、怪我をしていないかどうかを確かめる。ジェフリーやカルロスの反応を見ようとはしなかった。シンク脇の金属製のキャビネットに歩み寄り、無菌ガウンと手袋を取り出した。

「眼鏡を取ってきてもらえる？　机の上にあると思う」サラはジェフリーに頼んだ。

ジェフリーが眼鏡を取ってくると、サラはガウンを着て、手袋をつけた。箱からもうひと組の手袋を取り出し、重ねてつけた。サラが学校から買い取った黒板をカルロスが転がしてきた。彼が調べた事柄がすでにそこに書かれている。空白になっている部分には、臓器の重さやサイズ、そのほか様々な情報をその都度カルロスが記入していくのだ。サラはすべてを自分の目で確認しながら、解剖することを好んだ。なにもかも書き記しておけば、事実を可視化することが簡単になる。

サラは足で口述録音再生装置《ディクタフォン》のスイッチを入れた。「ウイングマスター十二口径で自ら頭を撃ったと報告されている、防腐処理を施していない、よく発達した、栄養状態のいい十九歳の白人女性。対応した警官によって、エレン・シェイファーと確認された。わたしの指示のもと、写真とレントゲンを撮影した。ジョージア州死亡捜査法の定めるところに従い、グラント郡検死官のオフィスの遺体安置所において解剖を行う。本日は……」

ジェフリーは日付を言い、サラは録音を続けた。「法医学助手カルロス・クウィノーネズとグラント郡警察署長ジェフリー・トリヴァーの協力を得て、二〇：三三に開始する」

サラは言葉を切り、正確な情報を求めて黒板を見た。「体重は約五十七キロ、身長は百七十二センチ。散弾銃によって頭部に広範囲の損傷あり」サラは腹部に手を当てた。「死体は冷蔵されていたため、触れると冷たい。死後硬直は進展しており、上肢にまで及んでいる」

サラは様々な特徴を声に出していきながら、エレン・シェイファーの頭部を覆っている袋をハサミで切った。凝固した血液と灰白質がビニールにこびりついていて、頭皮の一部がゼラチン状のなにかに包まれて残っていた。

「残りの頭皮は冷蔵庫です」カルロスが言った。

「それはあとで見るわ」サラはエレン・シェイファーの頭部だったものから袋をはぎ取った。金色の髪の一部と脳幹に食いこんだ数本の歯があるだけの、血まみれの切り株にしか見えない。さらに何枚かの写真を撮ってから、サラはメスを手にして、解剖を開始した。Y形切開を施していると、寝不足のせいでくらくらしたので、しばし目を閉じて頭をはっきりさせた。

気づいたことを声に出して述べながら、すべての臓器を摘出し、重さを量り、目録を作り、記録を取った。胃にはシェイファーの最後の食事だったものが残されていた。箱に入っていたときとほぼ同じ状態のナッツと穀類のシリアルだ。

消化管の洗浄と呼ばれているものを行うため、サラはクランプで留めた腸をカルロスに渡した。流れてきたものを排水管の下のざるで受け止めながら、カルロスはシンクのひとつにつながれたホースで腸管の内部を洗った。においが強烈なので、サラはいつもこの作業を人任せにすることに罪悪感を覚えるが、それも悪臭が漂ってくるまでのことだった。サラは手袋をはずすと、部屋の奥に設置されているシャウカステンに近づいた。解剖前に撮影したレントゲン写真をカルロスが貼りつけてくれていたが、睡眠不足のせいか、それとも単なる愚かさのせいか、事前にそれを見るのを忘れていた。サラは一連の写真を二度眺め、肺の内部に見慣れた形のものがあることに気づいた。

「ジェフ」サラは彼を呼んだ。

ジェフリーは数秒間その写真を眺めたあとで、尋ねた。「これは歯か？」

「すぐにわかるわ」サラは再び手袋を二枚重ねてつけると、内臓を入れてある袋から肺を取り出した。胸膜組織は滑らかで、コンソリデーションの所見は見られない。生体組織検査はあとで行うことにして、いまは外科手術ができるほど研いだパン切ナイフを使った。

「わずかに血液を吸引している」サラは言った。歯は左肺の右下四分の一のところで見つかった。

「発砲の衝撃で歯が喉の奥に押しこまれたんだろうか？」

「彼女は歯を吸引したの。肺に吸いこんだのよ」

ジェフリーは両手で目をこすった。その矛盾をわかりやすい言葉に言い直した。「歯が折れたとき、彼女は息をしていた」

火曜日

8

イーサンと一緒に映画館を出ながら、レナはあくびを嚙み殺した。数時間前にバイコディンを飲んだのだが、手首の痛みはほとんど軽減していないというのに、死ぬほど眠い。

「なにを考えているの？」イーサンは、女性に話をさせておきたいときにたいていの男が使う台詞を口にした。

「パーティーがいい結果を出してくれればいいってこと」レナは脅すような響きを口調にこめた。

「言いたいことはわかるよ。あれからあのおまわりはなにか言ってきた？」

「いいえ」レナは否定したが、コーヒーショップから帰宅するまでのあいだに、発信者番号が警察署の電話が五本かかってきていた。ジェフリーが彼女の部屋のドアをノックするのは時間の問題だろうし、そのときまでになんらかの答えを用意しておかなくては、痛い目を見ることになる。映画を観ながら考えていたのは、ジェフリーからなにを言われようとチャックが彼女をクビにすることはないだろうが、あのデブのクソ野郎はもっとひどいことをしかねないということだ。チャックはそれを種に嬉々としてレナを脅すだろうし、それでなくても不愉快な仕事をますます惨めなものにするだろう。

「映画は面白かった？」

「あんまり」アンディの友人が現れなかったらどうしようと考えながら、レナは応じた。明日は、ジル・ローゼンと話をする時間を作らなくてはならないだろう。彼女に電話をかけて三本の伝言を残したが、まだ折り返しの電話はない。ローゼンがジェフリーになにを言ったのかを聞いておく必要があった。今夜留守のあいだに彼女から連絡があったときに備えて、クローゼットの底からあのいまいましい留守番電話の機械を引っ張り出したほどだ。

空を見あげ、頭をはっきりさせるために深呼吸をした。話ができる相手が必要だが、信用できる人間はだれもいない。

「いい夜だ」イーサンは、レナが星を眺めているのだと思ったらしい。「満月だね」

「明日は雨よ」レナは手を握ったり、緩めたりしながら言った。イーサンにつかまれた左の手首には青みがかった黒い痣ができていて、どこか痛めたことは間違いなさそうだ。手を横向きにすると骨が痛んだし、腫れているせいでシャツの手首のボタンを留めるのが難しかった。イーサンがドアをノックするまで手首には湿布をしていたが、痛みがあることを彼には断じて知られたくなかった。

問題は、給料の支払い日が次の月曜日だということだ。レントゲンを撮るために救急処置室に行けば、健康保険の自己負担金の五十ドルで当座預金口座は空になる。手は動くから、骨は折れていないはずだとレナは判断した。月曜日になっても痛みが引かなければ、そのときにどうにかしよう。そもそもわたしは右利きだし、これよりもひどい痛みに数日以上耐えたこともある。痛みが安心を与えてくれる気がするほどだ——生きていることを教えてくれる。

彼女の心の内を感じ取ったかのように、イーサンが訊いた。「手首はどう？」

「平気」

「あんなことをして悪かった。おれはただ——」ふさわしい言葉を探しているようだ。「——きみに帰ってほしくなかったんだ」

「素敵なやり方よね」

「痛い目に遭わせてごめん」

「わかった」手首を話題にしたことで、痛みがさらに増したようだ。レナは部屋を出る前にバイコディンをもう一錠飲み、痛みがひどくなったときのためにポケットに八百ミリグラムのモトリンを忍ばせていた。イーサンが学生会館の駐車場にたむろしている若者たちを眺めているあいだに、モトリンを口に放りこんだが、変なところに入ってしまってむせた。

「大丈夫?」

「平気」レナは胸を叩いた。

「風邪を引いた?」

「そうじゃない」レナはまた咳《せ》きこんだ。「パーティーはいつ始まるの?」

「そろそろにぎやかになる頃なんだが」イーサンは生垣のあいだの小道に進んでいく。レナはそれが、森を抜けてキャンパスの西側にある寮へ行く近道であることを知っていたが、夜に歩きたくはなかった。たとえ満月であっても。

彼女がついてこないことに気づいて、イーサンが振り返った。「こっちのほうが早い」

当然ながらレナは、だれかのあとについて人気《ひとけ》のない暗い場所に入っていくのは気が進まなかった。イーサンは彼女を傷つけたことを後悔しているように見えるが、その怒りがどれほど容赦ないものかはもうわかっている。

「ほら」イーサンは冗談めかして言った。「まだおれのことを怖がっているわけじゃないだろう?」

「くそったれ」レナは無理やり足を動かした。さりげない仕草に見えることを願いながら、片手をうしろのポケットに突っ込む。十センチのポケットナイフに指先が触れて、その存在にいくらか安堵した。

イーサンはレナと並んで歩けるよう、足取りを緩めた。「ここで長く働いているの?」

「いいえ？」

「どれくらい？」

「数カ月」

「仕事を気に入っている？」

「仕事は仕事」

　その言葉の意味を理解したらしく、イーサンはそのまま歩いていったが、数分後、また歩く速度を落とした。彼の顔に落ちる影は見えるけれど、表情までは読み取れない。彼は誠実そうな口調でレナに言った。「映画が気に入らなかったみたいで、ごめん」

「あなたのせいじゃない」だが彼が選んだのは字幕つきのフランス映画だった。

「きみは、ああいうのが好みかと思ったんだ」

　世界史上でこれほどの間違いを犯した人間がいるだろうかとレナは思った。「字が読みたければ、本を読むわ」

「よく本を読むの？」

「あんまり」レナはそう答えたものの、ここのところ、大学の図書館にあるひどく感傷的なロマンス小説にはまっていた。読み終わるまでほかのだれにも借りられないように、本は新聞の棚のうしろに隠してある。あんなくだらないものを読んでいることをナン・トーマスに知られるくらいなら、自分の喉を掻《か》き切るほうがましだ。

「映画は？」イーサンはめげずに尋ねた。「きみはどんな映画が好きなの？」

レナはあまりいらだった口調にならないように心がけた。「どうかな。筋の通るものかな」

イーサンはようやくその意味を理解したらしく、口を閉じた。レナは転ばないように、足元に視線を向けた。今夜はカーボーイブーツを履いてきたのだが、ヒールのある靴で歩くことには慣れていない――ほんの低いものであっても。ジーンズに濃い緑色のボタンダウンシャツを着て、現実の世界に出ていくための妥協案として軽くアイライナー引いてきた。イーサンの意見をどう思っているかを知らしめるためだけに、髪はおろしたままにしている。

イーサンはだぼっとしたジーンズに、やはり腕を隠せる黒の長袖Tシャツという格好だ。ムスクの香水らしいにおいがわずかに混じった洗剤の香りがしていたから、昼間着ていたものとは違うTシャツであることはわかっていた。仕上げは労働者向けらしい爪先に金属がついた安全ブーツで、もし森のなかで彼を見失っても、地面に残された深い靴跡であとを追っていけるだろうとレナは考えた。

数分後、ふたりは男性寮の裏にある空き地にいた。グラント工科大学は旧態依然としていて、男女両用の寮はひとつしかないのだが、ここは大学だからもちろん学生たちは規則の抜け道を見つけていたし、男子寮の責任者であるマイク・バーク教授は耳が不自由で、女子学生たちが四六時中、寮を出たり入ったりしていることに気づかないのはだれもが承知していた。今夜は補聴器を盗んだうえで、教授をクローゼットに閉じこめたに違いないとレナは思った。建物から流れてくる音楽は、足の下で地面が拍動するくらいのボリュームだった。

「今週ドクター・バークは、母親のところに行っているんだ」イーサンはうれしそうに説明した。「なにか用があったときのために、電話番号を置いていった」

「ここはあなたの寮？」

彼は建物へと近づきながらうなずいた。

レナは彼を引き留め、音楽に負けないように声を張りあげた。「ここでは、わたしをあなたのデート相手ということにしてね」

「だって、そのとおりだろう？」

レナは、その質問の答えになるような表情を彼に向けた。

「そういうことだ」イーサンは再び歩きだし、レナはそのあとを追った。

舎監しか入れないはずの屋根窓のある上階の部屋を含め、すべての明かりが灯っている寮に近づくにつれ、レナは聞こえてくる音に縮みあがった。ヨーロッパのダンスパーティー・ミックスとアシッドジャズのあいだのような曲にラップをいくらか混ぜた音楽で、その大音量にいまにも耳から血が噴き出てきそうだ。

レナは尋ねた。「警備の人間が来る心配はないの？」

イーサンがにやりと笑うのを見て、レナはしかめ面で負けを認めた。彼女が朝、仕事に行くと、前夜の担当だった人間はたいていいまだ奥の部屋の寝台の上にいて、顎まで毛布を引っ張りあげ、ぐっすり眠った証のよだれを枕に垂らしている。今夜の担当はフレッチャーであることをレナは知っていた。夜勤の人間のなかでも、彼は最悪だった。レナが大学で働くようになってからまだ日は浅いとはいえ、フレッチャーは日誌に一度たりとも事件を記録していない。もちろん、報告されないままだったり、暗闇に紛れて気づかれなかったりする夜間の犯罪は数多くある。大学のキャンパス内でレイプされた女性のうち、警察に通報するのは五パーセントに満たないと、レナは情報パンフレットで読んだことがあった。寮の建物を見あげ、いまこの瞬間にもだれかが襲われているかもしれないと考えた。

「やあ、グリーン！」イーサンよりいくらか背が高くて、がっちりした若者が近づいてきて、イーサンの肩をこぶしで突いた。イーサンも同じように突き返し、ふたりは背中をこすり合わせる以外のあらゆる要素を組み合わせた複雑な握手を交わした。

「レナ」イーサンは音楽に負けまいとして声を張りあげた。「ポールだ」

レナは、彼がアンディ・ローゼンの友人だろうかと考えながら、いちばんの笑顔を作った。

ポールは、やれるかどうかを判断しているみたいに、上から下までじろじろとレナを眺めた。レナも同じことをやり返し、彼が彼女の求める水準に達していないことを思い知らせた。彼は、大人と青年期のはざまにある十代の少年によく見られるような、退屈な外見をしていた。うしろ向きにかぶった黄色いサンバイザーの天辺《てっぺん》から、短く刈った白茶けた金髪が飛び出している。赤ちゃんのおしゃぶりと、〝ハローキティ〟のコレクションの一部らしいチャームを、緑色の金属のチェーンで首から吊るしていた。彼はレナの視線に気づき、おしゃぶりを口に入れて音をたてて吸った。

「おい」イーサンは縄張りを主張するみたいに、ポールの肩を小突いた。「スクーターはどこだ？」

「なかにいる。あのくろんぼのたわごとをやめさせようとしているんじゃないか」ポールは歌に合わせて両手を広げてポーズを取った。

レナは彼が使った言葉にいらだちを覚えたが、顔には出すまいとした。だがあまりうまくいかなかったらしく、ポールが訊いた。「きみはブラザーたちの味方？」その口調には、人種差別主義者のクズだけが使う極端ななまりがあった。

「黙れ」イーサンはさっきよりもずっと強く、彼を叩いた。ポールは笑いながら、森のなかへと入っていく人の群れに再び交じり、音楽がその声をかき消すくらいに遠ざかるまで、人種差別的な中傷を続けていた。

イーサンはシャツの下で肩の筋肉を震わせながら、両手を強く握り締めた。「くそったれのクズ野郎め」

「ほら、落ち着いて」レナは声をかけたが、イーサンが振り返ったときには彼女の心臓も激しく打っていた。彼の怒りがレーザーのようにレナを貫き、彼女はまたうしろのポケットに手を入れて、お守りに触れるようにナイフに触れた。

「やつのことは無視しろ、いいな？　あいつはろくでなしだ」

「ええ」レナはこの状況を鎮めようとして言った。「そうね」

イーサンは、レナが自分を信じることがなにより大事だと言わんばかりに悲しそうな表情で彼女を見つめてから、寮へと歩きだした。

入り口のドアは開いていて、なかにはふたりの学生が立っていた。性別はわからなかったが、しばらくここにいれば見当がつくようになるだろうとレナは思った。そちらを見ないようにしながらふたりの脇を通り過ぎ、漂っている妙なにおいはなんだろうと考えた。大学で七カ月働いていれば、マリファナのにおいには慣れるが、これはまったく違う。

玄関から長い廊下が中央に伸びていて、三階まであがる階段がある。それぞれの階には左右に廊下があり、部屋やバスルームに通じていた。キャンパス内にあるほかのすべての寮と同じ作りだ。レナが暮らしている建物もよく似ているが、職員用寮のすべての部屋にはバスルームと、キチネットを兼ねた居間のようなスペースもある。ここでは学生がひと部屋にふたり押しこまれ、それぞれの廊下の突き当たりにある共通のバスルームを使っていた。

一本の廊下の突き当たり近くまでやってきたところで、レナは漂っているにおいのうちふたつを判別できるようになった。尿と嘔吐《おうと》物。

「ちょっとここに寄らなきゃいけない」イーサンは〝有害廃棄物〟のステッカーが貼ってあるドアの外で立ち止まった。「いいかい？」

「わたしはここで待っている」レナは壁にもたれた。

彼は肩をすくめ、鍵を鍵穴に入れると、ドアを軽く揺すって開けた。どうしてわざわざ鍵をかけるのか、レナは不思議だった。大学にいるほとんどの学生は、ノブをがたがた揺すればドアが勝手に開くことを知っている。レナが呼び出された盗難事件のうちの半分には、無理やり侵入した形跡はなかった。

「すぐに戻るから」イーサンはそう言い残すと、部屋に入ってドアを閉めた。

レナはドアの外の伝言板を眺めながら待った。半分がコルク板で、残りの半分がホワイトボードになっている。コルク板には数枚のメモが画鋲《がびょう》で留められていたが、わざわざはずして読むほど興味をそそられなかった。ホワイトボードには、奇形の猿のような生き物が野球のバットだか、勃起したペニスだかを三本指の手で握っている絵と一緒に〝イーサンはフェラがうまい〟という文言が記されていた。

わたしはここでいったいなにをしているのだろうと思いながら、レナはため息をついた。

明日警察署に行って、ジェフリーと話をするべきかもしれない。今回の事件に関わっていないことを、彼に信じてもらう方法があるはずだ。いますぐ家に帰り、一杯やって、朝が来たときにはどうすべきかを考えられるくらい頭をはっきりさせるために、眠ろうと努めるべきかもしれない。それとも誠実に行動していることをジェフリーに示す材料として、ここに残ってアンディの友人と話をするべきだろうか。

「ごめん」イーサンが戻ってきたが、部屋に入っていったときとまったく変わっていないようだ。いったいいなかでなにをしていたのだろうとレナはいぶかったが、尋ねることはなかった。彼女が部屋までついてくると思っていて、少年らしい魅力で彼女を誘惑するつもりだったのかもしれない。レナは、彼が考えているほど自分がばかに見えないことを願った。

「おっと」イーサンはシャツの袖でホワイトボードをぬぐった。「くだらないことをするやつらがいるんだ」

「そうね」どうでもよかった。

「本当だって。おれは高校のとき、こういうことはやめたんだ」

つかの間レナはそれを信じかけたが、彼が冗談を言っているのだと気づいて笑みを浮かべた。

イーサンは廊下を進みながら、大声で尋ねた。「この曲は好き?」

「好きなわけないでしょう」レナは答えながら、もうやめて帰るべきだろうかと改めて考えた。その友人の名前を聞いて、あとは明日ジェフリーに任せればいい。

「どんな音楽が好きなんだい？」

「頭痛がしない音楽。その友人と話をするの、しないの？」

「こっちだ」イーサンは正面の階段を示した。中央階段を歩いていると天井から漆喰がぱらぱらと落ちてきて、音楽以外はなにも聞こえないものの、上の階の床がきしんでいるのがわかった。

　階段をあがったところには広々とした部屋があって、テレビと勉強用の机が置かれていたが、いまはだれも勉強はしていない。共用のキッチンもあるようだが、レナが見たほかの学生寮から判断するに、毛だらけの冷蔵庫とドアが開かなくなっている電子レンジと数台の自動販売機が置かれているだけだろう。部屋数は少なく、それぞれの部屋は小さいにもかかわらず、二階のほうが人気があった。より頻繁に使用される下の階のバスルームのにおいを嗅いだあとだったから、その理由は推測できた。

「こっちだ」イーサンが大声で言った。階段に座りこんでいる若者たちのあいだをすり抜けるようにして、レナは彼についていった。ひとりとして十五歳より上には見えないが、そのにおいからアルコール分をそれなりに含んでいることがわかるピンク色の飲み物を全員が飲んでいる。レナは三番目のにおいを判別した。強い酒。

上の階の廊下は階段よりも混み合っていて、イーサンははぐれないようにレナの手をそっと握った。いきなりの接触にレナは思わず息を呑み、自分の手を握る彼の手に視線を落とした。女の子のような長くて細い指をしている。手首も骨ばっていて、シャツの袖のすぐ下にごつごつしたところが見えていた。これほど人がすし詰めで、暑くてたまらないのに、彼がよく我慢できるものだとレナは思った。袖の下になにを隠しているにせよ、かろうじて音楽と呼べるもののビートに合わせて飛んだり跳ねたりしている、少なくとも百人の人間がいる部屋で汗だくになるだけの価値があるとは思えない。

不意に音楽が止まった。一斉にうめき声があがり、明かりが消えると笑いに変わった。だれかがぶつかってきたので、レナの心臓が喉元までせりあがった。隣にいた男がなにかをささやき、娘が大声で笑った。うしろにいた別の男が、今度はより意味ありげにレナに体を押しつけてきた。

だれかが叫んだ。「おい、音楽をかけろよ!」

別のだれかが応じた。「ちょっと待てって」部屋の隅で懐中電灯が灯され、ＤＪがなんとかしようとしているのが見えた。

レナの目がようやく暗さに慣れ、まわりにいる人たちのおぼろげな形が見えてきた。少し前方に移動すると、うしろの男が影のようについてきた。彼女の腰に手を回し、耳元でささやく。「やあ」

レナは体を凍りつかせた。

「どこかに行かないか」男は彼女に体をこすりつけながら言った。

レナは「やめて」と言おうとしたが、言葉が喉に引っかかった。自分を抑える間もなく、イーサンに体を寄せて彼の腕に両手をからませていた。

「どうした?」暗闇のなかでも、イーサンが彼女の背後を振り返り、その答えを悟ったのがわかった。彼の体に力が入ったかと思うと、男の胸をこぶしで打ちながら言った。「くそったれ」

男はただの誤解だと言わんばかりに両手をあげて、あとずさった。

「大丈夫だ」イーサンが言った。人混みから守るように、彼女の体に両手を回す。彼を押しのけるべきだとわかっていたけれど、心臓が肋骨をぶち破って飛び出してくる前に気持ちを落ち着ける時間が必要だった。

なんの前触れもなく音楽が再開され、ブラックライトが灯った。若者たちは歓声をあげて、白いTシャツと歯を紫色に光らせながら再び踊りだした。何人かは、緑と黄色の蛍光スティックを顔の前で振り始めた。小さな懐中電灯で相手の目を照らしている者もいる。

「レイブね」レナは言った。少なくとも、言ったと思った。音楽のボリュームがあまりに大きすぎて、自分の声すら聞こえない。若者たちはエクスタシーに酔っていて、光がその効果を増幅している。ポールのおしゃぶりにもうなずけた。陶然としているときに、歯がかたかた鳴らないようにしているのだ。

音楽に負けじとイーサンが叫んだ。「こっちだ」レナをうしろ向きに歩かせる。レナは背後に手を伸ばし、壁に触れたところで足を止めた。

「大丈夫?」声が聞こえるくらいにまで、イーサンが顔を近づけた。

「もちろんよ」レナはある程度の距離を置きたくて、手で彼の胸を押した。彼の体は壁のように頑丈で、びくともしなかった。

イーサンはレナの髪をうしろに撫でつけた。「結んできてほしかったな」

「結ぶものがなかったの」レナは嘘をついた。

イーサンはレナの髪を指で梳きながら笑みを浮かべた。「ゴムバンドかなにかを取ってこようか?」

「お断り」

イーサンは明らかにがっかりした様子で、手をおろした。彼は話題を変えた。「さっきのろくでなしに、もう一度話をつけてきてほしい?」

「いいえ」レナはそう答えたものの、心のどこかに——かなりの部分で——それを望んでいる彼女がいた。体をこすりつけてきたあの不愉快な男をイーサンが叩きのめしている図は気に入った。

「わかった」

「必要ないって言っているの」イーサンにそんなことをさせるのは間違いだとわかっていた。「これはレイブだもの。彼はきっと――」

「わかったよ」イーサンはレナの言葉を遮った。「ここにいて。おれはなにか飲み物を取ってくるから」

レナがなにか言う間もなく、イーサンはその場を離れた。レナは哀れな女学生のような気分で、彼が人混みに呑みこまれて見えなくなるまで、その背中を眺めていた。わたしは三十四歳なのよ、十四歳じゃない。自分の戦いをどこかの若造に肩代わりしてもらう必要なんてない。

「ハイ」だれかが彼女にぶつかってきた。生意気そうなブルネットの娘が、緑色のカプセルをふたつ差し出してきたが、レナは手を振ってそれを断り、その拍子に背後にいたほかのだれかにぶつかった。

「ごめんなさい」体をずらすと、また別のだれかにぶつかった。部屋がだんだん迫ってくるようで、早くここから出なければ自分が叫びだすことがレナにはわかっていた。

人混みをかき分けながら進み、階段まで行こうとしたが、まわりの人々はまるで引き波のようにレナの動きに抗った。部屋はまだ暗いままだったので、レナは両手で前方を探りながら人々を押しのけつつ進んでいき、やがて手のひらに壁が当たった。振り返ると、部屋の向こう側に明かりが見えたので、間違った方向に来たことに気づいた。階段は反対側の突き当たりだ。

「くそっ」レナは毒づき、壁を手探りした。ドアノブに触れた。ドアを開け、突然のまぶしさに目をしばたたいた。目が慣れてくると、若者がベッドに仰向けになっているのが見えた。金髪の娘が下半身に顔を寄せていて、若者はいたずらっぽい笑みを浮かべてレナを見つめた。若者は仲間に入れという仕草をしたが、レナは勢いよくドアを閉めると、きびすを返してイーサンのところに駆け戻った。

「おっと」イーサンは中身がこぼれないように、オレンジジュースが入ったコップを脇によけた。

音楽のボリュームが徐々にさげられていく。トリップの邪魔をしないためだろうとレナは考えた。理由はどうあれ、鼓膜の痛みがなくなったので、思わず感謝の祈りを捧げたくなった。

「きみがなにを飲みたいのかわからなかったんだ」イーサンはコップを示して言った。「ウォッカを足してある。おれが自分で作ったから」だぶだぶのジーンズのポケットから水のボトルを取り出した。「こっちでもいいし」

レナはコップを見つめた。飲みたくてたまらなくなって、口のなかで舌が丸まった。

「水を」

合格だと言わんばかりに、イーサンはうなずいた。「すぐに戻る」近くのテーブルにコップを置いた。

「あなたは飲まないの？」

「ジュースを取ってくる。ここで待っていて。そうすればきみを見つけられる」

レナはボトルの蓋を開け、また遠ざかっていく彼を眺めた。だれにも驚かされることのないように、目を開けたままで長々と飲んだ。ダンスフロアにいる若者たちの半分は、残りの半分が体を支えてやらなければならないほどひどく酔っていた。

気がつけばレナは、イーサンがウォッカを置いていったテーブルをちらちらと眺めていた。気が変わる前にテーブルに近づき、ふた口で中身を全部飲み干した。色をつけるためにオレンジジュースを少し混ぜてあるだけで、ほぼストレートに近い。ウォッカが喉をおりていくと胸がぎゅっと縮こまり、燃えているマッチを飲みこんだみたいに弱い炎が食道を満たした。

手で口をぬぐうと、手首にピンや針を刺すような痛みを感じた。バイコディンを飲んだのは何時だったかを思い出そうとした。映画は二時間以上あった。寮まで歩くのに三十分。薬と薬のあいだは、どれくらい開けなければいけないんだった？

「どうでもいい」レナはポケットから薬を出し、口に放りこんだ。流しこむためのなにかが欲しくてあたりを見まわすと、テーブルにピンク色のパンチが入ったコップがあった。それを見つめ、なにが入っているのだろうとほんの一瞬考えてから、大きくごくりと飲みこんだ。その飲み物は、ピンク色をつけるためにチェリー味のクールエイドを混ぜただけのウォッカの味がした。それほど残っていなかったので、レナは全部飲み干すと、音をたててコップをテーブルに置いた。

ゆっくり三回深呼吸したところで、アルコールがつんと来た。さらに数秒が過ぎ、レナは酔ったとはとても言えないまでも、ふんわりした気分であたりを見まわした。これは罪のない若者たちのごく当たり前のパーティーだ。わたしは大丈夫。望みどおりに、アルコールが緊張をほぐしてくれた。じきにバイコディンも効いてくるだろうし、また普通の状態に戻れるはずだ。

音楽がゆったりした官能的なものに変わり、耳に響くビートが緩やかになってきた。音量がさらにさがって、耐えられるくらいになった。

レナは口のなかのべたつきを洗い流そうとして水を飲んだ。部屋にいる若者たちを眺めて、舌を鳴らした。ここでは自分がいちばん年上かもしれないと思うと、笑いがこみあげた。

「なにが面白いんだい？」イーサンがまた傍らに立っていた。封を開けていないオレンジジュースのボトルを持っている。

不意にめまいを感じて、レナは首を振った。体を動かす必要がある。アルコールの影響を歩いて紛らわしたかった。「その友だちを捜そう」

イーサンが妙な顔をしたので、テーブルの上の空のコップに気づかれたのかもしれないと思って、レナは顔を赤らめた。

「こっちだ」イーサンは彼女を連れていこうとした。

「わかるわよ」レナは彼の手を振り払った。

「こっちの音楽のほうが好き？」彼が訊いた。

レナはうなずき、危うくよろめきそうになった。イーサンは気づいたかもしれないが、なにも言わなかった。そうする代わりに、寮の部屋が並ぶ廊下のひとつに彼女を連れていく。それぞれの部屋から異なる音楽が聞こえていて、開いているいくつかのドアからは、コカインを鼻から吸っていたり、相手かまわずやりまくったりしている若者たちが見えた。

レナは尋ねた。「いつもこんななの？」

「ドクター・バークがいないからね。でもこの手のことはしょっちゅうやっているよ」

「そうでしょうね」レナは別の部屋のなかをちらりと眺め、見なければよかったと後悔した。

「おれは普段は図書館にいる」イーサンは言ったが、嘘ではないかとレナは思った。一度も彼を見かけたことはない。もちろん図書館はかなり広いし、イーサンは大勢のなかに埋もれてしまうタイプに見える。ひょっとしたら、いたのかもしれない。ずっとレナのことを見ていたのかもしれない。

ステッカーや下劣なメモが貼られていないせいで目立っているドアの前で、イーサンは足を止めた。

「おい、スクーター！」イーサンは木の板をこぶしで叩いた。

レナは硬材の床に視線を落とし、目を閉じて考えをまとめようとした。

「スクーター？」イーサンはさらにドアを叩きながら繰り返した。あまりに強く叩いたのでドアの上のほうがたわみ、枠との隙間から明かりがこぼれた。

「なにしてんだよ、スクーター。開けろってば、この間抜け野郎。いることはわかってるんだ」

ドアの向こうから物音が聞こえてきたわけではなかったが、だれかが動いている気配はした。数分が過ぎてようやくドアが開くと、くそでいっぱいの温かいバケツのような、レナがこれまで嗅いだこともないほどひどい体臭が鼻を打った。

「なにこれ」レナは手で鼻を押さえた。

「スクーターだ」それでにおいの説明ができると言わんばかりのイーサンの口ぶりだった。

レナは口で息をして、なんとか慣れようとした。〝臭い《スティンキー》〟のほうが、ニックネームとしてはずっとふさわしい。

「ハイ」レナはえずかないようにしながら言った。

スクーターは、ほかの若者たちと驚くほど違っていた。これまでレナが見かけた若者たちのほとんどは髪を短く刈り、だぶだぶのジーンズにTシャツを着ていたが、スクーターは黒い髪を長く伸ばし、パステルブルーのタンクトップに鮮やかなオレンジ色のハワイ風の短パンという格好だ。左の二頭筋に黄色いゴムの止血帯を巻いていて、圧迫されている上腕は膨れあがっている。

「おいおい」イーサンは止血帯を引っ張った。「やめておけ」ゴムがスクーターの腕からはずれ、部屋のなかへと飛んでいった。

「くそ」スクーターは入り口を塞ぐように立ったが、まったく恐ろしくは見えなかった。

「彼女はおまわりだろう？　おまわりがここでなにをしているんだ？　なんだっておれの部屋に連れてきた？」

「どけ」イーサンは部屋の奥へと彼を軽く押した。

「おれは逮捕されるのか？」スクーターが訊いた。「待ってくれ」床にしゃがみこんで、止血帯を探し始める。「とにかく、こいつをやらせてくれ」

「立つんだ」イーサンは、短パンの腰の部分をつかんでスクーターを引っ張った。「彼女はおまえを逮捕したりしないから」

「おれは刑務所には行かない」

「彼女はおまえを刑務所に入れたりしないよ」狭い部屋にイーサンの声が響いた。

「そうか」スクーターはイーサンの手を借りて立ちあがった。スクーターが片手を首に当てたので、さっき会ったイーサンの友だちのポールがつけていたものとよく似た黄色いチェーンをつけていることに、レナは気づいた。スクーターのものにはおしゃぶりはなく、代わりに、ティーンエイジャーの少女の日記に使われるようなかわいらしい小さな鍵の束が吊るされていた。

「座れよ」イーサンは彼をベッドに座らせた。

「ああ、そうだな」自分がすでに座っていることに気づいていないようなスクーターの口調だった。

レナは口で息を続けながら、ドアのすぐ内側に立った。窓にはエアコンが取りつけられているが、スクーターはスイッチを入れていなかった。中毒者たちは、クスリが汗で早々と排出されないように部屋を涼しくしておくことを好むが、このにおいからすると、スクーターの体のすべての毛穴は脂で塞がっているに違いない。

部屋はほかのどの部屋ともほぼ同じだった。幅よりも奥行のほうが長く、ベッドと机とクローゼットがそれぞれひとつずつ両側に並んでいる。ドアの向かい側には、ガラスが汚れたふたつの大きな窓がある。床には本や書類がいくつもの山になっていて、テークアウトの料理の箱やビールの空き缶がその上にのっていた。部屋の中央に貼られている青いテープは、おそらく空間を仕切るためだろう。スクーターのルームメイトはこのにおいをどう感じているのだろうと、レナは考えた。

スクーターが座っているベッドの脇には、ベッドサイドテーブル代わりの小さな冷蔵庫が置かれていた。彼のルームメイトはふたつのコンクリートブロックに小さなベニヤ板をのせて、より伝統的なテーブルを作っている。コンクリートブロックは、カフェテリア近くの工事現場から盗んできたものだろう。補充するための代金を建設会社に請求されたケヴィン・ブレイクが、なくなったコンクリートブロックを見つけるようにと二週間前にチャックに命じていた。

「大丈夫だ」イーサンがレナを手招きした。「こいつは朦朧としているから」

「見ればわかる」レナは言ったが、開いたままのドア口から動こうとはしなかった。スクーターはどう見てもイーサンより大きい。背も高いし、力も強いだろう。レナはうしろのポケットに親指を引っかけて、指先でナイフに触れた。

イーサンはスクーターの隣に腰をおろした。「ドアを開けたままだと、彼は話をしないよ」

レナは危険性について考え、大丈夫だろうと判断した。ふたりから目を離さないようにして部屋のなかに入り、ドアを閉めた。「彼はいま、話ができるようには見えない――おしまい」レナはスクーターの向かい側のベッドに座ろうとしたが、いまほかの部屋でなにが行われているかを思い出して、やめた。

「まあ、そうだろうな」スクーターはオットセイが鳴くような短い笑い声をあげた。

ここには薬局一軒分くらいの麻薬道具があると思いながら、レナは部屋を見まわした。ベッド脇の小さなスツールには二本の注射器。その脇には中身が残ったスプーンと大きな塩の粒のようなものが入った小袋が置かれている。ふたりが来たとき、スクーターはメタンフェタミンのもっとも強力なタイプであるアイスの準備をしていたようだ。純度がとても高いので、ろ過する必要さえなかったらしい。

「ただのばかね」レナはつぶやいた。第一級の覚醒剤中毒だったおじのハンクですら、アイスには手を出さなかった。危険すぎる。

レナはイーサンに言った。「意味がないと思うけれど」

「やつはアンディの親友だった」イーサンが言った。

アンディの名前を聞いて、スクーターはぼろぼろと泣きだした。小さな女の子のように、恥ずかしげもなく隠そうともせずに泣いている。レナはうんざりしながらも、彼のその反応に興味をそそられた。妙なことに、イーサンも同じような気持ちらしい。

「ほら、スクート、しっかりしろよ」スクーターを押しのけながら言う。「まったく、おまえはホモか?」

そう言ってからレナを見たのは、彼女の妹がゲイだったことを思い出したからだろう。レナは腕時計を見た。こんなばかなガキと話をするために、ひと晩丸々無駄にしたのだ。だがいまここであきらめるつもりはなかった。ふたりが飛びあがるくらい強く、ベッドを蹴った。

「スクーター、よく聞いて」

スクーターはうなずいた。

「あなたはアンディと友だちだったのね？」

彼はもう一度うなずいた。

「アンディは落ちこんでいた？」

再びうなずいた。ベッドを蹴るべきではなかったのだと気づいて、レナはため息をついた。彼は脅かされたと感じているから、話してはくれないだろう。

レナは冷蔵庫に向かって顎をしゃくった。「なにか飲むものは入っている？」

「ああ、あるよ」スクーターは〝マナーを忘れていた〟とでもいうように、あわてて立ちあがった。ゆらりとその体が揺れたが立ち直り、小さな冷蔵庫を開けた。ビール瓶が数本とノーブランドのウォッカの一リットル入りプラスチック製ボトルが見えた。それだけのアルコールとクスリに囲まれていながら、彼が大学を追い出されないことが不思議だった。

スクーターが切り出した。「ビールとそれから――」

「どいて」レナは彼を押しのけた。もう一杯飲めば、もう少し自分をコントロールできるかもしれない。

「グラスは？」レナは尋ねた。

スクーターはベッドの下から、かつてはきれいだったのだろうプラスチックのコップをふたつ引っ張り出した。レナはそれを冷蔵庫の上に並べ、イーサンからもらったオレンジジュースを取り出した。小さなボトルだ。三人で飲むには足りない。

「おれはいいよ」イーサンは、教科書を読むようにレナの顔を眺めている。

レナは彼を見ないようにしながら、コップのひとつにオレンジジュースの半分を入れ、ウォッカを少し注《つ》いだ。半分空いたジュースのボトルは自分の分として、いっぱいになるまで透き通ったアルコールを注ぎ足した。ボトルの口を指で押さえ、イーサンの視線を感じながらよく振って中身を混ぜた。

座りたくなかったことを思い出したときには、すでにベッドに腰かけ、コップを口に運んでいるスクーターを見つめていた。

「こいつはいいね」彼が言った。「ありがとう」

レナは膝の上でジュースのボトルを持ったまま、飲もうとはしなかった。どれくらい我慢できるのか、試したかった。最後まで飲まないかもしれない。スクーターが話をする気になるように、ただこうやって持っているだけかもしれない。尋問の際にまずすべきは、信頼関係《ラポール》を作ることだ。スクーターのような中毒者が相手の場合、そのためのいちばん簡単な方法は自分と同じ問題を抱えていると思わせることだ。

「アンディ」レナは口のなかがからからになっていることを意識しながら、ようやく切り出した。

「ああ」スクーターはのろのろとうなずいた。「いいやつだった」

レナはリチャード・カーターの言葉を思い出した。「不愉快な男だって聞いたけど」

「ふん、そんなことを言ったやつがろくでなしだよ」スクーターが言い返した。

そのとおりだと思ったが、それを伝えるつもりはなかった。「彼のことを教えて。アンディのことを」

スクーターは壁にもたれ、目にかかった長い髪を払った。両方の頬に、ぎょっとするようなにきびの列がある。髪を切るか、少なくとも清潔にすれば、ずいぶんよくなるはずだと教えてやることもできたが、いまのレナにはほかに話すべきことがあった。

「彼はだれかと付き合っていた？」

「アンディか？」スクーターは首を振った。「長いこと、そういうのはないな」注ぎ足せというように、コップを突き出す。自分の分を与えたくなかったから、レナは彼を見つめ返しただけだった。

「先に話して。そうしたらもっとあげるから」

「おれは打たないと」スクーターは冷蔵庫の上の注射器に手を伸ばした。

「ちょっと待てって」イーサンが彼を押し戻した。「彼女と話すって言ったんだから、話すんだ。覚えているだろう？　彼女が知りたいことを話すって、おまえは言ったんだ」

「そうなのか?」スクーターは戸惑ったような表情になった。顔を見てきたので、レナはうなずいた。

「そうさ」イーサンが言った。「おまえはそう言った。アンディを助けたいから、そうすると約束したんだ」

「そうか、わかった」スクーターはうなずいたが、ひどく汚れている髪は固まって、ぴくりとも動かない。

イーサンは鋭いまなざしをレナに向けた。「この代物が脳みそになにをするかわかるだろう?」

レナはそれを無視して、スクーターに問いかけた。「アンディはだれかと付き合っていた?」

スクーターはくすくす笑った。「ああ、だが彼女はあいつと付き合っていなかった」

「彼女?」

「エレンだよ。アートのクラスのエレン」

「シェイファー?」イーサンが確認したが、スクーターはピンとこないようだった。

「ああ、ものすごくホットなんだ。おれの言いたいこと、わかるだろう?」スクーターは思わせぶりにイーサンを肘で突いた。「すごくいかしてる」

レナは話を戻そうとした。「彼女はアンディと付き合っていたの?」

「彼女はあいつみたいな男とは付き合わないさ。彼女は女神だ。アンディみたいなただの人間は、彼女のパンティを嗅ぐことしか許されていないんだ」

「彼女をオカズにしてたってことか」イーサンは嫌悪感も露わにつぶやいた。「彼女は、やつの存在すら知らなかったんだろうな」

スクーターはまた笑って、イーサンを肘で突いた。「いま頃は、天国でパンティにしゃぶりついてるんじゃないか」

イーサンは顔をしかめて、スクーターを押しのけた。

「どういうこと？」レナは戸惑った。

「彼女の顔は、かんしゃく玉を飲みこんだみたいだったって聞いたぞ」

「だれの顔？」

「エレンだよ！」わかりきったことだと言わんばかりのスクーターの口調だった。「彼女は自分の頭を吹き飛ばしたんだよ。あんた、いったいどこにいたんだ？」

レナはレンガで殴りつけられたみたいなショックを受けた。今日は一日中、寮の自分の部屋にいて、発信者番号を眺めていた。ナンが何度か電話をかけてきたが、レナは一度も出なかった。エレン・シェイファーの死は、捜査にまったく新たな局面を開いた。アンディと同じように、彼女の死も偽装されていたとしたら、ジェフリーがレナを見る目はさらに厳しくなるだろう。

なにかを考える間もなく、レナはボトルを口に運んでいた。少量の液体を口のなかで転がし、その味を楽しんでから飲みこんだ。ウォッカが喉を焼くのが感じられ、胃まで落ちていくのがわかる。気分が穏やかになり、頭が鋭くなるのを感じながら、ゆっくりと息を吐いた。

「両親がアンディを送りこんだ矯正施設はどうだったの?」

スクーターはもう一度注射器に視線を向け、唇をなめた。「そこを出るために、やらなきゃいけないことをやったのさ。アンディはパイプが好きだった。浮気はしない。一度恋に落ちたら、いつだって戻ってくるんだ。恋人みたいにね」スクーターは〝恋人〟という言葉が気に入ったらしく、そのたびごとに口のなかを舌でねぶりながら何度も繰り返した。

レナはもう一度、話を戻そうとした。「つまり彼が戻ってきたときは、クスリは抜けていたのね?」

スクーターはうなずいた。「ああ」

「どれくらいもったの?」

「日曜までだと思うね」面白い冗談を言ったかのように、スクーターは笑った。

「いつの日曜?」

「アンディが死ぬ前の日曜さ。あいつの部屋でおまわりが注射器を見つけたことは、だれだって知っている」

「そうね」それが本当ならフランクがそう言っていたはずだと思いながら、レナは応じた。キャンパスの噂話は、近頃の性病のように速く広まる。

「彼は吸うほうが好きだってあなたは言ったわよね？」

「そうさ。でも、それが見つかったからね」

レナはちらりとイーサンを見た。「昨日以前にアンディが使っているのを見たことはある？」

スクーターは首を振った。「いいや、でも使ったのはわかっている」

「どうしてそう言い切れるの？」

「おれから買おうとしたからさ」

彼の隣で、イーサンが見てわかるほど体を硬くした。

「アンディは土曜の夜に山ほど買って、日曜日に全部使うつもりだって言っていた。魔法《マジック・》の絨毯《カーペット・ライド》に乗るんだってね。ねえ、あの歌ってやっぱりそういう意味だと思うかい？」

レナは再び、訊きたいことに話を戻そうとした。「彼は自殺したがっていたと思う？」

イーサンは立ちあがり、窓に歩み寄った。

「ああ、そうかな」スクーターはまた注射器に目を向けた。「あいつはおれの部屋に来て、こう言ったんだ。〝なあ、持ってるかい〟。なんでおれは〝ファック、来週バークがいなくなるときに備えているぜ〟って言ったら、あいつは〝持っているやつをくれよ。金ならある〟でおれは〝ファック・ユー、とんでもない。こいつはおれが使うんだ。それにおまえには前のときの貸しがまだあるんだぞ、このくそ野郎め〟そうしたら奴は――」

レナは彼を黙らせた。「アンディはお金に困っていたの？」

「ああ、いつもね。母親は彼に家賃やらなんやらを払わせてた。ひどいだろう？　自分の息子なんだぞ。なのに、あいつが生活保護かなにかを受けているみたいに、自分の服まで自分で買わせていたんだ」スクーターは座り直した。「でも、あの車はいかしてたな」彼はイーサンに向き直った。「父親が買ってやったあの車を見たか？」

レナはスクーターを集中させようとした。「でも彼は、土曜日の夜にはお金を持っていたんでしょう？　アンディはお金を持っていたのね？」

「さあ、知らないね。だと思うよ。クスリを手に入れたんだから」

「あなたが売ったんだと思ったけれど」

「まさか。言っただろう？　あいつがなにをしたいのか、おれは知っていた。あんなことに巻きこまれるつもりはないよ。クスリを売って、そいつがやりすぎて死んじまったりしたら、故殺罪で刑務所にぶちこまれることになる。おれは刑務所なんて行くつもりはないからな。ここを出たら、する仕事は決まっているんだ」

「どこで？」こんな哀れなクズをいったいどこのだれが雇うのだろうと思いながら、レナは訊いた。

イーサンは彼に答える間を与えなかった。「彼が自殺するつもりだって、知っていたのか？」

「まあな」スクーターは肩をすくめた。「前にもやっていたし。ひと袋買って、剃刀《かみそり》でばっさりと切ったのさ」自分の前腕に指で線を描いてみせた。「ものすごかった。信じられないくらい、あたり一面血だらけだ。おれがなにか言うべきだったと思うのか？　おれはあいつに厄介な目に遭ってほしくなかったんだ」

「そうだろうな、くそ野郎」イーサンはベッドに近づき、スクーターの後頭部をはたいた。「おまえは彼になにか言ってやるべきだったんだ。おまえが彼を殺したんだ。それがおまえのしたことだ」

「イーサン――」

「帰ろう」イーサンはドアのほうへと歩きだした。彼が怒っているのは間違いないが、レナにはその理由がわからなかった。「時間を無駄にさせたね、すまない」イーサンはレナに言った。

スクーターが応じた。「かまわないさ」

「行こう」イーサンはノブが壁をくぼませるくらい勢いよくドアを開けた。

レナは彼のあとを追ったが、ドアを閉めて自分だけ部屋に残った。

「レナ！」イーサンがドアを激しく叩いたが、レナは数分間彼を締め出しておけることを願いながら鍵をかけた。

「スクーター」レナは彼が耳を傾けていることを確かめつつ、切り出した。「彼にクスリを売ったのはだれ？」

スクーターはレナを見つめた。「なんだって？」

「アンディにクスリを売ったのはだれ？　土曜日の夜、アンディはどこでクスリを手に入れたの？」

「くそ」スクーターが答えた。「知らない」イーサンがいなくなったことが落ち着かない様子で、腕を掻いた。「おれにかまわないでくれ」

「だめよ。話してくれるまでは」

「おれには権利がある」

「あらそう？　警官を呼んでほしい？」レナは片手にボトルを持ったまま、中身の入った注射器をもう一方の手でつかんだ。「警察に連絡しましょうか、スクーター」

「ああ、いや、待ってくれ」スクーターは弱々しく注射器に手を伸ばしたが、レナのほうが早かった。

「だれがアンディにクスリを売ったの？」

「頼むよ」スクーターは哀れっぽい声をあげたが、効き目がないとわかるとあきらめた。

「知っているはずだ。一緒に働いているんだから」

レナは注射器を取り落とし、危うくボトルからも手を離してしまうところだった。「チャック?」

スクーターは床に這いつくばり、金を見つけたみたいに注射器を拾いあげた。

「チャック?」レナは衝撃のあまり、彼の名を繰り返すことしかできなかった。ウォッカをひと口含み、それから残りを一気に飲み干した。ひどく頭が混乱していて、ベッドに座りこむのがせいいっぱいだ。

「レナ?」イーサンがドアを叩きながら、叫んでいる。

スクーターがクスリを打ち始めた。注射器に血を少し吸いあげて、それから血管にクスリを注入している彼を、レナは魅了されたように眺めていた。彼は止血帯の端を歯でくわえていて、プランジャーを最後まで押しこむと同時にそれを離した。

スクーターの全身ががくんと揺れ、殴られたみたいに息を呑んだ。クスリが効いてくると、口を開いたまま体をぴくぴくと震わせた。歯を鳴らし、落ち着きなくあたりを見まわしている。激しく手が震えて、空の注射器が床に落ち、ベッドの下に転がった。レナは目を逸らすこともできず、血管を流れていくアイスのせいでがくがくと痙攣する彼の体を見つめていた。

「ああ」スクーターが声をもらした。「ああ、くそっ。ああ、これだ」

レナは床の上のもう一本の注射器を見つめ、解放されるのはどんな感じだろう、つかの間クスリに体を委ねるのは、命を預けてしまうのはどんなふうだろうと考えた。

スクーターがいきなり立ちあがったので、レナは彼から遠ざかろうとして壁に頭をぶつけた。

「わお、ここは暑い」彼は部屋を歩きまわりながら、機関銃の弾のように言葉を発している。「ここはすごく暑くてものすごく暑すぎて息ができなくておれは息ができているのかわからないけどきみは息ができていてすごく気持ちがいいと思わない？」脱ごうとしているみたいに服を引っ張りながら、スクーターは喋り続けた。

「レナ！」イーサンが叫んだ。

ノブが激しく揺れて、ドアがさっと開き、また勢いよく壁にぶつかった。

「ばか野郎！」イーサンが強く押したので、スクーターは冷蔵庫の上に倒れこんだ。血管を流れる覚醒剤で活性化された彼は、部屋の温度のことをひたすらつぶやきながら即座に起きあがった。

イーサンは床に落ちている注射器に気づくと、プラスチックが粉々になるまで足で踏みつぶした。そのまわりに透明の液体が水たまりを作ったのを見て、再びハイになるためならスクーターがどこまでやるかを予期しているのか、液体を靴で広げてなにも残らないようにした。

イーサンはレナの手をつかんだ。「行こう」

「痛い！」レナは悲鳴をあげた。彼がつかんだのは痛むほうの手首だ。痛みのあまり気を失いそうになったが、イーサンは廊下に出るまで手を放そうとはしなかった。

「ばかじゃないの！」レナは彼の肩を手で打った。「なにかつかめるところだったのに」

「レナ――」

レナは彼に背を向けて歩きだした。イーサンは腕をつかもうとしたが、彼女の動きは素早かった。「どこに行くんだ？」

「帰るの」レナは廊下を歩きながら、スクーターが言ったことを考えていた。記憶がはっきりしているうちに、書き留めておかなくてはいけない。チャックがなにかの麻薬組織に関わっているのなら、口を封じるためにアンディ・ローゼンとエレン・シェイファーを殺したのかもしれない。すべてのピースがまとまりはじめていた。あとはただ、書き留めるまでそれを頭にとどめておくだけだ。

気がつけば、イーサンが隣にいた。「送っていくよ」

「付き添いはいらない」レナは、ついに折れたかもしれないと思いながら手首に触れた。

「きみはかなり飲んだからね」

「これからもっと飲むつもりだし」レナはドア口を塞いでいる人々を押しのけた。すべてを書き留めたら、祝杯をあげよう。数時間前、彼女は仕事を失ったらどうしようと考えていた。いまは、チャックの代わりになれるかもしれない立場にいる。

「レナ――」

「もう帰ってよ、イーサン」レナは前庭の岩につまずいた。よろめいたが、そのまま歩き続ける。

イーサンは小走りに彼女のあとをついてきた。「いいから落ち着けって」

「落ち着く必要なんてない」レナは応じたが、そのとおりだった。全身を駆け巡るアドレナリンのせいで、頭が冴《さ》えている。

「レナってば」イーサンの口調は懇願に近かった。

中庭を突っ切るのが職員用寮への近道だと知っていたので、レナはとげだらけの二本の低木のあいだを伸びる細い道に曲がった。

イーサンはあとをついてきたが、もうなにも言わなかった。

「なにをしているの?」

彼は答えない。

「わたしの部屋には入れないから」レナは低く伸びた木の枝を押し戻し、寮の玄関を目指した。「本気で言っているのよ、イーサン」

イーサンはその言葉を聞き流し、玄関の鍵を開けようとしているレナの隣に立った。頭と体がうまくつながらなくなっていて、レナは鍵穴を見つけることができなかった。バイコディンが効いているのか、胃のなかでパシャパシャと揺れるアルコールの海で泳いでいる気分だ。わたしはいったいなにを考えていたんだろう？　薬とアルコールをあんなふうに一緒に飲むなんて？　もっと分別があったはずなのに。

イーサンは彼女の手から鍵を奪い取ると、ドアを開けた。レナは鍵を取り返そうとしたが、彼はすでに建物のなかだった。

「きみの部屋は？」イーサンが訊いた。

「鍵を返して」レナはもう一度鍵に手を伸ばしたが、イーサンの動きは速かった。

「きみは酔っている。自分でわかっている？」

「鍵を返して」騒ぎを起こしたくなくて、レナは再び言った。寮の部屋はくそだから、ここで暮らしている教授たちはそれほど多くないが、それでも数少ない隣人がドアから顔をのぞかせるような事態は避けたかった。

イーサンはロビーにある郵便箱に記されたレナの名前を読み取った。それ以上なにも言うことなく、彼女の部屋へと廊下を進んでいく。

「やめて。いいから鍵を――」

「なにを飲んだ？」イーサンは、束のなかから正しい鍵を探しながら訊いた。「きみが飲んだ薬はなんだ？」

「わたしにかまわないでよ！」レナは鍵の束を奪い取った。ドアに頭をもたせかけ、鍵を開けることだけに集中する。カチリという音が聞こえて頬を緩めたのもつかの間、部屋のなかへとイーサンに押しこまれて、すぐに笑みは消えた。

「いったいなにを飲んだ?」

「わたしを見張っていたの?」レナは尋ねたが、わかりきったことだった。

「なにを飲んだ?」

レナは部屋の真ん中に立ち、自分の位置を確認しようとした。たいして見るべきものはない。自分用のバスルームと、どれほど掃除をしてもベーコン脂のにおいが取れない細長いキッチンがある、部屋がふたつのわびしい家だ。留守番電話を思い出してそちらに目を向けたが、でかでかとしたゼロの表示があるだけだった。あのメス豚のジル・ローゼンは、まだ電話を折り返してくれていない。

イーサンが繰り返した。「なにを飲んだ?」

レナはキッチンのキャビネットに近づきながら答えた。「モトリン。生理痛だったの」

これで彼を黙らせられると思った。

「それだけか?」イーサンが彼女のほうへと歩いてきた。

「あんたには関係ないことよ」レナはキャビネットからウィスキーのボトルを取り出した。

イーサンは両手を持ちあげた。「そのうえ、これからもっと飲もうっていうのか」

「ナレーションをありがとう、坊や」レナは皮肉を言ってウィスキーをなみなみと注ぎ、ひと息に飲み干した。

「素晴らしいね」レナがお代わりを注いだのを見て、イーサンが言った。

レナは振り返った。「よかったら――」その先は言えなかった。イーサンが触れられるくらい近くにいて、その全身からは森林火災の熱のような非難の空気が噴き出ている。彼は両脇に手を垂らし、身じろぎもせずに立っている。「やめるんだ」

「よかったら、一緒にどう？」

「おれは飲まない。きみもだ」

「禁酒会に入っているの？」

「いいや」

「本当？」レナはウイスキーを口に含み、こんなおいしいものを飲んだことはないと言わんばかりに「ああ」と大きくため息をついた。「あなたったらまるで、禁酒中のアル中みたいよ」

彼の視線がレナの口へと運ばれていくグラスを追う。「自分をコントロールできなくなるのは嫌だ」

レナはグラスを鼻の下に持っていき、においを嗅いだ。「嗅いでみてよ」そう言いながら、彼の顔に近づける。

「そいつをおれに近づけるな」イーサンはそう言いながらも、動こうとはしなかった。

レナは唇をなめ、舌を鳴らした。彼はアル中だという確信があった。そうでなければ、あんな態度は取らない。「ちょっと味見するだけならどう、イーサン？　いいじゃないの。禁酒会なんて軟弱者のためにあるんだから。いつやめるかを教えてもらうために、ばかばかしい会合になんて行く必要はないわよ」

「レナ――」

「あなたは一人前の男でしょう？　男はどうすれば自分をコントロールできるか知っているものよ。ほら、ミスター・コントロール」

レナはイーサンの唇にグラスを押しつけたが、彼は口を閉じたままだった。グラスを傾け、顎からシャツへと琥珀色《こはくいろ》の液体が伝っても、唇は開かない。

「ふーん」レナは彼の顎から滴るアルコールを眺めた。「いいウィスキーなのにもったいない」

イーサンはフックにかかっているキッチンタオルをつかむと、レナの手に叩きつけた。食いしばった歯の隙間から命じた。「拭け。いますぐに」

その口調の激しさにレナはたじろいだ。濡れたところを拭くくらいなんでもないことだったから、言われたとおりに彼のシャツを拭き、それからジーンズの前を叩くようにして水分をタオルに吸わせた。ジーンズの前部分が張りつめていたので、こんな状況にもかかわらず、レナは笑った。

「あなたは人にこういうことをやらせると、興奮するの？」

「黙れ」イーサンは彼女の手からタオルを奪おうとした。

レナは抗うことなくタオルを渡し、代わりに手を使ってさらに強く彼のジーンズの前部を押した。彼の股間が硬さを増していく。

「ウイスキーのせい？　においが気に入ったの？　それで興奮した？」

「やめろ」イーサンは言ったが、興奮がさらに高まっているのが感じられた。

「いかした坊や」自分の声にからかうような響きが混じっていることにレナは驚いた。

「やめてくれ」レナがジーンズのファスナーをはずしても、彼は止めようとはしなかった。

「なにをやめるの？」レナは彼のものを握った。想像していたよりも大きくて、彼に快感を与えることも、激しい苦痛を与えることもできるのだと思うと、なぜかぞくぞくした。

レナは手を動かしながら訊いた。「これをやめるの？」

「ああ、くそっ」イーサンは唇をなめた。「くそ」

レナは彼の反応を見ながら、手を上下に動かした。事件に遭ったときはもう処女ではなかったし、どうすれば彼にあえぎ声を出させることができるのかは本能的にわかっていた。

「ああ――」イーサンは口を開けて、息を吸った。彼女に手を伸ばした。

「触らないで」レナは命じ、手に力をこめて本気であることを伝えた。

イーサンは冷蔵庫の上に手を当てて体を支えた。膝から力が抜けるのが感じられたが、なんとか立ったままで耐えている。

レナはにんまりした。男ってなんてばかなんだろう。あんなに力は強いのに、自分をいかせてくれると思ったなら、床に這いつくばりさえする。

「子犬みたいにわたしの家までついてきたのは、これのため？」

イーサンは体をかがめてキスをしようとしたが、レナは顔を背けた。彼女が親指でペニスの先端を撫でると、イーサンはまた息を呑んだ。

「これが望みだったの？」彼に懇願させたくて、レナは手を止めた。「教えて」

「違う」イーサンは声を絞り出した。レナの手首をつかもうとしたが、レナは彼が感じるとわかっている箇所に触れた。

「ああ……」イーサンは歯のあいだから息をもらし、なにかつかまるものはないかと手を伸ばした拍子に、キッチンカウンターの上のグラスを倒した。

「レイプの被害者とやりたかったの？」レナはさりげない口調を崩さなかった。「友だちにその話をするつもりだった？」

イーサンは首を振った。目を閉じて、レナの手の動きに意識を集中させている。

「だれかと賭けでもした？　そういうことだったの？」

イーサンはレナの肩に頭を押しつけ、体を支えようとした。

レナは彼の耳に唇を寄せた。「やめてほしい？」手の動きを遅くしながら尋ねる。

「いや」イーサンは腰を揺すって、レナにもっと早く手を動かすように促した。

「なんて言ったの？　やめてほしいって言ったの？」

イーサンは息を荒らげ、再び首を振った。

「〝お願い〟って言った？」レナはぎりぎりまで彼を追いつめた。彼の体が震え始めたところで、手を止める。「〝お願い〟って言ったの？」

「そうだ」イーサンはレナの手に自分の手を重ねて、続けさせようとした。

「わたしに触ってもいいって言った？」

イーサンは手をどけたが、腰は動き続けていて、息は過呼吸になりそうなくらい荒い。

「聞こえなかったけれど」レナは彼を煽《あお》った。「〝お願い〟って言いなさい」

イーサンは言おうとしてやめ、代わりにうめいた。

「言いなさい」レナは彼女の手になにができるのかを教えようと、適度に力をこめた。

そう言おうとしているかのようにイーサンの口が動いたが、呼吸が乱れすぎているのか、あるいはその言葉を口にするにはプライドが高すぎたのかもしれない。

「なに？」レナの唇は彼の耳にいまにも触れそうだった。「なんて言ったの？」

イーサンは彼のなかでなにかが壊れたみたいに、しわがれた声を出した。彼がようやく陥落したので、レナはにんまりした。

「お願い……」それだけでは足りないかのように、イーサンは繰り返した。「お願いだ……」

レナはまたあの暗い部屋で、うつ伏せになっていた。ゆったりした官能的なキスが、尾骨が始まるあたりに向けて背中を移動していく。ズボンがずらされるのを感じて体を伸ばし、お気に入りの箇所にキスをされる感覚を楽しんでいたが、そんな感覚があるはずがないことに気づかなかった。両手足は床に釘で打ちつけられていたはずだ。仰向けになっていたはずだ。

レナは鋭く息を吸いながらはっきりと目を覚まし、床に転げ落ちるくらいの勢いでベッドから飛び降りたので、壁に激しく頭をぶつけて数秒間茫然《ぼうぜん》としていた。

「どうした?」イーサンが訊いた。

レナは壁に体を押しつけるようにして立ちあがった。頭のなかで心臓が拍動する音が聞こえる。ジーンズに手を触れた。いちばん上のボタンがはずれているだけだ。ゆうべなにがあったの? どうしてイーサンがここに?

レナは言った。「出ていって」全身を恐怖が駆け巡っていたにもかかわらず、その声は冷静だった。

イーサンは両手をあげて伸びをしながら、レナに微笑みかけた。ベッドはツインサイズでレナひとりでも小さいくらいだったから、イーサンは壁際にぴったりと体を寄せていた。服は着ているが、ジーンズのボタンははずれ、ファスナーは半分開いていた。

「わたしにいったいなにをしたの?」彼に触れられた、ひょっとしたら入れられたかもしれないと思うとぞっとした。

「やあ」イーサンの声は軽やかで、まるで天気の話でもしているようだ。「落ち着けよ」彼はベッドの上で体を起こし、レナのほうに手を伸ばした。

「わたしに近づかないで」レナはぴしゃりと彼の手を打った。

イーサンは立ちあがった。「レナ——」

「近寄らないでってば!」喉がひりつくような声だった。

イーサンは自分の下半身を見おろし、ジーンズのボタンを留め、ファスナーをあげながら言った。「なにも結婚しなきゃいけないってわけじゃないし、別に——」

レナは彼の胸を強く押した。彼はよろめいてあとずさったが、倒れることはなかった。だがレナの意図を汲み取る代わりに、一歩前に出ると、表情を変えることなく無言のまま両手で彼女の肩を突いた。

レナは壁にぶつかり、転びこそしなかったものの彼の容赦ない暴力にショックを受けていた。対処できるとずっと思っていたのに、イーサンの体は鋼鉄のようだ。

イーサンが口を開いたのは、謝るつもりだったのかもしれない。レナの手のひらがその彼の顔をまともにはたいた。ぴしりという音が部屋に反響し、なにが起きたのかをレナが意識する間もなく、彼に強烈に叩き返されていた。

「ろくでなし！」レナは今度はこぶしで殴りかかろうとしたが、イーサンはあっさり彼女の両手をつかむと、壁に押さえつけた。

「レナ――」イーサンはレナの両手首をつかんでいる。レナは怪我をさせられた手首が痛むのを覚悟したが、これから起きるかもしれないことがあまりに恐ろしくて、怒り以外のものを感じる余裕がなかった。

振りほどこうとしても、彼はびくともしない。ポケットにはナイフが入っているものの、両手をつかまれていては取り出せない。レナは彼の膝を蹴った。彼が反射的にかがみこんだので、ここぞとばかりに思いっきり顔を殴りつけた。イーサンはようやくあとずさった。顔を押さえた両手の指のあいだから、血がしみ出ている。レナはバスルームに駆けこんで、音をたててドアを閉めた。

「ああ、いや」レナはつぶやいた。「やだやだやだ」震える手でジーンズのボタンをはずす。どうなっているかを確かめようとしてジーンズを引っ張りおろすと、爪が脚にひっかき傷を作った。痣や切り傷がないかを確かめ、下着に明らかな染みがないかを調べ、どこかにイーサンの痕跡が残ってはいないかとにおいすら嗅いだ。

「レナ？」イーサンがドアをノックした。声がこもっていたので、鼻が折れていることをレナは願った。

「出ていって！」レナはドアを蹴り、同じくらいの強さでイーサンを蹴っているならよかったのにと思った。彼が血を流して、苦痛を味わっているところを見られればいいのにと思った。

イーサンが一度だけ強烈なノックをしたので、ドアが揺れた。「レナ、くそったれ！」

「出ていって！」レナは喉がひりひりするのを感じた。わたしは彼を口に入れたの？　まだ彼の味がする？

「レナ、頼むよ」イーサンが口調を和らげた。「お願いだ、ベイビー」

レナは胃が引きつるのを感じ、えずきながら便器に駆け寄った。こみあげてきた苦いものが口から床に散った。こぶしを突っ込まれたみたいな激しい痛みを腹に感じながら、膝をついて、便器に激しく吐いた。

便器のなかのものを見たくなかったので目を閉じ、口で息をしてこれ以上吐くまいとした。

ドアが勢いよく開く音がして顔をあげたが、バスルームのドアは閉まったままだった。

「壁に手をつけ」男の声がした。フランクだとすぐにわかった。

「くそったれ」イーサンが叫び返したが、すぐに彼を壁に押しつけたらしい耳慣れた音が聞こえてきた。フランクが彼を痛めつけていることを願った。彼を叩きのめしていることを願った。

レナは口をぬぐい、便器に唾を吐いた。床に正座し、片手を腹に当てて、ドアの外で起きていることに耳を澄ます。

「レナはどこだ?」ジェフリーが鋭い声で言った。

「ここにはいないよ、間抜け」イーサンの自信たっぷりの口調は、レナですら信じてしまいそうなほどだった。「あのドアを壊したってことは、令状があるんだろうな?」

レナは洗面台に手を当てて、ゆっくりと体を起こした。

ジェフリーが訊いた。「彼女はどこに行った?」さっきと同じ、心配そうな口調だ。

「コーヒーを買いに」

レナは洗面台の上の鏡に顔を映した。鼻から血がひと筋流れているが、折れているわけではなさそうだ。右目のすぐ下に痣ができていたので、触れようとして手を持ちあげた。指が顔から数センチに近づいたところで、手が止まった。ゆうべのはっきりした記憶が、電流のように脳を貫いた。わたしはイーサンのものにこの手で触れた。彼のパンツに手を入れて、彼の目を見ながら、彼に与えている影響を確かめながら、ゆうべは力だと思えたけれど今朝になれば安っぽくて卑劣にしか思えない感覚を楽しみながら、彼のものを撫でた。

お湯の蛇口をひねり、受け皿の石鹸《せっけん》をつかんだ。手のなかで泡立て、彼にキスをしたかどうかを思い出そうとしながら、その泡を口に入れた。爪で舌をこすっていると、喉に泡が流れてむせた。あんなことをしたのは酔っていたから。べろべろに酔っていたから。そうでなければ、どうしてあんなくそみたいにばかなことをするだろう？

ジェフリーがそっとドアをノックした。「レナ？」

レナは答えず、熱と摩擦で赤黒くなるまで手をこすり続けた。怪我をしている手首は反対の手の倍に腫れあがっていたけれど、自分でコントロールできるものだったから痛みは心地よかった。不規則に盛りあがっている傷痕のひとつに爪が引っかかり、血がにじんできたので満足した。めくれあがった皮膚をつまみ、はがしてしまいたいと思いながら引っ張った。

「レナ？」さっきよりも大きな音でノックしながら、ジェフリーが心配そうに声をかけた。「レナ？　大丈夫か？」

イーサンが言った。「放っておいてやってくれ」

「レナ」ジェフリーがドアを強く叩いた。彼が心配しているのか、怒っているのか、それともその両方なのかレナには判断がつかなかった。「返事をしてくれ」

レナは顔をあげた。鏡には、彼が目にするであろうものが映っている。便器のなかの嘔吐物、洗面台に血を滴らせている手。レナは自己嫌悪と不快感に震えながら、その場に立ち尽くした。

フランクが言った。「ドアを破ろう」

ジェフリーが警告した。「レナ、きみが出てくるか、おれが入るかどちらかだ」

「お願い、少し待って」ディナーに出かけるのを辛抱強く待っている恋人に呼びかけるように、レナは言った。

ジーンズのボタンを留める前に、ポケットナイフを取り出した。薬棚の下に緩んでいる敷板があるので、そこにナイフを隠してから蛇口を閉めた。

マウスウォッシュで口をゆすぎながらトイレを流し、少し吐き出したあと、胃が耐えてくれることを祈りながら残りは飲みこんだ。手の甲で鼻の下をぬぐったあと、手についた血はジーンズにこすりつけた。シャツの袖のボタンは留められないが、傷は長袖が隠してくれるだろう。

ようやくバスルームを出てみると、ジェフリーはすぐそこにいて、いまにもドアを破らんばかりだった。フランクはイーサンの背後に立ち、壁板に鼻からの血が伝うくらい強く、彼の顔を壁に押しつけていた。レナはドア口に立った。ジェフリーの肩越しに居間のスペースと小さなキッチンが見える。全員をそちらに移動させることができればいいのにと思った。たとえ彼らが寝室にいたという記憶と折り合いをつける必要がなかったとしても、夜はなかなか寝つけないのだ。

レナの姿を見て、彼女がこの十年間一緒に働いてきた女性ではなく幽霊であるかのように、ジェフリーとフランクは愕然としていた。

フランクは無意識のうちに、イーサンを押さえていた手を緩めた。「なにがあった？」

レナは出血している傷を反対の手で隠しながら、ジェフリーに言った。「令状はあるんでしょうね」

「大丈夫か？」ジェフリーが訊いた。

「令状はどこ？」

ジェフリーの声は優しかった。「怪我をさせられたのか？」

レナは答えなかった。きれいなままのベッドに目を向けた。わずかにしわが寄っているだけだ。濃い赤紫色だったから、染みができていればすぐにわかる。ゆうべイーサンとはあれ以上のことはなにもなかったことを知って、レナは息をついた。あったとわかっていることだけでは、足りないとでもいうように。

レナは腕を組んだ。「わたしの部屋から出ていって。不法侵入よ」

「通報があった」強引に入ったのはジェフリーの決断だったようだ。彼は化粧台に近づき、レナが鏡にはさんでいた写真を眺めた。「屋内で騒ぎが起きていると」

たわごとだとわかっていた。レナの部屋は建物の端にあって、すぐ隣の住人である教授は、今週いっぱい会議で留守だ。仮にだれかが通報したのだとしても、ジェフリーがこれほど早く来られるはずがない。彼とフランクはおそらく寮の外にいて、レナたちのもみ合いを理由にドアをぶち破ったのだろう。

「それで、なにがあった？」ジェフリーが尋ねた。

「いったいなんの話？」レナはひたと彼を見据えた。

「まずはきみの目だ。彼に殴られたのか？」

「あなたたちがドアを破ったときに、転んで洗面台にぶつけたの」レナはちらりと笑みを浮かべた。「音にびっくりして」

「なるほど」ジェフリーは親指でイーサンを示した。「あいつは？」

レナがイーサンに視線を向けると、彼は目の端で見つめ返してきた。ゆうべふたりのあいだになにがあったにせよ、それはふたりのあいだだけのことだ。

ジェフリーが促した。「レナ？」

「入ってきたときに、フランクがやったんじゃない」フランクが向けてきた険しいまなざしを見ないようにしながら、レナは言った。警察をクビになる前、ふたりはパートナーだったが、レナは彼をよく知っていたから、いまの言葉でその関係を見事に壊したことはわかっていた。レナは慣例に背いた。いまの自分の感情を考えれば、好都合だ。

ジェフリーはタンスのいちばん上の引き出しを開けてなかを眺め、落ち着いたまなざしでレナを見つめた。彼が、足首につけるナイフの鞘《さや》を見つけたことはわかっていたが、鞘に入ったナイフをソックスの引き出しに入れておくことを禁止する法律はない。

「なにをしているの？」引き出しを閉めたジェフリーに尋ねた。

彼は下着を入れてある次の引き出しを開け、手を入れてなかをかきまわしている。もう何年もはいていない黒いコットンのTバックを引っ張り出し、さっきと同じ落ち着いたままなざしでレナを見てから、また引き出しに戻した。彼が、アンディ・ローゼンの部屋で見つかったものと同じような下着を探しているのはわかっていた。自分が、あの引き出しのなかのものは二度と身につけないことも。

レナは淡々とした口調を崩さないようにしながら言った。「どうしてここにいるの？」

ジェフリーは音をたてて引き出しを閉めた。「昨日、話したはずだ。きみが犯行に関わっている証拠を見つけた」

レナは自分がいたって冷静なことに驚きながら、両手を差し出した。「逮捕すれば」

そうするだろうと思っていたとおり、ジェフリーは引きさがった。「おれたちはただ、きみに訊きたいことがあるだけなんだ、レナ」

レナは首を振った。彼女を逮捕できるだけの証拠はない。そうでなければ、いま頃はパトカーに乗っているはずだ。

「彼を連行してもいいんだ」ジェフリーはイーサンを示して言った。

「やれよ」イーサンが挑発するように言った。

「イーサン、黙って」

「連れていけよ」イーサンが繰り返すと、フランクは彼を再び壁に押しつけた。イーサンはひゅっと息を吸ったが、なにも言わなかった。

ジェフリーはこの騒動を楽しんでいるようだ。イーサンに近づくと、耳に唇を寄せて言った。「やあ、ミスター目撃者」

ジェフリーは、抗うイーサンから易々《やすやす》と財布を取りあげた。入っていた数枚の写真を眺め、にやりとした。「イーサン・ナサニエル・ホワイト」

レナは驚きを顔に出すまいとしたが、思わず口が開いた。

「さてと、イーサン」ジェフリーはイーサンの後頭部を手で押した。「留置場でひと晩過ごすのはどうだ?」そう言ってから彼の耳元でなにかをささやいたが、レナには聞き取ることができなかった。攻撃を仕掛けようとする動物のように、イーサンの体が張りつめた。

「やめて。彼に手を出さないで」

ジェフリーはイーサンのシャツの襟をつかみ、ベッドに投げ飛ばした。「靴を履け」ベッドの下から黒い作業用ブーツを蹴り出す。

「彼を逮捕する理由はないはずよ。わたしは洗面台にぶつかったって言ったでしょう」

「署に連れていって、どんなほこりが出てくるか叩いてみるさ」ジェフリーはフランクに向き直った。「こいつは悪いことをしているように見えると思わないか?」

フランクはくすくす笑った。

レナはばかみたいに言い返した。「悪いことをしているように見えるだけじゃ、逮捕なんてできない」

「なにか勾留する理由を探すさ」ジェフリーはレナにウィンクをした。レナが知るかぎり、ジェフリーがここまで法を曲げたことは一度もない。そのためにだれが苦しもうと、彼がなんとしても自分を署に連れていくつもりなのだとわかった。

「とにかく、彼を放して」レナは言った。「三十分後には仕事があるの。話ならここでできる」

「だめだ、レナ」イーサンが立ちあがった。マットレスがたわむほどの激しさでフランクが彼をベッドに押し倒したが、彼は片方のブーツを手にして再び体を起こした。フランクの顔をそのブーツで殴ろうとしたところで、ジェフリーが腎臓にパンチをお見舞いした。イーサンはうめきながら体をふたつ折りにし、レナは流血騒ぎを阻止しようとしてふたりのあいだに立ちはだかった。

レナのシャツの袖がまくりあがり、ジェフリーは彼女の手首を見つめた。

レナは手をおろし、ふたりに言った。「やめて」

ジェフリーはかがみこんでイーサンのブーツを拾い、ひっくり返して裏を見た。靴底に興味があるらしい。「公務執行妨害。これで充分か？」

「わかった」レナは応じた。「一時間ならいいわ」

ジェフリーはイーサンの胸に乱暴にブーツを投げつけた。レナに向かって言う。「おれがいいと言うまで付き合ってもらう」

9

ジェフリーは取調室の外の廊下に立ち、フランクを待っていた。隣の監視室からマジックミラー越しにレナを眺めていたのだが、向こうからは見えないとわかってはいても、彼女が鏡に向ける視線は彼を落ち着かない気持ちにさせた。

今朝はレナに道理をわからせようとして、フランクとともに彼女の部屋に向かった。どんなふうに話を進めるか、ゆうべ頭のなかで予行演習をした。コーヒーかなにかを飲みながら座って話をし、なにが起きているのかを突き止める。計画は完璧だった——イーサン・ホワイトが邪魔をしなければ。

「署長」フランクが低い声で言った。コーヒーの入ったコップをふたつ持っていて、すでに腕の毛が震えるくらいのカフェインを摂取しているにもかかわらず、ジェフリーはその片方を受け取った。

「ファイルは届いたか?」ジェフリーは尋ねた。イーサンが使ったコップから採取した指紋は役に立たなかったが、彼の名前と免許証番号は大当たりだった。イーサン・ホワイトには前科があっただけでなく、町に彼の保護観察官がいた。そのダイアン・サンダースがホワイトの記録をじきじきに届けてくれることになっている。

「彼女をここに通すようにマーラに言ってある」フランクがコーヒーを飲みながら言った。

「サラは、ローゼンからなにか見つけたのか？」

「いや」ジェフリーは答えた。サラは、エレン・シェイファーに引き続きアンディ・ローゼンの解剖を行った。彼の遺体に意外な発見はなく、ジェフリーとサラの疑念にもかかわらず、他殺を示すようなものはなにも見つからなかった。

「シェイファーは間違いなく他殺だ。ふたりが無関係だとは考えられない。見つかっていないだけだ」

「テッサはどうなんだ？」

ジェフリーは肩をすくめた。筋の通る答えを見つけようとすると、頭のなかがぐるぐる回る。ゆうべは三人の被害者の結びつきを解き明かそうとして、ほとんどひと晩中、サラを寝かせなかった。彼女がキッチンのテーブルに突っ伏してついに眠ってしまったことに気づいたのは、十分が過ぎてからだった。

フランクは取調室の小さな窓からレナを眺めた。「なにか言ったか？」

「尋ねてもいない」なにを尋ねればいいのかわからなかったせいだ。ドアを破って部屋に入ったとき、イーサンがいるのを見てジェフリーはショックを受け、レナがすぐにバスルームから出てこなかったときには心底すくみあがった。ほんの一瞬だが、床の上で死んでいるに違いないと考えた。彼女がようやく姿を見せるまで感じていたパニックも、彼女があの若者に自分を殴らせただけでなく、彼をかばっていると知ったときに覚えた恐怖も、当分忘れることはないだろう。

「レナらしくない」フランクが言った。

「なにかが起きているんだ」

「あの若造に殴らせたんだと思うか？」

ジェフリーはコーヒーを飲みながら、考えたくないあることを考えた。「彼女の手首を見たか？」

「かなりひどいな」

「なにひとつ、気に入らない」

「ああ、ダイアンが来た」

ダイアン・サンダースは中肉中背で、ジェフリーがこれまで見たこともないほど美しい白い髪の持ち主だった。見た目はいたって平凡だが、実は性欲旺盛でジェフリーはいつも驚かされていた。仕事においては非常に優秀で、かなりの数の仮出所者を担当しているにもかかわらず、彼らの状況は常に把握していた。

彼女は単刀直入に切り出した。「ホワイトはここにいるの？」

「いや」いてほしかったと思いながらジェフリーは答えた。レナはまずイーサンを帰らせてからでなくては、ジェフリーとフランクについて部屋を出ようとはしなかった。

　ダイアンはほっとした様子だ。「この週末は、担当している人間が三人も勾留されて、書類仕事に忙殺されているのよ。これ以上のトラブルは勘弁してほしいわ。とりわけ、彼はね」彼女は分厚いファイルを差し出した。「彼のなにが知りたいの？」

「よくわからないんだ」ジェフリーはコーヒーをフランクに渡し、ファイルを開いた。最初のページは最後に逮捕されたときのイーサン・ホワイトのカラー写真だ。顔と頭はきれいに剃《そ》られているが、さっき会ったあの悪党と同じ男だとわかる。写真を見た人間すべてに自分が脅威であることを教えたがっているみたいに、冷たい目でカメラをにらんでいた。

　ジェフリーはその写真をめくって、イーサンの逮捕歴を眺めた。詳しく読んでいくうちに、レンガで腹を殴られたような気分になった。

「そうなの」ダイアンが彼の表情を見てうなずいた。「それ以来、彼は完全にクリーンよ。真面目に過ごしているし、一年もしないうちに保護観察も終わる」

「間違いないのか？」彼女の口ぶりになにかを感じて、ジェフリーは尋ねた。

「わたしにわかっているかぎりでは。ほぼ毎週、不意打ちで彼を訪ねていたのよ」

「なにかあるんじゃないかと疑っているように聞こえる」ダイアンがそれだけの労力をかけてイーサンを訪れているのには、それなりの意味がある。彼女はなにかを見つけようとしているのだ。

「彼がクリーンなままでいることを確かめているだけ」ダイアンは残念そうに言った。

フランクが尋ねた。「やつはクスリを?」

「毎週、尿検査しているけれど、ああいう子たちはクスリには手を出さない。お酒も飲まないし、煙草も吸わない」彼女は一度言葉を切った。「あらゆるものが、彼らにとっての弱さか強さのどちらかなの。力、コントロール、脅し——そこからのアドレナリンでハイになれるのよ」

ダイアンが話題にしているのがイーサン・ホワイトではなくレナであってもおかしくないと思いながら、ジェフリーはフランクからコーヒーを受け取り、代わりにファイルを渡した。これまでもレナのことは心配だったが、いまは彼女が抜け出すことのできないなにかに関わってしまった気がして、恐ろしかった。

ダイアンが言った。「彼はしなければならないことはすべてしている。アンガーマネジメントのクラスも修了したし——」

「大学で?」

「いいえ。郡の医療サービスよ。グラント工科大学では、あまりそういうものに対する需要はないんじゃないかしら」

ジェフリーはため息をついた。試してみる価値はあっただろう。

「あそこにいるのはだれ?」ダイアンは窓をのぞきこんだ。そこからではレナの背中しか見えない。

「ファイルをありがとう」ジェフリーは言った。

ダイアンはその意味を悟り、窓から視線を逸らした。「どういたしまして。彼がなにかしたら連絡してね。更生したって自分では言っているけれど、ああいう子たちは決して変わらないの」

「彼はどういうふうに危険なんだと思う?」

「社会にとって?」彼女は肩をすくめた。「女性にとって?」口を真一文字に結ぶ。「ファイルを読んで。言うまでもないことだけれど、それは氷山の一角」彼女はドアを示した。「あそこにいるのが彼の恋人なら、逃げなきゃいけない」

ジェフリーはうなずくことしかできなかったし、ファイルを読んでいたフランクは悪態をついた。

ダイアンは腕時計を見た。「出席しなきゃいけない聴聞会があるの」

ジェフリーは彼女と握手を交わした。「持ってきてくれてありがとう」

「彼を逮捕したら教えてね。夜、わたしを寝かせてくれない悪党がひとり減るっていうことだから」彼女はその場を去ろうとしたが、ふと足を止めてジェフリーに告げた。「彼を捕まえるつもりなら、心づもりをしておいたほうがいい。彼はこれまで、ふたりの警察署長を訴えているのよ」

「勝ったのか？」

「和解した。そのあと署長たちは辞めたわ」ダイアンは意味ありげな表情を作った。「あなたはわたしの仕事をすごく楽にしてくれている。あなたを失いたくないのよ」

「わかった」ジェフリーは褒め言葉と警告を冷静に受け止めた。

「連絡してね」ダイアンはそう言い残して去っていった。

ジェフリーは、唇を動かしながらファイルを読むフランクを眺めていた。

「こいつは相当だな」フランクが言った。「引っ張ってくるか？」

「なんの容疑で？」ジェフリーはファイルを受け取った。なかを開いて、ぱらぱらとページをめくる。ダイアンが正しければ、イーサン・ホワイトを連行できるチャンスは一度しかない。そのときには——いずれそのときが来るとジェフリーは確信していた——彼を叩きのめすだけの材料を用意しておく必要がある。

「レナがやつの情報を流してくれるかもしれない」

「本当にそう思うか？」ジェフリーが応じた。イーサン・ホワイトの犯罪履歴を読み進むにつれ、嫌悪感が大きくなる。ダイアン・サンダースはもうひとつ、正しいことを言っていた。あの若者は罪を逃れるのがうまい。少なくとも十回は逮捕されているのに、起訴されたのは一度きりだ。

フランクが訊いた。「一緒に行こうか?」

「いや、いい」ジェフリーは壁の時計を確かめた。「ブライアン・ケラーに電話してくれ。十分前に彼の家に着いているはずだったんだ。あとで行くと言っておいてくれ」

「彼についての聞きこみは、やっぱりやるのか?」

「頼む」ジェフリーは答えたが、今朝までその仕事はレナに頼むつもりでいた。あんなことがあったとはいえ、ブライアン・ケラーのことはやはり調べておきたい。あの男にはなにか釈然としないところがある。「なにかわかったら連絡してくれ」

「わかった」フランクは敬礼した。

ジェフリーはドアノブに手をかけたが、回そうとはしなかった。ひとつ息をして、頭のなかを整理してから、取調室に入った。

彼がドアを閉めたとき、レナはまっすぐに壁を見つめていた。床にボルトで固定され、手錠を取りつけるための丸いフックが背もたれの部分に埋めこまれた、容疑者用の椅子に座っている。金属製の座席は平らで、座り心地は悪い。レナはこの椅子そのものよりも、それが意味しているもののほうに腹を立てているだろう。まさにそれこそが、ジェフリーが彼女をそこに座らせた目的だった。

ジェフリーは机をぐるりと回り、レナの向かい側に腰をおろすと、イーサン・ホワイトのファイルを机の上に置いた。取調室の明るい照明のなかで、彼女の怪我はまるで、ショールームに飾られたぴかぴかの新車のように目立っていた。片目のまわりには痣ができていて、その端には乾いた血がこびりついている。袖で隠した片方の手をぎこちなく机の上にのせているのは、痛みがあるからだろうか。あんなことがあったというのに、どうしてレナはみすみす自分を傷つけさせたりするのだろうとジェフリーは不思議に思った。彼女はたくましいし、素手での格闘も得意だ。自分の身を守ろうとしないレナなど、考えるだけで滑稽だった。

ほかにも違和感があったのだが、それがなんであるかを理解したのは彼女の向かいに座ってからだった。レナは二日酔いだ。彼女の体はアルコールと嘔吐物のにおいを放っていた。レナは以前からある程度自己破壊的なところがあったが、こんなふうに一線を越えてしまうとは想像もしていなかった。まるで、もう自分のことなどどうでもいいと思っているみたいだ。

「なんでこんなに時間がかかったの?」レナが訊いた。「仕事があるのに」

「チャックに連絡してほしいか?」

レナは目を細くした。「あなたはどう思うわけ?」

口のきき方に気をつけろと教えるために、ジェフリーはしばらく無言のままでいた。もっと厳しい態度を取るべきだとわかっていたが、彼女を見るたびに、床に釘で打ちつけられ、体をぼろぼろにされ、心を打ち砕かれた一年前のその姿が浮かんでくる。その釘を引き抜くのは、ジェフリーのこれまでの人生でもっとも辛い作業だった。いまでも思い出しただけで冷たい汗が出てくるが、その下には別の感情があった。ジェフリーは怒っていた——ただの怒りではない。激怒していた。あれだけのことを経験し、あれだけのことを生き抜いたのに、どうしてレナはイーサン・ホワイトのようなクズと関わったりするんだ？

レナが言った。「わたしは暇じゃないの」

「それなら、おれの時間を無駄にしないことだな」レナがなにも言わなかったので、ジェフリーはさらに言葉を継いだ。「ゆうべは遅くまで起きていたみたいじゃないか」

「だから？」

「ひどい有様だな、レナ。飲んでいるのか？　そういうことか？」

「いったいなにを言っているんだか、さっぱりわからない」

「とぼけるな。浮浪者みたいなにおいをさせているじゃないか。シャツに吐いたものがついているぞ」

一瞬、恥ずかしそうな表情を見せるだけの衿持《きようじ》は持ち合わせていたようだが、レナはすぐに気を取り直し、怒りに顔を歪めた。

「キッチンの在庫を見たよ」戸棚にジム・ビームのボトルが二本、兵士のように並んでレナに飲まれるのを待っていた。ごみ箱には、メーカーズマークの空き瓶が入っていた。アルコールのにおいのする空のグラスがバスルームに残され、ベッド脇にはグラスが倒れて転がっていた。ジェフリーはアル中の人間とともに育っていたから、彼らの習慣も兆候も知っていた。

「これがきみの対処法なのか？　ボトルの陰に隠れるのが？」

「なにに対処するっていうの？」

「きみの身に起きたことだ」ジェフリーは告げたものの、それ以上彼女を追いつめることはできずに口調を和らげ、代わりに自我に訴えた。「きみがそんな卑怯《ひきょう》者だとは思わなかったよ、レナ。だがきみに驚かされたのは、これが初めてではないしね」

「わたしは対処している」

「そうだな、そのとおりだ」彼女のその言葉が、ジェフリーの怒りに火をつけた。ジェフリーが子供の頃、父親は同じ言葉を口にしていて、当時ですら彼はそれがたわごとだと知っていた。ちょうどいまのように。「毎朝反吐《へど》を吐いてから仕事に行くのはどんな気分だ？」

「そんなことしてない」

「そうなのか？　まだそこまではいってないってことか」目覚めるやいなやボウルに吐き、それから目覚めの一杯をやるためにキッチンへと向かっていた父親の姿をジェフリーはいまも忘れていなかった。

「わたしがなにをしようとあなたには関係ない」

「朝のコーヒーにアルコールを混ぜると、頭痛が消えるんじゃないのか」ジェフリーはこぶしを握ったり緩めたりしながら、怒りを制御しなければ尋問がうまくいかなくなると考えていた。レナの薬棚で見つけた薬の瓶を取り出し、机に置いた。「それとも、これに助けてもらっているとか？」

レナは薬瓶を見つめている。どう答えようと彼女が考えているのがわかった。「それは痛み止め」

「頭痛に使うには、かなり強い薬だな。バイコディンは規制薬物だ。こいつを処方した医者に話を聞いたほうがよさそうだ」

「その痛みじゃない。ばかじゃないの」レナは両手を突き出し、傷痕を見せた。「病院を出たときには、全部治っているとでも思うわけ？　なにもかもが魔法のように、もとどおりになっていると？」

ジェフリーは傷痕を見つめた。片方の傷からは、真新しい血が手のひらを伝っている。表情を変えないようにしながら、ハンカチを取り出した。

「ほら。血が出ている」

レナは自分の手を見つめ、それからその手を握りこんだ。

ジェフリーはふたりのあいだにある机にハンカチを置き、レナが出血を気にしていないことに狼狽した。「きみが酔って仕事に来ていることをチャックはどう思っているんだ？」

「仕事のときは飲まない」言い終える前に、後悔したような表情が一瞬、レナの目に浮かんだ。ジェフリーは見逃さなかった。

レナはまた傷をむしり始め、さらに出血がひどくなったのを見て、ジェフリーはぞっとした。

「やめるんだ」ジェフリーは彼女の手を押さえた。ハンカチを手のひらに押し当てて、出血を止めようとした。

レナの喉がごくりと動くのが見えて、つかの間、彼女が泣きだすのではないかと思った。ジェフリーは心配していることを隠そうとはしなかった。「レナ、どうして自分を傷つけたりするんだ？」

しばしの間があってから、レナは重ねられた手を引いて、見えないようにテーブルの下に隠した。ファイルを見つめながら尋ねる。「なにがわかったの？」

「レナ」

レナは首を振り、その肩の動きから彼女が机の下でまた傷をむしっていることがわかった。「さっさと終わらせれば」

ジェフリーはファイルには手を触れず、コートのポケットから折りたたんだ一枚の紙を取り出した。その紙を開きながら、それがなんであるかをレナが認識したことにジェフリーは気づいた。警察官として働いていたあいだに、彼女は鑑識の報告書を何度も見ている。

ジェフリーは彼女の前にその紙を置いた。

「アンディ・ローゼンの部屋で見つかった下着に付着していた陰毛ときみのサンプルを比較した結果だ」

レナは書類に目を向けることなく、首を振った。「あなたはわたしのサンプルを持っていない」

「きみのバスルームで採取した」

「今日じゃないわよね。そんな時間はなかった」

「確かに」ジェフリーはレナの顔に理解の色が広がるのを眺めながらうなずいた。レナがイーサンとコーヒーショップにいるあいだに、フランクがレナの部屋の鍵をこじ開けたのだ。誇れることではないとわかっていたから、ゆうべはそのことをサラに隠していたが、自分たちがなにをしたのかをだれかに教える必要はないとも思っていた。レナが自分を助けようとしないから、彼らが助けているだけだと考えていた。

レナの声は喉に引っかかったように小さくて、裏切られたという彼女の思いはまるで酸っぱいキャンディのようにジェフリーの口に広がった。「それは不当に入手した証拠ね」

「きみはおれに話してくれない」彼女のせいであるかのように言い返すのは間違っているとわかっていた。ジェフリーは説明しようとした。「これできみの嫌疑が晴れると思ったんだ、レナ。きみの嫌疑を晴らそうとした」

ジェフリーはレナが読めるように、鑑識の報告書を机の上で滑らせた。レナはまた手の傷をむしり始めた。白いページに血がぽたりと落ちるのを見て、ジェフリーの胸で罪悪感が渦巻いた。

その向こうにだれがいるのだろうと考えているのか、レナは壁の鏡に目を向けた。そこにはフランク本人も含めてだれも入れるなとジェフリーはフランクに命じていた。

「それで？」ジェフリーは訊いた。

レナは椅子の背にもたれ、体の脇で座席を握り締めている。彼女が怒っているのを見てジェフリーはほっとした。そのほうがずっとレナらしい。「これにいったいなんの意味があると思っているのか知らないけれど――」レナはファイルを示した。「――あの若者の部屋にあったものとわたしを結びつけることはできない」しゃんと背筋を伸ばす。「そもそも、毛に証拠能力はない。言えるのは、顕微鏡的に見れば似ているということだけ。それがどういう意味かわかる？　くその役にも立たないってこと。キャンパスの女学生を検査したら、半分は同じ結果が出るよね。わたしを疑う理由はない」

「きみの指紋はどうなんだ？」

「どこで見つけたの？」

「どこだと思う？」

「くそくらえ」レナは立ちあがったが、出ていこうとはしなかった。ジェフリーが止めないことを知っていたからだろう。

彼女が立つのを見ながら、ジェフリーは自分をばかみたいに感じていたが、やがて言った。「きみの恋人について話してくれるか?」

レナはジェフリーをにらんだ。「彼は恋人じゃない」

「きみが人種差別主義者が好きだとは思わなかったよ」

レナの口が開いたが、驚いたのか、それともイーサンについて暴露することなく言い返す方法を考えているだけなのか、ジェフリーには判別がつかなかった。「ええ、そうでしょうね、あなたはわたしのことをよく知らないものね」

「キャンパス中にペンキでくだらない落書きをしていたのは彼なのか?」

レナは鼻で笑った。「どうしてチャックに訊かないの?」

「彼とは今朝話をした。だれの仕業なのかを調べるようにきみに命じたが、きみは怠けているようだと言っていた」

「ばかばかしい」レナは言ったが、ジェフリーはレナとチャックのどちらを信じればいいのかわからずにいた。二日前であれば、簡単だった。だがいまは決められない。

「座るんだ、レナ」ジェフリーは、彼女がのろのろと腰をおろすのを待った。「イーサンが仮釈放中だということは知っているか?」

レナは腕を組んだ。「だから?」

ジェフリーは自分の沈黙が分別を与えることを願いながら、彼女を見つめることしかできなかった。

「それだけ？」

「きみの恋人はコネチカットで、もう少しで女性を殴り殺すところだった。ところで、目のまわりの痣はどうだ？」

レナは指で目に触れた。

「レナ？」

その事実に驚いたのだとしても、レナの立ち直りは早かった。「わたしは訴えるつもりはない。あなたがそういう意味で言っているのなら。事故は起きるものよ」

「テッサが刺されたのも事故だったのかもしれないな」

レナは肩をすくめた。「かもしれないわね」

「あるいは、白人女性が黒人男性の子供を身ごもっているということが気に入らない人間がいたのかもしれない」レナは反応しなかった。「キャンパスにいるふたりのユダヤ人学生が気に入らなかったのかもしれない」

「ふたり？」

「嘘をつくな、レナ。きみがエレン・シェイファーを知っているのはわかっているんだ」ジェフリーはこつこつとファイルを指で叩いた。「きみの恋人のことを話せ」

レナは背筋を伸ばした。「イーサンはこの件には関係ないの。わかっているくせに」

「おれが？　おれにわかっていることを教えてやろう、レナ」ジェフリーは指を折りながら話し始めた。「どこかの時点できみがアンディ・ローゼンの部屋にいたことはわかっている。そしてそれについて嘘をついていることもわかっている。アンディ・ローゼンとエレン・シェイファーが死んだこと、ふたりの死が自殺に偽装されたことがわかっている」

ジェフリーは、レナがなにか言うことを期待しながら口を閉じた。彼女がなにも言おうとしなかったので、言葉を継いだ。「テッサ・リントンが、髪を短く刈った細身の男に刺されたことがわかっている。日曜日の午後のアリバイが――」

「わたしは襲った人間を見たの」レナが口をはさんだ。「イーサンじゃなかった。犯人はもっと背が高くて、もっとがっしりしていた」

「そうか？　マットは違うことを言っていたがね。興味深いな」

「たわごとよ。イーサンは無関係」

「冷静になれ、レナ」

レナは、ゆうべサラが何度となく考えたのと同じシナリオの穴に気づいた。「何者かがローゼンの自殺を偽装したあと、テッサ・リントンを刺すために、彼女がおしっこしに来るのを待っていたって考えているの？　それってばかげている」口をつぐみ、考えをまとめた。「それにいったいどこのだれがテッサ・リントンを知っていたっていうの？　それも黒人男性の子供がお腹にいるだなんて？　わたしだって知らなかった。どこかの配管工がなにをしているかなんて、キャンパスにいるだれが気にするっていうわけ？」レナは顔をしかめた。「こんなの時間の無駄よ。こんなことしたって、なにもわからない」

「きみは飲みすぎだ」レナの体がこわばった。「記憶が飛んでいることがあるんじゃないか？　きみが覚えていないことがあるかもしれない」

「アンディ・ローゼンなんて知らないって言ったじゃないの」レナは言い張った。

「丘で彼の名前を言ったとき、どうしてきみは驚いたんだ？」

「そんなこと覚えていない」

「おれは覚えている」ジェフリーは報告書をポケットにしまった。

「チャックはどうなの？」

ジェフリーは椅子の背にもたれ、アルコールを飲みすぎてまともにものが考えられなくなっているのだろうかと思いながら、まじまじと彼女を見つめた。「アンディ・ローゼンを見つけた朝、チャックはきみと一緒にいただろう？」

レナはぎくしゃくとうなずき、顔をうつむけたので表情を読み取ることはできなかった。

ジェフリーは三年生の子供に話すように、順を追って説明した。「テッサが刺されたとき、彼はアンディに付き添っていた。彼に羽が生えてテッサのあとを追っていき、することを終えてからまた空を飛んで戻ってきたとでもきみが考えているなら、話は別だが」

レナは鋭いまなざしをジェフリーに向けた。彼女は藁《わら》をもつかもうとして必死になっているに違いないとジェフリーは思った。もちろん恐怖のあまり必死になっているのだ。彼女はなにかを隠していて、それがなんなのか、ジェフリーはだいたい察しがついていた。

ジェフリーはファイルの向きを変え、レナの目の前に開いて置いた。「イーサンはこの話をしたか？」

レナはためらったが、最後は好奇心が勝った。ジェフリーは、イーサンのファイルを読むレナを眺めていた。彼の薄汚い過去が記されているページをぱらぱらと流し読みしているように見える。

ジェフリーは、レナが最後のページにたどり着くのを待って言った。「彼の父親は白人至上主義者だ」

レナはファイルを顎で示した。「ここには牧師って書いてあるけど」

「チャールズ・マンソンもそうだった」ジェフリーは指摘した。「デビッド・コレシュも。ジム・ジョーンズも」

「わたしは――」

「イーサンはそういうところで育ったんだ、レナ。彼は憎しみの上に育てられた」

レナは座り直し、また胸の前で腕を組んだ。初めて聞いたことだったのか、それともイーサンがすでに自分なりの味付けをしたうえで語っていたのだろうかと考えながら、ジェフリーはじっと彼女を観察した。

「十七歳のとき、暴行で逮捕されている」

「不起訴になっている」

「被害者の少女が怖がって証言しなかったからだ」

レナはファイルの上でひらひらと手を振った。「コネチカットで偽造小切手を切って逮捕されて、仮釈放中だわ。たいした事件よね」

ほかにできることがなかったので、ジェフリーは彼女を見つめた。証拠を順に並べてみることにした。「四年前、少女がレイプされて殺された場所で、彼のトラックのタイヤ痕が見つかった」

「わたしが見つかったみたいに?」レナの声からは皮肉が滴り落ちていた。

「少女は殺される前にレイプされていた」ジェフリーは繰り返した。「彼女の直腸と膣から発見された精液から、殴り殺される前に少なくとも六人の男にレイプされていたことがわかった」ジェフリーは言葉を切った。「六人だ、レナ。全員が終わるまで、ずっと彼女は押さえつけられていた」

レナはぼんやりした目つきでジェフリーを見つめた。

「イーサンのトラックが現場にあった」

レナは肩をすくめたが、冷静さが剝がれかけているとジェフリーは思った。

「それで奴の名前があがったんだ、レナ。タイヤ痕が奴のトラックと一致した。警察は奴の居場所をつかんでいた。この手のことで、すでに記録があったからだ」ジェフリーはファイルを叩いた。「奴がなにをしたか知っているか？　きみの恋人がなにをしたか？　奴は自分が助かるために、友人を売ったんだ。ほかの卑劣な野郎どもと同じように、自分がその場にいたことは認めたが、彼女には触れていないと聖書にかけて誓った」

レナは無言だった。

「奴がただトラックに座っていただけだと思うか、レナ？　ほかの男たちが順番にやっているときに、自分だけなにもしなかったと思うか？　それともやることはやっただろうか？　男たちを引っかいたりできないように、奴は彼女の手を押さえつけるのを手伝ったと思うか？　友人たちがやりやすいように彼女の脚を広げておく手伝いをしたかもしれない。彼女が悲鳴をあげられないように、口を押さえたかもしれない」

レナはやはりなにも言わない。

「だが、疑わしきは罰せずということにしておこう。そうしてほしいんだろう？　奴はトラックに座っていたことにしよう。友人たちが彼女をレイプするのを、トラックのなかから眺めていただけだということにしよう。友人たちが彼女を傷つけるのを眺めていただけなら、彼女が無力で、奴は彼女を助けることができたのに助けなかったというだけなら、罪にはならないかもしれないからな」

レナはまた傷をむしり始めたが、ジェフリーは彼女の目だけを見つめ、手には視線を向けないようにしていた。

「六人だ、レナ。六人の男が彼女をレイプするのをきみの恋人がトラックのなかから眺めていたのは、どれくらいの時間だっただろう――奴が本当にただ見ていただけだとしたら？」レナは黙っている。「そのあと彼らは彼女を殴り殺した。なんだってそんなことをする必要があったんだ？　全員が終わったときには、突っ込めるところは全部血まみれだっただろうに」

レナは唇を嚙み、自分の手を見おろしている。手のひらからはじわじわと血が流れ続けているが、気づいていないようだ。

ジェフリーはどうにも我慢できなくなって、一度口調を和らげた。「どうして奴をかばう？　十年も警察官だったきみが、どうしてあんなクズをかばうんだ？」

その言葉が胸にこたえたようだったので、彼はさらに言った。「レナ、あの男は悪党だ。あいつとどういう関係なのかは知らないが……だが、冗談じゃない！　きみは警察官じゃないか。あの手のろくでなしが、どんなふうに法律をすり抜けているのかはよく知っているはずだ。あいつらはちょっとした悪さで逮捕されるたびに、その陰で一ダースものひどい悪事を働いているんだ」

ジェフリーはさらに言葉を継いだ。「奴の父親は収監されていたことがある――連邦刑務所だ。銃の売買をしていた。拳銃じゃないぞ。スナイパー用のライフルやマシンガンを密輸していたんだ」ジェフリーは彼女がなにか言うのを待った。なにも言おうとしないので、尋ねた。「イーサンから兄貴のことを聞いたか？」

「ええ」間髪を入れずに答えが返ってきたので、ジェフリーは嘘だと確信した。

「それじゃあ、彼が刑務所にいることは知っているんだな？」

「ええ」

「黒人男性を殺して死刑判決を受けたことは？」ジェフリーは再び言葉を切った。「ただの黒人男性じゃない。黒人警官だ」

レナはテーブルを見つめている。彼女が足を揺すっているのは感じられたが、それが不安のせいなのか、それとも怒りのせいなのかはわからなかった。

「奴は悪党だよ、レナ」

レナは首を振ったが、証拠は目の前に揃っている。「言ったでしょう、彼はわたしの恋人じゃない」

「なんであれ、奴は差別主義者《スキンヘッド》だ。髪を生やそうと、名前を変えようと、それは変わらない。父親と同じように、警官殺しの兄貴と同じように、差別主義者のろくでなしなんだ」

「わたしは半分スペイン系よ」レナは言い返した。「考えたことはある？　彼が人種差別主義者なら、どうしてわたしみたいな人間に関わるっていうの？」

「いい質問だ。今度鏡を見たときには、自分に尋ねてみるといい」

レナはようやく手のひらをむしるのをやめ、机に両手を押しつけた。

「いいか、よく聞くんだ。一度しか言わない。きみがなにに関わっているのであれ、あの若造とのあいだになにがあるのであれ、おれに話すんだ。これ以上深みにはまるようなら、おれはきみを助けられない」

レナは自分の手を見つめているだけで、なにも言おうとしない。ジェフリーは彼女をつかんで揺すぶり、筋の通ることを言わせたかった。イーサン・ホワイトのようなたちの悪いクズ野郎とどうして関わることになったのかを、説明させたかった。そして、なにもかもが大きな誤解で申し訳ないと思っているという言葉を、彼女の口から聞きたかった。もう酒を飲まないと約束してほしかった。

だが彼女の口から出てきた言葉は「なんの話をしているんだか、さっぱりわからない」だった。

ジェフリーはあきらめなかった。「きみが話してくれていないことがあるのなら……」

レナがその続きを埋めてくれることを願ったが、もちろんレナはなにも言わなかった。

ジェフリーは別の方向から攻めてみた。「この男がまわりにいるあいだは、きみが警察官に戻れるチャンスはないぞ」

レナが顔をあげ、ジェフリーはようやくそこにはっきりした感情を読み取った——驚き。

レナはうまく声が出ないかのように、咳払いをした。「そんな選択肢があるなんて知らなかった」

　ジェフリーは彼女がチャックの下で働いていることを思い、初めてそれを聞いたときと同じくらいいらついた。「あんなクズ野郎の下で働くべきじゃない」

「あら、そう」レナの声は低いままだ。「以前にわたしがその下で働いていたクズ野郎は、わたしはいらない人間だってはっきりわからせてくれたけど」レナは腕時計を見た。「働くと言えば、わたしはもう行かないと」

「こんな状態で帰らないでくれ」懇願する口調になっていることはわかっていた。「頼むよ、レナ。おれは……頼む」

　レナはふっと笑い、ジェフリーはばかみたいな気持ちになった。「話はしたわ。わたしに対する容疑がないのなら、帰らせてもらう」

　ジェフリーは椅子の背にもたれ、彼女がすべてを説明してくれることを切に願った。

「署長？」レナのその言葉には、これ以上は減らせないくらいの最低限の尊敬の念がこめられていた。

　ジェフリーはファイルのページをめくり、法廷で光を当てられることのなかった容疑のリストを読みあげた。「放火。重暴行。車の重窃盗。レイプ。殺人」

「最新のベストセラーみたいね」レナは立ちあがった。「雑談をありがとう」

「その娘」ジェフリーが言った。「彼がトラックから眺めているあいだに、レイプされて殴り殺された娘だが」レナが部屋を出ていこうとしなかったので、ジェフリーは言い添えた。「だれだかわかるか？」

レナは即座に訊き返した。「白雪姫？」

「いいや」ジェフリーはファイルを閉じた。「彼の恋人だった」

ジェフリーは学生会館の前に止めた車のなかから、中庭周辺の照明用ポールにポスターを貼りつけている女性たちを眺めていた。全員が若くて健康そうで、ランニングウェアかスウェットスーツという格好だ。だれがエレン・シェイファーであってもおかしくない。だれが次の被害者になってもおかしくない。

ジェフリーがここに来たのは、息子さんはおそらく殺されたとブライアン・ケラーに伝えるためだ。それを聞いた彼の反応が見たかった。また、彼はなにを妻の前で言いたくなかったのかを突き止めたかった。ケラーの話が確かな糸口を与えてくれることを祈った。いまのところ手がかりと言えるのはレナだけだが、彼女が事件に関わっていることをジェフリーは受け入れられずにいた。

ゆうべサラは、ローゼンとシェイファーの事件現場の相違点をひたすら繰り返していた。何者かがアンディ・ローゼンの自殺を偽装したのだとしたら、素晴らしくいい仕事をしている。だが、エレン・シェイファーはまた別の話だ。たとえ歯が吸いこまれたことに犯人が気づいていなかったとしても、庭の矢印はあからさまな愚弄だ。ふたつの事件に違う点があるのは、犯人がふたりいるからかもしれないと、途中でサラが言い出した。ゆうべは耳を貸さなかったジェフリーだが、今朝になってレナとイーサンが一緒にいるところを見たあとでは、なにも確信は持てなくなっていた。

取調室でのレナは、ジェフリーが見たこともない別人だった。イーサン・ホワイトの過去を擁護しただけでなく、彼が暴力をふるったことすら否定するレナの言葉を聞いて、ジェフリーは事件について彼女が語ったことすべてに疑問を持ち始めていた。彼は長いあいだ警察官として働いていたから、強い女性ですら虐待者に欺かれることを知っていた。彼らのやり口は驚くほど似ていて、一部の女性は意外なほど簡単に惑わされる。こうしているいまも、恋人のためのクスリを所持していて捕まった何千人という女性が留置場のなかにいる。おそらくはさらに数千人の女性が、刑務所に入ることが虐待から身を守る唯一の方法だと知って、なんらかの罪を犯している。

ジェフリーがパトロール警官としてバーミンガムで働いていた頃、少なくとも十回は通報を受けて訪れたひとりの女性の家があった。彼女は国際企業の通信部門の部長で、オーバーン大学の学位をふたつ持っていた。世界中で千人以上の人間が彼女の指示を受けていたはずだが、隣人からの通報を受けてジェフリーが家を訪れるたびに、彼女は顔から血を流し、破れた服でドア口に立って、階段から落ちたのだと答えた。彼女の夫は貧相なろくでなしで、主夫だと名乗っていたが、実際は仕事が続かないアル中で、妻の稼ぎに依存していた。ほとんどの虐待者と同じく、彼は一見魅力的で親切そうで、自分の気がすんだときに妻がどんな有様になっているのかを見ようとしない。現在では暴行で夫を逮捕するのに妻の証言は必要ないが、当時の夫は法律に守られていた。

ジェフリーは、ある日のことをとりわけはっきりと覚えていた。凍えるほど寒い日で、ジェフリーは彼女の家のドア口に立ち、夫は優しい男で一度たりとも自分に手をあげたことはないと彼女が言い張るなか、なにがどう傷ついているのか、血が彼女の脚を伝い、足元に血溜まりを作るのを眺めていた。実際、夫が彼女に触れるのをジェフリーが見たのは、彼女の葬式のときだけだった。彼は棺《ひつぎ》に横たわる彼女の手を軽く叩き、それからジェフリーがあとにも先にも見たこともないような自己満足のニタニタした顔で言った。「最後の一段が命取りだった」

あのくそ野郎をどうにかしたくて、ジェフリーは二年間検死官とともに奮闘したが、階段から落ちて首の骨を折ったことはほぼ確定できても、彼女がだれかに突き落とされたことを証明するのは難しかった。

そういったことすべてが、今朝のレナの態度で蘇ってきた。採取した毛は彼女とアンディ・ローゼンを状況的に結びつけるにすぎないと言ったレナは正しい。本に残っていた指紋は、腕のいい弁護士なら言い抜けることができるだろう。レナを訓練したのはジェフリー本人だったから、彼女が法医学検査の裏と表を充分に理解していることはわかっていた。慎重にならなければいけないことは知っていただろう。どうやって自分の痕跡を隠せばいいのかもわかっていただろう。問題は、実際にしたのかどうかということだ。レナは、彼をかばうためならなんでもするくらい、イーサン・ホワイトに夢中なんだろうか？

　事実に目を向ける必要があった。そして事実は、レナをものすごく疑わしく見せている。今朝の取調室での反抗的な態度を考えれば、なおさらだ。彼女は、情報をつなぎ合わせようとするジェフリーに盾突いていたも同然だった。

　考えたくはなかったが、ジェフリーはゆうべサラが言い出した犯人ふたり説を考えてみた。アンディを殺してテッサを刺した人間と、エレン・シェイファーを殺した人間だ。どうしても謎として残るその説の弱点が、テッサを襲った人間が森にいたことだ。イーサン・ホワイトの犯罪履歴を見て、その後レナと話をしたあとでは、この説のバリエーションを考えなくてはならなくなった。

　イーサンはアンディ・ローゼンを殺すことができた。レナは現場に遅れて現れた。彼女がイーサンに携帯電話で連絡して、森にテッサがいることを告げたのかもしれない。エレン・シェイファーが自殺したとき、ふたりがどこにいたのかは不明だが、レナは弾薬の矛盾に気づいたはずだ。彼女はジェフリーが知るどんな男よりも銃に詳しい。この件に関して言えば、レナは単なる共犯者にすぎないことになるが、ジェフリーがたいして慰められることはなかった。ジョージア州の法のもとでは、彼女もイーサンと同様、有罪だ。

ジェフリーは両手で目をこすり、ばかげた考えだと自分に言い聞かせた。たとえバッジを持っていなくても、レナは警察官だ。単なる共犯者だとしても、イーサン・ホワイトがどれほど魅力的だとしても、殺人という一線を越えるはずがない。まったくくだらない話だし、強情だという以外、彼女を疑う理由はない。サラが指摘したとおり、レナは強情であることに生きがいを見出している。

ポケットから携帯電話を取り出し、ケヴィン・ブレイクのオフィスにかけた。グラント工科大学の学長は自分は多忙な人間だと人に思われることを好むが、空いている時間のほとんどをゴルフ場で過ごしていることをジェフリーは知っていた。ブレイクが早めに抜け出してしまう前に会う約束を取りつけて、新しくわかったことを伝えたかった。ブレイクの秘書が電話を取り次いだ。

「ジェフリー」ブレイクはスピーカーを使っていた。ブレイクの緊張した口ぶりが、オフィスにだれかほかの人間がいることを教えていたが、スピーカーの存在がそれをさらに裏付けていた。

ブレイクが尋ねた。「どこにいる？」

「キャンパスです」ジェフリーは答えた。ふたりきりで話したいことがあれば、今日は一日中研究室にいるとケラーはフランクに伝えていた。今朝レナと会う前は、もっとも探索すべき道筋はケラーだった。脇道に逸れるのがたやすいことはわかっていたが、いまはレナに関してできることはなにもないし、武器として使えるものがなにもない状態でイーサン・ホワイトを追及するのが得策でないことも承知していた。

ブレイクが言った。「いまここにアルバート・ゲインズとチャックがいる。警察署に電話をして、きみに来てもらうように言おうと話していたところなんだ」

ジェフリーは喉元まで出てきた悪態の言葉を呑みこんだ。

「やあ、署長」チャックの声を聞いて、ジェフリーはそのしたり顔を想像した。「ドーナッツとコーヒーを用意してあるよ」

ぶつぶつ言う声が聞こえたのは、おそらくアルバート・ゲインズだろう。

ブレイクが言った。「ジェフリー、オフィスに来てもらえないか？　きみと話がしたい」

「一時間後なら行けます」彼らに呼ばれて即座に駆けつけたりすれば、とんでもないことになるとジェフリーは考えていた。「追わなければならない手がかりがあるので」

「そうか」ブレイクは、ラウンドのスタート時間を遅らせなければいけないと考えているのだろう。「少しだけでも顔を出せないか？」

アルバート・ゲインズがまたなにか言った。ぶっきらぼうな男で、部下に対しては答えを要求するが、これまでは常にジェフリーを支持してくれていた。

っている」

ブレイクは叱責されたらしく、素っ気ない口調で言った。「それじゃあ、一時間後に待

ジェフリーは電話を切り、それを顎に当てて、中庭を移動していく女子学生のグループを見ていた。車を降りて学生会館へと歩いていき、足を止めて一枚のポスターを眺めた。エレン・シェイファーの不鮮明な白黒の写真と、それ以上にぼやけたアンディの写真が載っていて、その下に〝蠟燭の明かりで祈る夜《キャンドルライト・ヴィジル》〟と書かれている。イベントの時間と場所が、メンタルヘルスクリニックに作られた自殺防止ホットラインの新しい電話番号とともに記されていた。

「役に立つと思います？」

ジル・ローゼンの声にジェフリーはぎくりとした。

「ドクター・ローゼン――」

「ジルと呼んでちょうだい。脅かしたならごめんなさい」

「大丈夫です」彼女は昨日よりもひどい有様だと思いながら、ジェフリーは応じた。泣きすぎて腫れた目はただの細い切りこみのようだったし、頬はこけている。襟の部分にファスナーがついた、長袖の白いタートルネックセーターを着ていた。ジェフリーに話しかけているあいだも、寒くてたまらないかのように両手で襟をつかんでいた。

「わたし、ひどいでしょう？」

「ご主人とお話ししようと思っていたところです」ジェフリーは、ケラーとふたりきりで話せる機会を失ったと思いながら言った。

「じきに来るはずよ」彼女は鍵の束を見せた。「彼の合鍵。ここで会おうって言ったの。家にはいられなくて」

「ご主人が仕事に来ていると聞いて驚きました」

「仕事が彼を支えてくれるの」ローゼンは弱々しく笑った。「世界がばらばらになりかかっているとき、仕事はいい隠れ場所なのよ」

ジェフリーにはよくわかっていた。サラと離婚したあと、彼は仕事に没頭した。毎日、出かけていく仕事がなければ、頭がおかしくなっていただろう。

「座りましょうか」ジェフリーはベンチを示した。「あなたはどうやって自分を支えているんですか?」

彼女はゆっくりと息を吐きながら、腰をおろした。「どう答えていいのかわからない」

「ばかな質問でした」

「いいえ。自分でも同じことを尋ねているのよ。〝わたしはどうやって自分を支えていく?〟って。答えが出たらお話しするわね」

ジェフリーは彼女と並んで腰をおろし、キャンパスの中庭を眺めた。芝生に毛布を広げ、茶色い紙袋からランチのサンドイッチを取り出している学生たちがいる。

ローゼンも彼らを見つめていた。セーターの襟の端を口にくわえている。生地がすり切れているのを見て、不安なときの癖なのだろうとジェフリーは思った。

「主人と別れようと考えているの」

ジェフリーは彼女の顔を見たが、なにも言わなかった。その言葉を口にするのは、簡単ではなかったはずだ。

「彼は引っ越したがっているんです。グラントから出ていきたがっている。やり直したがっている。わたしは一からやり直すことはできない。とてもできないわ」彼女は視線を落とした。

「出ていきたいと思うのは理解できます」ジェフリーは彼女に話を続けてもらおうとした。

ローゼンは頭でキャンパスを示した。「わたしはここに二十年近くいるの。ここで人生を紡いできたのよ。クリニックで作りあげてきたものがあるんです」

ジェフリーはしばらく待った。彼女がそれ以上なにも言おうとしなかったので、尋ねた。

「ご主人は引っ越したい理由を言っていましたか?」

ローゼンは首を振ったが、それは理由を知らないという意味ではなかった。彼女の声には、あたかも敗北を認めたかのような耐えがたいほどの悲しみがあった。「彼はいつもそうなの。男らしくあろうとして空威張りするんだけれど、なにかトラブルの兆しが見えると、我先にと逃げ出すのよ」

「前にもそういうことがあったみたいな言い方ですね」

「ありました」

ジェフリーはさらに聞き出そうとした。「なにから逃げたんです？」

「すべてから」ローゼンは説明しようとはしなかった。「わたしの仕事は、人が過去と対《たい》峙《じ》できるように手助けすることで成り立ってきたけれど、自分の夫に自分の恐れと向き合わさせることができなかった」彼女の声がさらに小さくなった。「自分自身さえ、救うことができないの」

「彼はどんな恐れを抱いているんでしょう？」

「わたしと同じだと思います。角を曲がるたびに、そこにアンディがいるんじゃないかと思ってしまう。家にいて外からなにか物音が聞こえると、あの子が自分の部屋へと続く階段をのぼっているんじゃないかと思いながら窓の外を見てしまう。ブライアンはもっと辛いでしょうね。同じ研究室で仕事をするのは。辛いのはわかっているんです。期限を守らなくてはいけないから。莫大《ばくだい》な費用がかかっているんだもの。わかっているの。全部、わかっているの」

彼女の声が高くなっていき、しばらく前から溜めていたらしい怒りが伝わってきた。

「浮気のことですか？」

「浮気？」本当に驚いているように見えた。

「噂を耳にしたんです」ジェフリーはリチャード・カーターの歯を蹴り折ってやりたいと思いながら説明した。「ブライアンが学生と関係を持っているという話を」

「まあ」ローゼンは襟で唇を押さえた。「それが本当だったらよかったのに。とんでもない話よね？」彼女は言った。「だってもしそうなら、彼は自分の重要な研究以外のものを大切にできたということだもの」

「ご主人は息子さんを大切にしていましたよ」ジェフリーは、昨日、耳にしたふたりの言い争いを思い出していた。ローゼンは、アンディが死ぬまで彼のことを気にかけていなかったと言ってケラーを責めていた。

「ものすごく大切にしていた。車。服。テレビ。彼は物を買い与えるんです。それが、彼の大切にする方法なのよ」

ローゼンはほかにもなにか伝えようとしているようだったが、ジェフリーにはわからなかった。「ご主人はどこに行くつもりなんですか？」

「わかりません、そんなこと。あの人は亀みたいなの。なにか悪いことが起きると、首を引っ込めて、それが過ぎ去るのを待とうとする」自分も襟で顔を隠すような格好をしていたことに気づいて、彼女は笑みを浮かべた。「視覚教材ね」

ジェフリーも笑みを返した。

「もう無理。もうこんなふうには生きていけない」ローゼンはジェフリーに視線を向けた。

「このセッションにあとで請求書を送ってくれます？　それともいまお支払いしたほうがいいかしら？」

ジェフリーは話を続けてほしくて、再び笑顔を作った。

「あなたの仕事は、いろいろな意味でわたしとよく似ていますよね。人の話を聞いて、彼らが本当はなにを言おうとしているのかを探り出そうとする」

「あなたは本当はなにを言おうとしているんですか？」

ローゼンはしばし考えた。「疲れていると。人生が――どんなものでもいいから――欲しいと。ブライアンと一緒にいたのは、そのほうがアンディのためにいいと思っていたから。でもアンディがいなくなったいま……」

ローゼンが泣きだし、ジェフリーはハンカチを取り出した。レナの手の血がついていることに気づいたのは、彼女に渡してからだ。

ジェフリーは謝った。「失礼しました」

「怪我をしたんですか？」

「レナなんです」ジェフリーは彼女の反応を観察した。「今朝、彼女と話をしました。目の下を切っていた。だれかに殴られたんです」

ローゼンの目に心配そうな表情が浮かんだが、言葉を発することはなかった。

「だれかと付き合っているようなんです」ジェフリーの言葉を聞いて、ローゼンはなにか言いたいのをこらえているようだった。「今朝彼女の部屋に言ったら、その男が一緒にいました」

ローゼンはなにも言おうとはしなかったが、話を続けてほしいとその目が語っていた。レナの身を心配していることは間違いない。

「目の下を切っていて、手首も怪我をしていました。だれかに強く握られたみたいに」ジェフリーは一度言葉を切った。「その男には前科があるんです、ドクター・ローゼン。とても危険で暴力的な男です」

ローゼンはベンチの端に身を乗り出した。続けてほしいと懇願しているも同然だった。

「イーサン・ホワイトと言います。その名前に聞き覚えはありますか？」

「いいえ。聞き覚えがあるはずなのかしら？」

「あればいいと思っていました」アンディ・ローゼンとイーサン・ホワイトを結びつけることになるからだ。

「彼女はひどい怪我を？」

「わたしが見たかぎりでは、そうでもありません。でもずっと手をむしっていました。血が出ているのに、傷をひたすらむしっていたんです」

ローゼンはまた口をぎゅっと結んだ。

「どうやってレナをその男から引き離せばいいのかわからない。どうすれば彼女を助けられるのかがわからないんです」

ローゼンは遠くに目を向け、また学生たちを見つめた。「自分自身でしか助けられないのよ」言葉以上の意味を含んだ口調だった。

「彼女はあなたの患者だったんですか?」そうであってほしいと切に願いながらジェフリーは尋ねた。

「そういったことはお話しできないとわかっているでしょう?」

「ええ、知っています。でも、仮定の話として質問に答えてもらうことはできませんか?」

ローゼンはジェフリーに視線を戻した。「どんな質問かしら?」

「川のそばにいたとき、チャックが息子さんの名前を口にしたんです。するとレナは彼を知っていたみたいに、驚いた顔をした」ジェフリーは話しながら考えていた。「レナがその名前を知っているような口ぶりで〝ローゼン〟と言ったのは、あなたを知っていたからですか?　アンディじゃなくて?」

ローゼンは、どう言えば、自分の信じているものを裏切ることなくジェフリーの質問に答えられるだろうと考えているようだった。

「ドクター・ローゼン……」

彼女は襟をさらに引っ張りあげながら、ベンチに深く座り直した。「夫が来たわ」

ジェフリーは怒りを表に出すまいとした。ケラーはまだ十五メートルほど離れたところにいたから、本当に答える気があれば答えられたはずだ。

ジェフリーはケラーに声をかけた。「ドクター・ケラー」妻とジェフリーが一緒にいるのを見て、彼は当惑した様子だった。「なにかあったのか？」

ジェフリーは立ちあがり、座るようにと身振りでケラーに示したが、彼はそれを無視して妻に訊いた。「わたしの鍵は？」

ローゼンはろくに彼を見ようともせず、キーリングを渡した。

「わたしは仕事に戻らなきゃいけない」ケラーが言った。「ジル、きみは家に帰るんだ」

ローゼンは立ちあがろうとした。

「おふたりに話しておかなければならないことがあります」ジェフリーはローゼンに向かって、座ったままでいるようにという仕草をした。「アンディのことです」

ケラーの顔を見れば、息子のことがまったく頭になかったのがわかった。

「情報が公開される前におふたりにお話ししておきたかったんです。息子さんの死は自殺ではないかもしれません」

ローゼンが言った。「え？」

「彼が殺されたという可能性を除外することができません」

ケラーは鍵を落としたが、拾おうとはしなかった。

ジェフリーはさらに言った。「アンディの解剖では決定的な証拠はなにも見つかりませんでしたが、エレン・シェイファーは――」

「昨日の女の子よね？」ローゼンが口をはさんだ。

「はい、そうです。彼女が殺されたことは疑いの余地がありません。それが自殺のように偽装されたことを考えると、息子さんの死の状況にも疑問を抱かざるを得ません。正直なところ、彼が自ら命を絶ったのではないと証明できるものはなにもありませんが、我々は強い疑念を抱いているので、真実がわかるまで捜査するつもりです」

ローゼンはベンチの背にもたれた。唇が開いている。

「このことは学長に報告しなければなりませんが、おふたりに先に伝えておきたかったんです」

ローゼンが訊いた。「遺書はどうなの？」

「それも説明できないことのひとつです。申し訳ありませんが、いまはわたしが疑問に思っていることしかお話しできません。実際になにがあったのかを探り出すためにあらゆる手段を駆使していますが、正直に言っておきます。なにひとつ、はっきりしたことはわかっていません。ふたつの件はまったく無関係かもしれない。いろいろと調べた結果、結局アンディは自殺だったということになるかもしれません」

ケラーが怒りを爆発させた。あまりに突然のことだったので、ジェフリーは思わずあとずさった。

「なんだってそんなことになるんだ？　よくも妻とわたしに息子が自殺だなんて思わせて――」

「ブライアン」ローゼンが止めようとした。

「黙っていろ、ジル」ケラーの手が、妻を叩こうとするみたいに動いた。「なんて不合理な。なんて……」怒りのあまり声が出ないようだったが、自分の感情を表す言葉を探しているかのように口は動いている。「信じられない……」身をかがめて、鍵を拾いあげた。「この大学、この町……」顔の前に指を突きつけられて、ローゼンは身を守ろうとするかのように身を引いた。

　ケラーはすっと背筋を伸ばし、妻を怒鳴りつけた。「言ったはずだ、ジル。ここはとんでもなく堕落した場所だと言ったはずだ！」

　ジェフリーは割って入った。「ドクター・ケラー、落ち着いてください」

「あんたは自分の仕事のことだけ考えて、息子を殺した奴を見つければいいんだ！」ケラーの顔は憤怒《ふんぬ》に歪んでいた。「あんたたちキーストン・コップス（警官隊がドタバタ喜劇を繰り広げるというスタイルのコメディアングループ）は、自分がこの町を管理していると思っているが、ここはまるで第三世界の国みたいだ。あんたたちはみんな腐っている。みんな、アルバート・ゲインズの言いなりなんだ」

ジェフリーは我慢できなくなった。「また改めてお話ししましょう、ドクター・ケラー。あなたがこのことを受け入れられるようになったときに」

ケラーは今度は、ジェフリーの顔に指を突きつけた。「そのとおり、またゆっくり話そうじゃないか」そう言うとふたりに背を向け、足音も荒々しく遠ざかっていった。

ジル・ローゼンが即座に夫の代わりに謝罪した。「すみません」

「あなたが謝る必要はありませんよ」ジェフリーはなんとか怒りを抑えこもうとしながら言った。研究所までケラーを追っていきたかったが、どちらも冷静になるための時間が必要だろう。

ローゼンの絶望感が伝わってきた。「これ以上のことをお伝えできなくてすみません」

ローゼンは襟を握り締めている。「さっきの仮定の質問ですけれど」

「はい」

「アンディに関係あるんですよね？」

「はい、そうです」ジェフリーは気持ちを切り替えようとした。

ローゼンは中庭に目を向け、芝生に腰をおろして今日という日を楽しんでいる学生たちを眺めた。「仮定の話をすれば、彼女にはわたしの名前を知っている理由があったかもしれません」

「ありがとうございます」とりあえず、ひとつの件については説明がついたことに、ジェフリーは途方もないほどの安堵を覚えた。

「相手の」ローゼンは学生を見つめたまま、言葉を継いだ。「彼女が会っていた男性だけれど」

「ご存じなんですか?」ジェフリーはそう尋ねてから、言い添えた。「仮定の話として?」

「ええ、知っています。少なくとも、彼のようなタイプの男性は。そういうタイプなら、わたし自身のこと以上に知っています」

「どういう意味でしょう?」

ローゼンはファスナーをおろして襟をグイッとさげ、鎖骨に残る大きな痣を露わにした。首の片側に黒い指の跡がいくつもついている。だれかに首を絞められたのだ。

ジェフリーはそれを見つめることしかできなかった。「だれに……」言いかけたが、答えはわかりきっていた。

ローゼンはファスナーをもとどおりにした。「わたしはもう行かないと」

「どこかに行きますか? シェルターとか――」

「母のところに行きます」ローゼンは悲しげに微笑んだ。「いつもそうしているんです」

「ドクター・ローゼン、ジル――」

「ご心配ありがとう。でも、本当にもう行かないと」

ジェフリーはその場に立ち尽くし、学生たちの脇を通り過ぎていく彼女を見送った。彼女は何事もなかったかのように、つかの間足を止めて、学生のひとりと言葉を交わした。

ジェフリーは彼女のあとを追うべきだろうか、それともブライアン・ケラーの行き先を突き止めて、乱暴されるのがどんな気分かを教えてやるべきだろうかと考えた。

衝動的に後者を選んだジェフリーは、生物学部の建物へと足早に歩き始めた。子供の頃、両親の諍いを幾度となく仲裁していた彼は、怒りは怒りに油を注ぐだけであることを承知していたから、気持ちを落ち着けるように大きく深呼吸をしてから、ケラーの研究室のドアを開けた。

そこにいたのは部屋の主ではなくリチャード・カーターで、机の向こう側に座って、顎をこつこつとペンで叩いていた。ジェフリーに気づくと、その表情は期待に満ちたものから落胆へと変わった。「ああ、あなたでしたか」

「ケラーはどこです？」

「ぼくが知りたいですよ」リチャードは明らかにいらついていた。机に覆いかぶさるようにして、なにかを書きつけている。「三十分前に会うことになっていたのに」

「彼がしていたといういわゆる浮気について、奥さんと話をしましたよ」

リチャードは口元をにやつかせながら、ぱっと顔をあげた。「そうなんですか？　彼女はなんて？」

「事実ではなかった」ジェフリーは釘を刺すように言った。「自分の言葉には、もう少し慎重になったほうがいいですね」

リチャードは傷ついたようだ。「噂だって言ったじゃないですか。それについてははっきり――」

「あなたは人の人生をもてあそんでいるんですよ。わたしの時間を無駄にしたことは言うまでもない」

リチャードはため息をつき、書く作業に戻った。「すみません」子供のようにぼそぼそと謝った。

ジェフリーは易々と彼を解放するつもりはなかった。「おかげで、その噂について調べるという無駄な努力をする羽目になったんです。その時間に、なにかもっと役に立つことができたかもしれないのに」なにも返答がなかったので、ジェフリーはさらに言い足した。「人が死んでいるんですよ、リチャード」

「よくわかっていますよ、トリヴァー署長。でもそれがぼくになんの関係があるっていうんです?」リチャードはジェフリーに反論する暇を与えなかった。「正直に言いましょうか? 恐ろしいことが起きたのはわかっていますよ。でもぼくたちにはするべき仕事がある。重要な仕事が。カリフォルニアに、同じ研究をしているグループがあるんです。彼らは〝おや、ブライアン・ケラーは最近、辛いことがあったらしい。彼の気分がよくなるまで、作業を中断しよう〟なんて言ってはくれない。ぼくたちより先んじるために、昼となく夜となく——昼も夜もです——研究を続けているんだ。科学は紳士のゲームじゃないんです。何百万ドル、何千万ドルという金がかかっているんだ」

二分以内にステーキナイフのセットを買いましょうと、気の毒なカモをたきつけている通販番組の司会者のような口ぶりだった。「あなたとブライアンが共同で研究していると は知りませんでしたよ」ジェフリーが言った。

「彼が現れればですけれどね」リチャードは机にペンを置くと、ブリーフケースを手にしてドアのほうへと歩きだした。

「どこへ行くんです？」

「教室ですよ」ばかじゃないかと言わんばかりだ。「そうするべきときにちゃんと姿を現す人間もいるんです」

リチャードはいかにも腹を立てているといった面持ちで部屋を出ていった。ジェフリーは彼を追う代わりに、ケラーの机に近づいて彼が残していったメモを読んだ。〝ブライアン、きみはまだアンディの件で落ち着かないのだろうが、協力して文献の作成に取りかかるべきだと思う。ぼくひとりでやれというのなら、ひとことそう言ってくれればいい〟リチャードは自分の名前の横にニコニコマークを描いていた。

ジェフリーはそのメモを二度読み、親切そうな響きと彼が露わにしていたいらだちを一致させようとした。どうにも結びつかなかったが、リチャードは理にかなった人間とはとても言えない。

ちらりとドアに目を向けたあと、気を落ち着けてケラーの机を調べようと決めた。膝をついて、いちばん下の引き出しのファイルを探っていると、携帯電話が鳴った。

「トリヴァーだ」

「署長」フランクの口調を聞いただけで、ジェフリーはそのあとの言葉の予想がついた。

「また死体が出た」

ジェフリーは男性寮の前に車を止め、グラント工科大学のキャンパスを二度と見ずにすむなら、どれほど幸せだろうと思った。ジル・ローゼンの顔に浮かんでいたうつろな表情が忘れられなかったし、彼女に痣を見せられたとき、自分がひどく驚いた顔になっていたに違いないと考えずにはいられなかった。ケラーが妻を殴るようなタイプだとは百万年たっても想像できなかっただろうが、今日はあまりに多くのあまりに意外な新事実を突きつけられていたから、明らかな兆候を見逃していた自分をばかだと感じることもできなくなっていた。

携帯電話を取り出し、サラにかけようかどうしようか迷った。現場に呼び出したくはなかったが、彼女が現状のままの死体を見る必要があることもわかっていた。彼女を呼ばずにいるもっともな理由を考えようとしたものの、結局はあきらめて、電話をかけた。

呼び出し音が五回鳴ったところでサラが電話を取り、朦朧とした声で応じた。「もしもし」

「やあ」

「いま、何時？」

ジェフリーは、ゆうべよりは元気そうだと思いながら答えた。「起こしてすまない」

「うん……なにかあった？」サラがベッドの上でごそごそしている音が聞こえた。その隣にいる自分の姿が脳裏をよぎり、ジェフリーは久しぶりに欲望を覚えた。サラのベッドに潜りこみ、今日という日を一からやり直したくてたまらなかった。

「二十分ほど前にママから電話があったの。テッサが少しよくなってきたみたい」サラは大きなあくびをした。「遺体安置所で書類仕事を終わらせたら、午後には帰るつもりよ」

「電話をしたのは、そのことなんだ」

サラは不安を帯びた声で訊いた。「なに？」

「首吊りだ。大学で」

「なんてこと」サラは息を呑んだ。ジェフリーも同じ気持ちだった。殺人件数が国の平均の十分の一しかない町で、死体がいきなりずらりと並んだのだ。

「何時に？」

「まだよくわからない。たったいま連絡があったばかりだ」サラの答えはわかっていたが、ジェフリーはこう言わずにはいられなかった。「カルロスをよこしてくれてもいい」

「遺体を見なきゃいけないわ」

「きみにキャンパスに来てほしくないんだ。もしなにかあったら――」

「わたしは、自分の仕事をしないなんていうことはしないから」議論の余地はないと、その口調ははっきり告げていた。

彼女の言うとおりであることはジェフリーにもわかっていた。するべき仕事があるというだけでなく、彼女は自分の人生を生きなくてはいけない。ジェフリーは今朝のレナがどんなふうだったかを思い、ジル・ローゼンの首の痣のことを考えた。ふたりにも自分の人生を生きさせるべきだろうか？

「ジェフ？」

ジェフリーは降参した。「男子寮だ。B棟」

「わかった。数分で行く」

ジェフリーは電話を切って、車を降りた。寮の入り口の外にたむろしている男子学生たちのグループの脇を抜けて建物のなかに入ると、強烈な酒のにおいが雲のように彼を包んだ。フットボールチームでベンチを温める合間に歴史を勉強していたオーバーン大学時代、彼もどんちゃん騒ぎは頻繁にしていたが、寮が酒屋のようなにおいになっていた記憶はない。

「やあ、署長」チャックはぴったりしたズボンの前ポケットに両手を突っ込んで、階段の上に立っていた。卑猥《ひわい》な印象を与える格好だったから、ジェフリーは彼がうしろにさがってくれればいいのにと思いながら階段をのぼり始めた。

「チャック」階段を見つめながら返事をした。

「ようやく来てくれてよかった。ケヴとおれはいらいらしながら待っていたんだ」

チャックが親友を呼ぶような調子で学長の名前を口にしたので、ジェフリーは顔をしかめた。アルバート・ゲインズがチャックの父親でなければ、ケヴィン・ブレイクはチャックと一緒にゴルフをするどころか、まともに口をきくこともないだろう。もっとも、ケヴィンはしばらくグリーンを見る暇はないだろうが。今月いっぱいは、クラスメイトが三人も死んだ学校に通う子供が心配になった親からの電話をさばくのに、手いっぱいになるだろう。

「時間ができたら、彼と話をする」ジェフリーは、いつまで先送りにできるだろうと考えながら言った。

「今回のはかなりわかりやすい」チャックが言っているのは、自殺のことだ。「奴は、パンツをおろした状態で見つかった」

ジェフリーはそれを聞き流した。「発見者は？」

「同じ建物で暮らす学生のひとりだ」

「そいつと話がしたい」

「いま下のフロアにいるよ。アダムズが彼から話を聞き出そうとしたんだが、おれがあと

を引き継がなきゃいけなかった」チャックは訳知り顔でウィンクをした。「彼女はちょっとばかり手荒になることがあるからな。いまみたいな状況のときは、手際のいいやつが必要だよ」

「そうか?」ジェフリーは廊下の先に目を向けた。フランクとレナがひとつの部屋の外に立っている。ふたりの態度から判断するに、楽しい時間を過ごしてはいないようだ。

チャックが言った。「注射器を見つけたのが彼女だ」

「見つけた?」ジェフリーが鑑識に電話をかけてから、まだ十分もたっていない。部屋を捜索するだけの時間はなかったはずだ。

「ろくでなしの様子を確かめようとして部屋に入ったレナが見つけたんだ」チャックは被害者をらしからぬ言葉で呼んだ。「ベッドの下に転がっていたんだと思う」

その部屋で見つかった証拠はどれも汚染されているに違いないと思い、ジェフリーは悪態をつきたくなるのをこらえた。それが、レナが以前にその部屋にいたことを示唆する証拠だったなら、なおさらだ。

チャックは笑った。「別にあんたに恥をかかせようと思ったわけじゃないさ、署長」まるでジェフリーが寄せ集めのバスケットチームに負けたかのように、チャックは彼の背中

を軽く叩いた。

ジェフリーは彼を無視して、フランクとレナのほうへと歩き出した。ついてこようとしたチャックに告げる。「頼みがある」

「なんだ？」

「階段の上で立っていてほしい。サラ以外はだれも通らせるな」

チャックは敬礼し、くるりと向きを変えた。

「間抜け」ジェフリーはつぶやき、廊下を進んだ。

フランクはレナと話をしていたが、ジェフリーが近づいてくると口をつぐんだ。

ジェフリーはレナに尋ねた。「しばらくふたりにしてくれるか？」

「はい」レナはふたりから数歩離れた。まだ声が聞こえていることはわかっていたが、ジェフリーは気にしなかった。

ジェフリーはフランクに言った。「鑑識が向かっている」

「とりあえず、写真は撮った」フランクはポラロイドカメラを掲げてみせた。

「ブラッドをここに来させろ」サラが子守にうんざりしていることは承知の上で、ジェフリーは命じた。「カメラを持ってくるように言うんだ。鮮明な写真が欲しい」

フランクが電話をかけているあいだに、ジェフリーは部屋の内部を眺めた。黒髪を長く伸ばした太めの若者が、ベッドにもたれかかっている。傍らの床には、麻薬中毒者が血管を浮き立たせるときに使う黄色いゴムバンドが落ちていた。遺体は灰色で、膨張している。しばらく前からこの状態だったようだ。

「なんてこった」エレン・シェイファーの部屋よりもひどいにおいだと思いながら、ジェフリーはつぶやいた。「いったいこのにおいはなんだ？」

「家事は得意じゃなかったようだな」フランクが応じた。

ジェフリーは現場を観察した。照明はひとつもついていなかったが、遅い朝の光のおかげで充分に明るい。ビデオデッキつきのテレビが、遺体の正面にあるもうひとつのベッドのマットレスに立てかけられていた。画面は明るい青色に光っていて、テープが止まっていることを教えている。その光のせいで遺体の皮膚は、かびのような奇妙な色に見えた。それとも、あまりにひどいにおいが充満しているせいで、そんなことを連想したのかもしれない。部屋はひどく散らかっていて、悪臭の大部分は床に放置されたままの食品容器が発しているのだろうとジェフリーは考えた。紙や本があたりに散乱していて、どうすればつまずくことなくここを歩けるのだろうと不思議に思うほどだった。

若者の頭は胸につくほど前に垂れ、べったりした髪が顔と首を覆っている。薄汚れた白いボクサーショーツ以外、なにも身につけていなかった。片手が前開き部分に突っ込まれていたので、そこでなにが行われていたのか、ジェフリーは経験に基づいた推測をした。

左腕には典型的な痣があったが、サラがきちんと判断してくれるだろう。こわばったように座っているので、死後硬直が始まっているのだとジェフリーは考えた。部屋の気温がどれほど一定していたかにもよるが、死後二時間から十二時間たっているということだ。死亡推定時刻を割り出すのは決して簡単ではなく、サラの判断も自分とたいして変わらないだろうと思った。

「エアコンは入っているのか？」ジェフリーはネクタイを緩めながら訊いた。窓に取りつけられたエアコンの送風口にはプラスチックの吹き流しがついていたが、だらりと垂れたままだ。

「いや」フランクが答えた。「おれが到着したときはドアが開いていたんだ。このにおいを追い出すためにも、そのままにしておいたほうがいいだろうと思った」

ジェフリーはうなずき、エアコンを切った状態でドアが閉めたままだったなら部屋のなかは相当暑かったはずだと考えた。なにも気づかなかったということは、近くの部屋の住人たちはこの悪臭にもすっかり慣れているのだろう。

ジェフリーは訊いた。「彼の名前は？」

「ウィリアム・ディクソン。わかっているかぎりでは、だれもその名前で呼んではいないが」

「なんて呼ばれていたんだ？」

フランクは薄ら笑いを浮かべた。「スクーター」

ジェフリーは眉を吊りあげたが、なにかを言える立場ではなかった。かつてシラコーガにいた頃、自分がどう呼ばれていたのかを人に打ち明けるつもりはない。つい昨日もサラは、彼をいらだたせるためだけにその呼び名を使ったばかりだ。

「彼のルームメイトは今週、イースターで実家に帰っているんだ」

「彼と話がしたいね」ジェフリーが言った。

「ここが片付いたら、学長から番号をもらってくる」

部屋へと足を踏み入れたジェフリーは、床の上の壊れたプラスチックの注射器に気づいた。それがなににしろ中身は乾いていたが、液体がこぼれた痕跡の上に格子模様のはっきりした靴跡が残っている。

ジェフリーはその靴跡を見つめ、フランクに命じた。「ブラッドにこいつの写真をしっかり撮らせるんだ」フランクはうなずき、ジェフリーは遺体の脇に膝をついた。手袋はあるかと尋ねようとしたところで、フランクがひと組、放ってよこした。

「ありがとう」ジェフリーは礼を言って、手袋をはめた。手に汗をかいていたせいで、ラテックスが張りついた。部屋の明るさが足りなかったので、部屋を見まわしてディクソンが使っていただろう照明器具を探した。ベッド脇の冷蔵庫の上にのっていたが、コードが切断されていて、その端は銅線がむき出しになっている。「詳しく調べるまで、だれにもその照明器具のスイッチは入れさせるな」ジェフリーはフランクに告げた。

スクーターの顎を持ちあげ、頭を横に傾けた。廊下からでは見えなかったが、首に革のベルトが巻きついている。スクーターの髪はとても長くてべたついていたので、いまですらよくそのベルトが見えたものだと思うほどだった。

髪をうしろに撫でつけると、ひとつの太い束になった。ベルトはぐるりと首に巻かれ、皮膚に食いこむくらいきつく締められている。ジェフリーはベルトを緩めるつもりはなかったが、端から薄いスポンジのようなものがはみ出しているのが見えた。ベルトの先を目で追うと、キャンバス地の別のベルトにつながれているのがわかった。二本目のベルトのバックルは、壁につけられた大きなアイフックに留められている。ベルトはどちらもぴんと張っていて、遺体の重さが壁のアイフックにかかっていた。アイフックはしばらく前からそこに取りつけられていたようだ。

ジェフリーは少しだけ振り向いて、遺体の正面にあるテレビを見た。ディスカウントショップで百ドル以下で買えるような安っぽい代物だ。その脇には、得体のしれないなにか白いものが縁にこびりついたタイガーバームの容器があった。ジェフリーはペンを取り出すと、それを使ってビデオデッキの取り出しボタンを押した。『ふしだら娘プロジェクト』というタイトルの下に、挑発的な絵のラベルが貼られていた。

ジェフリーは手袋をはずしながら立ちあがり、レナのいるところへと歩きだした。フランクはそのあとを追った。

「だれかに電話をかけたか？」ジェフリーが訊いた。

「え？」レナは眉間にしわを寄せた。再度の尋問は覚悟していただろうが、その質問を予期していないのはわかっていた。

「ここに来たときに、携帯電話でだれかに連絡をしたのか？」

「携帯電話なんて持ってない」

「間違いないか？」グラント郡で携帯電話を持っていないのは、サラくらいのものだとジェフリーは思っていた。

「わたしがいくらもらっているか知っている？」レナは疑わしげな表情で笑った。「食べるものさえろくに買えないくらいなのに」

ジェフリーは話題を変えた。「きみが注射器を見つけたと聞いた」

「三十分ほど前に通報があったの」レナの答えは予行練習していたものだと、ジェフリーにはわかっていた。「彼が生きているかどうかを確かめるために、部屋に入った。脈はなく、呼吸もしていなかった。体はこわばっていて、触るとひんやりしていた。注射器を見つけたのはそのときよ」

「彼女はとても役に立ってくれた」フランクの口調は、言葉とは裏腹だった。「ベッドの下で見つけて、おれたちの手間を省くためにわざわざ拾ってくれたんだ」

ジェフリーはレナを見つめ、質問ではなく断定するように言った。「注射器にもきみの指紋がべたべたついているのだろうな」

「そうでしょうね」

「部屋のなかにいるあいだ、ほかのなにに触ったのかを覚えていないんだろうな」

「そうでしょうね」

ジェフリーは部屋を眺め、それからレナに視線を戻した。「きみの恋人の靴跡が床に残っている理由を話してくれないか？」

レナは少しも動揺していないようだ。それどころか、笑みを浮かべた。「聞いていないの？　遺体を発見したのが彼よ」

ジェフリーが視線を向けると、フランクはうなずいた。「きみがすでに奴を尋問しようとしたと聞いている」

レナは肩をすくめた。

「フランク、彼をここに連れてきてくれ」

フランクが出ていくとレナは窓に近づき、寮の前庭の芝地を眺めた。一面にごみが散乱していて、自転車置き場の近くにはビールの空き缶が記念碑のように積みあげられていた。

「ここでパーティーでもしていたみたいだな」

「そうね」

「この男は――」ジェフリーはスクーターを示した。「――浮かれすぎたのかもしれない」

「そうかも」

「このキャンパスにはドラッグの問題があるようだな」

レナは振り返ってジェフリーを見た。「そういうことはチャックと話してほしいわ」

「そうだな、事情に通じているのは彼だからな」ジェフリーは皮肉めかして言った。

「この週末、彼がどこにいたのかを確かめたほうがいいかも」

「ゴルフのトーナメントか？」ジェフリーは『グラント・オブザーバー』紙の一面を思い出して言った。アルバート・ゲインズがジェフリーに対して絶対的な権限を持っていることを思い出させるために、レナはチャックの父親のことをほのめかしているのだろうと思った。

「どうしておれに反抗しようとするんだ、レナ？　いったいなにを隠している？」

「目撃者がすぐに来るわ。わたしはボスのところに行かないと」

「どうしてそんなに急ぐ？　またやつに殴られるのが怖いのか？」

レナは唇を噛みしめただけで、なにも言おうとはしなかった。

「ここにいろ」ジェフリーは、彼女に選択肢はないことをはっきりさせた。

イーサン・ホワイトが、フランクと並んで廊下をのんびりと歩いてきた。いつもの黒い長袖Tシャツとジーンズという格好だ。髪は濡れていて、首にタオルを巻いていた。

「シャワーを浴びたのか？」ジェフリーが尋ねた。

「そうさ」イーサンはタオルの端で耳をぬぐった。「スクーターを絞め殺した証拠をきれいさっぱり洗い流していたんだ」

「自白のように聞こえるが」

イーサンは険しいまなざしをジェフリーに向けた。「そこにいるあんたの手先と話はしたぜ」彼はレナを見つめながら言った。レナは彼を見つめ返し、その場の緊張が高まっていく。

「おれにも話してくれ」ジェフリーが言った。「きみの部屋は一階だろう？」イーサンはうなずいた。「どうしてここにあがってきた？」

「スクーターから授業のノートを借りたかったんだ」

「どの授業だ？」

「分子生物学」

「それは何時だった？」

「覚えてないね。おれが彼女に電話をかけた時間の二分前だ」

レナは口をはさむきっかけをつかんだ。「わたしは保安部のオフィスにいたの。彼はわたしに電話をかけてきたわけじゃなくて、わたしがたまたま電話に出ただけよ」

イーサンはタオルを絞め殺そうとしているみたいに、両端を強く握り締めた。「彼らが来たんで、おれは帰った。知っているのはそれだけだ」

「部屋のどこに触った?」

「覚えていないな。仲のいいクラスメイトが床の上で死んでいるところに出くわして、かなりびびっていたからな」

「死体なら前にも見ているだろう?」

イーサンは〝だからなんだ?〟とでもいうように、眉を吊りあげた。

「警察署で正式な供述を取らせてもらいたい」

イーサンは首を振った。「お断りだ」

「捜査の邪魔をするつもりか?」ジェフリーは脅すように言った。

「とんでもない、サー」イーサンは如才なく応じた。うしろのポケットからノートを破り取った紙を取り出して、ジェフリーに突きつけた。「これがおれの供述書だ。サインもしてある。目の前でサインしてほしいなら、もう一度してやるぜ。法的には、警察署でこいつを書く義務はおれにはないはずだ」

「こういうことには詳しいと思っているらしいな」ジェフリーは供述書を受け取ろうとはしなかった。「どんなことからも逃れるすべを知っていると思っている」レナを示しながら、言葉を継いだ。「あるいは無理やりにでも逃げる方法を」

イーサンは、ふたりのあいだには特別な秘密があるとでも言わんばかりに、レナにウィンクをした。レナは体をこわばらせたが、なにも言わなかった。

「いずれおまえを捕まえる」ジェフリーは言った。「いまはだめでも、おまえはきっとなにかをもくろんでいるから、必ずそいつを突き止めてやる。聞こえたか?」

イーサンが手を離すと、紙はひらひらと床に落ちた。「話がこれで終わりなら、おれは授業に行かせてもらうよ」

10

サラは大学から遺体安置所までの道のりをほぼ無意識のうちに運転しながら、ゆうべの解剖についてあれこれと考えていた。アンディ・ローゼンの死にはまだ納得できないところがあったが、ジェフリーとは違い、殺人だと認めるためには偶然の一致以上のものが必要だった。いまのサラに言えるのはせいぜいが、彼の死には疑わしいところがあるというだけだったが、それすらも無理がある。犯罪行為をほのめかす科学的証拠はない。薬物検査もシロだったし、解剖結果もいたって標準的だった。アンディ・ローゼンはやはり自殺だったという可能性は高い。

ウィリアム・〝スクーター〟・ディクソンはまた別の話だ。ビデオデッキに入っていたポルノ、痕が残らないようにするためベルトと首のあいだにはさまれていたスポンジ、ずっと以前から壁につけられていたことが明らかなフック——そのすべてが窒息プレイを示している。この仕事について以来、サラは一度しかこういうケースを見たことはなかったが、扼殺《やくさつ》の人気が絶頂期だった数年前に、『法医学ジャーナル』に掲載された数本の論文を読んでいた。

「くそ」病院を通り過ぎたことに気づいて、サラはつぶやいた。メインストリートを大学方向に向かってそのまま進み、警察署の正面で違法のUターンをした。パトカーからちょうど降りてきたブラッド・スティーヴンスに手を振った。彼は目を覆って見なかったふりをしてくれたが、サラは〈バージェス・クリーナーズ〉の前に止められていた白いキャデイラックにもう少しでぶつかるところだった。

児童診療所を通り過ぎた。外の看板が色褪せて朽ちかけているのは、ふたりが結婚していたとき、ジェフリーが町で唯一の看板屋と浮気をしたからだ。サラはぼろぼろの看板を見ながらため息をつき、修繕不可能なその状態になにか大きな意味を見出すべきだろうかと考えた。あれは、ジェフリーとの関係の結末を予知しているのかもしれない。キャシー・リントンはよく、こぼれた水は二度と元に戻らないと言っている。

サラはまた病院への入り口を通り過ぎそうになって、あわててブレーキを踏んだ。仕事で常に子供たちと接しているため、彼女に悪態をつく習慣はないが、ギアをバックに入れながら、思わず汚い言葉を口走った。前輪が縁石に乗りあげると、さらに罵り言葉がこぼれ出た。建物の横手に車を止め、遺体安置所への階段を一段おきにおりていった。

カルロスと遺体はまだ大学から戻ってきていなかったし、ジェフリーはウィリアム・ディクソンの両親を追っていたので、サラはここにひとりだった。オフィスに向かって歩いていたが、ドアロの外で足を止めた。机の端に大きなフラワーアレンジメントが置かれている。もう何年もジェフリーから花をもらったことはなかった。ばかみたいなにやにや笑いが浮かぶのを感じながら、サラはアレンジメントの向こう側に回った。ジェフリーは、サラがあまりカーネーションを好きではないことを忘れているようだが、それ以外にもサラが名前を思い出せない美しい花があって、オフィスのなかはその香りでいっぱいだった。

「ジェフリー」サラは、にやにやしすぎて頬が突っ張るのを感じた。ジェフリーは今朝、騒動が起きる前に注文したに違いない。サラは添えられていたカードを取り出し、それがメイソン・ジェームズからのものであることを知ると、その顔から笑みが消えた。

ジェフリーに気づかれないように花を隠せるところはあるだろうかとオフィスを見まわしたが、やがてあきらめた。自分はこそこそするような人間ではないし、隠し事をするつもりもないからだ。

椅子に座り、花瓶の脇にカードを置いた。机の上には、彼女の注意を引くものがほかにもたくさんあった。児童診療所の看護師であるモリーが、これから十二時間かけて目を通してもほとんどはかどらないだろうと思えるほどの書類の山を残していってくれていた。サラは眼鏡をかけ、六十枚ほどの書類にサインをしたところで、カルロスが戻っていることに気づいた。

解剖用の道具を並べているカルロスをサラは窓越しに眺めた。彼は手は遅いものの几《き》帳面《ちょうめん》で、壊れたり傷んだりしているものはないか、道具をひとつひとつ確かめている。その様子を数分眺めたあとで、サラは電話の伝言に目を通すことにした。ひとつ目は、カルロスの筆跡だ。アンディ・ローゼンの遺体の引き取りにはいつ行けばいいのだろうとブロックが尋ねていた。サラは受話器を取って、葬儀場にかけた。

応じたのはブロックの母親で、サラは昼食前には町中にこのニュースが広まっているだろうと思いながら、テッサの状態についてしばらく彼女と話をした。彼女は葬儀場でたいしてすることがなく、昼寝と時折やってくる客の相手をする以外は、ほとんどの時間を電話で噂話をすることに費やしている。

ようやく電話口に出たブロックは、いつものごとく陽気だった。「やあ、サラ。保管料についての問い合わせかい？」

彼が冗談を言おうとしているのはわかっていたから、サラは笑った。

「どれくらい時間があるのかを確かめたくて。葬儀は今日なの？」

「明日の朝九時からだ。彼の処置は、今日の最後にしようと思っている。どれくらいひどい？」

「それほどでもない。ごく普通よ」

「三時頃までに終わらせてくれれば、時間は充分にある」

サラは腕時計を見た。すでに十一時半。アンディ・ローゼンをどうしてまだ手元に置いているのか、自分でも説明はつかない。組織と臓器は生検に出したし、手が空いたときに調べられるようにブロックが尿と血液のサンプルを取ってくれている。これ以上彼女にできることはなにもなかった。

「いますぐ引き取りに来てくれていいわ」サラは言った。

「本当に？」

「ええ」新たな遺体が運ばれてくるのだから、冷凍庫にスペースが必要になるだろう。

「きみがなにか思いついたら、葬儀のあとでまたそっちに戻してもいい。明日昼頃に彼を火葬場に運ぶつもりなんだ」ブロックは声を潜めた。「正しい手順を踏んだって確信できるまで、時間をかけたいんだよ。ぼくの言いたいこと、わかるかな。北ジョージアのあのごろつきのおかげで、ここ最近、火葬に神経質になっている人が多いからね」

「そうね」サラは、死体を火葬する代わりに、車のトランクに放置したり、敷地内の木々のまわりに山積みにしたりしていた家族経営の火葬場の事件を思い出しながら答えた。遺体を運び出し、身元を調べるのに、州は一千万ドル近くもの費用をかけたのだ。

ブロックが言った。「本当に残念だよ。すごくきれいなやり方なのに。土葬の追加料金を歓迎しないわけじゃないが、なかには状態がかなりひどくて、早く処理したほうがいいものもあるんだ」

「彼の両親は？」ケラーはブロックの前で妻を脅したのだろうかとサラは考えた。

「ゆうべ、手続きのために来たが、なんていうか……」ブロックの声が尻すぼみに途切れた。彼はとても口が堅いのだが、サラが相手だとたいてい話してくれる。その率直さに、ひょっとして自分は、彼の報われない片思いの相手のひとりになってしまったのだろうかと思うことも時々あった。

サラは軽く促した。「なに？」

「うん……」ブロックの声はますます小さくなった。自分の母親がグラント郡の噂話の大動脈であることを、彼はだれよりも知っている。

「彼の母親は、解剖のあとで火葬することを心配していた。ちゃんとできないいんじゃないかって。まったく、どこからそんな考えが出てくるんだろう？」

サラは待った。

「そもそも彼女は火葬そのものが気に入らないんだろうって、ぼくは感じたよ。だがそこで父親が口をはさんだ。それが息子の望みなんだから、そのとおりにするんだと言った」

「それが彼の望みだったなら、そうすべきよ」常に死と接しているにもかかわらず、サラ自身はどういう形で埋葬してほしいかをだれかに伝えておこうなどと、考えたこともなかった。いま考えてみて、身震いした。

「生きているうちに、葬儀の計画をしに来る客もいるよ」ブロックはくすりと笑った。「一緒に埋葬してほしいという物もいろいろでね、きみに聞かせたいよ」

サラは話さないでくれればいいと願いながら、目を閉じた。

応答がなかったことで気づいたのか、ブロックは話題を変えた。「本当のことを言うと、彼らはユダヤ人だからさっさと終わらせたいんだろうと思っていたんだ。でも、ごく普通に手配を終えたよ。一部の人たちほど、熱心な信者ではないんだろうな」

「そうね」検死官であるサラは、正統派ユダヤ教徒の一家に解剖を反対されたことが一度だけあった。彼らの敬虔《けいけん》な信仰には敬服したものの、父親がわざと車で湖に突っ込んだのではなく、心臓発作で死んだことがわかって、家族は安堵しただろうと思っていた。

「うん……」サラの沈黙を非難と解釈したのか、ブロックは落ち着かない様子で咳払いをした。「すぐにそっちに行くよ」

サラは電話を切ると、眼鏡をかけて残りの伝言をぱらぱらとめくった。遺体安置所のホワイトノイズに紛れて、カルロスが遺体の写真を撮る音が時折聞こえてくる。ふらりと立ち寄った製薬会社の営業マンと会い損ねたことを知って、最後の伝言で手が止まった。自分がここにいて彼と話ができていれば、無料のサンプルをもっと置いていってくれただろうに。眉間にしわが寄った。

伝言の下には、あるぜんそくの薬が子供への使用を承認されたことを宣伝するきれいなパンフレットが置かれていた。サラのような小児科医は、もう何年も患者に吸入剤を処方してきた。製薬会社は、消費者から今後も絞り取り続けることができるだけでなく、ジェネリックとの争いについて心配する必要がないように、新たなFDAの認可を利用して薬の特許権の範囲を広げている。おしゃれなパンフレットや高額のテレビコマーシャルに金をかけるのをやめれば、薬の価格もさがり、患者が買えるようになるだろうにとサラはしばしば考えた。

　サラが部屋の向こう側にあるごみ箱めがけてパンフレットを放り、見事にはずれたちょうどそのとき、ジェフリーが姿を見せた。

「やあ」ジェフリーはサラの机に書類フォルダーを置き、その上に大きな紙袋をのせた。

サラがパンフレットを拾おうとして立ちあがると、ジェフリーはその腕を手で押さえた。

「なにを――」

　ジェフリーは彼女の口にキスをした。普段の彼は、人前であまりこういうことをしない。前日の午後、メイソン・ジェームズにどういう態度を――消火栓にマーキングをする犬のようだった――取ったかを思えば、友人に挨拶をするようなおとなしいキスだった。

「ハイ」サラは問いかけるようなまなざしを彼に向け、パンフレットをごみ箱に入れ直した。

　振り返ったとき、ジェフリーの手には一輪のカーネーションがあった。「きみはこの花が好きじゃないよね」

　彼が実際に花を贈ってくれたよりも、それを覚えていてくれたことのほうがうれしかった。「ええ」彼が封筒からカードを取り出すのを見ながら、サラは答えた。「かまわないから読んで」サラは言ったが、ジェフリーは言われるまでもなく読んでいた。

ジェフリーはゆっくりとカードを封筒に戻した。「きれいだ」そう言ってから、カードの言葉を復唱した。「〝きみが必要なとき、ぼくはここにいる〟」

サラは腕を組み、彼がなにか言いたいことを言うのを待った。

「長い朝だった」ジェフリーはドアを閉めた。その顔にこれといった表情は浮かんでいなかったが、彼がなにかを切り出そうとしているのが感じられた。「テスは変わりない？」

「よくなっている」サラは腰をおろしながら、眼鏡をかけた。「なにか話したいことがあるんでしょう？」

ジェフリーは一輪の花を指でつついた。「今朝、レナが怪我をした」

サラは背筋を伸ばした。「交通事故？」

「いや。イーサン・ホワイトに殴られたんだ。きみに話した、例の若造だよ。彼女が付き合っている男だ。おれを突き飛ばそうとしたやつだ」

「それが彼の名前なのね？」どういうわけかその名が罪のないもののように聞こえて、サラは確認した。

「名前のひとつだ。今朝、フランクとおれは彼女と話をしに行った……」ジェフリーはそこで言葉を切り、花を見つめた。サラは椅子の背にもたれ、ジル・ローゼンが首の痣を見せたところまでの今朝の出来事を語るジェフリーの話に耳を傾けた。

　サラはわかりきったことを口にした。「彼女はDVを受けているのね」

「そうだ」

「アンディ・ローゼンを解剖したとき、DVの兆候は見つからなかった」

「証拠を残すことなく、だれかを痛めつけることは可能だ」

「どちらにしろ、ローゼンは虐待に耐えかねて自殺したという可能性が考えられる」サラは言った。「あの遺書は父親ではなく、母親に宛てたものだったのかもしれない。彼はもう耐えられなくなったのかもしれない」

「ありうるな」ジェフリーはうなずいた。「テッサのことがなければ、アンディの死に疑念を抱くことはなかった」

「そのふたつが無関係だという可能性はどれくらいかしら？」

「くそっ。サラ、おれにはわからない」

「アンディ・ローゼンが殺されたという証拠はなにもないのよ。彼のことは除外して、わかっていることに集中するべきかもしれない」

「わかっていることとは？」

「エレン・シェイファーが殺されたこと。だれかがアンディの自殺を利用しようって考えて、エレンが彼の真似をしたように見せかけたのかもしれない。大学のキャンパスでは、その手の連鎖反応は珍しくないのよ。ＭＩＴでは一年に十二件の自殺がある」

「テスはどうなんだ?」テッサは常に不確定要素であり、辻褄の合わない被害者だった。

「まったく別の犯罪なのかもしれない。なんらかの関連が見つかるまでは、ふたつの異なる事件として扱うべきなのかもしれないわ」

「それなら、これは?」ジェフリーは遺体安置所の遺体を示した。

「わからない。彼の両親はどうだった?」

「きみの想像どおりだよ」ジェフリーはそれ以上詳しく話そうとはしなかった。

「始めたほうがよさそうね」サラはそう言うと、報告書を読めるように、フォルダーにのっていた茶色い紙袋をどけた。報告書には、ジェフリーが取ったメモのコピーと現場に残されていたものの一覧も記されていた。サラはざっと目を通しながら、視界の隅でベルの形の紫色の花に触れているジェフリーをとらえていた。

読み終えたサラは、オフィスにもうひとつだけある椅子に山積みになっている刊行物を示して言った。「それを床におろしてくれていいのよ」

「座るのはもううんざりだ」ジェフリーはサラの机の脇に膝をついた。彼女の脚をさする。

「よく眠れた?」

サラは彼の手に自分の手を重ねながら、ジェフリーがこんなに気遣ってくれるのなら、メイソンに毎日花を贈ってもらわなくてはいけないと考えていた。

「わたしは大丈夫」サラはファイルに意識を戻した。「ずいぶん早くできてきたのね」現場写真のことだ。

「ブラッドが暗室で現像したんだ」ジェフリーが言った。「それから、今度警察署の正面でUターンをするときには気をつけたほうがいい」

サラは無邪気そうな笑みを浮かべ、茶色い紙袋について尋ねた。

「投薬瓶だ」ジェフリーは袋の中身を机の上に空けた。瓶にまぶされた黒い粉を見て、すでに指紋を調べたのだとサラは気づいた。瓶は少なくとも二十本はあった。「これはなに？」

「これ全部、被害者のものなの？」

「彼の名前が書いてある」

「抗鬱剤」サラは、一本ずつ机に並べていった。

「彼はアイスを射っていたんだ」

「ハンサムなだけじゃなくて、頭もよかったのね」サラは瓶を種類ごとに分けながら、皮肉っぽく言った。「バリウム。抗鬱剤とは併用禁忌よ」ラベルを確認すると、どれも同じ医者が処方していた。その名前に覚えはなかったが、処方箋を見て、サラの頭のなかで警鐘が鳴り響いた。

サラは処方薬のラベルを読みあげていった。「二年ほど前のプロザック。パキシル、エラビル」日付に目を留める。「いろいろと試してみた結果、ゾロフトに落ち着いたみたいね。これは――」サラは一度言葉を切ってから、声をあげた。「わお」

「どうした？」

「一日にゾロフトを三百五十ミリグラム。多いわ」

「普通はどれくらいなんだ？」

サラは肩をすくめた。「わたしは子供にはこの薬は使わない。成人には、最大でも五十から百ミリグラムだと思う」さらにラベルを読みあげていく。「もちろんリタリン。彼の世代はこれと一緒に育っているのよね。またバリウム、リチウム、アマンタジン、パキシル、ザナックス、シプロヘプタジン、ブスピロン、ウェルブトリン、バスパー、エラビル。もうひとつゾロフト。もうひとつ」サラは三本のゾロフトの瓶をひとまとめにした。どれも異なる薬局で別々の日に処方されている。

「それはなんの薬だ？」

「具体的に？　鬱、不眠、不安。どれも目的は同じだけれど、作用の仕方が違うの」サラはファイルキャビネット脇の棚に椅子を移動させ、薬理学ガイドを取り出した。「これで調べないと」椅子を転がして机に戻ってくる。「知っている薬もあるけれど、それ以外のものはさっぱりわからない。パーキンソン病の子供のひとりが、不安を抑えるためにブスピロンを飲んでいるわ。いくつかは併用できるけれど、全部じゃない。そんなことをしたら中毒になるだけ」

「売っていたんだろうか？　注射器があったし、クローゼットにはマリファナとLSDが十錠入っていた」

「抗鬱剤の市場はないに等しいのよ。いまはだれでも処方してもらえる。ただ、正しい──この場合は間違ったと言うべきね──医者を見つければいいだけ」サラは脇によけた二本の瓶を示した。「リタリンとザナックスは町で売れるわ」

「小学校でも、どちらも百ドルで十錠は手に入るな」ジェフリーは指摘した。大きなプラスチックの瓶をサラに渡した。「少なくとも、ビタミンは飲んでいたみたいじゃないか」

「ヨーコン」サラは成分を読んだ。「これから調べてみる」サラはガイドブックのページをめくり、目的の項目を見つけた。内容に目を通し、かいつまんで説明する。「ヨヒンビンの商品名ね。ハーブのひとつで、性欲を増進させるということになっている」

ジェフリーは再び瓶を受け取った。「媚薬《びやく》なのか？」

「厳密に言えば違う」サラはさらに読み進んだ。「早漏から勃起状態の保持まで、あらゆることに効くらしいわ」

「どうしておれは知らなかったんだろう？」

サラはわかったような顔をジェフリーに向けた。「必要だったことがなかったからじゃない？」

ジェフリーは笑みを浮かべて、ヨーコンを机に戻した。「彼は二十一歳だった。どうしてこんなものが必要だったんだろう?」

「ゾロフトは無オーガズム症を起こすことがあるの」

ジェフリーは目を細くした。「いけないってことか?」

「そういう言い方もあるわね。勃起はできるし、その状態を維持することもできるけれど、射精ができない」

「なんてこった。首を吊りたくなるのも無理ないな」

サラはジェフリーの言葉を無視して、念のため、薬理学ガイドをもう一度確認した。

「副作用——無オーガズム症、不安、食欲増進、食欲減退、不眠……」

「ザナックスが必要だった理由が説明できそうだ」

サラは顔をあげた。「まともな医者は、これだけの薬を一度に処方したりしない」

ジェフリーはいくつかのラベルを見比べた。「四つの薬局を使っているな」

「ひとつの薬局がこれを全部出すことはないと思う。無謀すぎるもの」

「調剤の記録を手に入れる令状を出してもらうには、なにか確たる証拠が必要だ。その医者を知っているか?」

「いいえ」サラは机のいちばん下の引き出しを開けた。グラント郡とその周辺の電話帳を取り出す。ざっと調べたところ、その名の医者は載っていなかった。「どこかの診療所か学校に所属していなかったの?」

「そうなんだ」ジェフリーが答えた。「サヴァンナの医者かもしれない。薬局のひとつがあそこだ」

「サヴァンナの電話帳はないわ」

「いまは新しい方法があるんだ」ジェフリーがからかうように言った。「インターネットっていうやつさ」

「なるほどね」サラは、そのテクノロジーの素晴らしさについて語ろうとしなかった。ジェフリーのような人間にとっては使い道があるのだろうが、顔色の悪い太りすぎの子供を大勢見てきたから、一日中コンピューターを眺めて得られる恩恵を称賛する気にはなれない。

「医者じゃないとか？」

「薬剤師と知り合いでないかぎり、処方箋を出すときには麻薬取締局《DEA》番号が必要なの。データベースに載っているのよ」

「それじゃあ、だれかが引退した医者から番号を盗んだとか？」

「麻薬やオキシコンチンを処方しているわけじゃないのよ。ここにあるものに政府の取締官が赤旗をあげることはないと思う」サラは眉間にしわを寄せた。「でも、目的がよくわからないわ。これらは興奮剤じゃない。どれを飲んでもハイになることはできないの。ザナックスは中毒性があるけれど、彼はメタンフェタミンとマリファナを持っていたわよね。

そっちのほうがはるかに効果は高い」

あとでカルロスに錠剤を分類してもらうつもりだったが、サラは衝動的にゾロフトの瓶のひとつを開けた。中身を取り出すことなく、黄色い錠剤をガイドブックの絵と比較する。

「同じね」

ジェフリーはふたつ目の瓶を、サラが三つ目を開けた。「おれのは違う」ジェフリーが言った。

サラは彼の瓶をのぞきこんだ。「違うわね」机のいちばん上の引き出しを開ける。取り出したピンセットで、透明のカプセルをひとつつまんだ。細かい白い粉がなかに入っている。「なにが入っているのか、調べてもらわないといけないわね」

ジェフリーは瓶をひとつずつ調べている。「至急でやってもらうための予算はあるのか?」

「そうするほかはないでしょう」サラは小さな証拠保管袋にカプセルを入れた。ジェフリーと協力してほかの瓶の中身も確認したが、すべてに製造業者か薬の名前を表すなんらかの印があった。

「カプセルにほかの薬を入れていたのかもしれないな」

「不明なものから先に調べましょう」手あたり次第に行う検査がどれほど高額になるかはわかっていた。ここがアトランタなら充分な資金があっただろうが、グラント郡の予算はかなり厳しく、サラは診療所のゴム手袋を借りてこなければならない月が時々あった。

サラは尋ねた。「ディクソンはどこの出身？」

「ここだ」

いまなら話す気になっているかもしれないと考えたサラは、もう一度さっきと同じことを尋ねた。

「知らせを聞いて、ご両親はどうだった？」

「思っていたよりはましだった。息子を持て余していたんじゃないかと思う」

「アンディ・ローゼンのように」サラは言った。アトランタから戻ってくる車のなかで、ヘアがローゼン一家に抱いていた印象を彼にも伝えてあった。

「この事件の唯一のつながりが、二十歳過ぎのどうしようもないふたりの若者の存在だというのなら、学生の半数は危険だということになる」

「ローゼンは躁鬱病だった」

「息子は違うとディクソンの両親は言っていた。彼からセラピーの話を聞いたことはないらしい。彼らが知るかぎり、ディクソンは健康そのものだったそうだ」

「ご両親は知っていたと思う？」

「あまり親密ではなかったようだが、請求書はすべて支払っていたと父親は言っていた。セラピーを受けていたなら、請求書が届いていただろう」

「大学の医療センターなら無料だわ」

「医療関係の書類を手に入れるのは、簡単じゃないぞ」

「ローゼンに頼んでみたらどうかしら」

「彼女はすっかり参っているよ」ジェフリーの表情は暗かった。「寮の人間全部に訊いてみたが、彼についてなにかを知っている者はだれもいなかった」

「あの部屋のにおいからすると、彼はほとんど部屋にこもりきりだったみたいね」

「ディクソンが売人だったなら、彼と知り合いだということを認める人間はいないだろうしな。おれたちが話を聞きに来たことがわかると、寮のトイレの水が一斉に流されたよ」

サラはいまわかっていることを改めて考えてみた。「つまり、彼とローゼンはどちらも他人との付き合いがない孤独な人間だったということね。そして、どちらもクスリにはまっていた」

「ローゼンの薬物検査はシロだった」

「あの検査はあてずっぽうなのよ。鑑識は、わたしが指定した物質しか調べない。わたしが知らなくて、彼が使ったかもしれない薬物は何千もあるわ」

「だれかがディクソンの部屋の指紋を拭き取ったんじゃないかと思っているんだ」

サラは続きを待った。

「冷蔵庫に中身が半分のウォッカのボトルがあったんだが、指紋が残っていなかった。ビール缶やほかのものには被害者の指紋があったし、おそらくはそれを売った店の店員だかだれだかの指紋もいくつか残っていた」ジェフリーは一拍の間を置いた。「注射器の中身がなんだったのかを調べるつもりだ。床に落ちていたものは、粉々だった。鑑識は床からかき集めたが、ちゃんとしたサンプルを採取できたのかどうかはわからない」なにか言いたくないことがあるかのように、ジェフリーはまた口をつぐんだ。「レナが注射器を見つけたんだ」

「どうやって?」

「ベッドの下にあるのを見つけた」

「触ったの?」

「どこもかしこも」

「彼女にアリバイは?」

「午前中はずっとおれが一緒だった。夜はホワイトと一緒にいた。互いがアリバイを証言している」

「確信がないみたいね」

「いまはどっちも信用していない。イーサン・ホワイトの犯罪歴を考えればなおさらだ。ある朝目覚めたら、人種差別主義者じゃなくなっているなんていうことはない。テスを含め、今回関わっている人間全員を結ぶ唯一の事柄が、人種なんだ」

彼がなにを言わんとしているのか、サラにはわかっていた。「そのことならもう話し合ったわ。わたしがテッサを現場に連れていくことを、だれが予測できたっていうの？　ありえないわよ」

「関わっていないにしては、レナがあまりに頻繁に登場しすぎるんだ」

彼が言っていることは理解できた。アンディ・ローゼンのいわゆる自殺についても、同じ問題がある。偶然が偶然であることはめったにない。

「このホワイトという男だが、こいつはとんでもない奴だよ、サラ。きみが彼と会わないですむことを願うよ」ジェフリーの口調が険しくなった。「レナはあんな奴といったいなんで関わっているんだ？」

サラは椅子の背にもたれ、彼の意識がこちらに向くのを待った。「レナが経験したことを考えれば、イーサン・ホワイトのような人間と付き合うのは驚くことじゃない。彼は危険な男よ。あなたは彼を若造って呼ぶけれど、話を聞くかぎり、していることはとても若造とは言えない。レナは彼の危険なところに惹かれているのかもしれない。自分が理解できるものに同調しているのよ」

ジェフリーはとても受け入れられないと言わんばかりに首を振った。彼はレナのことをまったくわかっていないのではないかと思うことが、サラには時々あった。ジェフリーは、ありのままのその人を見るのではなく、彼がそうあってほしいと思う人物像を投影する傾向がある。サラとの結婚生活のあいだ、常につきまとっていた問題だったが、いまそれを持ち出したくはなかった。

「エレン・シェイファーを除けば、今回の件は偶然が続いただけで、口論を終わらせるための口論をしているあなたとレナが複雑にさせたのかもしれない」サラは彼の口に指を当てて、黙らせた。「なにが言いたいのかはわかるけれど、あなたとレナが対立していることは否定できないでしょう？　実際のところ、彼女はただあなたをいらつかせるためにホワイトをかばっている可能性だってある」

「確かに」ジェフリーがうなずいたので、サラはかなり驚いた。

サラは椅子の背にもたれた。「レナはお酒を飲んでいると本当に思っているの？　問題になるくらい飲んでいると？」

ジェフリーが肩をすくめるのを見て、彼がどれほどアルコール依存症者を憎んでいるのかをサラは改めて思い出した。彼の父親は酒を飲むと暴力をふるう男で、虐待されていた子供時代のことは乗り越えたと彼自身は主張しているものの、殺人犯よりもアルコール依存症者を相手にしているときのほうが、怒りに火がつくスピードが早いことをサラは知っていた。

「二日酔いだからって、アルコールの問題を抱えていることにはならない――たまたま、前の夜に飲みすぎただけかもしれない」サラは彼に考える時間を与えてから、言葉を継いだ。「それに、これはどうなの？」サラはページをめくり、床の上で踏みつぶされた注射器の写真を見せた。

「レナがやったんじゃないことはわかっている。目測だが、靴跡がホワイトのものとほぼ同じだった」

「そうじゃない。あなたはもっと大きな問題を見逃している。ディクソンは手に入る最高純度のアイスが入った注射器を二本持っていた。もし彼が自殺しようと思うなら――もしくは何者かが自殺に見せかけようとするのなら――どうして二本目の注射器を使わなかったの？　あのアイスはものすごく強いから、二本打てばほぼ即死だったはずよ」

「スカーフィングはかなり恥ずかしい死に方だ」ジェフリーは窒息プレイを意味するスラングを使った。「彼を憎んでいた人間かもしれない」

「壁のフックはずいぶん前からあったものよ」サラはその写真を探し出した。「ベルトに残る痕を見れば、以前にもこういう使われ方をされていたことがわかる。スポンジを使えば、革が首に痕を残すのも防げる。ビデオデッキのなかのポルノを含めて、彼は全部準備していた」サラは話しながら、写真をずらりと広げた。「座っていれば安全だと思ったんでしょうね。こういった事故のほとんどはクローゼットのバーを使っていて、足が椅子からずれてしまって起きるの」サラは薬瓶を示した。「彼が無オーガズム症だったなら、もっといい方法を探したはずだわ」

ジェフリーはレナに対する疑念を捨てられずにいた。「なにも隠すことがないのなら、どうしてレナは現場を汚染したりする？　以前は絶対にそんなことはしなかったのに」

サラには答えられなかった。「ホワイトが犯人だとしたら、スクーターを殺す動機はなに？」

ジェフリーは首を振った。「なにも思いつかない」

「ドラッグ？」

「ホワイトは保釈の条件として毎週検査をしているが、クリーンだ。だがレナの部屋にはバイコディンがあった」

「彼女に訊いてみた？」

「去年の事件が原因の痛みを抑えるためだと言っていた」

レイプ検査をしたときのレナのイメージが、望みもしないのにサラの脳裏に蘇った。

「正当な処方箋があった」

サラはつかの間、注意が逸れていたことに気づいた。「シェイファーはドラッグをやっていなかったの？」

「ああ」

「ディクソンっていうのは、民族的な名前には聞こえないけれど」

「生まれも育ちも南部のバプテスト派だ」

「付き合っていた人は?」

「あのにおいで?」

「もっともね」サラはブロックはどこだろうと考えながら立ちあがった。「始めましょうか? できるだけ早く帰るってママに言ったのよ」

ジェフリーは訊いた。「テッサはどうだい?」

「体のこと? 回復する」サラは心がかき乱されるのを覚えた。「それ以上は訊かないでい い?」

「ああ、わかった」

サラはドアを開けて、遺体安置所に入った。「カルロス、ブロックがもうすぐ来るの。彼が来たら、休憩してくれていいわ」

ジェフリーは興味を引かれたようだが、わかりきった質問はせず、カルロスに向かって言った。「あのタトゥーは正解だったよ。きみの言ったとおりだった」

カルロスは笑顔になった。サラが褒めたときには、決して見せない表情だ。

サラは手術着の紐を腰のまわりで結びながら、カルロスが撮ったウィリアム・ディクソンのX線写真を見るためにシャウカステンに歩み寄った。すべての写真を念入りに確認してから、遺体に戻った。

作業台の端に吊るされている秤が風に揺れていて、カルロスがし忘れたことは一度もないにもかかわらず、サラは目盛りがゼロに戻されていることを確認した。すぐに来るとブロックは言ったのに、まだ姿を見せない。正式な解剖を始めるのは、彼が帰ってからにしたかった。

サラは言った。「ブロックが来るまで、ざっとだけ調べておくわ」

手袋をはめ、シーツを剝がして、ウィリアム・ディクソンの体を頭上の強烈な明かりにさらした。首に残るくっきりしたベルトの痕は、まるで黒く塗ったかのようだ。左手はペニスを握ったままだった。

サラはジェフリーに訊いた。「彼は左利き？」

「それって重要か？」

「そうなの？」サラは驚いた。確かにこれまで考えたこともなかったが、てっきり男性は利き手を使うものだとばかり思っていた。

サラがウィリアム・ディクソンの手をペニスから離しているあいだ、ジェフリーは顔を背けていた。指は丸くなったままだったが、死後硬直は始まった上半身からゆっくりと解けていた。指先は濃い紫色で、ペニスには手の置かれていた位置がはっきりと残っている。

「なんてこった」カルロスがつぶやいた。サラが発見したものについて、彼がなにか言ったのはこれが初めてだ。彼は、両方の睾丸《こうがん》に残るコルク色の盛りあがった筋を見つめていた。

「それはナイフの傷か？」ジェフリーが尋ねた。

「電気火傷に見えるわね」サラはその色を注視していた。「新しいものね。おそらくこの数日以内。これで、ベッド脇の電気コードの説明がつく」サラは綿棒を手に取ると、火傷の上で転がして、軟膏《なんこう》のように見えるテカテカしたものをぬぐい取った。においを嗅ぐ。

「ワセリンみたいなにおい」

カルロスが綿棒を入れるための袋を差し出した。

ジェフリーが訊いた。「それは、火傷に使うものなのか？」

「いいえ。でも、彼の薬棚を見るかぎり、使用法を読むタイプだとは思えないわ」サラは火傷を観察した。「ワセリンを潤滑剤として使ったのかもしれない」

カルロスとジェフリーは、賛成しかねるといった表情で互いを見た。

ジェフリーが言った。「彼はタイガーバームを使っていたんじゃないかな。テレビのそばに容器があった。

写真に容器が写っていたのは記憶にあったが、サラはなんとも思わなかった。「あれって、筋肉痛に使うものじゃないの？」

ふたりから答えは返ってこなかったので、サラは火傷に視線を戻した。「オーガズムに達するために、電気の刺激を使っていたのかもしれない」

「おれが真っ先に思い浮かべる方法ではないいな」

「彼は純粋なアイスを打っていたのよ。まともにものを考えられたとは思えない」サラはカルロスに言った。「うつ伏せにするのを手伝ってくれる?」

カルロスは手袋をつけ、サラと協力してディクソンをうつ伏せにした。遺体の臀部にはっきりした死斑があり、ベッドにもたれていた背中には横方向に長い痕が残っていた。

なにを探しているのか自分でもよくわからないまま、サラはウィリアム・ディクソンを頭の天辺から爪先まで念入りに調べた。ようやく、意見を述べられる点を見つけた。

「肛門周辺に傷がある」シンクを見つめているジェフリーに告げた。

「ゲイだったのか?」

「とは限らない」サラは手袋をはずした。新しい手袋を取りに行きながら言う。「いつ、どうやってついたものかはわからない。一部の異性愛男性は、こういうことを好むから」

ここにいる異性愛男性は違うと言わんばかりに、ジェフリーは肩をそびやかした。

「もし彼がゲイなら、これはなんらかのヘイトクライムかもしれない」

「なにかほかに、彼がゲイだったっていう証拠があるの?」

「彼について話をしてくれた人間はだれもいなかった」

「彼が見ていたビデオは?」

「ストレートだ」ジェフリーは認めた。

「部屋に戻って、彼が使っていたかもしれないものを探したらどうかしら。彼がしていたことを考えれば、アナルプラグみたいなものがあっても驚かないわ」

「たとえば、大きな赤いおしゃぶりとか？」

サラがうなずくのを見て、ジェフリーは顔をしかめた。自分が触ったことを思い出したのかもしれない。

サラは作業に戻った。見つけたものの写真を撮り、カルロスの手を借りて遺体を再び仰向けにした。ディクソンの体は柔らかくなり始めていたものの、まだ残る死後硬直のせいで扱いにくかった。

サラはディクソンの体の前面を再度調べ、ありとあらゆる箇所を確認した。口を開けさせることができるくらいに顎は緩んでいて、気道を塞いでいるものはなにも見つからなかった。首にできた深いしわと充血した目のまわりの皮膚の点状出血は、首を絞められての窒息死と矛盾しない。

サラは言った。「酸素を豊富に含んだ血液を脳に運ぶ頸動脈を圧迫すると、一時的に脳が低酸素症に陥る。血管の閉塞から意識喪失まで、だいたい十から十五秒ね」

ジェフリーが頼んだ。「英語で言ってくれ」

「目的は、マスターベーションの快感を増すために頭への血流を遮断すること。彼は時間の目測を誤ったのか、夢中になりすぎたのか、血が脳に届かなくて意識を失ったのか、アイスのせいで勢いをつけすぎたのか……」ジェフリーがそういったことすべてを考えているのはわかっていたから、サラはそれ以上言わなかった。「首を切開したら舌骨と甲状軟骨を調べてみるけれど、つぶれてはいないと思う。圧迫されていたのは、頸動脈だから。壁のフックとベルトの下のスポンジから判断すると、彼は自分のしていることをわかっていたように見えるわ」

「そう見えるわけだ」ジェフリーが繰り返したが、サラは彼の疑念に賛成できなかった。

「そろそろ始めましょうか」体内の検査でよりはっきりしたことがわかるだろうと思いながら、サラは言った。

「ブロックを待たないのか?」

「足止めされているんだと思うの。いまから始めて、彼が来たら休憩すればいいわ」

サラはディクタフォンのスイッチを入れ、ウィリアム・ディクソンの解剖を開始した。通常の所見を述べ、それ以上できることはないと確信できるまで、すべての臓器と皮膚を拡大鏡で調べていく。脂肪肝と長期間の薬物使用による脳の軟化を除けば、その死に様以外、取り立てて彼に変わったところはなかった。

サラはさっきジェフリーに伝えたのと同じ結論で、口述を締めくくった。「死因は、頸動脈閉塞による脳低酸素症」マイクのスイッチを切り、手袋をはずした。

「なにもなかったわけだ」ジェフリーがひとことでまとめた。

「なにもなかった」サラは新しい手袋をつけた。標準的なベースボールステッチで胸を縫い合わせていると、階段脇の業務用エレベーターのベルが鳴った。

　ドアが開くより先に、カルロスがその場から姿を消した。

「やあ、お嬢さん」ブロックはステンレススチールのストレッチャーを遺体安置所に運びこみながら、言った。「遅くなってごめん。死別したばかりの家族がやってきたんで、応対しなきゃならなかったんだ。母さんに電話してもらってもよかったんだが、まあ、ほらね」彼は実の母親を信用できないとは言えず、ジェフリーに、それからサラに笑いかけた。「とにかく、きみたちには時間があるだろうと思ったんだ」

「大丈夫よ」サラは冷凍庫に歩み寄りながら応じた。

「こっちは連れていかないよ」ブロックはディクソンを示した。「パーカーが彼らを迎えにマディソンに行っている」ストレッチャーが壊れたタイルに引っかかって、ブロックがよろめいた。

　ジェフリーが申し出た。「手伝おうか？」

　ブロックは笑いながら姿勢を立て直した。「ぼくは免許もあるし、登録もしてあるよ、署長」まるで信号で呼び止められたときのような返答だった。

　サラはアンディ・ローゼンの遺体を冷凍庫から出し、ストレッチャーに移すのを手伝った。

　ブロックが尋ねた。「この袋は必要？」

「明日中に持ってきてくれればいいわ」そう答えたあとで、カルロスのことを思い出して言い直した。「って言うか、あなたのものを使ってもらっていい？」

「ぼくはボーイスカウトみたいに準備万全さ」ブロックはストレッチャーの下から、〝ブロック・アンド・サンズ〟の金色のロゴが横にプリントされている濃い緑色の死体収納袋を取り出した。

彼が袋をストレッチャーに広げているあいだに、サラはファスナーを開けた。

「きれいな切開だ。接着剤で貼り合わせて、コットンを少しくっつければいいね。問題ない」

「そうね」ほかに言葉が見つからず、サラはそれだけ言った。

「エンバーミングをどうすればいいかを考えるために昨日ここに来たとき、彼を見たんだ」ブロックはあきらめたようにため息をついた。「頭にはパテを使うことになるだろうな。きっと漏れてくるだろうから」

サラの手が止まった。「なにが漏れるの？」

ブロックは額を指さした。「穴だよ。きみも見たと思っていた。ごめんよ、サラ」

「見ていないわ」サラは拡大鏡をつかんだ。アンディ・ローゼンの髪をうしろに撫でつけると、頭皮に小さな刺し傷があるのが見えた。遺体はしばらく座った格好にされていたので、皮膚が縮んで傷が露わになっている。拡大鏡なしでもよく見えた。

サラが言った。「見逃していたなんて、信じられない」

「きみは彼の頭部を調べていたよ」ジェフリーが言った。「おれが見ていた」

「ゆうべはすごく疲れていたのよ」サラはお粗末な言い訳だと思いながら言った。「くそだわ」

ブロックはサラの悪態に明らかにショックを受けていた。謝るべきだとサラはわかっていたが、怒りが大きすぎてそれどころではなかった。アンディ・ローゼンの額の刺し傷は、明らかに注射針によるものだ。毛包が小さな刺し傷を隠してくれることを期待して、何者かが彼の頭皮に注射をしたのだ。ブロックが指摘していなければ、サラが気づくことはなかっただろう。

サラはジェフリーに言った。「カルロスを呼んでこないと。もう一度血液と組織のサンプルを取るわ」

「残っている血液はあるのか？」

ブロックが言った。「ぼくたちは――」

「もちろんある」サラが遮った。それから、自分に言い聞かせるように言葉を継いだ。「額のこのあたりを切除したい。ほかになにを見逃しているかわかったもんじゃないわ」

サラは眼鏡をはずした。怒りが激しすぎて、視界がかすんでいる。「くそみたい。どうして見逃したのかしら？」

「おれも見逃したよ」ジェフリーが言った。

サラは感情を爆発させまいとして下唇を嚙んだ。「最低でもあと一時間はかかる」ブロックに告げる。

「そうか、わかった」ブロックは早く帰りたくて仕方がないようだった。「終わったら、電話してくれればいいよ」

サラはキッチンカウンターの前に座り、こんなに近くに座っていたら癌《がん》になるだろうかと思いながら、電子レンジを見つめていた。疲れ切っていたのでそれもどうでもよかったし、アンディ・ローゼンの頭皮の注射痕を見逃していた自分にものすごく腹を立てていたので、その程度の罰は歓迎したいくらいの気分だった。三時間かけて、これまでの人生でもっとも念入りな検査をローゼンに対して行ったものの、なにも新しい発見はなかった。その後、カルロスとジェフリーに彼女のしていることを確かめてもらうという三重のチェックをしながら、ウィリアム・ディクソンの遺体にも同じくらい詳しい検査をした。

さらに一時間、現場で採取したエレン・シェイファーの頭皮の一部を顕微鏡で調べた。その頃には、たとえ検出不能なほど損傷を受けていなくても、疲れすぎているサラにはなにも見つけられないとジェフリーに説得されて、彼女自身も納得していた。家に帰って眠る必要があった。少し休息を取ったら、もう一度すべてに目を通すことができるように、彼女をまた遺体安置所まで車で連れてくるとジェフリーは約束した。そのときにはもっともだと思えたが、罪悪感と答えに対する欲求が、目を閉じるどころか眠ることを考えさせてもくれない。わたしは極めて重大なことを見逃していた。ブロックがいなければ、アンディ・ローゼンは火葬されて、彼が殺されたことを証明するという希望は砕かれていた。

電子レンジのタイマーが鳴り、サラはチキンとパスタのディナーを取り出したものの、包装フィルムを破く前から食べられないことがわかっていた。犬たちはにおいに鼻をひくつかせていて、サラは外のゴミ箱に捨てに行くことを考えたが、面倒くささに負けてシンク内の生ごみ処理機に放りこんだ。

冷蔵庫にたいしたものは入っておらず、干からびてガラスの棚にこびりついたミカンと、出所の怪しい新鮮そうに見えるトマトがふたつあるだけだった。サラは、胃が文句を言い始めるまで、ぼんやりと冷蔵庫のなかを見つめながらどうしようかと考えていた。結局、湖を眺めていられるように、キッチンアイランドでトマトサンドイッチを食べることにした。外では雷がごろごろ鳴っている。アトランタから嵐が彼女たちを追ってきたのだ。

シンク脇の水切り籠にジェフリーが洗った皿とグラスが並んでいることに気づき、どういうわけかサラの目に涙がこみあげた。どれほどの花束や美辞麗句も、家事をする男性にはかなわない。

「もう、わたしったら」サラは涙をぬぐいながら、自分自身を笑った。睡眠不足とストレスのせいで、情緒不安定になっているらしい。

ゆっくりシャワーを浴びて一日の汚れを洗い流そうかと考えていると、玄関のドアをノックする鋭い音がした。テッサのその後の容態を気にして悪気のない隣人が尋ねてきたのだろうと思いながら、サラはうめきつつ立ちあがった。ほんの一瞬、居留守を使うことも考えたが、おいしいキャセロールか、もしくはケーキを持ってきてくれたわずかな可能性があったから、ドアを開ける気になった。

「デヴォン」ポーチに立つテッサの恋人を見て、サラは驚いた。

「やあ」彼は両手をポケットに突っ込んだ。足元にはダッフルバッグが置かれている。

「どうして警官がここに？」

サラは、彼女が帰宅してからずっと通りの反対側に車を止めているブラッドに手を振った。「長い話なの」ジェフリーが心配していることを口にしたくはなかった。

デヴォンは片足をダッフルバッグにのせた。「サラ、おれは――」

「なに？」テッサの身になにかあったに違いないと思い、サラの胸のなかで心臓が飛び跳ねた。「テッサが……？」

「そうじゃない」デヴォンは、気を失ったサラを抱き止める必要があるかのように両手を差し出した。「違うんだ、すまない。先に言うべきだった。彼女は大丈夫だ。おれが戻ってきたのは――」

サラは片手を胸に当てた。「ああ、死ぬほど驚いたわ」なかに入るようにと身振りで示す。「なにか食べる？　たいしたものは――」彼がついてこなかったので、言葉を切った。

「サラ」デヴォンは言いかけ、バッグに視線を落とした。「テッサの荷物を持ってきた。持っていってほしいと彼女が言ったものを」

サラはうなじの毛がちりちりと逆立つのを感じながら、開いたままのドアにもたれかかった。彼が来た理由を、そのバッグの意味を悟っていた。デヴォンはテッサと別れようとしている。

「そんなことはしないで、デヴォン。いまはだめ」

「別れてと彼女が言ったんだ」

サラにはテッサが確かにそう言ったであろうことも、そしてそれが正反対の意味であることもよくわかっていた。

「この二日のあいだに彼女が口にしたのは、そのひとことだけだ」彼の頬を涙が伝った。「〝出ていって〟ただそれだけ。〝出ていって〟」

「デヴォン――」

「おれはもうあそこにはいられないよ、サラ。あんな彼女を見ていられない」

「せめて数週間は待って」サラは懇願していた。テッサが彼になにを言ったにせよ、いまデヴォンが出ていけば悲惨なことになる。

「おれは行くよ」デヴォンはバッグを手にすると、玄関ホールに投げこんだ。

「待って」サラはなんとかして彼を説得しようとした。「テッサが出ていけって言ったのは、あなたにいてもらいたいからよ」

「おれはもう疲れた」デヴォンはサラの肩越しにぼんやりしたまなざしを廊下に向けた。

「いま頃は赤ん坊を抱いているはずだった。写真を撮って、葉巻をふかしているはずだった」

「みんな疲れているのよ」サラは、こんなことに立ち向かうだけのエネルギーは残っていないと思いながら言った。「少し、時間をあげて、デヴォン」

「きみたち家族はすごく結びつきが強い。みんな彼女のためにやってきて、彼女のためにあそこにいる。それは素晴らしいことだ。でも――」デヴォンは首を振った。「おれの場所はあそこにはない。きみたちはまるで彼女を取り巻く壁みたいだ。厚い、頑強な壁。それが彼女を守って、彼女を強くしている」デヴォンは再び言葉を切り、まっすぐにサラを見た。「おれはその一員じゃない。絶対にそこには入れない」

「そんなことない」

「本当にそう思っている？」

「もちろんよ。デヴォン、この二年間、あなたは毎週日曜日のディナーにいた。テッサはあなたが大好きだわ。ママとパパはあなたを実の息子みたいに思っている」

「テッサから中絶の話を聞いている？」

サラはなんと答えればいいのか、わからなかった。妊娠がわかったとき、テッサは中絶することも考えたが、結局、子供を産んでデヴォンと家庭を作ることを選んだのだ。

「そうか」デヴォンはサラの表情を読んで言った。「そうだと思った」

「テッサは混乱していたのよ」

「きみはアトランタから戻ってきたばかりだった。それに彼女はすでに相手と別れていた」

彼がなんの話をしているのか、サラには見当もつかなかった。

「神さまは人を罰する。神さまにとって正しいことをしない人間を罰する」

「デヴォン、そんなこと言わないで」サラの脳みそは激しく回転していた。テッサは中絶のことをなにも言っていなかった。サラは彼の手を取った。「なかに入って。あなたは混乱している」

「彼女は大学をやめてもよかったんだ」デヴォンはポーチから動こうとしない。「そうだろう、サラ。配管工になるのに学位はいらない。彼女はここに戻って、ひとりで子供を育てることだってできた。きみたち家族が彼女を見捨てることはありえない」

「デヴォン……お願い」

「彼女の弁解はたくさんだ。おれたちはみんな、自分のしたことが招いた結果を背負って生きている」彼は悲しそうな顔でサラを見た。「そして時には、ほかの人間もそれを背負わなくてはいけないんだ」

デヴォンが背を向けたところで、ジェフリーの車が私道に入ってくるのが見えた。少しでも早く逃げ出したいのか、デヴォンが路上に車を止めていることにサラは気づいた。

「それじゃあ」デヴォンは、これがなんでもないことのようにサラに手を振った。

「デヴォン」サラは呼びかけ、彼のあとを追った。庭までついていったが、彼が自分のバンのほうへと走り出したので立ち止まった。彼を追うことはしない。せめてそれくらいはテッサのためにしてやらなければ。

ジェフリーは、帰っていくデヴォンを眺めながら近づいてきた。「どうかしたのか?」

「わからない」サラは答えたが、実はわかっていた。どうしてテッサは中絶したことを話してくれなかったのだろう? ずっとひとりで罪悪感を抱いていたのだろうか? それとも妹がどんな経験をしたのかに気づかないほど、わたしは自分のことでせいいっぱいだったのだろうか?

ジェフリーは彼女を連れて家へと戻った。「食事はした?」

サラはうなずき、彼がこの三日間のことを忘れさせてくれればいいのにと思いながらもたれかかった。疲れ切っていたし、妹が中絶したときに一緒にいてやれなかったことを知って、心が痛んだ。

「わたし……」サラはふさわしい言葉を探したが、いまの気持ちを表現できるものは思い浮かばなかった。命が最後の一滴まで流れ出してしまったようだ。

ジェフリーは彼女を連れて玄関前の階段をのぼった。「眠らなきゃだめだ」

「だめよ。遺体安置所に戻らなきゃ」

「今夜はだめだ」ジェフリーはダッフルバッグを蹴って脇によけた。

「わたしは――」

「きみには睡眠が必要だ。まともにものが見えていないじゃないか」

ジェフリーの言うとおりだとわかっていたので、サラはあきらめた。「先にお風呂に入りたい」遺体安置所で行った様々なことを思い出した。「気持ち悪くて……」

「わかったよ」ジェフリーはサラの頭の天辺にキスをした。

ジェフリーはサラをバスルームに連れていくと、じっとそこに立っている彼女の服を脱がせ、それから自分の服を脱いだ。サラは、彼が湯を出し、温度を確認してから自分を連れてシャワー室に入るさまを無言で眺めていた。彼に触れられると、慣れ親しんだ感覚を覚えたが、温かい湯を浴びてタオルを持つ彼はセックスのことなどまったく考えていないようだ。

サラはただじっと立ち、すべてをジェフリーに委ねながら、その場をほかのだれかに任せているという事実を噛みしめていた。恐ろしい夢からようやく目覚めたような気がして、彼の手の感触があまりにも優しかったので、いつしか泣き始めていた。

ジェフリーが変化に気づいた。「大丈夫か？」

欲望が圧倒的すぎて、サラは答えることができなかった。言葉にする代わりに、いま自分がどれほど彼を求めているかをわかってほしいと思いながら、彼に体を押しつけた。ジェフリーがためらったので、彼の手を取ってゆっくりと持ちあげ、自分の乳房に押し当てた。彼の手の筋肉が動き、その指が望みどおりの感覚を引き出していく。もう一方の手が下半身に伸び、サラは彼の一部を迎え入れる快感にあえいだ。サラは貪欲で彼のすべてが欲しくてたまらなかったが、ジェフリーはゆったりした官能的なペースを崩すことなく、時間をかけてサラの体のあらゆるところを探っていった。ジェフリーがようやくシャワー室の冷たいタイルにサラの背中を押しつけたときには、何日も砂漠をさまよったあと、たったいまオアシスを見つけたみたいに、彼女は再び生きていると感じていた。

11

「わかるか？」チャックがそう尋ねたのは百回目だっただろうか。

「わかる」レナは素っ気なく答え、左手で換気口の格子を押さえながら、右手でポケットナイフを回した。窓の外で稲妻が光り、続けて雷が轟《とどろ》くとレナは首をすくめた。だれかがカメラのフラッシュを炊いたみたいに、研究室全体が明るくなった。

「スクリュードライバーを取ってこようか」チャックが言ったちょうどそのとき、格子がはずれた。

レナはポケットからマグライトを取り出し、換気口のなかを照らした。

どこかのばかがよりによって今日という日に研究所のケージのひとつを開けっ放しにしたのだ。大学にとってはレナの一年分の給料よりも価値がある四匹のネズミが逃げ出し、いまは彼らを見つけるために手の空いている者は総動員された。それが正午頃のことで、六時を回っているが、ビーズのような目をしたいまいましい生き物はまだ二匹が見つかっただけだった。

レナは警察署を出たあと着替えていたが、一日ネズミを捜索したせいでまた汗まみれになっていた。シャツが背中に張りついているのが感じられたし、昨晩の不安定さがまだ続いている。頭はぱっくりと割れそうで、生まれてこのかた感じたことがないくらい口のなかがからからだ。アルコールを飲めばそのほとんどが解決するか、少なくともある程度和らぐのだろうが、今朝取調室に座っていたときに固く心に決めていた。アルコールは金輪際、一滴も飲まない。

自分がどんな過ちを犯したのか、いまはよくわかっていたし、その大部分がウィスキーに原因があることも承知していた。残りはイーサンに直接つながっているから、レナはもうひとつ自分自身に約束した。彼とはもう関わらない。だがその約束は二時間しか続かなかった。チャックに命じられて、保安部のオフィスにかかってきた電話に出るまでだ。電話の向こうのイーサンはパニックを起こしていて、スクーターを見つけたと告げるその声は少女のような金切り声だった。指紋が残っていたら説明がつかないとでも思ったのか、あの間抜けは部屋のあちらこちらを拭いたらしい。レナには自分の尻ぬぐいができないと考えたのかもしれない。

スクーターの寮の外で、うせろとレナはイーサンに言ったが、それでも彼はレナのそばを離れようとしなかった。いなくなったネズミを捜す手伝いをすると申し出ただけでなく、この六時間、レナの注意を引くためにあらゆることをした。レナに関して言えば、イーサン・グリーンだかホワイトだかなんていう名前か知らないが、彼に言ってやろうと思っていたことは今朝全部言った。彼との関係はこれまでだ。もしもジェフリーが彼女を警察官に戻してくれる日が来たら、なにを差し置いてもまずはあのろくでなしの若造をいちばん近い留置場に入れてやる。そして鍵をどこかに捨てるのだ。

「もっとよく見えるように頭を突っ込むんだ」チャックは高圧的な母親のようにレナのまわりをうろうろしていた。レナに厄介な仕事をさせているときはいつもそうだが、チャックはやり方について山ほどの助言をするけれど、手伝う気はまったくない。

レナはポケットにナイフをしまうと、言われたとおり、ほこりっぽい金属の箱に頭を突っ込んだ。尻が宙に浮く格好になると気づいたときは手遅れで、チャックがその眺めを楽しんでいるという不愉快な感覚があった。

彼になにか言おうとしたそのとき、怒りに満ちた怒鳴り声がした。「いったいどうなっているんだ？　わたしには大切な仕事があるんだぞ」

換気口からうしろ向きに出ようとしたレナは、頭をぶつけた。怒りで顔を真っ赤にしたブライアン・ケラーが、チャックから五センチのところに立っている。

チャックが言った。「おれたちはできることをしていますよ、ドクター・ケラー」

レナが立ちあがると、ケラーは彼女を二度見した。シビルと一緒に働いたことのある教授の多くは同じことをするから、レナはその仕草には慣れていた。

レナはいい印象を与えようとして、軽く手を振った。隣の研究室を使っていたのがケラーの不運だった。ひっきりなしの騒音に幾度となく邪魔をされたケラーは、一時頃に限界を迎え、選び抜いた罵り言葉をチャックにぶつけると、その後の授業を中止した。彼は、レナが努力次第で好きになれる男だった。ちょうどそのとき、教室に入ってきたリチャード・カーターとは違う。

リチャードは言った。「様子はどうだ?」

チャックは辛辣な言葉を返した。「女はお断りだ」リチャードは目をしばたたいて、あだっぽい表情を作った。チャックはさらになにか言おうとしたが、リチャードの視線はまっすぐブライアン・ケラーに向けられていた。

「やあ、ブライアン」リチャードはガスが溜まった新生児のような笑顔を作った。「あなたが帰りたいなら、ぼくが授業を引き受けてもいいよ。今日の仕事は終わったんだ。だから全然問題ない」

「授業は二時間前に終わったよ、間抜け」ケラーはうなるような声で言った。

リチャードは風船がしぼむようにしょげかえった。「ぼくはただ……」その声には不機嫌そうな響きがあった。

ケラーはくるりと向きを変えてリチャードに背を向けると、チャックに指を突きつけた。

「いますぐあんたと話がある。これ以上、わたしの仕事の邪魔をさせるわけにはいかない」

チャックは素っ気なくうなずくと、ケラーについて部屋を出ていく前に、厳しい口調でレナに命じた。「あの換気口を徹底的に捜すまで帰るんじゃないぞ、アダムズ」

ふたりを見送りながら、レナは「間抜け」とつぶやいた。てっきり同意の言葉が返ってくると思ったのに、リチャードはすっかり落ちこんでいるようだ。

レナは「どうしたの？」と訊いたが、尋ねる必要はなかったらしい。

「ぼくはこの学部の同僚なんだ」よく喋れるものだとレナが思うくらい、彼はきつく奥歯を嚙みしめていた。だれもいないドア口を指さして言った。「ほかの人間がいる前で、ぼくにあんな口をきく権利は彼にはない。ぼくは、あの男から最低限の敬意を示してもらってもいい。それだけの価値があるはずだ」

「そうね」レナはどうして彼はこれほど腹を立てているのだろうといぶかった。レナが知るかぎり、ブライアン・ケラーはだれに対してもああいう口のきき方をする。

「彼は今夜授業があるんだ。ぼくはその代わりをしようと言っただけなのに」

「えーと、それは中止したと思うわ」

リチャードは侵入者を待ち構えるピットブルのような目でドア口を見つめた。これほど腹を立てている彼を見るのは初めてだ。目を見開き、顔を赤く染め、血の気のない薄い唇をまっすぐな一本の線になるほどきつく結んでいる。レナは逃げたほうがいいのか、それとも笑うべきなのか、決めかねていた。

「ほら、あいつはくそ野郎ってことで」レナはそう言ったあとで、問題はもっとプライベートなことなのかもしれないと考えた。リチャードの性的な好みについてはわからないが、そう考えればいまの彼の態度も説明がつく。

リチャードはズボンのうしろに両手を突っ込んだ。「あんなふうに扱われるいわれはない、彼には。ぼくたちはこの学部で対等なんだし、あんな態度を許すわけには——」

レナは再び彼をなだめようとした。「リチャード、彼は息子を亡くしたばかりなのよ」

リチャードは素っ気なく手を振っただけで、レナの言葉に耳を傾けようとはしなかった。

「ぼくはただ大人として扱ってほしいと言っているだけだ。ひとりの人間として」

こんなことに付き合っている暇はなかったが、彼女が同情を示さないかぎり、リチャードが帰らないことはわかっていた。

彼はようやくレナに視線を向け、そして二度見した。彼の言葉にレナは驚いたが、驚くべきではないのだろう。「だれに殴られた?」

「え?」レナは訊き返したものの、彼が目の下の傷について尋ねているのは明らかだった。

「違う。転んだの。ドアにぶつけたのよ。ばかみたいよね」もっと言い訳したくてたまらなかったが、なんとか自分を黙らせた。警察官としての経験から、嘘をついている人間は口を閉じていられないことを知っている。それでも、こう付け加えずにはいられなかった。

「なんでもないの」

リチャードは信じないぞというように、いたずらっぽくウィンクをした。ケラーに対していたときとは態度がすっかり変わっていた。「きみには以前から親しみを感じていたんだ、レナ。シビルはいつもきみの話をしていた。きみのいいところをたくさん聞かされたよ」

レナは咳払いをしただけで、なにも言わなかった。

「彼女はきみを助けたがっていた。きみを幸せにしたがっていた。彼女にとって大事なのはそれだけだったんだ」

レナは足の裏がむずむずして、落ち着かない気持ちになった。「そうね」彼が話題を変えてくれることを願った。

「目をどうしたんだ？」リチャードは再び尋ねたが、その口調は穏やかだった。「だれかに殴られたように見える」

「だれにも殴られてなんていない」レナは反論しながらも、必要以上に声が大きくなっていることに気づいていた。これも、嘘をついている人間がしがちなミスだ。心のなかで悪態をつく。昔は嘘が得意だったはずなのに。

「助けが必要なら……」リチャードの声が尻すぼみに途切れたのは、レナのような人間にとってはばかげた提案だと気づいたからだろう。彼は戦術を変更した。「もしきみが話したくなったら、信じられないだろうが、ぼくはきみの気持ちがわかるよ」

「わかった」レナは応じたが、彼女がリチャード・カーターになにかを打ち明ける頃には、ローマ教皇が地獄でスクランブルエッグを作っているだろう。

リチャードは実験台のひとつに腰かけ、足をぶらぶらさせた。その心配そうな表情を見て、また同じようなことを言ってくるのかとレナは思ったが、彼が訊いてきたのは別のことだった。「だれがケージを開けたのかわかった？」

「いいえ。どうして？」

「二年生ふたりの研究課題が遅れていて……彼らが注意を逸らさせるためにやったと聞いた」

レナはうんざりしたように笑った。「驚かないわね」

「今夜はナンと食事をすることになっているんだ。一緒にどうだい？　楽しいぞ」

「仕事があるの」レナは答え、念を押すようにナイフを開いた。

「おいおい」リチャードは実験台から滑りおり、しげしげと眺めた。「そんなもの、なにに使うんだ？」

他人のことに口出しをする煩わしい人間を追い払うのに役立つと言おうとしたところで、リチャードの携帯電話が鳴りだした。彼は白衣のポケットをごそごそして電話機を取り出すと、画面を眺めてにんまりと笑った。

「また連絡するよ。このことはゆっくり話そう」なんの話なのかをわからせるために、リチャードは目の下に触れた。

レナは放っておいてと言いたかったが、「じゃあね」と言うだけにとどめた。どちらにしろ、言葉を発するだけ無駄だった。レナが言い終えるより早く、リチャードは研究室をあとにしていた。

レナは換気口に戻り、ナイフでネジをもとどおりに留めた。チャックの言うとおり、スクリュードライバーがあればもっと早く終わっていただろうが、持ってきてほしいと頼みたくはなかった。いまこの部屋にいるのはレナだけで、今日彼女がひとりになれたのはこれが初めてだ。彼女が本当に考えなければならないのは、どうすればもう一度ジェフリーに認めてもらえるかということだった。

チャックを差し出そうとしたのに、ジェフリーには彼女の意図がまったく伝わらなかった。先週末、チャックはゴルフ大会に出ていたようだが、大学内の麻薬取引になんらかの形で関わっている可能性はある。保安部が関わっているとスクーターははっきり言っていた。チャックはまるっきりのばかではない。その手のことがすぐ目の前で行われていれば、たとえ彼でも気づくだろう。だが彼という人間を知っていたから、直接的な関与はしていないはずだとレナは考えていた。ふんぞり返って、分け前を要求するほうが彼らしい。

再び雷が轟き、驚いたレナの手からナイフが滑り落ちて左手の人差し指を切り裂いた。レナは悪態をつくと、シャツの裾をズボンから引っ張り出して傷を覆った。ＸＳサイズの制服を取り寄せるとチャックは毎月約束するが、してくれたことはない。だぶだぶの制服は、ここに自分の場所はないと彼女に感じさせるための手段のひとつだった。

「レナ」

レナは顔をあげなかった。知り合って一週間にもならないが、イーサンの声だということはすぐにわかった。

レナはシャツを指にきつく巻きつけて、出血を止めようとした。傷は深く、すぐに血がしみ出してきた。幸いにも、切ったのはすでに怪我をしているほうの手だ。病院に行けば、一回分の診察代で両方治療してもらえるかもしれない。

聞こえなかったと思ったのか、イーサンがもう一度呼びかけた。「レナ」

「あんたとは話したくないって言ったはず」

「きみが心配なんだ」

「心配するほど、わたしのことを知らないくせに」彼が差し出した手を無視して、レナは立ちあがった。「覚えている？　なにも結婚しなきゃいけないってわけじゃないのよ」

イーサンは後悔しているようだ。「あんなことを言うべきじゃなかった」

レナは血が傷口へと集まるのを感じながら、体の脇に手をおろした。「あんたがなにを言おうと、どうでもいいから」

「ゆうべのことを恥ずかしがる必要はないさ」

「いくときに豚みたいにうめいたのはあんただったけど」レナは彼に抵抗する間を与えず、腕をつかんで袖をまくりあげた。

イーサンは素早く体を離して袖を戻したが、レナは手首のまわりの有刺鉄線のようなタトゥーと腕に彫られたライフルを持った兵士らしいタトゥーを見て取った。

「それはなに？」

「ただのタトゥーだ」

「兵士のタトゥーね。あんたのことはわかっているのよ、イーサン。あんたがなにに関心を持っているのか」

イーサンはヘッドライトに照らされた鹿のように、その場に立ち尽くした。「おれはもうその手の人間じゃない」

「そうなの？」レナは自分の目を指さした。「どんな人間がこんなことをするのかしら？」

「あれは咄嗟《とっさ》の反応だ。本能的な反応だ。おれは殴られるのは嫌いだ」

「あら、好きな人なんている？」

「そういうんじゃないんだ、レナ。おれはここで立ち直ろうとしているんだ」

「仮釈放は役に立っている？」

その言葉にイーサンはうろたえた。「ダイアンと話したのか？」

レナは答えなかったが、口元には笑みが浮かんでいた。ダイアン・サンダースならよく知っている。イーサンの前科を調べるのは簡単なことだ。

「今朝、スクーターの部屋でなにをしていたの?」

「無事かどうか確かめたかった」

「へえ、ずいぶんいい友だちだこと」

「やつはアイスを山ほど持っていた。やめどきがわからないんだ」

「あんたみたいに自分をコントロールできないわけね」

イーサンは餌に食いつかなかった。「信じてくれよ、レナ。おれはこの件には無関係だ」

「それなら、確かなアリバイを証明するのね。だって、アンディ・ローゼンとエレン・シェイファーはユダヤ人で、テッサ・リントンは黒人とやっていた――」

「おれは知らなかった――」

「そんなことはどうでもいいの。あんたはもう目をつけられたのよ。ジェフリー相手にはかなことするから。首を突っ込むなって言ったのに」

「突っ込んでないさ。だからおれはここに転校してきたんだ。距離を置くために」

「あんたがここに来たのは、刑務所に送りこんだ友だちがあんたに報復しようとしているからでしょう?」

「あいつらに報復される筋合いなんてないさ」イーサンの口調は苦々しかった。「おれは抜けたって言ったじゃないか、レナ。おれがなんの代償も払わなかったと思うのか?」

「あんたの恋人が代償だったんじゃない？　そしていまあんたは、スピック《スペイン系アメリカ人》のわたしにつきまとっている。あんたたちはそう呼んでいるんでしょう？　それともウェットバックって言ってる？」レナは思わせぶりに間を置いた。「それともわたしのレズの妹のことを話題にしたいの？　ああ、あの子の恋人のこと？　奇襲攻撃を仕掛けてくる学校の司書の？」レナはたじろいだ彼を見て笑った。「あんたの家族はそういうことをどう考えているのかしらね、イーサン・ホワイト？」

「グリーンだ。ジーク・ホワイトはおれの義理の父親だ。本当の親父《おやじ》はおれたちを捨てて出ていった」彼の声は揺るぎがなかった。「おれはイーサン・グリーンだ、レナ。イーサン・グリーン」

「あんたはただの邪魔者」レナは言った。「どいて」

「レナ」その声から必死さが伝わってきて、レナは彼の目を見つめた。例の事件以来、レナは人を避けるようになっていた。ゆうべ彼に触れているときですら、まともに目を見ていなかったことに初めて気づいた。彼の目は驚くほど澄んだ青色で、もっと近づいたらそのなかに海が見えるかもしれないとレナは思った。

「おれはもうあの手の人間じゃない。信じてくれ」

　そこまでこだわる理由が知りたいと思いながら、レナは彼を見つめた。

「レナ、おれたちのあいだにはなにかがある」

「いいえ、なにもない」レナの返答に、思っていたほどの力強さはなかった。

イーサンはレナの髪を耳にかけてから、目の下の傷をそっと指でなぞった。「きみを傷つけたかったわけじゃない」

レナは咳払いをした。「でも、傷つけた」

「約束する――二度とあんなことはしない」

そんな機会は二度とないと告げたかったが、レナは彼から視線を逸らすことができなかった。呪縛を解くことができなかった。

自分の言葉が与えた効果がわかったのか、イーサンは微笑んだ。「おれはまだ、きみにキスすらしていないんだ」そう言いながら、指でレナの唇に触れた。死んだと思っていたレナの一部がその感触に反応し、レナは涙がこみあげるのを感じた。どうにもならなくなる前に、やめさせなくてはいけない。自分の人生から彼を追い出すために、なにかしなくてはいけない。

「頼むよ」イーサンの唇が笑みの形に持ちあがる。「一から始めよう」

レナは、それを言えば彼をやめさせられるとわかっていることを口にした。「わたしは警察官に戻りたいの」

まるで唾を吐かれたかのように、イーサンはさっと手を引いた。

レナは言った。「わたしは警察官なのよ」

「それは違う。おれはきみが何者か知っているよ、レナ。きみは警察官じゃない」

チャックがベルトにつけた鍵束をがちゃがちゃ言わせながら戻ってきた。安堵感があまりに大きかったので、レナは思わず笑顔になった。

「なんだ?」チャックはいぶかしげに訊いた。

イーサンがレナに言った。「あとで話そう」

「そうね」レナは彼を追い払おうとした。

イーサンは動こうとしなかった。「あとで話そう」

「わかった」彼をここから追い出せるなら、なんとでも答えると思いながらレナは応じた。「あとで話す。約束する。だから帰って」

イーサンはようやく出ていき、レナは冷静さを取り戻そうとしながら床を見つめていた。血が落ちている。指の切り傷から、壊れた蛇口のように血が滴っていた。

チャックは胸の前で腕を組んだ。「どういうことだ?」

「あなたには関係ないことです」レナは靴の裏で血を床に塗りつけた。

「おまえは勤務中なんだぞ、アダムズ。おれの時間を無駄にするな」

「残業手当がつくようになったんですか?」くだらない質問だった。大学は従業員全員に代休を取らせているが、いつレナに取らせるのかをチャックは都合よく忘れる。

レナは彼に指を見せた。「オフィスに戻って、この手当をしないと」

「見せてみろ」レナが芝居をしているとでも言わんばかりだった。

「骨まで達しているかも」レナは指からシャツをはずした。鋭い痛みに手が熱さと冷たさを同時に感じていた。「縫う必要があるかもしれません」

「縫う必要はない」大きな赤ん坊に対するようにチャックが言った。「オフィスに戻るんだ。おれもすぐに行く」

彼の気が変わる前にレナは研究室を出た。壁に取りつけられた〝応急処置〟と書かれた大きな白い箱に、バンドエイドくらいは入っていたはずだと気づいたときには遅かった。中庭を半分ほど進んだところで、今週中ずっと降りそうだった雨が降りだした。激しい風が吹きつけ、横殴りの雨が細かいガラスのかけらのようにレナの顔を打った。レナは目を細め、片手で顔をかばいながら、保安部のオフィスへと進んだ。

鍵を探し出して鍵穴に入れるまで五分ほど格闘したのち、風に煽られたドアが大きく開いた。レナはノブをつかみ、両足を踏ん張ってドアを閉めた。

照明のスイッチを何度かカチカチと動かしたが、停電しているようだ。

レナは悪態をつきながら懐中電灯を取り出し、救急箱を探した。ようやく見つけたものの、いまいましいことに蓋が開かなかったので、足首につけていたナイフでプラスチックの蓋をこじ開けなければならなかった。滑る手からナイフが飛び出し、救急箱の中身が床に散らばった。

懐中電灯の明かりで必要なものを探し出し、残りはそのままにした。それが気になるのなら、チャックが自分で片付ければいい。毎週、たっぷりの現金が手元に届くのだろうから、掃除する人間を雇ったうえで自分でオフィスを掃除してもどうということはないだろう。

レナは傷口にアルコールを注ぎ、食いしばった歯のあいだから「くそっ」と声をもらした。アルコールと血が混じったものが机の上に流れた。袖で拭き取ろうとしたが、余計に広がっただけだった。

「くそったれ」

ロッカーにポンチョが入っていたが、レナは使ったことがなかった。襟のスナップが片側にしかついていないという不良品だったにもかかわらず、レナがそれを指摘してもチャックはなにもしようとしなかったからだ。もちろんチャックのポンチョに問題はなかったから、レナは家まで歩いて帰るのにそれを借りようと考えた。

ラッチを何度か強く引くと、チャックのロッカーが開いた。ポンチョはビニールの袋に入ったままいちばん上の棚に置かれていたが、レナはこの機会を利用してロッカーのなかを調べることにした。

太腿が露わになった最新のゴム製のウェットスーツを身に着けた、半分裸のモデルたちばかりが目につくスキューバダイビングの雑誌と、封を切っていないパワーバーの箱を除けば、取り立てて興味を引くものはなかった。レナがポンチョを手に取り、ロッカーを閉めようとしたところで、オフィスのドアがさっと開いて、チャックが入ってきた。

「いったいなにをしているんだ？」チャックは、レナが予想もしていなかったほどの速さで近づいてきた。彼があまりに勢いよく閉めたので、ロッカーの扉が再び開いた。

「あなたのポンチョを借りようと思って」

「自分のがあるだろう」チャックはレナの手からポンチョを奪い取ると、自分の机に放った。

「わたしのはおかしなところがあるって言ったじゃないですか」

「おまえがおかしいんだろう、アダムズ」

チャックが自分に近づきすぎているとレナは感じていた。一歩うしろにさがったちょうどそのとき、電気が復旧した。蛍光灯がまたたきながら灯り、ぼんやりした灰色の光をふたりに投げかけた。部分照明のなかでも、チャックが喧嘩腰であることは見て取れた。

　レナは自分のロッカーに歩み寄った。「自分のを使います」

　チャックは机に尻をのせた。「フレッチャーから病気で休むと連絡があった。夜勤はおまえにやってもらう」

「とんでもない」レナは抗議した。「二時間前に勤務は終わっているはずだったんです」

「これが現実だ、アダムズ。厳しいもんだ」

レナは自分のロッカーを開けてそこにあるものを眺めたが、見覚えのないものばかりだった。

「なにをしている？」チャックは音をたててロッカーを閉めた。

レナはあわてて手を引いたので、扉にはさまれずにすんだ。間違ってフレッチャーのロッカーを開けていたのだ。いちばん上の棚に小袋がふたつのっていて、レナにはその中身の見当がついた。絶対に捕まらないという確信があるから、こんなふうに無造作に置いているのだろう。

「アダムズ？　答えろ」

「なんでもありません」フレッチャーが夜勤の日誌にまったく事件を記さないのは理由があったのだとレナは考えていた。学生にクスリを売るのに忙しかったのだ。

「いいだろう」チャックは、レナが嫌々ながら同意したと考えたらしい。「朝に会おう。なにかあったら電話をくれ」

「お断りします」レナは彼のポンチョを手に取った。「やらないって言ったはずです。たまにはあなたがやればいいんじゃないかしら」

「それはどういう意味だ？」

レナはポンチョをバサッと広げ、身に着けた。XLはとんでもなく大きかったが、どうでもいい。風雨はまだ激しいが、彼女の運のよさを考えれば、家に帰りついたとたんにやむのだろうとレナは思った。部屋のドアを開かないようにする方法を考えなくてはいけない。今朝押しかけてきたジェフリーに鍵を壊された。ホームセンターはまだ開いているだろうか。

チャックが言った。「どこに行くんだ、アダムズ？」

「今夜は働きません。家に帰ります」

「酒がおまえを呼んでいるのか？」チャックはいやらしい笑みに口元を歪めた。

レナは、チャックがドアを塞いでいることに気づいた。「そこをどいてください」

「そうしてほしければ、もうしばらくいてやってもいいぞ」チャックの目がきらりと光り、レナは警戒態勢に入った。

「おれの机の引き出しに一本入っている。一杯やりながら、もう少し互いのことをよく知るのはどうだ？」

「冗談はやめてください」

「知ってるか？　ちょっとばかり化粧をして、髪をどうにかすれば、おまえはそこそこ見られるぞ」

チャックが彼女に触れようと手を伸ばしてきたので、レナは頭をのけぞらせた。「わたしに近づかないで」

「自分で言っているほど、この仕事が必要なわけじゃないらしいな」さっきと同じいやらしい表情だった。

彼の脅しがぐさりと突き刺さり、レナは下唇を嚙んだ。

「あの男がおまえにしたことを読んだ」チャックが言った。「新聞で」

レナの心臓が胸のなかで跳ねた。「ほかの人たちもね」

「ああ、だがおれは何度も読んだ」

「唇がさぞ疲れたでしょうね」

「おまえの唇はどうだか、試してみようじゃないか」チャックが言い、なにが起きているのかをレナが意識するより早く、彼はその大きな手でレナの後頭部をつかむと自分の股間に押しつけた。

レナはこぶしを作ると、ありったけの力で彼の両脚のあいだを殴りつけた。チャックはうめいて、床に倒れこんだ。

レナが手を伸ばしたときには、部屋のドアは開いていた。

「どこにいたんだ?」イーサンが尋ねた。

レナの歯はかたかた鳴っていた。歩いていると服がこすれて皮膚がすりむけるくらい、全身びしょ濡れだ。イーサンがどうやって彼女の部屋に入ったのか、彼がここでなにをしているのか、いまはどうでもよかった。酒を求めて、まっすぐキッチンに向かった。

「なにがあった？　レナ、なにがあったんだ？」

酒を注ぐことができないくらいレナの手が震えていたので、イーサンが代わりにグラスの縁まで注いでやった。ゆうべと同じように、グラスを彼女の口元まで持っていく。レナはひと息に飲み干した。

イーサンの口調は優しかった。「大丈夫か？」

レナは首を振り、胃がきりきりしていたにもかかわらず、お代わりを注ごうとした。チャックに触られた。彼の手が彼女に触れた。

「レナ？」イーサンはレナからグラスを受け取った。今度はさっきよりもいくらか少なめに酒を注いで、レナに渡した。

レナはそれも飲み干した。喉が締めつけられた。シンクの縁に両手を当てて、あふれそうになる感情をコントロールしようとした。

「ベイビー、話してみないか」

イーサンがレナの顔にかかった髪をうしろに払うと、さっきチャックに感じたのと同じ嫌悪感が湧き起こった。

「やめて」レナは彼の手を叩いた。喋ろうとしたせいで咳きこみ、首を絞められたみたいに気道が狭まった。

「ほら」イーサンは手のひらでレナの背中を撫でた。

「わたしに触らないでって」声が喉に引っかかった。「何回言えばわかるの？」そう言いながら、彼から離れる。

「いったいどうしたんだ？」

「あんたはなんだってここにいるの？」険しい声で言い返した。ずかずかと踏み込まれた気分だ。

「よくもここにいる権利があるなんて思えたわね？」

「きみと話したかった」

「なにを？　あんたたちが殴り殺した女の子のこと？」

イーサンはじっとその場に立ったままだったが、全身の筋肉に力がこもったのがわかった。レナは、チャックに味わわされた感覚を彼にも感じさせたかった。囚われの身になったかのような。どこにも行くところがないみたいな。

イーサンが口を開いた。「そのことは説明――」

「あんたはトラックにいたのよね？」レナは彼のまわりを歩きながら訊いた。彼は部屋の中央に置いた彫像のようだ。「よく見えた？　友だちが突っ込んだり、殴りつけたりしているのが見えた？」

「やめるんだ」警告するイーサンの声は鋼のように冷たかった。

「やめなかったらどうするの？」レナはあえて笑ってみせた。「同じことをわたしにもする？」

「おれはなにもしなかった」彼の筋肉は張りつめたままで、冷静さを保つためにはありったけの自制心を必要としているのか、ぐっと奥歯を食いしばっている。

「あんたは、その子をレイプしなかったの？　友だちがやっているあいだ、おとなしくトラックに座っていたわけ？」

レナは彼の肩を押したが、それはまるで山を押しているようだった。ぴくりともしない。

「それを見て硬くなった？　どうなの、イーサン？　彼女が苦しんでいるのを見て、ただやられるほかはないって彼女が悟るのを見て、興奮した？」

「いいや」

「彼女が死ぬのがわかっていながら、トラックに座っているのはどんな感じだった？　気に入ったの、イーサン？」レナはもう一度彼の肩を突いた。「トラックを降りて、仲間に入った？　友だちがやっているあいだ、彼女の腕を押さえていたの？　あんたもやったの？　彼女のあそこを裂いたのはあんた？　血を見て興奮した？」

イーサンはいま一度、警告した。「こんなことはやめるんだ、レナ」

「この下になにがあるのか、見せてよ」レナは彼のシャツをつかんだ。イーサンは自ら黒のTシャツを脱ぎ捨てた。上半身を覆う大きなタトゥーを見て、レナの口があんぐりと開いた。

「これがきみの望みか？　これが見たかったのか、くそあま」

レナはイーサンを引っぱたいた。彼が反撃してこなかったので、もう一度引っぱたいた。そしてもう一度。壁に押しつけられ、ふたりして床に倒れこむまで、ひたすら叩き続けた。

ふたりは争ったが、イーサンにはかなわなかった。イーサンはレナにのしかかり、彼女の腹に爪を食いこませながらズボンを引きずりおろした。レナは悲鳴をあげたが、イーサンは自分の口でそれを塞ぐと、彼女がえずくくらい深く舌を差し入れた。レナは彼の股間に膝を叩きこもうとしたものの、彼の動きは素早く、膝を使って彼女の脚を開かせた。イーサンは片手で彼女の両腕をつかんで頭の上へと持ちあげ、手首を床に押しつけて動けなくした。

「こうして欲しかったのか？」イーサンの口から唾が飛んだ。

イーサンは自分のズボンのファスナーをおろした。レナの目に映るあらゆるものが赤く染まり、めまいと吐き気がした。レナは彼が入ってくると体をこわばらせてあえぎ、きつくあそこを締めつけた。

イーサンは驚きに口を開き、彼女のなかに入ったまま途中で動きを止めた。

レナは顔にかかる彼の息と、彼が体重をかけている手首の痛みを感じていた。どれもなんの意味も持たなかった。感じていたけれど、なにも感じていなかった。

レナは彼の目を――彼の目の奥深くを――見つめ、そこに海を見ていた。ゆっくりと腰を動かし、自分がどれほど濡れているか、自分の体がどれほど彼を欲しているかを彼に感じさせた。

イーサンは体を震わせながら、必死になって動かずにいようとしていた。「レナ……」

「シーッ」

「レナ……」

彼の喉仏が動き、レナはそこに唇を寄せてキスをし、吸った。そのまま唇を滑らせて、彼の口に、探りを入れるような熱烈なキスをした。

イーサンは彼女の手首を放そうとしたが、レナはその手をつかんで、床に押さえつけられた体勢が崩れないようにした。

イーサンはその言葉がまた効力を発揮するとでもいうように、再び懇願した。「頼むよ……。こんなのはいやだ……」

レナは目を閉じると、体をそらして彼に押しつけ、さらに深く彼を迎え入れた。

水曜日

12

ケヴィン・ブレイクは二分おきに腕時計に目をやりながら、自分のオフィスをうろうろと歩きまわっていた。「とんでもない話だ。まったくとんでもない」

ジェフリーは椅子の上で姿勢を変え、彼の言葉に耳を傾けているふりをしようとした。三十分前、アンディ・ローゼンとエレン・シェイファーが殺されたことを告げてからというもの、学長はひたすら喋り続けているが、ふたりのことや捜査についてはなにひとつ尋ねてこない。彼の興味はただ、このことが大学に、ひいては自分自身にどういう影響を与えるかということだけだった。

ブレイクは芝居がかった仕草で、両手を宙にあげた。「こんなことを言う必要はないだろうが、ジェフリー、これは学校を壊しかねないスキャンダルなんだぞ」

この件がケヴィン・ブレイクの任期を終了させることはあっても、グラント工科大学の終わりにはならないだろうとジェフリーは思った。彼は握手を交わしたり、寄付を募ったりすることは巧みだが、グラント工科大学のような学校を運営するには少しばかりお人よしすぎる。週末のゴルフや毎年恒例の資金集めイベントは、だいたいにおいて功を奏しているが、彼は研究のための新たな資金源を開拓するほど積極的ではなかった。ブレイクは少なくとも一年以内に追い出され、大学を二十一世紀へと引っ張っていく精力的で成熟した女性に取って代わられる確率はかなり高いだろうとジェフリーは考えていた。

「あの間抜けはどこだ?」ブレイクが訊いたのは、チャック・ゲインズのことだ。チャックは七時の約束に十分も遅れている。「わたしには大事な仕事があるのに」

ジェフリーはその件について、自分の意見を述べることはなかった。無駄なだけでなく退屈な会合のために三十分もブレイクのオフィスで待つくらいなら、その時間をサラとべッドで過ごせたのだ。今日はすることが山ほどあった。まずはブライアン・ケラーを追及しなくてはならない。

ジェフリーが切り出した。「捜してきましょうか」

「いや、いい」ブレイクは机の上のガラス製のゴルフボールをつかむと、宙に放りあげて受け止めた。ジェフリーは感心したような声をあげたが、実のところゴルフはなにが面白いのかさっぱりわからなかったし、覚えるだけの辛抱強さもなかった。

「この週末、大会に出たんだ」ブレイクが言った。

「ええ、新聞で見ました」正しい答えだったらしく、ブレイクの顔が輝いた。

「二アンダーだった。アルバートをこてんぱんにした」

「すごいですね」ジェフリーはそう応じたものの、ゴルフはもちろんのこと、なんであれ銀行の頭取をこてんぱんにするのはあまり賢明ではないかもしれないと考えていた。もちろん、ブレイクはアルバート・ゲインズより優位な立場にある。いつでもチャックを解雇できるから、そうなればアルバート・ゲインズは息子のために新たな仕事を探さなくてはならなくなる。

「ジル・ローゼンは、この話が広まるのを喜ぶだろうな」

「どうしてです?」彼がローゼンの名を口にしたとき、どこか意地の悪さが感じられた気がした。

「新聞の見出しを見たか? 〝大学のカウンセラー、自分の息子を助けられず〟まったく悪趣味だ。だが……」

「だが、なんです?」

「いや、なんでもない」ブレイクは、部屋の隅に置かれていたバッグからクラブを取り出した。「ブライアン・ケラーはこのあいだ、辞職を申し出てきたよ」

「そうなんですか?」

ブレイクは手のなかでクラブをひねりながら、いらだったようにため息をついた。「彼は二十年も大学の甘い汁を吸ってきて、ようやく金になるかもしれないものにたどり着いたと思ったら、辞めると言い出したんだぞ」

「研究は大学のものなんじゃないんですか？」

ブレイクはジェフリーの無知を鼻で笑った。「嘘で切り抜けることはできるさ。たとえできなくても、いい弁護士がいれば問題ない。世界中のどんな製薬会社も、用意してくれるよ」

「彼はなにを研究していたんです？」

「抗鬱薬だ」

ジェフリーはウィリアム・ディクソンの薬棚を思い出した。「市場にはもう山ほど出回っているじゃないですか」

「ここだけの話だが」オフィスにはふたりきりだったにもかかわらず、ブレイクは声を潜めた。「ブライアンは手の内を見せないようにしていた」彼は再び笑った。「交渉を有利に運ぶためだろう。がめつい男だよ」

ジェフリーは、彼が質問に答えるのを待った。

「ハーブをベースにした薬剤の混合物だ。ハーブというのがマーケティングの鍵なんだ——体にいいと思わせる。ブライアンは副作用がゼロだと主張していたが、それはたわごとだ。アスピリンでさえ副作用はあるんだからね」

「彼の息子が使っていたんですか？」

ブレイクは不安そうな顔になった。「アンディの体にパッチはなかっただろう？　禁煙を助けるパッチみたいなものは？　そうやって摂取するんだ。皮膚から」

「ありませんでした」

「ふう」ブレイクは手の甲で額をぬぐった。「まだ人体で試す段階ではないんだが、数日前、ブライアンはD.C.でお偉方たちにデータを披露した。その場で小切手を切らんばかりだったそうだ」ブレイクは再び声を潜めた。「実を言うと、わたしも数年前にプロザックを飲んだことがあるんだ。効き目があったのかどうか、さっぱりわからなかったね」

「それは驚きですね」ジェフリーがよく使う、当たり障りのない返事だった。

ブレイクは、ここが自分のオフィスではなくゴルフ場であるかのように、クラブを構えた。「だが、ジルも一緒に辞めるのかどうかはなにも言っていなかった。なにか問題があるのかもしれない」

「どんな問題ですか？」

ブレイクは大きくクラブを振ると、あたかもボールの行方を追っているかのように窓の外に目を向けた。

「ケヴィン？」

「ああ、彼女はずいぶん休みを取るんだ」ブレイクはジェフリーに視線を戻し、クラブにもたれるようにして立った。「ここに来てからというもの、彼女が病欠を使い果たさなかったことは一度もないはずだ。休暇もね。休みが多すぎて、給与を引かなくてはならなかったことも一度じゃない」

ジル・ローゼンが家を出られない日があるのはなぜなのか、ジェフリーには見当がついたがブレイクには話さなかった。

ブレイクは再び頭のなかでボールを追っているのか、窓の外を眺めた。「彼女は心気症か、でなければ、仕事に対するアレルギーなんだろうな」

ジェフリーは肩をすくめ、話の続きを待った。

「彼女は十年か十五年前に学位を取った。遅咲きタイプだよ。最近、多いだろう？　子供の手が離れて、退屈した母親が地元の学校に通うようになって、気がつけばいつのまにかそこで働いているというわけだ」ブレイクはウィンクをした。「追加の収入を歓迎しないわけじゃないよ。社会人教育は長年、我々の夜間学校を支えてくれているんだからね」

「ここでその手のトレーニングをやっているとは知りませんでした」

「彼女はマーサー大学で、ファミリー・セラピーの修士号を取ったんだ。博士号は英文学だよ」

「どうして英文学を教えなかったんですか？」

「英語の教師は余っていた。我々が必要としているのは、化学と数学の教師だ。英語の教授はいくらでもいる」

「彼女はどうしてクリニックで働くことになったんです？」

「実のところ、女性をもっと雇う必要があったんだ。カウンセラーのポジションが空いたら、彼女はセラピストになるためのライセンスを取った。うまく回っていたんだよ」ブレイクは顔をしかめて、言い添えた。「彼女が出勤してきたときはね」

「ケラーはどうだったんです?」

「両手を広げて迎えたよ」ブレイクは実際に両手を広げてみせた。「きみも知っているとおり、彼は民間企業から来たんだ」

「知りませんでした」ジェフリーは応じた。たいていの場合、教授たちは大学を出て、より多くの給料と地位が待っている民間企業に移る。逆のことをした教授の話など聞いたことがなかったから、ケヴィン・ブレイクにそう言った。

「八十年代初期に、教員の半分を失った。全員が大会社に逃げ出したよ」ブレイクは素振りをし、ボールが大きく逸れたかのようにうめき声をあげた。再びクラブにもたれて、ジェフリーを見た。「もちろん、ほとんどが数年後にクビになって戻ってきたけれどね」

「彼はどこの会社にいたんですか?」

「実は思い出せないんだ」ブレイクはクラブを手に取った。「彼が辞めてまもなく、アグリブライトに買収されたことは覚えているんだが」

「農業の会社のアグリブライトですか?」

「それだ」ブレイクはまた素振りをした。「ブライアンはひと財産作れたはずだ。ああ

——」彼は机に近づき、金色のウォーターマンのペンを手に取った。「——それで思い出した。彼らに電話して、大学を見学したいかどうかを尋ねることになっていたんだ」彼は電話のボタンを押した。「キャンディ？」秘書を呼び出す。「アグリブライトの番号を教えてくれるか？」

ブレイクはジェフリーに笑いかけた。「すまない。なんの話だったかな？」

これだけ時間を無駄にすれば充分だと思いながらジェフリーは立ちあがった。「チャックを捜してきます」

「いい考えだ」ブレイクが言ったので、ジェフリーは彼の気が変わる前に急いでオフィスを出た。

ブレイクのオフィスの外ではキャンディ・ウェインがコンピューターのキーボードを叩いていて、通り過ぎようとするジェフリーを呼び止めた。「もう帰るの、署長？　彼がここに来て以来、最短の面会だったわね」

「新しい香水？」ジェフリーは笑顔で尋ねた。「きみは、薔薇《ばら》の庭みたいにいい香りがするよ」

キャンディは髪をはらりとうしろに払いながら笑った。七十代後半の女性でなければ魅力的な仕草だったかもしれないが、ジェフリーは彼女が肩を脱臼しないかと心配になった。

「口がうまいこと」顔じゅうのしわがいかにもうれしそうな笑みを作った。ブレイクは、口述筆記を取らせるのに二十歳の尻軽女を雇えないことをものすごく腹立たしく思っているのだろうが、キャンディはだれも記憶にないくらいの昔からこの大学にいる。理事会はキャンディをクビにする前に、ブレイクをクビにするだろう。警察署のマーラ・シムズも同じ状況だが、ジェフリーは彼女の存在をとてもありがたく思っていた。

キャンディが訊いた。「わたしになにか頼みでもあるの？」

ジェフリーは彼女のひ孫の写真が入った三十個以上の写真立てを倒さないように注意しながら、机にもたれた。「どうして頼みがあると思うんだ？」

「あなたが優しくするときは、必ずなにか頼みがあるときだもの」キャンディは唇を尖らせた。「それもおかしなことばっかり」

彼女がなにを言おうとどうということはないとわかっていたから、ジェフリーはもう一度笑顔を作った。「アグリブライトの電話番号をもらえないかな？」

キャンディは仕事モードになって、コンピューターに向き直った。「どの部署？」

「二十年ほど前に彼らの子会社のひとつで働いていた人間のことについて訊きたい場合、だれと話せばいいんだろう？」

「どの会社？」

「それがわからないんだ。ブライアン・ケラーがそこで働いていた」

「どうしてそう言わなかったの？」キャンディは意味ありげに笑った。「ちょっと待ってね」ぴったりしたベロアのミニスカートとライクラのトップスという装いの彼女は、驚くほど機敏に立ちあがった。情けない女なら足首をひねってしまいそうなハイヒールで部屋を横切り、プラチナホワイトの髪をかきあげながらファイルの引き出しのひとつを開けた。彼女はまったく太ってはいないが、並んだフォルダーを指でなぞると、腕の下のたるんだ皮膚が震えた。

「あったわ」そう言って一冊のファイルを引っ張り出した。

「コンピューターに入っていないの？」ジェフリーは彼女に歩み寄った。

「あなたが欲しいものはね」キャンディは一枚の紙をジェフリーに差し出した。

それは、余白にキャンディのきれいな手書き文字が記されたケラーの求職票だった。ジェリコ製薬というのがアグリブライトに買収された会社の名前で、キャンディは当時の人事部長だったモニカ・パトリックから話を聞き、ケラーがその会社に勤務していたことと免職になったわけではないことを確認していた。

「彼は製薬会社にいたの？」

「研究室長の助手の助手だった」キャンディが答えた。「給料的には横滑りの転職よね」

「残っていたら、もっと稼げただろうに」

「だれにわかるっていうの？　八十年代に合併が盛んに行われていた頃は、だれも簡単に首を切られていたのよ」彼女は肩をすくめた。「あのとき辞めたのは賢明だったたっていう人もいるでしょうね。教育の世界ほど、凡人にとってうまみのあるところはないもの」

「彼は凡人だと？」

「大成功を収めたとは言えないわよね」

ジェフリーはタイプで打たれたケラーの言葉を声に出して読んだ。「〝科学研究の基本に立ち返りたいと考えています。中傷や陰口ばかりの実業界にはうんざりしました"」

「そういうわけで彼は大学に来たの」キャンディは長々と笑った。「若さゆえの無知ね」

「そのモニカ・パトリックという人に、どうやったら連絡がつくだろう？」

キャンディは唇に指を当てて考えこんだ。「彼女はもういないと思う。わたしが話したときには、もうずいぶん年を取っているみたいだったから」彼女がジェフリーに向けた表情は、なにも言うなと告げていた。「二、三本電話をかければ、いまの番号がわかると思う」

「いや、そんなことはさせられないよ」彼女がそうしてくれることを願いながら、ジェフリーは一応、そう言った。

「ばかばかしい。あなたは企業のお偉方に対する話し方を知らないでしょう？　あなたは、お尻蹴飛ばしコンテストに出た片足の男と同じくらい、役立たずよ」

「確かにそうだろうな」ジェフリーは認めた。「もちろんありがたいんだが、でも――」

キャンディは振り返って、ブレイクのオフィスのドアが閉まったままであることを確認した。「ここだけの話だけど、あの男は好きじゃなかったの」

「どうして？」

「なんとなく。はっきりこれが理由だとは言えないけれど、第一印象はだいたいにおいて正しいことは遠い昔に学んだもの。信用できない男だっていうのが、ブライアン・ケラーに対するわたしの第一印象だった」

「彼の妻は？」ジェフリーは、昨日のうちにキャンディに話を聞いておくべきだったと思いながら尋ねた。

「そうね」キャンディはマニキュアを塗ったほっそりした指で唇を叩いた。「わからない。これほど長いあいだ一緒にいるわけだから、わたしには見えないなにかが彼にはあるのかもしれない」

「かもしれないな。だがおれは、きみの直感を信じるよ。きみがここでいちばん賢い人間だっていうことはよく知っているからね」

「あなたが悪い奴だっていうこともね」キャンディはそう応じたが、ジェフリーの言葉を喜んでいるのは間違いなかった。「わたしが四十歳若かったら……」

「おれに口もきいてくれなかっただろうね」ジェフリーは彼女の頬にキスをした。「番号がわかったら連絡してほしい」

キャンディは猫のように喉を鳴らしたのか、あるいは喉に引っかかったなにかを吐き出すような音をたてた。「そうするわ、署長。そうする」

ジェフリーは、キャンディがふたりを気まずくさせるようなことを口走る前にその場をあとにし、エレベーターを待つかわりに階段をおりた。管理ビルから保安部までそれほどの距離はなかったが、のんびりと歩いた。一週間近く走っていないせいか、体がだるく感じられて、筋肉がこわばっている。ゆうべの嵐はいくらか爪痕を残していて、中庭一面にがれきが散乱していた。キャンパスの保守係の人たちがごみを拾ったり、ジェフリーの鼻がひりひりするくらいの漂白剤を混ぜた水で、舗道を高圧洗浄したりしている。賢明にも、散らかっていると苦情を入れるだろう人たちが働いているとおぼしき本部周辺を、真っ先に片付けていた。

ジェフリーはメモ帳を取り出し、自分の書いたものを読みながら、今日という日をどう過ごすのがいちばんいいだろうと考えた。いまの時点で彼にできるのは、ほかの学生の親と話をし、もう一度寮で聞きこみをすることくらいだ。ブライアン・ケラーに再び会いに行く前に、まだ生きているのであればモニカ・パトリックから話が聞きたかった。普通、民間企業の高給の仕事を捨てて、給料を減らしてまで教職につく人間はいない。ケラーはデータを偽造したり、何度も手っ取り早い方法を取ったりしたのかもしれない。夫が辞めた理由をジル・ローゼンに尋ねようとジェフリーは決めた。人生を立て直すと彼女は言っていた。ひょっとしたら以前にもそうしたことがあって、もう一度同じことをするのがどれほど大変なのかを知っているのかもしれない。たとえ新たな情報を得られないとしても、もう一度彼女と話をして、彼女が逃げ出す手助けができないかどうかを考えたかった。

ジェフリーはポケットにメモ帳をしまい、保安部のオフィスのドアを開けた。蝶番《ちょうつがい》が大きくきしんだが、彼にはほとんど聞こえていなかった。

「くそ」ジェフリーはつぶやき、だれか見ている者はいないかと背後を振り返った。

チャック・ゲインズが靴底をドアに向けて、床に倒れていた。首にふたつ目の口のような大きな開口部があって、食道の端がもうひとつの舌のようにそこからだらりと垂れていた。一面血だらけだ——壁、床、机。ジェフリーは上を見たが、天井に血しぶきは飛んでいなかった。切られたときチャックはかがみこんでいたのだろう。それとも机に座っていたのかもしれない。椅子が横向きに倒れていた。

ジェフリーは現場を汚染せずにすむように、膝をついて机の下をのぞきこんだ。椅子の下で長い狩猟用ナイフが光るのが見えた。

「くそ」さっきよりも感情のこもった声だった。あのナイフには見覚えがあった。レナのものだ。

フランクは猛烈に怒っていて、ジェフリーには彼を責めることはできなかった。

「彼女じゃない」フランクが言った。

ジェフリーはハンドルをこつこつと指で打った。ふたりはレナの寮の外にいて、どうすればいちばんいいかを考えていた。

「ナイフを見ただろう、フランク」

フランクは肩をすくめた。「どうってことはない」

「チャックの喉はざっくりと切られていた」

フランクは歯のあいだから息を吐いた。「レナは人殺しじゃない」

「テッサ・リントンの事件につながるかもしれない」

「どうつながるっていうんだ？　あのときレナはおれたちと一緒にいた。森のなかにくそったれを追っていったんだ」

「そして見失った」

「彼女が走るペースを緩めたとはマットは言っていなかった」

「足首をひねってペースを緩めた」

フランクは首を振った。「ホワイトだ――きっとやつだ」

「レナは森で彼に気づいて、逃がすためにわざとつまずいたのかもしれない」

フランクは首を振り続けている。「おれは納得できないね」

自分もそう思いたいわけではないと言いたかったが、ジェフリーは代わりにこう口にした。「あんたも彼女が足首にあのナイフをつけているのを見ただろう？　机の下に見つけたのは、あれじゃないとでも言うつもりか？」

「別のナイフかもしれない」

ジェフリーは、ふたりがここに来た理由である法医学的証拠について改めて語った。

「ナイフに彼女の指紋があったんだぞ、フランク。血のついた指紋が。彼が切られたときに現場にいてナイフに触ったか、もしくはそのときナイフを握っていたかのどちらかだということだ。ほかに説明はつかない」

フランクはまばたきもせずに、寮の建物を見つめている。レナではないことを説明できる方法はあるだろうかと考えているのだとジェフリーにはわかっていた。残された指紋のうちの三つがレナのものと一致するという結果をコンピューターが出してきたほんの三十分ほど前、彼自身も同じことを考えたからだ。カードを引っ張り出して、技術者に一点ずつ比較させることさえした。

寮からひとりの教授が出てきたので、ジェフリーは顔をあげた。「彼女は午前中、ずっと部屋にいたんだな？」

フランクはうなずいた。

「彼女の指紋が血まみれのナイフに残っていた理由を納得できるように説明してくれたら、いますぐ帰ろうじゃないか」

フランクの口がきつく結ばれた。彼は寮の前でたっぷり一時間座っていた。おそらく、レナの潔白を証明する方法を考えていたのだろう。

「こんなのは間違っている」それ以上はなにも言わず、フランクはドアを開けて車を降りた。

教師はほどんど授業に出かけていて、教職員用の寮はがらんとしていた。たいていの大学がそうであるように、週末が近づくにつれ人の動きは少なくなるし、まもなくイースター休暇だから学生の多くはすでに自宅に帰っている。レナの部屋へと廊下を歩いていくあいだ、ジェフリーとフランクはだれの姿も見かけなかった。ふたりはドアの外に立った。昨日の朝、ドアを蹴り開けたせいでノブが歪んでいる。あのとき、ジェフリーがなにかをつかむことができていれば、彼女の仕業だと信じることができていれば、チャック・ゲインズはいまもまだ生きていたかもしれない。

フランクはドアの脇に立った。銃に手を置いているだけで、引き抜いてはいない。ジェフリーは呼びかけながら二度ノックをした。「レナ?」

しばしの時間がたち、ジェフリーは人の気配を聞き取ろうとして耳に神経を集中させた。もう一度「レナ?」と呼びかけてから、ドアを開けた。

「くそっ」フランクが銃を取り出した。ジェフリーも同じことをした。レナはただパンツをはこうとしているだけで、武器になるようなものに手を伸ばしているわけではないことを見て取るより先に、本能が発動していた。

ジェフリーはフランクが訊きたがっていることを訊いた。「いったいなにがあった?」

首に黒い痣を作ったレナは咳払いをした。「転んだの」その声はかすれていた。

レナはオリーブ色の肌に白い生地のパンツとブラジャーだけをつけていた。咄嗟に両手で体を隠そうとする。上腕には、だれかに強くつかまれたのか丸い指の形の痣があった。肩の傷は噛まれたように見える。

「署長」フランクはイーサン・ホワイトに手錠をかけ、その腕をつかんでいた。彼は服を着ていたが、靴と靴下ははいていない。その顔は黒や青に染まり、唇は真ん中で避けていた。

ジェフリーは、レナに渡すつもりで床に落ちていたシャツを拾いあげた。自分が手にしているものが証拠であることに気づいて、その動きが止まった。裾に黒い血の染みがついている。

「なんてこった」ジェフリーはレナの視線を自分に向けさせようとして言った。「なにをしたんだ?」

13

サラはハーツデール・メディカルセンターの駐車場に車を入れ、ジェフリーの車の隣に止めた。ふたりの容疑者から物的証拠を採取するのに彼女の助けが必要だということ以外、彼は詳しい話はしてくれなかった。電話では容疑者の名前は言わなかったが、彼の思考過程はよくわかっていたから、イーサン・ホワイトとレナであることは推測できた。

いつものごとく、救急処置室にはだれもいなかった。サラはあたりを見まわして、担当看護師を捜したが、いまは休憩中らしい。廊下の先でジェフリーが、平均的な背丈でがっしりした体つきの年配男性と話をしているのが見えた。その向こうでは、銃の台尻に手をのせたブラッド・スティーヴンスが閉じた診察室のドアの前に立っている。

ふたりに近づくにつれ、ジェフリーと話をしている男性の声が聞こえてきた。要求を突きつけるような、鋭い口調だ。「それでなくても妻は辛い思いをしているんだ」

「それはよくわかっています」ジェフリーが言った。「あなたが奥さんを気遣っていることがわかって、安心しましたよ」

「当然だろう」男は鋭く言い返した。「なにが言いたいんだ?」

ジェフリーはサラに気づき、手招きした。「こちらはサラ・リントンです」男に紹介する。「彼女が身体検査をします」

「ドクター・ブライアン・ケラーだ」男はろくにサラを見ようともせずに言った。女性もののハンドバッグを片手で抱えていて、彼の妻のものだろうとサラは考えた。

「ドクター・ケラーはジル・ローゼンの夫なんだ」ジェフリーが説明した。「彼女を呼んでほしいとレナに頼まれた」

サラは驚きを顔に表すまいとした。

ジェフリーは「ちょっと失礼」とケラーに告げてから、廊下を戻ったところにある小さな診察室にサラを連れていった。

「なにがあったの? 今日の午後にはアトランタに戻るってママに言ったのに」

ジェフリーはドアを閉めてから答えた。「チャックが喉を切られた」

「チャック・ゲインズ?」チャックがほかにもいるかのように、サラが確認した。

「凶器にレナの指紋が見つかった」

サラは頭がくらくらするのを感じながら、ジェフリーの言葉を理解しようとした。

ジェフリーが訊いた。「レイプキットのことを思い出した?」

彼がなにを言っているのか、サラはすぐにはわからなかった。

「下着についていたＤＮＡの話をしたときだ。レナに使ったレイプキットのことは思い出さなかったのか？」

サラはうまい答えを探そうとしたが、あまりにも白黒がはっきりした質問だったので、「思い出したわ」以外の答えはなかった。

ジェフリーの顔は怒りを絵に描いたようだった。「どうしてそれを言ってくれなかったんだ、サラ？」

「間違っているからよ。彼女を不利にするために使うのは間違っている」

「アルバート・ゲインズにそう言うといい。チャックの母親にも」

どういう形であれ、レナが今回の事件に関わっているとはまだとても思えなかったから、サラはなにも言わなかった。

「まずホワイトを調べてほしい」ジェフリーの口調はまだ険しかった。「血液、唾液、髪。全身くまなくだ。解剖するときみたいに」

「なにを探せばいいの？」

「現場と彼を結びつけるものならなんでもだ。血のついたレナの靴跡はすでに見つけた」

彼は首を振った。「一面血だらけだった」

ジェフリーはドアを開けて、廊下を見た。出ていこうとはしなかったので、まだなにか言うことがあるのだとサラは気づいた。

「なに？」

彼の声に含まれていた怒りの度合いが少しだけさがった。「彼女はかなりひどくやられている」

「どれくらいひどいの？」

ジェフリーはもう一度廊下に目を向け、それからサラに視線を戻した。「争ったのか、あるいはなにかあったのかはわからない。チャックに襲われて、身を守ったのかもしれない。ホワイトが怒り狂ったのかもしれない」

「レナはなんて言っているの？」

「なにも言わない。ふたりともだ」ジェフリーは間を置いた。「ふたりは彼女の部屋でひと晩中一緒にいたとホワイトは言っているが、大学の人間はホワイトはレナのあとを追って研究室を出ていったと証言している」ジェフリーは廊下を示した。「ブライアン・ケラーはレナを最後に見た人間のひとりだ」

「レナが彼の妻に会いたがったのね？」

「そうだ。彼女がなにか言うかもしれないから、フランクに隣の部屋で話を聞かせている」

「ジェフリー――」

「医者と患者についての講義はたくさんだ、サラ。死人が山ほど出ているんだぞ」

議論は時間を無駄にするだけだとサラにはわかっていた。「レナは大丈夫なの？」

「彼女はあとでも平気だ」それ以上の質問は受けつけないという意味だった。

「令状はあるんでしょうね？」

「今度は弁護士にでもなったつもりか？」ジェフリーはサラに答えさせなかった。「今朝、ベネット判事にサインをもらった」サラが反応しないでいると、彼はさらに言った。「なんだ？　見たいのか？　もうおれの言葉を信用しなくなったのか？」

「わたしはなにも――」

「ほら、これだ」ジェフリーはポケットから令状を取り出すと、カウンターに叩きつけるようにして置いた。「満足か、サラ？　いいことを教えてやろう。おれはきみがちゃんと自分の仕事ができるように手を貸そうとしているんだ。そうすれば、これ以上だれかが傷つかなくてすむからな」

サラはその書類を見つめ、ビリー・ベネットのかっちりしたサインがあることを確かめた。「さっさとすませてしまいましょう」

ジェフリーは彼女が部屋を出ていけるように、うしろにさがった。サラはもう長いあいだ感じたことのなかったたぐいの恐怖が湧きあがってくるのを感じていた。

ブライアン・ケラーは妻のハンドバッグを持ったまま、まだ廊下に立っている。通り過ぎるサラをぼんやりと見つめるその様子はいかにも無害そうに見えたので、彼は自分の妻を殴っているのだと、サラは改めて自分に言い聞かせなくてはならなかった。

ブラッドは帽子を軽く持ちあげてから、サラのためにドアを開けた。

イーサン・ホワイトが部屋の真ん中に立っていた。薄緑色の病衣を着て、筋肉質の腕を胸の前で組んでいる。最近、鼻を殴られたらしく、乾いた血が細い筋になって口へと伸びていた。目の下の大きな赤い箇所はゆっくりと痣になっているところだ。両腕の見える範囲には、戦いの場面を描いた複雑なタトゥーが施されている。むき出しになったふくらはぎには幾何学模様の、横側には上へと伸びる炎のタトゥーがあった。

髪を短く刈りこんだごく普通の若者に見えたが、その体は相当な時間をジムで過ごしていることを教えていた。肩の筋肉は病衣の生地がぴんと張りつめるほどで、どくどくと脈打っている。小柄で、サラより優に十五センチは低かったが、あたりの空間を満たすくらいの存在感があった。怒っているのか、いまにもサラに飛びかかってきそうだ。彼とふたりきりにされなくてよかったと、サラは思った。

「イーサン・ホワイト」ジェフリーが口を開いた。「彼女はドクター・リントン。裁判所の命令で、サンプルを採取する」

ホワイトは奥歯を強く噛みしめながら言ったので、言葉が聞き取りにくかった。「その命令が見たい」

ホワイトが令状を読んでいるあいだに、サラは手袋をつけた。スライドガラスとＤＮＡ

テストのキットが、黒いプラスチックの櫛と血液を入れるための試験管と並んでカウンターにのっている。おそらくジェフが看護師に準備させたのだろうが、どうしてそのままここに残って手伝うように頼まなかったのだろうとサラは不思議に思った。いったい、ほかの人間になにを見せたくないのだろう？

サラは、看護師を呼んでほしいとジェフに頼もうと思いながら眼鏡をかけた。

彼女が口を開くより早く、ジェフリーがホワイトに告げた。「病衣を脱げ」

「それは必要――」サラはそのあとの言葉を呑みこんだ。ホワイトは病衣を床に落とした。腹部に大きなかぎ十字のタトゥーがあった。右胸の上のほうには、ヒトラーに似た男の薄くなったタトゥー。左の胸ではナチス親衛隊の兵士たちが並んで、右胸の男に向かって敬礼していた。

サラはただそれを見つめることしかできなかった。

ホワイトはうなるように言った。「気に入ったか？」

ジェフリーが彼の顔を殴り、そのまま壁に押しつけた。サラはカウンターに体がぶつかるまで、あとずさった。イーサンの鼻がずれ、真っ赤な血が口へと滴るのが見えた。

ジェフリーは、サラが二度と聞きたくないと思うような低く怒りに満ちた声で言った。「彼女はおれの妻だ、このくそ野郎。わかったか？」

ホワイトの顔はジェフリーの手と壁にはさまれている。彼は一度うなずいたが、その目に恐怖の色は浮かんでいなかった。近いうちに逃げ出す手段を見つけると確信している、檻《おり》のなかの動物のようだった。

「それでいい」ジェフリーはうしろにさがった。

ホワイトはサラを見た。「見ただろう、先生？　警察による暴行だ」

「彼女はなにも見なかった」ジェフリーが言い、サラは自分を巻きこんだ彼を呪った。

「見なかった？」ホワイトが訊いた。

ジェフは一歩前に出た。「おまえを痛めつける理由を作るな」

ホワイトはぶっきらぼうに「イエッサー」と応じると、じっとサラを見つめたまま手の甲で鼻から流れる血を拭いた。彼はサラを恫喝《どうかつ》しようとしていて、思惑どおりになっていることにサラは気づかれまいとした。

サラはＤＮＡ口腔《こうこう》キットを開いた。綿棒を手にホワイトに近づく。「口を開けてください」

口内の粘膜を採取できるように、彼は言われたとおりに大きく口を開けた。サラは何度か口内をこすったが、スライドの準備をする手は震えていた。大きく深呼吸をし、このあとの作業に取りかかるようにと、自分に言い聞かせる。わたしは医者で自分の仕事をしているだけ。それ以上でもそれ以下でもない。

サンプルにラベルをつけているあいだ、サラは背中に注がれる彼の視線を感じていた。

毒ガスのように、憎しみが部屋を満たしている。

サラは言った。「生年月日を教えてください」

ホワイトは自分の自由意思で教えているんだと言わんばかりに、一拍の間を置いた。

「一九八〇年十一月二十一日」

サラはラベルにその日付、名前、場所、今日の日付と時刻を記した。証拠はすべてこういう形で分類し、その後、紙の証拠袋に保管されるか、あるいはスライドにまとめられることになる。

サラは殺菌した小さな紙をピンセットでつまみ、彼の口の前に持っていった。「唾液でこれを湿らせてください」

「おれは、非分泌型なんだ」

彼がようやく舌を突き出して、そこに紙を置けるようになるまで、サラはじっとピンセットを持ったままでいた。それなりの時間がたったところで、その紙を舌からはずし、証拠として記録した。

サラは手を動かしながら、尋ねた。「水が欲しいですか？」

「いいや」

サラは、彼の視線が自分のあらゆる動きを追っていることを意識しながら、予備検査を続けた。背を向けてカウンターの前に立っているときですら、いまにも襲いかかろうとする虎のようにイーサンがじっと自分を見つめていることを感じていた。

これ以上、彼に触れる時間を先延ばしにできないことに気づくと、サラは喉を締めつけられるような気分になった。手袋の下の皮膚は熱を帯び、筋肉が緊張している。もう何年も生きている患者の血液を採取していなかったので、なかなか血管に針が刺せなかった。

「ごめんなさい」二度失敗したところで、サラは謝った。

「かまわない」憎しみに満ちた目の表情とは裏腹な、礼儀正しい口調だった。

三十五ミリのカメラを使って、左前腕の防御創らしい傷を撮影した。首と頭には、皮膚表面のひっかき傷が四箇所あり、おそらくは爪が作ったのだろう三日月形の傷が左耳のうしろにできていた。性器周辺は痣になっていて、亀頭は赤く炎症を起こしている。左の尻に短いひっかき傷があり、それよりも長いものが背中のくぼみに残っていた。サラはジェフリーに定規を傷の脇に当ててもらい、マクロレンズですべての写真を撮った。

サラは言った。「診察台に寝てください」

イーサンはひたすらサラを見つめながら、言われたとおりに横になった。

サラは彼に背を向け、カウンターに近づいた。小さな白い紙を広げると、彼に向き直った。「これを下に敷くので、体を持ちあげてください」

イーサンはまた言われたとおりにしたが、その視線がサラの顔からはずれることは一度もなかった。

彼の陰毛を櫛で梳くと、数本の他人の毛が採れた。毛幹についたままの毛根が、自然に抜けたものではないことを教えていた。よく切れるハサミで内腿のあたりのもつれた毛を切り取り、封筒に入れて中身についての情報を記した。

濡れた綿棒を使ってペニスと陰嚢《いんのう》に残る液体の残滓《ざんし》を採取したときには、サラは歯が痛くなるほど強く奥歯を噛みしめていた。彼の手と足の爪をこすり、右の人差し指の折れた爪の写真を撮った。検査を終えたときには、カウンターは証拠物でいっぱいになっていた。すべては綿棒乾燥機で冷風乾燥中か、ようやく震えの止まった手でサラが封をしてラベルをつけた紙の証拠保全袋に収められている。

「終わりよ」サラは手袋をはずすと、カウンターに放った。走りこそしなかったものの、即座に部屋をあとにした。ブラッドとケラーはまだ廊下にいたが、サラはひとことも声をかけることなくふたりの前を通り過ぎた。

恐怖と怒りが全身を駆け巡るのを感じながら、サラはだれもいない診察室に戻った。シンクにかがみこみ、蛇口をいっぱいにひねって冷たい水を顔にかけた。苦いものが喉にこびりついていて、吐かないことを祈りながら水を飲んだ。どこまでも彼女を追い、焼き印のように肌に焼きつくイーサンの視線がいまも感じられる。彼が使った石鹸のにおいがしたし、目を閉じると、ペニスを綿棒でこすり、陰毛を櫛で梳いたときにわずかに勃起した彼のものが見えた。

水が流れ続けていたので、サラは蛇口をひねって止めた。紙タオルで手を拭いていると、ここが昨年、レナのレイプ検査をしたときに使った部屋だということを不意に思い出した。レナが横になったのはこの診察台だった。ついいましがたイーサン・ホワイトでしたように、レナの証拠品をずらりと並べたのはこのカウンターだった。

サラは両手を腰に巻きつけ、記憶に呑みこまれまいとしながら部屋を見つめた。

数分後、ジェフリーがドアをノックして入ってきた。上着を脱いでいたので、ホルスターに入った銃が見えた。

「警告できたはずよね」サラの声は途切れがちだった。「話せたはずよね」

「わかっている」

「これがあなたの仕返し？」いまにも泣きだすか、あるいは叫びだすだろうとサラは思った。

「仕返しじゃない」ジェフリーは言ったが、彼の言葉を自分が信じているのかどうかも、サラにはわからなかった。

サラは手で口を押さえ、嗚咽を抑えようとした。「どうしてよ、ジェフ」

「わかっている」

「わかってない」サラの声が響いた。「あのタトゥーを見たんでしょう？」サラはジェフリーに答えさせなかった。「かぎ十字に――」それ以上続けられなかった。「どうして警告しておいてくれなかったの？」

ジェフリーは無言だった。やがて「きみに見てもらいたかった」と言った。「おれたちがなにを相手にしているのかを知っておいてもらいたかった」

「話すこともできなかったの？」サラはまた蛇口をひねった。手で水をすくい、口のなかの苦い味を洗い流した。「どうしてこんなに長くかかったの？」ジェフリーが壁にイーサンの頭をぶつけたことを思い出しながら尋ねた。「また彼を殴ったわけ？」

「そもそもおれは殴っていない」

「目を殴っていないのね？　彼は鼻血を出していた。血は新しかった」

「言っただろう、おれは殴っていない」

サラは彼の両方の手をつかみ、切り傷や痣がないかを確かめた。どちらもきれいだったが、それでもさらに尋ねた。「クラスリングはどうしたの？」

「はずした」

「いままではずしたことなんてないのに」

「日曜日だ。きみのご両親と話をする前、日曜日にはずした」

「どうして？」

ジェフリーは怒ったように答えた。「血がついていたんだ。わかるか？　テスの血が」

サラは彼の手を放した。ホワイトと同じ部屋にいるあいだは考えまいとしていた質問をした。「彼がテッサを刺したと思う?」

「奴には日曜日のアリバイがない。しっかりしたアリバイがない」

「どこにいたの?」

「図書館にいたと言っている。奴を覚えている人間はいない。森にいたのかもしれない。アンディを殺して、そのあとどうなるかを確かめるために森で待っていたのかもしれない」

続けてと言うように、サラはうなずいた。

「奴はテッサを待っていたわけじゃないんだ、サラ。テッサはたまたまやってきて、奴はその状況を利用した」

サラは再びカウンターをつかみ、目を閉じて、隣の診察室にいる男とテッサを刺した犯人を関連づけようとした。以前にも殺人犯と同じ部屋にいたことはある。そのとき印象的だったのは、その男がいたって普通で、いたって当たり前だったことだ。服を着ているときのイーサン・ホワイトもそう見えた。キャンパスのどこにでもいる若者のようだった。サラの患者のひとりでもおかしくなかった。どこかにある彼の故郷では、大人になっていくイーサン・ホワイトを眺めていたサラのような小児科医がいるのかもしれない。

口がきけるようになったところで、サラは尋ねた。「この件に、レナはどう関わってくるの?」

「レナは奴と付き合っている。奴の恋人だ」

「そんなはずは……」

「レナと会うときは」ジェフリーが切り出した。「サラ、レナと会うときには、彼女がホワイトと関係があることを忘れないでほしいんだ。彼女は奴をかばっている」ジェフリーは隣の診察室がある側の壁を指さした。「きみがあそこで見たもの、あのけだもの――レナはそいつをかばっているんだ」

「なにからかばっているの？　ナイフに残っていたのはレナの指紋よ。チャックと働いていたのも彼女」

「レナに会えばわかる」

「またわたしを驚かそうっていうの？」これ以上はとても耐えられそうにないと思いながら、サラは言った。レナが関わっているとなればなおさらだ。「彼女にもかぎ十字のタトゥーがあるわけ？」

「正直言って、彼女のことをどう考えればいいのかわからない。ひどい有様なんだ。傷ついているみたいに」

「傷ついているの？」

「わからない。だれかに痛めつけられたんだ」

「だれに」

「チャックがなにかしたんだろうとフランクは考えている」

「なにをしたの?」ジェフリーの答えを恐れながら、サラは尋ねた。

「レナを襲った。それとも、ただ彼女を怒らせただけかもしれない。レナはホワイトにそう言い、ホワイトはそれを聞いて激怒した」

「あなたはなにがあったと思うの?」

「わかるわけがないだろう? レナはなにも話そうとしないんだ」

「彼女に尋ねるときも、ホワイトのときと同じようなことをしたわけ? 顔に手を押しつけて?」

傷ついたような彼の目の表情を見て、サラはいまの言葉をなかったことにできたらと思ったが、結局は同じことだとわかっていた。答えが欲しいことに変わりはない。

「おれをどんな人間だと思っているんだ?」

「それは……」サラは口を開いたものの、なにを言えばいいのかわからずにいた。「わたしたちにはどちらもするべき仕事があると思っている。いまこの話はできないと思っている」

「おれはこの話をしたいんだ。きみにはおれの側にいてもらいたい、サラ。おれはきみとほかの人たちの両方と、一度に戦うことはできない」

「いまはその話をするときじゃない。レナはどこ?」

自分で会いに行けと言う代わりに、ジェフリーはあとずさって廊下に出た。

サラはズボンで両手を拭きながらブラッドの前を通り過ぎ、隣の診察室に向かった。ドアを開けようとしたちょうどそのとき、フランクがなかから出てきた。

「やあ」フランクはサラの背後のどこかを見ながら言った。「水が欲しいと言うんでね」

サラは診察室に入った。まず目に入ったのはレナではなく、カウンターに置かれたレイプキットだ。サラは体を凍りつかせ、ジェフリーが背中に手を当ててそっと押してくるまで、動けずにいた。サラはジェフリーを非難したかった。その胸にこぶしを叩きつけて、またこんなことをさせようとする彼を罵りたかったけれど、気力が流れ出してしまっていた。悲しみ以外、すっかり空っぽだ。

ジェフリーが言った。「サラ・リントン、こちらはジル・ローゼン」

黒い服に身を包んだ小柄な女性が、壁を背にして立っていた。彼女は無言のままで、金属と金属が当たる音だけが響いている。レナはベッドに座り、横に脚を垂らしていた。首の部分にリボンがついた緑色の病衣を着ている。神経が痙攣しているみたいに手を前後に動かしていて、そのたびごとに手首にかけられた手錠がベッドの下枠にぶつかっていた。

サラは血の味がするほど強く唇を噛んだ。「いますぐ彼女の手錠をはずして」

ジェフリーはためらったが、言われたとおりにした。

手錠をはずし終えたジェフリーにサラは告げた。「出ていって」議論の余地のない声音だった。

ジェフリーはまたためらった。サラはまっすぐ彼を見つめ、短くはっきりと発音した。

「出て。行って」

ジェフリーは出ていき、彼のうしろでドアがカチリと閉まった。サラはレナから一メートル弱の位置に両手を腰に当てて立った。手錠がはずされたにもかかわらず、レナの手は痙攣しているみたいに前後に動き続けている。ジェフリーがいなくなれば、部屋はもう少し広く感じられるだろうと思っていたのに、壁はまだこちらに迫ってきているようだ。部屋には触れられそうな恐怖が漂っていて、サラは不意に冷気に包まれた気がした。

サラは訊いた。「だれにこんなことをされたの？」

レナは咳払いをして、床を見つめた。口を開いたとき、その声はほんのささやき程度でしかなかった。「転んだの」

サラは彼女の胸に手を当てた。「レナ、あなたはレイプされたのよ」

「転んだの」繰り返すレナの手はまだ震えていた。

ジル・ローゼンが近づいてきて、シンクで紙タオルを濡らした。レナに歩み寄り、紙タオルで顔と首を拭いた。

サラは尋ねた。「イーサンにやられたの？」

ローゼンが血を拭き取ろうとしているあいだに、レナは首を振った。

レナが言った。「イーサンはなにもしていない」

ローゼンはレナの首のうしろに紙タオルを当てた。証拠がぬぐい取られているかもしれないが、サラは気にしなかった。

「レナ、大丈夫よ。彼はもうあなたを傷つけたりしない」

レナは目を閉じたが、顎を拭くローゼンの手を払うことはなかった。「彼はわたしを傷つけていない」

「あなたのせいじゃないの。彼をかばう必要はない」

レナは目を閉じたままだ。

「チャックにやられたの?」サラは尋ねた。ローゼンはぎょっとしたように顔をあげた。

サラはもう一度訊いた。「チャックなの?」

レナはささやくように答えた。「チャックには会っていない」

サラは彼女を理解したくて、ベッドの端に腰をおろした。「レナ、お願い」

レナは顔を背けた。病衣がはだけて、右の乳房のすぐ上に深い噛み跡があるのが見えた。

ローゼンがようやく口を開いた。「チャックがあなたを傷つけたの?」

「あなたを呼ぶべきじゃなかった」レナはローゼンに言った。

レナの髪を耳にかけているローゼンの目に涙が浮かんだ。二十年前の自分を見ているのかもしれない。

レナは彼女に言った。「お願いだから、帰って」

ローゼンは、あまり信用していないようなまなざしをサラに向けた。「あなたには、だれかにここにいてもらう権利があるのよ」大学で働いている彼女のもとには、これまでも同じような電話が何度もかかっていたに違いない。彼女は制度を理解している。自分では一度も利用したことがないとしても。

「お願い、帰って」レナはそう願えばローゼンがいなくなるとでもいうように、目を閉じたまま繰り返した。

ローゼンはなにか言おうとして口を開いたが、考え直したようだ。脱獄する囚人のように、急いで診察室を出ていった。

レナの目は閉じられたままだった。喉が動き、咳をした。

「気管が損傷しているみたいね。咽頭がダメージを受けていたら――」レナが聞いているのかどうかわからなくて、サラは言葉を切った。世界を締め出したいとでもいうように、彼女の目は固く閉じられている。

「レナ」サラの思いは、テッサと一緒にいた森へと戻っていた。「息がしにくかったりする？」

レナはほとんどわからないくらい、一度だけ小さく首を振った。

「触ってもいい？」サラは尋ねたが、答えを待つことはなかった。空気の溜まっている箇所はないかと、これ以上できないほど優しくレナの咽頭周辺の皮膚を探った。「傷ついているだけね。折れてはいないけれど、しばらく痛むはずよ」

レナがまた咳をしたので、サラは水の入ったコップを渡した。

「ゆっくりよ」サラはコップの底を傾けた。

レナはまた咳きこんだ。自分がどこにいるのかわからないみたいに、あたりを見まわした。

「ここは病院よ。チャックがあなたに乱暴して、イーサンがそれを見つけたの？　そういうことなの、レナ？」

レナは水を飲みこみ、痛みに顔をしかめた。「転んだの」

「レナ」サラは口がきけなくなるほどの深い悲しみに襲われて、息を呑んだ。「ああ、お願いよ。なにがあったのかを話して」

レナはうつむいたまま、なにかつぶやいた。

「なに？」

レナは咳払いをし、ようやく目を開けた。血管が切れていて、白目にいくつもの小さな赤い点が散っていた。

レナが言った。「シャワーを浴びたい」

サラはカウンターの上のレイプキットを見た。とてもできそうにない。ひとりの人間が背負うには重すぎる。なにもできず、ただそこに座ってサラがするべきことをするのを待っているレナを見ると、心が張り裂けそうだった。

レナはサラの恐れを感じ取ったらしい。「お願いだからさっさと終わらせて。すごく汚れた気がするの。シャワーを浴びたい」

サラはベッドからおりると、カウンターに近づいた。カメラにフィルムが入っていることを確かめる頃には、なにも考えられなくなっていた。

手順に従いながら、サラは尋ねた。「この二十四時間以内に、だれかと合意の上でセックスした？」

レナはうなずいた。「ええ」

サラは目を閉じた。「合意の上なのね？」もう一度確認する。

「ええ」

サラは声の調子を一定に保とうとした。「襲われたあと、ビデを使ったりシャワーを浴びたりした？」

「わたしは襲われてない」

サラはレナの前に立った。「あげられる薬がある。前にもあげた薬よ」

レナの手はまだ震えていて、ベッドのシーツをこすっていた。

「緊急避妊薬」

レナの唇が動いたが、声は出なかった。

「モーニングアフター・ピルとも呼ばれている。どういうふうに働くかは覚えている？」

レナはうなずいたが、サラは説明した。

「一錠はいま飲んで、十二時間後にもう一錠飲んでね。吐き気止めの薬を出すわ。前のとき、吐き気はひどかった？」

レナはうなずいたようだったが、はっきりとはわからなかった。

「痙攣や、めまいや、出血があるかもしれない」

レナはそれ以上言わせなかった。「わかった」

「わかったの？」

「わかった。薬をちょうだい」

遺体安置所で机の前に座ったサラは両手で頭を抱え、肩と耳ではさんだ電話機で父の携帯電話の呼び出し音を聞いていた。

「サラ？」電話に出たキャシーの声には心配そうな響きがあった。「どこにいるの？」

「メッセージを聞いていないの？」

「どうやって聞けばいいのかわからないのよ」わかりきったことだと言わんばかりのキャシーの口ぶりだった。「心配し始めていたところよ」

「ごめんなさい、ママ」サラは遺体安置所の時計に目を向けた。両親は一時間前に電話がかかってくるものだと思っていたはずだ。「チャック・ゲインズが殺されたの」

あまりのショックに、キャシーは心配どころではなくなったようだ。「三年生のとき、あなたのマカロニ・プロジェクトを食べた子？」

「そう」キャシーは、サラの子供の頃の友人を彼らがしでかしたばかげたエピソードに紐づけて記憶していた。

「恐ろしい話ね」チャックの死とテッサが刺されたことを関連づけて考えてはいないようだった。

「わたしは解剖をしなくてはいけないの。ほかにもいろいろと」レナ・アダムズのことも病院で起きたほかのことについても、母親に話したくはなかった。そんなことをしようものなら、感情を抑えられなくなるとわかっていた。自分がひどく無防備に感じられて、いまは家族と一緒にいたくてたまらない。

「朝にはこっちに来られる？」どこか妙なキャシーの口調だった。

「今夜中にできるだけ早く戻る」いまほど、町を出てきたくはなかったと思ったことはなかった。

「テスは大丈夫？」

「ここにいる」キャシーが答えた。「デヴォンと話している」

「そう。それって、いいことなの、悪いことなの?」

「多分いいことだと思う」キャシーは曖昧に答えた。

「パパはどう?」

答えが返ってくる前に一拍の間があった。「大丈夫」確信からはほど遠い口調だった。

サラはこみあげる涙をこらえようとした。かろうじて水面に顔を出している気分だ。父親との関係について考えるというさらなる試練が、彼女を水中に引っ張りこもうとしていた。

「ベイビー?」

机にジェフリーの影が落ちるのが見えた。サラは顔をあげたが、彼を見たのではなかった。窓の向こうに、遺体のそばで話をしているフランクとカルロスが見えた。

サラは言った。「ジェフがここにいるの、ママ。始めないと」

キャシーはまだ心配そうな口ぶりだった。「わかった」

「できるだけ早く帰る」サラはそう告げて、電話を切った。

ジェフリーが訊いた。「テスになにかあったのか?」

「わたしがあの子に会いたいだけ。家族と一緒にいたいの」

そこに自分は含まれていないのだとジェフは悟った。「いま、話をするかい?」

「あなたは彼女に手錠をかけた」サラは痛みと怒りのあいだで引き裂かれそうだった。

「手錠をかけるなんて信じられない」

「レナは容疑者なんだ、サラ」ジェフリーは背後を振り返った。フランクは自分のメモ帳を眺めているが、ふたりの言葉が全部聞こえていることはわかっていた。それでも確実に彼に聞こえるように、サラは声の音量をあげた。

「彼女はレイプされたの、ジェフ。だれにかは知らないけれど、レイプされた。あなたは彼女に手錠をかけるべきじゃなかった」

「彼女は殺人事件に関係している」

「あの部屋から逃げ出すはずがないじゃないの」

「それは問題じゃない」

「なにが問題なの？」サラは声を荒らげまいとしながら訊いた。「彼女を苦しめるため？彼女の心を折るため？」

「それがおれの仕事だ、サラ。人に白状させることが」

「あなたにそれ以上殴られたくなくて、みんなさぞかしいろいろな話をするんでしょうね」

「言っておくが、サラ、イーサン・ホワイトのような男は、ひとつのことにしか反応しないんだ」

「あら、あなたが知りたかったことを話したとき、彼がどこにいたのかを聞き逃したかしら？」

　ジェフリーはじっとサラを見つめたが、怒鳴りたいのをこらえているのは明らかだった。やがて彼は言った。「今朝のことに話を戻さないか？」

「今朝あなたは、レイプ被害者を病院のベッドに手錠で拘束しなかった」

「証拠を隠していたのはおれじゃない」

「証拠を隠すとかそういう話じゃないのよ、ばかじゃないの。患者を守っているの。わたしを犯人に仕立てるために、わたしのレイプキットが使われたら、あなたはどう思うわけ？」

「犯人に仕立てる？　彼女の指紋が凶器に残っていた。彼女はだれかにひどく痛めつけられたように見える。彼女の恋人はおれのあそこくらい長い犯罪歴がある。ほかにどう考えろっていうんだ？」ジェフリーが必死で癇癪を抑えているのがよくわかった。「きみを満足させるために、仕事のやり方を変えるわけにはいかない」

「そうね」サラは立ちあがった。「常識的な配慮をするためにもね」

「おれはなにも――」

「ばか言わないで」サラは音をたててドアを閉めた。フランクに聞かせようとするのはやめた。「彼女がどんな様子だか見たでしょう？　彼になにをされたのか。写真ができているはずよ。脚の裂傷を見た？　胸の嚙み跡を見た？」

「ああ。写真を見たよ。傷も見た」見たくなかったと言わんばかりに、ジェフリーは首を振った。

「あなたは本当にレナがチャックを殺したと思っているの?」

「現場とホワイトを結びつけるものはなにもない。奴を現場に結びつけるものを探してくれ。凶器に残る血のついた彼女の指紋以外のなにかを」

サラにはどうしても見過ごせないことがあった。「手錠をかけるべきじゃなかった」

「気の毒に思うからといって、彼女がだれかを殺すかもしれないという事実を無視するべきだったたっていうのか?」

「気の毒だと思っているの?」

「当たり前じゃないか。彼女がこんなふうになっておれが喜んでいるとでも思うのか? ちくしょう」

「正当防衛だったのかもしれない」

「それは弁護士が決めることだ」ジェフリーの口調はとげとげしかったが、そのとおりであることをサラは知っていた。「おれが彼女のことをどう思っていようと、それが仕事の妨げになってはならない。それはきみも同じだ」

「わたしはあなたほどプロではないんでしょうね」

「そんなことは言ってない」

「レイプされたことのある女性のうちの八十パーセントは、人生のどこかで二度目を経験するの。知っていた?」

彼の沈黙が答えだった。

「彼女を殺人罪で告発する前に、強姦罪《ごうかん》で告発すべき人間を捜すのね」

ジェフリーは両手をあげ、肩をすくめた。「聞いていなかったのか?」あまりに軽薄な口調だったので、サラは彼を引っぱたきたくなった。「彼女はレイプされていない。転んだんだ」

これ以上彼と話すことはできないと悟ったサラは、ドアを開けた。遺体安置所へと入っていくあいだもジェフリーの視線を感じていたが、どうでもよかった。解剖でなにが判明しようと、レナを手錠でベッドにくくりつけたジェフリーを許すことはできないだろう。いまは、今後二度と彼と話をしなくてもかまわないというくらいの気分だった。

レントゲン写真に近づいたが、見ているわけではなかった。呼吸することに意識を注ぎ、目の前の作業に集中しようとした。目を閉じ、テッサとレナを心から追い出し、イーサン・ホワイトを記憶から消した。立ち直ったと思えたところで目を開き、解剖台に歩み寄った。

チャック・ゲインズは肩幅の広い大柄な男で、胸毛は少ない。腕に目立つ防御創はなかったので、不意を突かれたのだろうとサラは考えた。首はざっくり切られていて、真っ赤な傷口からつる植物の枝のように動脈や腱が突き出している。一部があるべき位置からずれている頸椎《けいつい》までよく見えた。

「ブラックライトを当ててみた」サラは言った。ブラックライトは体液に反応するので、性行為が行われたかどうかがわかる。「白だった」

ジェフリーが反論した。「コンドームを使ったのかもしれない」

「現場で見つかったの？」

「処分するべきだってことくらい、レナならわかる」

サラはいらだちも露わに、頭上の照明を引きおろした。傷口周辺がよく見えるように、照明の位置を調節する。「ためらい傷がひとつある」サラは、表面だけに残る傷を示した。チャックを殺した人間は、目的を果たすために少なくとも二度は試みたということだ。

「つまり」ジェフリーが推測した。「力の強い人間ではなかったということだ」

「軟骨と骨を切るには、かなりの力がいるのよ」フランクの前でジェフリーを非難したくはなかったから、彼が滔々《とうとう》と持論を述べたりしないことを願いながらサラは言った。ジェフリーはおそらくそのためだけにフランクを連れてきたのだろうと思った。

「凶器を持ってきた？」

ジェフリーは、血がついた長さ十五センチの狩猟ナイフが入ったビニールの証拠保全袋を持ちあげてみせた。「空の鞘が彼女の寝室にあった。ナイフはぴったり収まった」

「ほかのものは探さなかったの？」

ジェフリーはサラの皮肉をさらりと聞き流した。「彼女の部屋もホワイトの部屋もひっくり返して調べた。武器はこれだけだった」そう言ってから、付け加えた。「あらゆる種類のね」

サラはナイフを眺めた。刃の片側は鋸歯《きょし》状にぎざぎざしていて、もう一方は滑らかだ。柄には指紋採取用の黒い粉がついていて、血のついた指紋をテープに移し取った跡がうっすらと残っていた。それ以外、ナイフにほとんど血はついていない。犯人が拭き取ったか、あるいはジェフリーが間違ったナイフを持ってきたかのどちらかだ。そのどちらなのか、経験に基づいた推測をすることはできたが、決定的なことを言う前にはっきりした証拠をつかみたかった。

サラは手袋をつけた。首以外は、左胸の上のほうに刺し傷が一箇所あるだけだ。傷口はジェフリーに見せられたナイフと同じ程度の大きさだが、端はぎざぎざしていない。チャックを襲った犯人はおそらく首を切りつけてから、胸を刺したのだろう。胸の傷は斜めになっていて、犯人がチャックを刺したとき、彼を見おろすように立っていたことを示していた。

ジェフリーが尋ねた。「そこはテスが刺されたところじゃないか？」

サラはその質問を無視した。「彼を横向きにするのを手伝ってくれる？」

ジェフリーは壁のディスペンサーに近づき、手袋を取り出した。

フランクが声をかけた。「おれも手伝おうか?」

「いいえ」サラは応じた。「ありがとう」

フランクは見るからにほっとした様子で、自分の胸を叩いた。サラは、彼の指関節のあたりの皮膚に切り傷や痣があることに気づいた。彼女に気づかれたのがわかって、フランクは申し訳なさそうな笑みを浮かべてポケットに手を突っ込んだ。

ジェフリーが言った。「いいか?」

サラはうなずき、彼が位置につくのを待った。

チャックの頭はほぼ首から切断されていたので、彼を動かすのは簡単ではなかった。遺体の硬直が解けていないことも、事態をさらに難しくした。脚が解剖台の端のほうにずれ、遺体が床に落ちないようにサラはあわてて移動しなくてはならなかった。

「すまない」ジェフリーが言った。

「いいのよ」さっきまでの怒りがいくらかほどけていくのを感じながら、サラは応じた。トレイを指さした。「そのメスを取ってくれる?」

それが通常の手順ではないことをジェフリーは知っていた。「なにを探しているんだ?」

サラはナイフの刃がどう刺さったのかを推測してから、チャックの背中側の左肩のすぐ下を小さく切開した。

「あなたが見つけた武器はあのナイフだけなのね?」サラはトレイの上のもうひとつの器具を示しながら、確認した。

「そうだ」ジェフリーはステンレスのピンセットを彼女に手渡した。

サラはピンセットを傷口に差しこみ、目的のものを見つけるまでその先端で内部を探った。

「なにをしているんだ?」ジェフリーが尋ねた。

サラは答える代わりに、金属の破片を取り出した。

フランクが訊いた。「それはなんだ?」

ジェフリーは気分が悪くなったようだ。「ナイフの先だ」

サラが言い添えた。「肩甲骨に当たって折れたのね」

フランクは明らかに戸惑っていた。「レナのナイフの刃は折れていなかった」ビニールの袋を手に取った。「先は曲がってもいない」

ジェフリーは真っ青になり、その苦悩の表情を見てサラはさっき彼にぶつけた言葉を申し訳なく思った。

フランクが言った。「いったいどういうことなんだ?」

「彼女のナイフじゃなかった」感情を抑えているのか、ジェフリーは喉が詰まったような声で言った。「レナじゃなかった」

14

レナはぎくりとして目を覚まし、両手を使って体を起こした。息をするたびにあばらが痛かったし、ようやくグラスファイバーのギプスをつけたにもかかわらず、手首はずきずき痛んだ。小さな監房を見まわし、どうしてここにいるのかを思い出そうとした。

「大丈夫だ」ジェフリーが言った。

彼は向かい側の寝台に座り、両膝に肘を当てて両手を体の前で組んでいた。レナがいるのは警察署の奥にある留置場ではなく、待機房のような部屋だった。そこは暗く、廊下の先にある監視用のブースから漏れてくる光以外、明かりはなかった。ドアは開いていたが、それをどう解釈すればいいのかレナにはわからなかった。

「薬を飲む時間だ」ジェフリーの脇には、プラスチックのコップと薬が二錠のった金属のトレイが置かれていた。彼はトレイを手にすると、ウェイターのように差し出した。「小さいほうは吐き気止めだ」

レナは薬を口に入れ、冷たい水で流しこんだ。コップをトレイの穴に戻そうとしたが、うまく体が動かなくて、ジェフリーが代わりに戻してやらなくてはならなかった。水がこぼれてズボンを濡らしたが、ジェフリーは気づかないふりをした。

レナは何度か咳払いをしてから、尋ねた。「何時？」

「夜中の十二時十五分ほど前だ」

十五時間、とレナは考えた。勾留されて十五時間近くになる。

「なにか欲しいものはあるか？」トレイを床に置こうとしてジェフリーがかがみこむと、顔に光が当たり、彼が決意を固めたような表情をしているのが見えた。「気分はどうだ？」

レナは肩をすくめようとしたが、痛みがひどかった。しびれていない箇所は、どこもこわばっていて痛みがある。まぶたですら、まばたきすると痛かった。

「手の切り傷はどうだ？」

レナはギプスから突き出ている人差し指を見た。換気口の格子を戻そうとして指を切ってから、どれくらいの時間がたったのだろうと考えた。永遠にも思える。わたしはもうあのときのわたしですらない。

「そのせいでナイフに血がついたのか？」ジェフリーはまた明かりのほうに身を乗り出した。「手を切ったときに？」

レナはもう一度咳払いをしたが、痛みがひどくなっただけだった。声はかすれていて、ほんのささやき程度でしかなかった。「もう少し水をもらえる？」

「もっと強いもののほうがいいか？」ジェフリーに訊かれ、レナは彼がなにをしているのかを理解しようとしてじっと顔を見た。ジェフリーはいい警察官を演じていて、いまのレナは優しくしてくれる人を強烈に求めていたから、おそらくまんまと引っかかってしまうだろう。なにがあったのかを話したくてたまらないけれど、口から発しなくてはならない言葉を頭が考えることができずにいた。

ジェフリーはコップを差し出した。「とりあえず水にしておこうか？」

レナは水が冷たいことをありがたく思いながら飲んだ。ジェフリーは水道の水ではなく、ロビーにある冷水器の水を汲《く》んできてくれたらしい。

レナは彼にコップを返すと、壁に背中を当てて座った。背中は痛んだが、コンクリートブロックは揺るぎがなくて安心できた。指のすぐ下から前腕のなかほどまで伸びているギプスを眺めた。指を動かすと、腕に震えが走った。

「鎮痛剤の効き目が切れてきたかもしれない」ジェフリーが言った。「もっと欲しいかい？サラになにかを処方してもらってもいい」

レナは首を振った。いまはただ放っておいてほしいだけだ。

「チャックはＢマイナスだった。きみはＡ型だ」

レナはうなずいた。ＤＮＡ検査は一週間ほどかかるが、血液型は病院ですぐに調べられる。

ジェフリーは言った。「ナイフと机ときみのシャツの裾についていた血液はA型だった」

レナは続きを待った。

「Bマイナスはどこからも検出されなかった。オフィス以外のどこからも」

レナは吸いこんだ息を止め、どれくらい耐えられるだろうと考えた。

「レナ……」驚いたことにジェフリーの声は震えていて、彼が自分の手を見つめるのを待たずとも、どれほど動揺しているのかは伝わってきた。

「きみに手錠をかけるべきじゃなかった」

どういう意味だろうとレナは考えた。前夜イーサンとのあいだになにがあったのか、ほとんど思い出せない。

「まったく違う対処をしていたと思う。もしも……」ジェフリーは顔をあげてレナを見つめた。廊下からの明かりに彼の目が光っている。「わからない」

レナはもっと水が欲しいと思いながら、咳をこらえた。

「レナ、なにがあったのか話してほしい。だれがきみにこんなことをしたのか教えてくれたら、そいつを罰することができるんだ」

レナは彼を見つめることしかできなかった。これは自分でしたことだ。彼はこれ以上どうやってわたしを罰するというの？

「きみに手錠をかけるべきじゃなかった」ジェフリーはもう一度言った。「本当にすまない」


レナはあばらに痛みを感じながら、ゆっくりと息を吐いた。

「イーサンはどこ？」

ジェフリーの体がこわばった。「まだ勾留されている」

「どういう容疑で？」

「仮釈放規定違反だ」ジェフリーはそれ以上説明しなかった。

「彼は本当に死んだの？」レナは最後にチャックに会ったときのことを思い出していた。

「ああ。死んだ」彼はまた自分の手を眺めた。「彼にやられたのか、レナ？　チャックがきみを傷つけたのか？」

レナはもう一度咳払いをした。首が痛んだ。「家に帰れる？」

ジェフリーは考えているようだったが、さっきの彼の話からすれば、彼女を引き留めておく理由はない。

「家に帰りたいの」レナは言ったが、彼女が考えている家は大学構内のあのむさくるしい部屋ではなかった。考えていたのは、かつて持っていた家とそこで暮らしていたときのことだ。人を攻撃したり、望まないことを無理やりやらせたりしないレナのことだ。いいレナ。シビルが死ぬ前のレナ。

「ナン・トーマスが来ている。迎えに来てほしいと頼んだんだ」

「彼女には会いたくない」

「すまない、レナ。彼女が外できみを待っているんだ。それに、きみをひとりで家に帰すわけにはいかないし、そのつもりもない」

車で家へと向かうあいだ、ナンは無言だった。彼女がどれくらい知っているのか、それともなにも知らないのか、判断するすべはない。けれどいまのレナには、それもどうでもいいことだった。ゆうべの嵐のあとは、一切を気にすることをやめていた。

窓の外に目を向け、もう長いあいだ夜のドライブをしていないとレナは考えた。いつもならいま頃はもうベッドに入っていて、眠っていることもあれば、窓の外を眺めながら翌日が来るのを待っていることもあったが、決して外出はしなかった。安全だと感じられない場所には決して行かない。

ナンは車を私道に入れ、エンジンを切った。日よけにキーをはさみ、おどけたような笑みをレナに向けた。ナンは他人を信用しすぎる。どこかのいかれた男に殺されるまで、シビルにも同じようなところがあった。

数年前にシビルとナンが買ったのは、ハーツデールのどこにでもあるような小さな平屋だった。片側に寝室がふたつ、廊下の先にバスルーム、反対側にキッチンと食堂と居間がある。ふたつ目の寝室はシビルのオフィスになっていたが、ナンがいまその部屋をなにに使っているのかレナは知らなかった。

レナは玄関ポーチに立ち、ナンがドアの鍵を開けているあいだ、片手を家の壁に当てて倒れないように体を支えていた。疲労が人生の一部になっている。それもまた変化のひとつだった。

ナンがドアを開けると、ふたりを出迎えるようにアラームパネルが三度短く鳴った。安全というものに対するナンの無頓着さを知っていたから、彼女がセキュリティシステムをつけようと考えたこと自体が驚きだった。

ナンはレナの心を読んだに違いない。「そうなの」シビルの誕生日をパネルに打ちこみながら彼女は言った。「安全だって感じられると思ったの。シビルがあんなことに……そしてあなたも……」

「犬のほうがいい」レナはそう言ってから、ナンが不安そうな表情になったのを見て後悔した。「アラームの音でも人を追い払える」

「最初に取りつけたときは、スイッチを入れなかったの。向かいのミセス・ムシェイが心臓発作を起こしそうになったことがあったから」

「大丈夫よ」

「どうしてわたしはそう思えないのかしらね？」

レナはソファの背に手をのせ、この手のくだらないやりとりをするだけの元気さは自分にはないと考えていた。

ナンはそれに気づいたらしい。「お腹すいている?」そう尋ね、食堂からキッチンへと歩いていきながら、明かりをつけた。

レナは首を振ったが、ナンは気づかなかった。

「レナ?」

「いいえ」レナはソファを指でなぞりながら、バスルームへと向かった。薬のせいで腹痛がしていたし、膀胱炎を起こしているのか、焼けるような感覚があった。

黒と白のタイル敷きのバスルームは狭かった。天井との境目の壁はビードボードで、その下に白のタイルが貼られている。薬棚の鏡は歪んでいて、枠にはシビルの写真がはさんであった。レナは鏡を見つめ、それからシビルに視線を移し、ふたつの顔を見比べた。殺されるひと月ほど前に写した写真なのに、レナのほうが十歳は老けて見える。レナの左目は腫れ、目の下の傷は真っ赤で触れると痛んだ。唇は中央が裂けていたし、首はひっかき傷があるだけでなく、ぐるりと大きな痣ができている。声を出しにくいのも無理はなかった。おそらく喉は生肉のように傷つきやすくなっている。

「レナ?」ナンがドアをノックした。

彼女に心配させたくなかったので、レナはドアを開けた。

「紅茶を飲む?」

レナはいらないと言おうとしたが、紅茶は喉にいいかもしれないと思い直してうなずいた。

「タミー・ミント？　それともスリーピー・ベア？」

レナは笑いたくなった。あんなことのあったあとで、バスルームの入り口に立ったナンが、タミー・ミントとスリーピー・ベアのどちらを飲みたいかと尋ねているのが、ひどく滑稽に思えたからだ。

ナンは笑顔で言った。「わたしが選ぶわね。着替えたい？」

レナの服は証拠として押収されたので、留置場で与えられた囚人服を着たままだった。

「もしよければ、シビルの服をまだ置いてあるけれど……」レナにシビルの服を着せるのは、どちらにとっても気まずいものだとふたりは同時に気づいた。

「あなたに合いそうなパジャマがある」ナンは自分の部屋へと入っていき、レナはそのあとを追った。ベッド脇には何枚ものシビルの写真と、彼女が子供の頃からかわいがっていたくまのプーさんのぬいぐるみが置かれていた。

ナンは部屋のなかからレナを見つめている。

「なに？」レナは唇の傷口が再び開かないように、口をあまり動かさずに尋ねた。

ナンはクローゼットに近づくと、爪先立ちになっていちばん上の棚に手を伸ばして、小さな木の箱を取り出した。

「父からなの」ナンはそう言って箱を開けた。型押しされたベルベットに包まれて小型のグロック拳銃が入っていた。その横には弾の入った弾倉。

「これをどうするつもり？」レナは銃を箱から取り出して、その重みを確かめたかった。警察を辞めて以来、銃に触れていない。

「シビルが死んだあと、父がくれたの」ナンが言った。彼女の父親がまだ存命なのかどうかすら知らないことに、レナは気づいた。

「警察官なのよ。あなたのお父さんがそうだったように」

レナはひんやりした金属に指で触れ、その感触が気に入った。

「使い方も知らないわ」ナンが言った。「わたしは銃が嫌い」

「シビルも嫌っていた」レナは言ったが、彼女とシビルの父親であるカルヴィン・アダムズが交通違反の取り締まり中に撃たれたことを、ナンが知らないはずはなかった。

ナンは箱を閉じ、レナに差し出した。「これであなたが安全だって思えるなら、持っていて」

レナは箱を受け取り、抱くようにして持った。

ナンは化粧ダンスに歩み寄り、パステルブルーのパジャマを取り出した。「あなたの好みじゃないことはわかっているけれど、清潔だから」

「ありがとう」レナは礼を言った。

ナンは部屋を出ていき、ドアを閉めた。レナは鍵をかけたかったけれど、音を聞いたナンが気を悪くするかもしれないと考えた。ベッドに座り、膝の上で木の箱を開いた。イーサンのペニスを指でなぞったように、銃身に沿って指を滑らせた。銃を手に取り、弾倉を装塡しようとした。左腕のギプスのせいでなかなかうまくできなかったし、スライドを引いて弾を薬室に送りこもうとしたときには、危うく銃を取り落としそうになった。

「ちくしょう」レナはカチリという感触を確かめるためだけに、何度か引き金を絞った。

いつもの習慣で、弾倉をはずしてから銃を箱に戻した。苦労しながら、青いパジャマに着替えた。脚がひどく痛んだので動かしたくなかったが、こわばりと痛みに抗うためには動かすしかないことはわかっていた。

キッチンに行ってみると、ナンが紅茶をいれていた。笑うまいとしているけれど、頰が緩んでいて、レナは紺色の漫画の犬が描かれた自分のパジャマのポケットに目を向けた。

「ごめんなさい」ナンはにやにやしながら謝った。「あなたがそんなものを着るところを想像したこともなかったから」

レナは唇の傷が開くのを感じながら、弱々しく笑った。木の箱をテーブルに置く。薬室に弾を送りこめなければ銃は役立たずだが、近くにあるだけで安心できた。

ナンは銃に気づいたが、それには触れなかった。「そのパジャマはわたしよりあなたのほうが似合うわね」

レナはわずかな不安を覚え、はっきりさせておいたほうがいいだろうと考えた。「わたしはゲイじゃないのよ、ナン」

ナンの顔から笑みが消えた。「レナ、たとえあなたがゲイだとしても、だれかがあなたの妹の代わりができるなんて思える日は、わたしの人生には来ないでしょうね」

シビルの話はしたくなかったから、レナは椅子をつかんだ。シビルの話を持ち出せば、彼女を巻きこむことになる。自分の身になにが起きたのかをシビルに知られるのだと考えると、レナはものすごく恥ずかしくなった。レナは初めて、妹が死んでいてよかったと思った。

「もう遅いわ」レナは壁の時計に目を向けた。「あなたを引きずりこんでごめんなさい」

「あら、気にしないで。真夜中過ぎまで起きているのも、たまにはいいものよ。いつもは年寄りみたいに九時半にはベッドに入るの。シビルが――」

「お願い、彼女の話はやめて。いまは」

「座りましょうか」ナンはレナの肩に手を置いて椅子へといざなおうとしたが、レナは動かなかった。

「レナ？」

レナは唇を嚙み、傷口がさらに開いた。舌で唇をなぞると、イーサンの首をどんなふうになめたかが思い出された。

なんの前触れもなくレナは泣きだし、ナンはもう一方の手を彼女の体に回した。ふたりはキッチンに立ち、レナの涙が涸《か》れるまで、ナンは彼女を抱き締めていた。

木曜日

15

ロン・フレッチャーは教会の助祭のようだった。茶色い髪はきっちりと横分けにして、テカテカするジェルかなにかで固めている。チャック・ゲインズについて聞かせてほしいだけだとジェフリーが電話で告げたにもかかわらず、就職の面接に来たみたいにスーツを着こんでいた。においから判断するに、フレッチャーは煙草を吸うらしい。保安部の彼のロッカーで見つけたもののことを考えれば、ニコチンは彼の中毒のなかでもいちばんささいな問題だろう。

「おはよう、ミスター・フレッチャー」ジェフリーはテーブルをはさんで座った。

フレッチャーは不安げな笑みをちらりとジェフリーに向けてから、あえて背後を振り返り、警備兵のようにドア脇に立つフランクを見つめた。「おれはトリヴァー警部」ジェフリーは言った。「彼はウォレス刑事だ」

フレッチャーは髪を撫でつけながらうなずいた。十代の頃から少しも成長していない、麻薬を常用する四十男だ。「どうも。どんな具合ですか？」

「悪くない」ジェフリーは答えた。「こんな早い時間に申し訳なかった」

「わたしは夜勤なんでね」長年マリファナを使っていたせいでなかなか言葉が出ないのか、フレッチャーはゆっくりと話した。「普段はだいたいいま頃ベッドに入るんですよ」

「なるほど」ジェフリーは笑みを浮かべた。「来てくれて助かった」片手はテーブルにのせたまま、椅子の背に体を預ける。

フレッチャーは振り返り、もう一度フランクを見た。フランクはそうしようと思ったときには堂々とした態度を取ることができたから、それを知らしめるように肩をそびやかしている。

フレッチャーはジェフリーに視線を戻し、さっきと同じ不安そうな笑みを浮かべた。

ジェフリーもまた笑みを返した。

「えーと……」フレッチャーはテーブルに肘をつき、前かがみになってうなだれた。「マリファナを見つけたんですね」

「そういうことだ」ジェフリーが答えた。

「あれはわたしのじゃない」フレッチャーは否定しようとしたが、その口調から判断するに言い訳が通用しないことはわかっているようだった。ロン・フレッチャーは四十代半ばだが、就業記録を見ると、二年以上、決まった仕事についていたことがない。

「あんたのだ」ジェフリーは言った。「あんたの指紋がついていた」

「くそ」フレッチャーはうめき、手のひらをテーブルに打ちつけた。

ジェフリーは、フランクがにやりと笑うのを見た。袋に指紋はついていたが、照合するためのフレッチャーの指紋は、警察のファイルにはなかった。

「ほかになにを売っている?」

フレッチャーは肩をすくめた。

「あんたの家を捜索するつもりだよ、ロン」

「嘘だろう」フレッチャーはテーブルに顔を押し当てた。「ひどすぎる」懇願するように顔をあげる。「おれは法を犯したことは一度もないんだ。信じてください」

「あんたの前科はすでに調べてある」

フレッチャーの唇が震えた。駐車違反以外、彼に前科はなかったが、起訴されなかったために記録に残らなかったなにかがあった可能性はある。フレッチャーは、警察官が実際以上に力を持っていると考えていた世代の人間だった。

ジェフリーは訊いた。「学校でだれに売っていた?」

「学生数人だ。自分の分が買える程度に、時々少量を売っていただけなんだ。たいした量じゃない」

「チャックはそのことを?」

「チャック? まさか。もちろん知らない。彼は実際、なにもわかっていなかったんだ。

でもおれがしていることを知ったら……」

「彼が死んだことは知っているか？」

フレッチャーは青くなり、あんぐりと口を開けた。

彼が不安そうに顔を引きつらせるまで、ジェフリーは待った。

「大学でだれかの権利を侵害しなかったか？」

「権利を侵害？」フレッチャーが訊き返したので、ジェフリーはその言葉の意味を説明しようとしたが、彼は言葉を継いだ。「それはない。ほかにだれが売っているのかは知らないが、だれからもなにも言われたことはないよ。おれは、人の市場を荒らすほどのことはしていなかった。本当だ」

「だれも接触してきていないんだな？　あんたのしていることが気に入らないとほのめかされたことは？」

「ない」フレッチャーは断言した。「おれは注意深いんだ。数えるほどの学生にしか売っていない。大金を稼ごうと思っていたわけじゃない。マリファナが続けられればそれでよかったんだ」

「マリファナだけか？」

「たまに、ほかのものもやることはあった」フレッチャーは底抜けのばかではないらしい。ほかの強い薬物に比べて、マリファナが比較的軽い罪ですむことを知っている。

「売っていたという学生は？」

「それほど多くない。三、四人というところだ」

「ウィリアム・ディクソン？　スクーター？」

「とんでもない。スクーターは違う。彼は死んだ。彼にはあんなものを売っていない。おれを呼んだのはそれが目的だったのか？」フレッチャーが落ち着きをなくし始めたので、ジェフリーはなだめるような仕草をした。

「スクーターがクスリを売っていたことはわかっている。彼のことは心配しなくていい」

「そうか」フレッチャーは胸に手を当てた。「脅かさないでくれ」

ジェフリーはかまをかけてみることにした。「あんたがアンディ・ローゼンに売っていたことはわかっているんだ」

フレッチャーの口が動いたが、言葉は出てこなかった。フランクからジェフリーに、そして再びフランクに視線を戻した。「ありえない」ようやくそう言った。「弁護士を呼んでくれ」

「弁護士を呼ぶと、この話し合いの性質もすっかり変わってしまうことになるぞ、ロン。あんたが弁護士を呼ぶなら、おれもそれなりの対処をすることになる」

「ありえない。ありえない」

「起訴したら、それまでだ。あんたは制度に組みこまれる。取引はできない。ムショ暮らしをすることになるだろうな」

「でっちあげだ。おとり捜査だ」

「おとり捜査ではない」ジェフリーは訂正した。正確に言えば、フレッチャーが弁護士を要求した時点で、彼のミランダ権利を侵害したことにはなるが。「あんたを捕まえようとしているわけじゃないんだ、ロン。おれたちはただ、アンディ・ローゼンになにを売っていたのかを知りたいだけだ」

「ありえないね」フレッチャーは食ってかかった。「どういうつもりなのかはわかっている。彼があの橋から飛び降りる前になにかを吸っていたなら、あんたたちはそれをおれの――いや、そいつを売ったやつのせいにするつもりなんだ」

ジェフリーはテーブルに身を乗り出した。「アンディは飛び降りたんじゃない。突き落とされたんだ」

「嘘だろう?」フレッチャーは再びジェフリーからフランクへと視線を移した。「なんてこった、なんてひどい。ひどすぎる。アンディはいい子だった。ちょっとばかり問題はあったが、なのに……くそ。いい子だったんだ」

「どんな問題があったんだ?」

「クスリをやめられなかった」フレッチャーは両手を放り出すように上にあげた。「やめたいのに、やめられない人間がいるんだよ」

「彼は本当にやめたかったのか？」

「だと思う。っていうか、やめたかったんだと思っていた」

「いつまでだ？」

フレッチャーは顔をしかめた。「知らないさ」

「いつまでだ、ロン？　彼はあんたからなにかを買おうとしたのか？」

「彼は金をまったく持っていなかったんだ。彼はいつだって――」フレッチャーは背中を丸め、両手をこすり合わせ始めた。「――〝クラックを今日くれたら、金は火曜日に払うよ〟っていう感じだった」

「そうしてやったのか？」

「まさか。アンディは前にもおれをだまそうとしたことがある。だれかれとなくだまそうとしていたね」

「そのせいで敵はいただろうか？」

フレッチャーは首を振った。「ちょっと強く出れば、取り返せたからね。気の毒になるくらいだったよ。残念なくそ野郎だったが、少し小突いてやれば〝わかったよ、金なら払う。痛い目に遭わせないでくれ〟って言ってきた」自分がなにを言ったのかに気づいて、フレッチャーは言葉を切った。「いや、おれは彼を傷つけたりはしていないさ。それはおれのやり方じゃない。おれはリラックスするのが好きなんだ。心を探るっていうか、なんて言うか……」フレッチャーは言葉を探している。「いや、そうじゃない。広げるんだ。心を広げる。自分自身を解放するんだ」

「なるほど」フレッチャーの心がこれ以上解放されたら、よだれを垂らすだろうと思いながらジェフリーは応じた。

「彼が気の毒だった。なにかいいことがあったらしいんだ。祝う用意をしていたよ」

ジェフリーはちらりとフランクを見た。「なにを祝っていたんだろう?」

「言わなかった。彼は言わなかったし、おれも訊かなかった。アンディはそういう奴だった。秘密にしておくのが好きだったんだ。トイレにくそしに行くことだって、彼にとってはたいした秘密だったんだ。ジェームズ・ボンドとやってるとでもいうみたいにね」フレッチャーは笑うふりをした。「ハハハ。アンディが男とやってたってわけじゃないがね」

「チャックはどうだ? 彼はどう関わっていたんだ?」

フレッチャーは肩をすくめた。「死んだ人間を悪く言うのは――」

「ロン?」

彼は腹を撫でながらうめいた。「彼はピンハネしていたかもしれないな。ほら、家賃とかそういうものから」

ジェフリーは椅子の背にもたれ、今回の殺人事件とチャックにどんな関わりがあるのだろうと考えた。麻薬の売人が殺すのは、自分たちの邪魔をした人間だ。その場合も、競争相手になるかもしれない人間に対する警告として、派手な殺し方をする。自殺に見せかけるのは、相容《あいい》れないやり方だ。

ジェフリーがなにも言わないので、フレッチャーは不安になってきたらしい。「弁護士を呼んだほうがいいか？」

「協力してくれれば、その必要はない」ジェフリーはメモ帳とペンを取り出し、フレッチャーに渡した。「これが初犯だということはわかっている。懲役刑にならないようにしてやるが、そのためにはあんたの部屋になにがあるのかを教えてもらう必要がある。あんたの部屋で、おれたちが聞かされていなかったものが見つかったら、最高刑を科すように判事に言うからな」

「わかった」フレッチャーが言った。「わかったよ。アイス。アイスが少しある。マットレスの下だ」

ジェフリーはペンとノートを示した。

フレッチャーは自分の家について説明しながら、書き始めた。「冷蔵庫にマリファナが少しある。バターを入れるところだ。なんて呼ぶんだろう？」

「バターケース入れ？」

「それそれ」フレッチャーはうなずき、ノートに戻った。

ジェフリーは、自分にはほかにするべきことがあると思いながら立ちあがった。廊下からフレッチャーの様子が見えるように、ドアは開けたままにした。

フランクが訊いた。「どうした？」

ジェフリーは低い声で告げた。「なにか聞けるかもしれないから、もう一度ジル・ローゼンに会ってくる」

「あの子はどうしている？」

レナのことを思い出すと、ジェフリーの気持ちが沈んだ。「今朝、ナン・トーマスと話をした。わからない。訴えるつもりがあるのかどうか、おれが行って確かめたほうがいいかもしれない」

「彼女はそんなことはしないさ」フランクが言い、そのとおりだとジェフリーにはわかっていた。

「彼女と話をしてくれ」ジェフリーがそう言うとフランクは、自分の母親を濡れた敷物で引っぱたけと言われたかのような反応を見せた。レナが襲われて以来、フランクはかつてのパートナーにどう対応していいのかわからずにいる。彼の反応もわからないではなかったが、自分のパートナーを見捨てることになる事態など、ジェフリーにはとても想像できなかった。もう何年も会っていない警察官たちがバーミンガムにいるが、いつどんなときでも彼らから電話があれば、即座に車に飛び乗ってアラバマに向かうだろう。

ジェフリーは言った。「彼女と会えと命令はしないが、あんたが手を差し出せば――」

フランクは手を口に当てて咳をした。

「彼女はあんたを信用しているんだ、フランク。あんたなら、彼女を正しい道に引き戻してやれるかもしれない」

「彼女はもう自分の進みたい道を選んだように思えるがね」彼の目には冷たい表情が浮かんでいて、昨日、イーサン・ホワイトから彼を引きはがすのがどれほど大変だったかを思い出した。あのまま放っておいたなら、ホワイトはいまごろ死んでいただろう。

「あんたの言うことなら聞くさ。あんたが、彼女にわからせる最後のチャンスかもしれない」

その言葉を自分は本当に口にしたのだろうかとジェフリーが疑問に思うくらい、フランクはあっさりと聞き流した。

フランクは手を振って、すでに二ページ目を書いているフレッチャーを示した。「奴の家を探すのか？」

「ああ、頼む」フレッチャーが説得力のある嘘つきだという可能性はおおいにあった。

「ロッカーのマリファナの件で、手続きを始めてくれ。ほかをどうするかは、今日の終わりに考えよう」

「ホワイトはどうする？　奴を野放しにするのか？」

自分の部下が彼をそっとしておくとは思えなかったので、ジェフリーはホワイトを勾留しておいてほしいとメーコンの保安官に頼んでいた。「できるだけ長く閉じこめておくつもりだが、レナが訴えないのなら、おれにできることはあまりない」

「DNAはどうなんだ？」

「知っているだろう？　少なくとも一週間はかかる。それに結果が出たとしても、同意のうえだとレナが言い張るなら意味はない」

フランクは小さくうなずいた。「あんたは今夜、アトランタに行くのか？」

「ああ、おそらく」しばらく放っておいてくれと、ゆうべ最後にサラに言われていたが、ジェフリーはそう答えた。彼女が本気でその言葉を口にする日がいつか来るだろう。それがいまではないことをジェフリーは心から願った。


ジェフリーはローゼンとケラーの家に向かって歩いていた。頭をはっきりさせる時間が必要だった。テッサが刺され、レナが襲われ、今週は罪悪感ばかりが大きくなる。ゆうべ監房で、ジェフリーはレナの肩に腕を回し、慰めてやりたくてたまらなかった。だがそれは、彼女がいちばんしてほしくないことだとわかっていたから、彼にできるのは、そもそも今回の事件を始めたのはだれなのかを突き止めることだ。保安部に侵入した人間がいたことを示す証拠はない。だれもがゲス野郎だとはいうものの、チャックにこれといった恨みを抱いている人間はいなかったし、彼を殺す理由に心当たりがある者もいなかった。たとえフレッチャーのクスリの売買の利益の上前を跳ねていたとしても、罰せられるのはフレッチャーであってチャックではない。

赤いムスタングは、最後にジェフリーが見たときと同じ場所の私道に止まったままになっていた。玄関ポーチに近づいてドアをノックし、両手をポケットに突っ込んで待った。数分がたち、ジル・ローゼンは本当に家を出ていったのだろうかと考えながら窓をのぞきこんだ。

さらに数回ドアをノックしてから、その場をあとにした。私道を半分ほど戻ったところで、気が変わった。家の裏手に回り、アンディ・ローゼンのアパートメントに向かった。土曜日の夜、アンディはなにかを祝うつもりだったとフレッチャーは言っていた。アンディがそれほど喜んでいた理由がわかるかもしれない。

ジェフリーはアンディのアパートメントのドアをノックした。もしジル・ローゼンが息子の荷物をまとめているのであれば、邪魔はしたくない。ドアノブを回した。

「こんにちは」呼びかけながら、小さなアパートメントに足を踏み入れた。母屋と同様、アンディのアパートメントの模様替えをした人間は、それっきり手をつけていないようだ。床にはパイルの長いオレンジ色のカーペットが敷かれ、濃い色の壁のマツ材の羽目板はたわんでいる。ドアのすぐ脇にバスルームがあり、その向こうが居間になっていた。ラップ・グループのぼろぼろのポスターが数枚、壁に適当に貼られ、ビールの空き缶を重ねた八十センチほどの高さのピラミッドがふたつ、大画面テレビの両側にそびえていた。

窓の近くのイーゼルには、裸婦の大まかなスケッチがのっていた。幸いなことに、こちらはカラーではなかった。ジェフリーは、画材が入った床の上のプラスチックの箱を丹念に調べた。箱の底から、プラモデル用接着剤のチューブが二本と、使い古したぼろ切れが出てきた。ぼろ切れのにおいを嗅いだジェフリーは、化学薬品のにおいに卒倒しそうになった。

「なんてこった」シンクの下からは、四本のスプレー缶が見つかった。小さなバスルームには、便器を洗浄するためのスプレー缶が四本あった。アンディ・ローゼンは潔癖症だったか、あるいは吸引――接着剤やスプレーを吸ってハイになること――をしていたかのどちらかだ。サラがなにか特定の物質を調べるように依頼しない限り、スクリーニング検査をしても引っかからないだろう。

ジェフリーは、クスリのほかの痕跡を探した。床にはテレビゲームの道具一式と、ケースから出した数枚のCDが散乱している。音響設備家具には、DVDプレーヤー、ビデオデッキ、CDプレーヤー、精巧なステレオ受信機、サラウンドサウンド・スピーカーが設置されていた。アンディが麻薬の売買をしていたか、もしくは彼に電子機器を与えるために両親がふたつ目のローンを組んだのだろう。

寝室は木の衝立《ついたて》で仕切られていた。その向こうに置かれたベッドは整えられておらず、シーツはしわだらけだ。汗とココアバターのハンドローションのにおいが漂っていた。ベッド脇のランプのシェードにはムードを出そうとでもいうのか、赤いスカーフがかけられていた。

寝室のタンスとクローゼットはすでに捜索済みだったが、ジェフリーはもう一度調べなければならない気がしていた。クローゼットには三、四枚のシャツがかかっていて、タンスに入りきらなかったTシャツがその脇に山積みになっている。いちばん上の引き出しには、はき古した三本のブルージーンズが入っていたので、ジェフリーはそれを広げてポケットのなかを確かめてから、また引き出しに放りこんだ。

クローゼットの床に靴箱がいくつか置かれていて、そのほとんどの中身は真新しいスニーカーだったが、ひとつには写真の束とアンディの昔の成績表が入っていた。ジェフリーはまず、彼自身のものよりはるかに見込みのある成績表に目を通し、それから写真を見ていった。写真のなかのジル・ローゼンとブライアン・ケラーはどれもさほど変わりはなかったが、背後の風景はジェットコースターやウォータースライダー、スミソニアン博物館やグランドキャニオンと変化に富んでいる。アンディが写っているものはごく一部だったので、彼がカメラ係をやっていたのだろうとジェフリーは考えた。

箱の底には、白黒写真の別の束があった。ジェフリーはそれを手に取った。写真を留めているゴムバンドはとても古いものだったので、彼の手のなかで切れた。一枚目は、赤ん坊を抱いてロッキングチェアに座っている若い女性の写真だ。フットボールのヘルメットのような髪型をしていて、がちがちにスプレーで固めている。ジェフリーの母親が高校生の頃にしていたのと同じ髪型だった。

それ以外の写真には、同じ女性が子供と遊んでいるところが写っていて、少年の成長とともに、彼女の髪も長くなっていた。全部で十枚あって、子供が三歳くらいになったところで終わっている。ジェフリーは、女性がひとりでロッキングチェアに座っている最後の写真を眺めた。まっすぐにカメラを見つめていて、その顔の輪郭や長いまつげにはどこか見覚えがある気がした。写真をひっくり返し、裏に記されている日付を見て、どういうことなのだろうと考えてみた。再び女性の顔を眺め、どうしてこれほど見たことがある気がするのだろうと改めて不思議に思った。

携帯電話を開き、ケヴィン・ブレイクのオフィスにかけた。三度目の呼び出し音でキャンディが出た。

「あら、こんにちは」ジェフリーの声を聞いて、彼女はうれしそうだ。「ちょうど電話しようと思っていたところよ」

「モニカ・パトリックが見つかった？」

「ええ」不満げな口ぶりだった。「三年前に亡くなっていた」

そんなことだろうとジェフリーは覚悟していた。「捜してくれてありがとう」

「いいのよ。彼女がどれくらい役に立ったかは疑問だし。あなたはなにかスキャンダルを探しているんでしょう？」

「そんなところだ」ジェフリーはそこに答えがあるとでもいうように、写真を見つめながら答えた。

「彼のことを調べたとき、そのあたりは全部確認したわ」キャンディが言った。「ブライアンはアルバート・アインシュタインっていうわけじゃないけれど、馬車馬のように働くタイプなの。だれもやりたがらない仕事をするし、夜中まで残って全部終わっていることを確認する。いまでは完璧主義って言われているけれど、当時は労働意欲が高いって解釈されていたから」

ジェフリーは写真の束をポケットに入れ、靴箱は元の場所に戻した。「彼の妻から話を聞いたかぎりでは、そのあたりはいまも変わっていないようだな」

「そりゃあ、彼女はよくわかっているでしょうよ。でも、文句を言うのが遅すぎたわね」

ジェフリーはクローゼットのドアを閉め、部屋のなかを見まわした。「どういう意味だ？」

「そのおかげでふたりは付き合い始めたんだもの。ジルは昔、彼の秘書だったの」

「冗談だろう？」

「どうしてわたしがそんな冗談を言うの？　秘書だからって、なにか問題でも？」

「いや、そういうわけじゃない。ただ、どちらもそんなことは言っていなかったものだから」

「どうして話す必要があるわけ？」キャンディの言うことはもっともだった。「どうしてふたりの苗字が違うのか、疑問に思わなかったの？」

「思わなかった」ジェフリーは答えた。車のドアを閉める音が私道から聞こえてきたので、居間へと移動して窓から外を見た。ブライアン・ケラーが、黄褐色のインパラの後部座席に上半身を突っ込んでいる。大きな白い箱をふたつ取り出し、太腿で支えながらドアを閉めた。

「署長？」

「聞いているよ」ジェフリーは交わしていた話を思い出そうとしながら言った。「なんて言った？」

「多分もう彼女とは離婚しただろうって」

「だれと離婚したって？」ケラーは、箱を落とさないようにしながらガレージへと歩いてくる。

「ジル・ローゼンと付き合いだしたときに、彼が結婚していた娘よ」キャンディはそう答えてから、言い添えた。「いまはもう娘じゃないわね。五十にはなっているでしょうね。彼女の息子はどうしているかしら？」

「息子？」ジェフリーは訊き返した。階段をあがるケラーの足音が聞こえてくる。「息子って？」

「最初の結婚で生まれた息子よ。わたしの話を聞いている？」

「最初の結婚で息子がいたのか？」ジェフリーは写真をポケットから取り出した。

「そう言っているじゃないの。彼はあっさりとふたりを捨てたの。バートには、ふたりについて話すことすらしなかった。バート・ウィンガーを覚えている？　ケヴィンの前の学長よ。バートは別に、ブライアンの家庭環境を気にかけたりはしなかったでしょうけれどね。バートも前の結婚でふたりの子供がいたのよ。その子たちって、本当にかわいらしくて——」

「もう切るよ」ジェフリーはそう告げて、電話を切った。あの写真の女性にどうして見覚えがあったのか、ようやく理解していた。

昔から言われていることは真実だ。一枚の写真は千の言葉の価値がある——今回の場合は、パトカーの後部座席で警察署までただ乗りする価値があると言うべきだろうか。

ドアを開けて入ってきたケラーは、ジェフリーを見て仰天し、危うく箱を落としそうになった。「ここでなにをしているんだ？」

「調べていただけだ」

「そうらしいな」

「あんたの奥さんはどこにいる?」ジェフリーは訊いた。

ケラーの顔が青くなった。体をかがめ、どさりと音をたてて箱を床に置いた。「母親のところだ」

「そっちじゃない」ジェフリーは写真を掲げた。「もうひとりのほうだ」

「もうひとり――」

「最初の奥さんだ」ジェフリーは別の写真を見せた。「あんたの長男の母親だよ」

16

レナは足を引きずりながらキッチンへと入っていった。体じゅうの関節が錆《さ》びた金属のようにきしんでいる。ナンはテーブルに座り、新聞を読みながらシリアルを食べていた。

「よく眠れた？」ナンが訊いた。

レナはうなずき、キッチンを見まわしてコーヒーメーカーを探した。コンロの上ではケトルが湯気を立て、ティーバッグの入ったカップがカウンターに置かれている。

「コーヒーはある？」ささやいているようなレナの声だった。

「インスタントなら。でもカフェイン抜きしかないの。仕事に行く前に、買いに行ってもいいけれど」

「大丈夫」どれくらいで、カフェイン離脱頭痛が始まるだろうと思いながらレナは言った。

「今朝はましみたいね」ナンは笑顔を作ろうとした。「あなたの声。しわがれ声から、ささやき声になっている」

疲労が骨までしみこんでいて、レナはぐったりと椅子に座りこんだ。ゆうべナンはソファで眠り、レナにベッドを譲ってくれたのだが、あまりくつろぐことができなかった。ナンのベッドは、裏庭を見渡せる窓の下に置かれていた。窓はどれも低い位置にあり、ブラインドはおろかカーテンすらついていない。何者かが彼女を襲おうとして窓から忍びこんでくるような気がして、レナは目を閉じることができなかった。何度か起きあがって鍵を調べ、外にだれかいないかを確認しようとした。裏庭はひどく暗くて、一メートルほど先までしか見えなかったから、結局レナは銃を膝に抱えてドアにもたれる格好で眠った。

レナは咳払いをした。「少しお金を貸してほしいの」

「もちろんよ。前からあなたに渡そうと――」

「借りるの」レナは言い張った。「あとで返す」

「わかった」ナンはボウルを洗おうとして立ちあがった。「しばらく休むつもり？　ここにいてくれていいのよ」

「イーサンの弁護士を雇わなきゃいけない」

ナンはボウルをシンクに置いた。「それって賢明なことだと思う？」

「彼を留置場に入れたままにはしておけない」黒人ギャングたちにタトゥーを見られたら、その場で殺されることはわかっていた。

ナンはテーブルに戻ってきて腰をおろした。「そういうことなら、お金は貸さないほうがいいかもしれない」

「それならどこかで調達する」借りるあてはなかったが、レナは言った。

ナンはわずかに口を開き、レナを見つめていたが、やがてうなずいた。「わかった。仕事から帰ったら、一緒に銀行に行きましょう」

「ありがとう」

ナンはまだレナに言うことがあるようだった。「ハンクには連絡していないから」

「してほしくない。こんなわたしを見られたくない」

「彼はこんなあなたを前にも見ているわよ」

その話はご法度だと教えるように、レナは鋭いまなざしを彼女に向けた。

「わかった」ナンが繰り返すのを聞いて、自分に言い聞かせているのだろうかとレナは考えた。「わたしは仕事に行かなきゃいけない。外出するなら、玄関の脇に予備の鍵があるから」ナンが言った。

「どこにも行くつもりはないわ」

「そのほうがいいと思う」ナンはちらりとレナの首を見た。今朝レナは鏡を見ていなかったが、自分がどれほどひどい有様なのかは想像がついた。頰の切り傷は熱を持っていたから、なにかに感染しているのかもしれない。

「お昼には戻ってくるから。一時くらいね。来週から棚卸しが始まるから、しておかなくてはならないことがあるの」

「わたしは大丈夫」

「本当に一緒に大学に行かない？　オフィスにいればいいわ。だれにも見られない」

レナは首を振った。二度と大学に足を踏み入れたくはなかった。

ナンは本の入った鞄と鍵束を手に取った。「そうそう、忘れるところだった」

レナは待った。

「リチャード・カーターが来るかもしれない」

レナは悪態をついたが、ナンは女性からそんな言葉を聞くのは初めてだったらしい。

「わお」

「リチャードは、わたしがいることを知っているの？」

「いいえ。あなたが来ることになるって、わたしも知らなかったもの。ゆうべ、夕食のときに鍵を渡したのよ」

「家の鍵を彼に渡したの？」レナは信じられずに訊き返した。

「彼は何年もシビルと働いていたのよ。彼のことは信用していた」

「なにが目的なの？」

「シビルのノートが見たいんですって」

「点字が読めるの？」

ナンは鍵束をもてあそんでいる。「図書館に翻訳機があるから、それが使えるの。時間はかかるでしょうけれどね」

「なにを探しているわけ?」

「さあ」ナンは目をぐるりと回した。「彼が秘密主義だって知っているでしょう?」

そのとおりだと知ってはいたが、いくらリチャードとはいえ、妙だと思わずにはいられなかった。彼がシビルのノートに近づく前に、目的を聞き出そうと決めた。

「わたしはもう行かなくちゃ」ナンはレナの手首のギプスを指さした。「その手は高くしておかないと」

レナは腕をあげた。

「大学のわたしの番号は知っているわよね」そう言ってから、キーパッドを示した。「アラームを入れたければ、〝在宅〟ボタンを押すだけでいいから」

「わかった」レナは応じたが、そのつもりはなかった。フライパンにスプーンを打ちつけるほうが、もっと効果があるだろう。

「二十秒のあいだにドアを閉めてね」レナがなにも言わずにいると、ナンは自分で〝在宅〟ボタンを押した。「コードはあなたの誕生日」

キーパッドがピーピーと鳴り始め、ナンが玄関を出るまでの時間をカウントしていく。

レナは言った。「素敵」

「なにかあったら電話してね。バイ!」

レナは玄関のドアを閉め、掛け金をかけた。リチャードがいきなり入ってこられないように、片手で椅子を引きずってきてノブの下に噛ませた。ドアの小さな丸い窓にかかっているカーテンを開け、私道から出ていくナンを眺めた。ゆうべ、彼女の前で取り乱してしまった自分がばかみたいに思えたが、彼女がいてくれてよかったと思っているレナもどこかにいた。ネズミのような司書の女性にシビルがなにを見ていたのか、これだけの年月がたったいまになって、ようやく理解していた。つまるところ、ナン・トーマスは悪くない。

レナはキッチンに戻る途中で、コーヒーテーブルの上のコードレス電話機を手に取った。シンク脇の引き出しに入っていたイエローページを見つけ、テーブルに腰をおろした。五ページにわたる弁護士の広告は、どれも色とりどりで趣味が悪い。自動車事故で苦しんでいたり、障害手当を巻きあげられたりしている人たちに、いますぐ電話して助けを求めるようにと訴えている。

バディ・コンフォードの広告はそのなかでもいちばん大きかった。口から漫画の風船を吐き出している見た目のいいろくでなしの写真で、風船には〝警察に行く前にまずはお電話を〟と赤い太字で書かれていた。

彼は最初の呼び出し音で電話に出た。「バディ・コンフォードです」

レナは唇を噛んだので、傷口がまた開いた。バディはすべての警察官は不正を働いていると考えている片足のいやな男で、レナは違法なやり方だと一度ならず非難されたことがあった。法律のばかみたいな細かい解釈で、レナの事件を何度かだめにしてくれた。

「もしもし？」バディが言った。「いいですか、三つ数えますよ。一……二……」

レナは無理やり声を絞り出した。「バディ」

「はい、わたしです」レナがなにも言わないでいると、彼が促した。「どうぞ」

「レナよ」

「え？　よく聞こえないんですが」

レナは咳払いをして、声のボリュームをあげようとした。「レナ・アダムズよ」

バディは低く口笛を吹いた。「おやおや。きみは刑務所に入ったと聞いたよ。ただの噂だと思っていたのに」

レナは痛みを感じられるように、唇に力を入れた。

「法律の反対側に立った気分はどうだい？」

「くそったれ」

「弁護料はあとで相談しようか」バディはくすくす笑いながら言った。レナが想像していた以上に、彼は楽しんでいる。「なんで逮捕された？」

「されてない」ジェフリーがどんな一日を過ごしたか次第で、それもすぐに変わるかもしれないと思いながらレナは答えた。「わたしじゃなくて、ほかの人なの」

「だれだ？」

「イーサン・グリーン」レナはすぐに言い直した。「ホワイト」

「彼はいまどこに？」

「わからない」レナは安っぽい広告にうんざりして、電話帳を閉じた。「仮釈放規定違反で捕まったの。もともとの罪は偽造小切手」

「どれくらい勾留されている？」

「わからない」

「起訴するだけのはっきりした証拠がなければ、いまごろはもう釈放されているかもしれないぞ」

「ジェフリーは彼を釈放しない」それだけは確信があった。ジェフリーは、逮捕記録でしかイーサン・ホワイトを知らない。イーサンのいい面を知らない。変わりたいと望んでいる彼を。

「話してくれていないことがあるようだな」バディが言った。「彼はどうして署長のレーダーにかかったんだ？」

レナは電話帳のページをパラパラとめくった。バディ・コンフォードにどこまで話すべきだろうと考えた。そもそもなにかを話すべきだろうか？

今後の展開を予測できるくらいには、バディは優秀だった。「嘘は、わたしの仕事を難しくするだけだぞ」

「彼はチャック・ゲインズを殺していない。彼はまったく関わっていないの。無実なの」

バディは深いため息をついた。「いいか、ひとつ言っておくよ。わたしの依頼人は全員が無実だ。死刑囚監房に行き着いた奴もね」彼はむかついたような音をたてた。「とりわけ、死刑囚監房に行き着いた奴は」

「彼は本当に無実なのよ、バディ」

「そうか。会って話をしたほうがよさそうだ。わたしのオフィスに来られるか？」

レナは目を閉じ、この家の外に出る自分を想像しようとした。できなかった。

「なにかおかしなことを言ったかな？」

「いいえ。あなたがここに来てもらえない？」

「ここってどこだ？」

「ナン・トーマスの家にいるの」レナは住所を告げ、バディはそれを復唱した。

「二時間ほどで行く。家にいるんだな？」

「ええ」

「それじゃあ、二時間後に」

レナは電話を切り、次に警察署にかけた。ジェフリーは、イーサンを勾留しておくためならできることはなんでもするとわかっていたが、イーサンが法律を熟知していることも知っていた。

「グラント警察」フランクが言った。

電話を切るなと、レナは自分に言い聞かせなくてはいけなかった。咳払いをして、できるだけ普通の声を出そうとした。

「フランク？　レナよ」

彼は無言だった。

「イーサンを捜しているの」

「ほお。奴はここにはいない」フランクはうなるように応じた。

「彼がどこにいるのか――」

フランクが叩きつけるようにして電話を切り、その音がレナの耳の奥で反響した。

「くそっ」そう言ったとたん、レナは肺が口から飛び出すのではないかと思うくらい激しく咳きこみ始めた。シンクに近づき、水を飲んだ。咳の発作が収まるまで、数分かかった。のど飴《あめ》はないかと引き出しを探してみたが、なにも見つからない。コンロの上の棚にアドヴィルの瓶があったので、三錠を口に放りこんだ。瓶から余分な薬がこぼれてしまい、床に落ちる前に受け止めようとした拍子に、痛めているほうの手首を冷蔵庫にぶつけた。痛みのあまり目の前に星が飛んだが、大きく息を吸ってこらえた。

テーブルに戻り、留置場を出たイーサンはどこに行くだろうと考えた。彼の寮の部屋の番号は知らないし、大学のオフィスに電話をかけて尋ねるほどばかではない。ゆうべひと晩警察署で過ごしたレナを、助けてくれる人はいないと思っていたほうがいいだろう。

二日前の夜、ジル・ローゼンが電話を折り返してきたときのことを考えて、レナは留守番電話をつないでいた。受話器を持ちあげ、機器が正しくセットできていることを祈りながら、自宅にかけた。呼び出し音が三回鳴ったあと、まるで他人《ひと》のもののような自分の声が聞こえてきた。メッセージを聞くために、コードを入力した。一本目はおじのハンクで、様子を訊きたかっただけだ、ようやく留守番電話をつけてくれてよかった、というメッセージが残っていた。二本目はひどく心配そうな口ぶりのナンで、できるだけ早く連絡が欲しいということだった。最後のメッセージはイーサンだった。

「レナ、どこにも行かないでくれ。きみを捜している」

レナはメッセージをもう一度聞くために、三のボタンを押した。十ドルを出し惜しんだせいで、日付や時間を記録する機能はついていなかったし、三のボタンは最後のメッセージだけを再生することはできなかったので、もう一度ハンクとナンの声を聞かなくてはならなかった。

「どこにも行かないでくれ。きみを捜している」

レナは三のボタンをもう一度押し、最初の二本のメッセージはなんとか辛抱して、イーサンの声を聞いた。彼の口調を確かめたくて、受話器を強く耳に押し当てた。怒っているような声だったが、それはいつものことだ。

メッセージを四度目に聞いていたとき、玄関のドアをノックする音がした。

「リチャードね」レナはつぶやいた。自分の着ているものを見おろし、まだブルーのパジャマのままであることに気づいた。「くそっ」

コードレス電話機が短く二度ピーという音をたて、LEDが点滅し、バッテリーが残り少ないことを知らせた。レナはイーサンのメッセージが保存できていることを祈りながら、五のボタンを押した。

居間に行き、充電器に電話機を置いた。玄関の向こうに黒い人影が立っていて、カーテンにその輪郭が映っている。「ちょっと待っていて」声をかけると、喉が痛んだ。ナンの寝室に入り、なにか上に着るものを探した。見つかったのは、ピンク色のテリー織のローブだけで、滑稽さで言えばブルーのパジャマと変わらない。レナは廊下のクローゼットからジャケットを取り出し、それを羽織りながら玄関に向かった。

「少し待ってね」レナは椅子をどけ、デッドボルトをはずしてドアを開けたが、そこにはだれもいなかった。

「だれかいますか?」レナはフロントポーチに出た。そこにもだれもいない。私道は空だ。

家のなかからアラームの警告音が聞こえてきて、ナンが出ていく前にセットしていったことを思い出した。猶予は二十秒だ。レナはあわてて家のなかへと駆け戻り、ぎりぎりのところでキーパッドにコードを入力した。

キッチンに向かって歩いていると、ガラスを割る音が聞こえて足を止めた。キッチンの入り口にかけてあるカーテンが揺れているが、風のせいではない。手が伸びてきて、ラッチを探しているのが見えた。数秒間、レナは麻痺《まひ》したようにその場に立ち尽くしていたが、やがてパニックに襲われて廊下へと走り出た。

キッチンを歩く足音がする。レナは予備の寝室に駆けこみ、開いたドアと壁のあいだに身を隠して、隙間から廊下を眺めた。侵入者は決然とした足取りで歩いてくる。硬材の床の上でがっしりした靴が重たげな音を響かせていた。男は廊下で足を止め、まず左を、それから右を見た。レナのいるところからは顔こそ見えなかったが、黒いシャツとジーンズを着ていることはわかった。

男が予備の寝室に近づいてくると、レナは固く目を閉じて息を止めた。壁に強く体を押しつけ、ドアの背後で姿を消そうとした。

思い切って目を開けたときには、男は彼女に背を向けていた。レナはただ見つめることしかできなかった。イーサンに違いないと思っていたのに、その肩は広すぎたし、髪も長すぎた。

クローゼットには、床から天井までびっしりと箱が収められていた。侵入者はそれをひとつずつ取り出してはラベルを読み、床にきちんと並べていく。何時間にも感じられる時間が過ぎ、男は目的のものを見つけたようだった。箱の前に膝をついて座ったので、横顔が見えた。リチャード・カーターだとすぐに分かった。

レナはナンの部屋にあるグロックのことを考えた。リチャードはこちらに背を向けている。音をたてないように歩けば、気づかれないようにここを出てナンの部屋に立てこもれるかもしれない。

レナは息を止め、ドアの背後から出た。ゆっくりと部屋を出たところで、リチャードが彼女の気配に気づいた。彼はさっとうしろを振り返り、素早く立ちあがった。その目に浮かんでいた激しい怒りは、すぐに安堵に変わった。「レナ」

「ここでなにをしているの？」レナは力強い声を出そうとした。ひとこと発するごとに喉が痛み、彼はその声にきっと恐怖を聞き取っているだろうと思った。

リチャードはレナの怒りに明らかに戸惑っていて、眉間にしわを寄せた。「なにがあった？」

レナは自分の有様を思い出し、顔に手を当てた。「転んだの」

「また？」リチャードは悲しそうに笑った。「ぼくもそんなふうに転んでいたよ。それがどういうものかぼくにはわかっているって、言っただろう？　ぼくも同じことを経験してきたんだ」

「なにを言っているの？」

「シビルから聞かなかった?」リチャードはそう言ってから、微笑んだ。「いや、もちろん彼女は人に秘密を話したりしない。そういうことはしなかった」

「どんな秘密?」レナは背後に手を伸ばし、ドアロを探った。

「家族の秘密さ」

リチャードが一歩前に出て、レナは一歩うしろにさがった。

「世の中にはおかしな女性がいる。妻を殴る男から逃げ出したと思ったら、同じような別の男のところに自分から飛びこんでいくんだ。まるで、心の奥底ではそれを望んでいるみたいに。彼女たちにとっては、叩きのめされなければ愛じゃないんだ」

「いったいなんの話?」

「もちろん、きみのことじゃないよ」言葉どおりであることをレナが納得するまで、リチャードは待った。「ぼくの母だ。いや、もっと正確に言えば、ぼくの義理の父親たちだ。何人かいたからね」

彼から遠ざかるように小さくあとずさると、レナの肩がドアロの側柱に触れた。鉛枠ガラスのノブに当たらないように、左腕を曲げた。「殴られたの?」

「全員にね」リチャードが答えた。「最初は母さんを殴るんだが、そのうち必ずぼくに向かってくる。ぼくにはどこかおかしなところがあると、わかっていたんだな」

「あなたはなにもおかしくない」

「もちろんおかしいさ。みんなそれを感じるんだ。ぼくがいつ彼らを必要としているのか、奴らはわかっていて、そのせいでぼくに罰を与えるんだ」

「リチャード――」

「なにが面白いかわかるかい？　母さんはいつだってあいつらをかばった。ぼくよりあいつらのほうが大事だって、いつだってはっきりさせてくれたよ」リチャードは悲しそうに笑った。「そしてぼくに背を向けて、あいつらとやるんだ。逃げ出した男にかなう奴はだれもいなかったけれどね」

「だれのこと？　だれが逃げ出したの？」

リチャードはレナににじり寄った。「ブライアン・ケラーさ」驚いたレナを見て彼は笑った。「これは、だれにも言っちゃいけないんだ」

「どうして？」

「ぼくが、最初の結婚で生まれたゲイの息子だからさ」リチャードは言った。「もしだれかに喋ったりしたら、もうぼくとは話さないって彼に言われたよ。彼の人生から、完全にぼくを切り離すってね」

「気の毒に」レナはさらに一歩うしろにさがった。廊下まであと数十センチ。走りだしたくなるのをこらえなくてはいけなかった。必ずあとを追うと、リチャードの目に書いてある。「じきに弁護士が来ることになっているの。着替えないと」

「動くんじゃない、レナ」

「リチャード――」

「本気で言っているんだ」彼は三十センチも離れていないところに立っている。肩を怒らせていて、そうしようと決めたら本当にレナを傷つけるだろう。「ぴくりとも動くな」

レナは左腕を胸に押しつけるようにして立ち、なにかできることはあるだろうかと考えた。リチャードの体は少なくともレナの倍はある。彼がこんなに大柄だとは、いままでまったく気づかなかった。危険な存在として見たことがなかったからだろう。

レナはもう一度言った。「弁護士がもうすぐ来るの」

リチャードは彼女の肩越しに手を伸ばし、廊下の明かりをつけた。彼女をじろじろと眺め、切り傷と痣を見て取った。「ひどい有様じゃないか。だれかに食い物にされるのがどういうものか、よくわかっただろう」意味ありげににやりと笑う。「たとえばチャックとか」

「あなたはチャックのなにを知っているの？」

「死んだということだけさ。それから、彼がいなくなって世界がよくなったってこと」

レナは唾を飲みこもうとしたが、喉が乾ききっていて無理だった。「わたしにどうしてほしいの？」

「協力だ。ぼくたちは互いに助け合える。いろいろと助け合える」

「どういうことかわからない」

「きみは、二番目でいることを知っている。シビルは一度もそんな話はしなかったが、きみのおじさんのお気に入りが彼女だったことは知っているよ」

レナはなにも言わなかったが、心の奥底ではそれが事実だとわかっていた。

「アンディは昔からブライアンのお気に入りだった。そもそも彼が町を出たのは、アンディが原因なんだ。ぼくとママを捨てたのも、カイルとバディとジャックとトロイとほかのろくでなしたちが酔っ払って、エスター・カーターのゲイの息子を叩きのめすのは面白いと考えたのも、アンディが原因だったんだ」

「あなたが殺したの？　あなたがアンディを殺したの？」

「アンディは彼を脅迫していた。研究どころか、アイディアすらブライアンのものじゃないって知っていたんだよ」

「なんのアイディア？」

「シビルのアイディアだ。彼女は殺されたとき、委員会に研究を提出しようとしていた」

レナは箱に目をやった。「あれはシビルのノート？」

「彼女の研究さ。彼女のものであることを証明する唯一の証拠」悲しげな表情が彼の顔をよぎった。「シビルはものすごく聡明《そうめい》だったよ、レナ。どれほどの才能だったか、きみが理解できたらと思うよ」

レナは怒りを隠すことができなかった。「シビルのアイディアを盗んだのね」

「ぼくはすべての段階で、彼女に協力していた。彼女がいなくなって、研究について知っているのはぼくだけになった。研究を続けることができるのはぼくだけだった」

「よくもそんなことができたわね」リチャードがシビルを大事に思っていたことを知っていたから、レナは言った。「彼女の研究を自分の手柄にするなんて」

「もううんざりだったんだ、レナ。二番目でいることにうんざりしていたって、きみならわかってくれるはずだ。ぼくがここにいるのに、ブライアンがなにもかもをアンディに無駄に費やすのを見ているのはうんざりだった。金に糸目をつけず、彼のためならなんでもしてやろうとするのを見ているのは」彼は握りこぶしを反対の手のひらに叩きつけた。

「ぼくはいい息子だった。彼のために、シビルのノートを翻訳したのはぼくだ。一緒に研究を進められるように、ノートを彼のところに持っていったのもぼく――」リチャードは感情を抑えこもうとして、唇を固く結んだ。「アンディは彼のことなんて、まったく気にしていなかった。興味があったのは、彼がどんな車やCDプレーヤーやテレビゲームを買ってくれるかっていうことだけだったんだ。アンディにとってブライアンはそれだけの存在だった。ただのATMだった」リチャードはレナを説得しようとしていた。「彼はぼくたちを脅迫していた。ぼくたちふたりをだ。そうさ、ぼくは彼を殺した。父さんのために殺した」

「どうやって？」レナはそう訊くのがせいいっぱいだった。

「ブライアンにこれはできないってアンディにはわかっていた」リチャードは箱を示しながら言った。「ブライアンには先見の明がないからね」

「だれだってそれくらいわかる」レナは問題の確信に切りこんだ。「アンディはどんな証拠を持っていたの？」

レナがそれに気づいたことに、リチャードは感心したようだった。「科学研究でなにより大切なのは、書き留めることだ」

「ブライアンはメモを残していたの？」

「日誌だ。すべての会合、すべての電話、展開できなかったすべてのくだらないアイディア」

「アンディはその日誌を見つけたのね？」

「日誌だけじゃない――メモや予備データも全部だ。シビルの以前の研究の記録も」リチャードは見るからに怒っていた。「ブライアンは日誌にありとあらゆることを書き留めていて、それをそのへんに置きっぱなしにして、アンディに見つかったんだ。もちろんアンディはそれを見て〝ああ、父さん、これは返すよ〟なんて言わなかった。〝ふむ、どうすればこれでたくさん金を絞り取れるだろう？〟と考えたわけだ」

「それで、アンディを橋の上に呼び出したのね？」

「頭がいいね。そうだ、金を渡すと彼に言ったよ。あいつが絶対にやめないことはわかっていた。これからもずっと金を欲しがるだろうし、だれに話すかわかったもんじゃないだろう?」リチャードはいらだったように鼻を鳴らした。「アンディは自分がよければそれでよくて、今度はどうやってハイになろうかっていうことしか考えていなかった。あいつは信用できない。いつだって、もらうことばっかりだ。父さんを助けるために、父さんが誇りに思えるような——ぼくたちが誇りに思えるような——ものを父さんが手にできるように、ぼくがしてきたことすべて、払ってきた犠牲のすべてを、あの恩知らずのくそ野郎は煙にしてしまうんだ」

その声に含まれる憎しみにレナは息を呑んだ。橋の上でリチャードとふたりきりになったアンディがどんな気持ちだったのか、彼女には想像することしかできなかった。

「あいつを苦しめることもできた」リチャードは理性を失うまいとしているのか、口調を和らげた。「あいつがぼくに対して——ぼくが父さんとのあいだに築きあげた関係に対して——したことに、罰を与えてやることもできたけれど、人道的なやり方を選んだんだ」

「彼はさぞ恐ろしかったでしょうね」

「あいつはトイレ用洗剤を吸い過ぎて朦朧としていたよ」リチャードは嫌悪感も露わに言った。「ぼくはここに手を添えて——」レナの胸から数センチのところに手を持ってきた。

「——ゆっくり手すりにもたれさせ、スクシニルコリンを注射した。それがなにか知っているかい?」

レナは彼が手をどかしてくれることを祈りながら、首を振った。

「動物を安楽死させるときに使うんだ。麻痺するんだよ――すべてが麻痺する。あいつはぬいぐるみみたいにぼくの腕のなかに倒れてこんできて、息をするのをやめた」リチャードは驚いたように目を見開き、ひゅっと息を吸って、アンディの反応を演じてみせた。「あいつを苦しめることもできた。恐ろしい思いをさせてやることもできたけれど、そうしなかった」

「気づかれるわよ、リチャード」

彼はようやく手をおろした。「検出はできない」

「それでも気づかれる」

「だれに?」

「警察。殺人だってわかっているのよ」

「聞いたよ」リチャードは言ったが、だからといって怯えてはいないようだ。

「いずれ、あなたにたどり着く」

「どうやって? ぼくを疑う理由なんてない。ブライアンはぼくが息子だっていうことすら認めないだろうし、ジルが現実に目を向けたとしても、怖くてなにも言えないさ」

「なにが怖いの?」

「ブライアンだ」わかりきったことだと言わんばかりの口ぶりだった。「彼のこぶしを怖がっている」

「ブライアンは妻を殴るの？」リチャードが本当のことを言っているとは、とても思えなかった。ジル・ローゼンは強い人だ。人からの理不尽な扱いに甘んじるようなタイプではない。

「もちろん殴るさ」

「ジル・ローゼンを？」レナはまだ信じられなかった。「彼はジルを殴るの？」

「何年も殴ってきた。彼女がとどまっているのは、ぼくがきみを助けるみたいに、彼女を助けてくれる人がいなかったからだ」

「わたしに助けはいらない」

「いいや、いるね。彼が簡単にきみを手放すと思うのかい？」

「だれのこと？」

「わかっているはずだ」

レナはそれ以上言わせなかった。「あなたがなにを言っているのか、さっぱりわからない」

「逃げるのがどれほど難しいかはわかっている」リチャードは胸に手を当てた。「ひとりでできないことはわかっているんだ」

レナは首を振った。

「ぼくが君の代わりに彼を引き受けるよ」

「だめ」レナは一歩うしろにさがった。

「事故みたいに見せることができる」リチャードはレナとの距離を詰めた。

「そうね、あなたはこれまでとてもうまくやってきたものね」

「少しアドバイスをくれないか」リチャードは手をあげて、レナの反論を封じた。「この状況から抜け出すために、ぼくたちは助け合える」

「どうやってわたしを助けてくれるの？」

「彼を排除することで」レナの目になにかを読み取ったらしく、彼は悲しそうな笑みを浮かべた。「きみもわかっているだろう？　きみの人生から彼を追い払うには、それしか方法がないってこと」

レナは彼を見つめた。「どうしてエレン・シェイファーを殺したの？」

「レナ」

「理由を教えて」レナは譲らなかった。「理由を知らなきゃいけない」

リチャードはひと呼吸置いてから口を開いた。「ぼくが森にいたとき、彼女はまっすぐぼくを見つめていた。警察に電話をかけながら、じっとぼくを見ていたんだ。警察に話すのは時間の問題だってわかっていた」

「スクーターはどうなの？」

「どうしてそんなことを訊くんだ？　ぼくがすべてを告白するとでも思うのか？　そうしたらぼくを逮捕する？」

「わたしが逮捕できないことは、わかっているはずよ」

「そうなのか？」

「わたしを見てよ」レナは両手を横にあげ、傷だらけの体をよく見せた。「わたしがなにに巻きこまれているのか、あなたはだれよりもよくわかっている。警察が、わたしの言うことを聞くと思うの？」レナは痣のある首に手を当てた。「声もろくに出せないのに」

リチャードは薄笑いを浮かべ、だまされないぞと言わんばかりに首を振った。

「わたしは知る必要があるの、リチャード。あなたは信用できるってことを知らなきゃいけない」

どうするべきかを決めかねているのか、リチャードは用心深いまなざしをレナに向けていたが、やがて言った。「スクーターはぼくじゃない」

「本当に？」

「本当に決まってるだろう」リチャードは天を仰ぎ、一瞬、レナが以前から知っていた少女っぽいリチャードが垣間見《かいまみ》えた。「あいつが窒息プレイをしているって聞いた。いまさらそんなことをやる間抜けがどこにいる？」

レナは、意地の悪い言葉で警戒を弱めようとする彼の誘いにはのらなかった。「テッサ・リントンは？」

「彼女は袋を持っていた」リチャードは突然、動揺した様子を見せた。「彼女は丘であれこれ拾っていた。ネックレスが見つからなかったんだ。あのネックレスが欲しかった。あれはシンボルだった」

「ダビデの星のこと？」レナは図書館でジルが握り締めていたことを思い出した。あれは、もうはるか遠い昔のことのようだ。

「ふたりとも持っていた。ジルが去年買ったんだ。ひとつはブライアンに、もうひとつはアンディに。父と息子だ」リチャードは鋭く息を吐いた。「ブライアンは毎日つけていた。彼がぼくのために、同じようなことをしてくれたと思うか？」

「あなたがテッサ・リントンを刺したのは、彼女がネックレスを持っていると思ったからなの？」

「彼女はどういうわけかぼくに気づいた。彼女があれこれ考えているのがわかった。ぼくがあそこにいた理由を悟った。彼女は、ぼくがアンディを殺したことに気づいたんだ」リチャードは考えをまとめているかのように、言葉を切った。「ぼくに向かって叫び始めた。わめいていた。黙らせなきゃならなかった」リチャードは両手で顔をぬぐった。冷静さが剝がれかけている。「ああ、あれは辛かった。本当に辛かった」リチャードは視線を床に落とし、深い後悔がレナにまで伝わってきた。「あんなことをしなきゃならなかったなんて、信じられない。あんなに恐ろしいことはなかった。どうなるのかを確かめるためにぼくはあの場に残っていて、そして……」彼の声が尻すぼみに途切れ、そして黙りこんだ。それでよかったのだと、ほかに選択肢はなかったのだとレナに言ってほしがっているみたいに。

「どうやってほしい？」

レナは答えなかった。

「どうやって彼を追い払ってほしい？　ぼくは彼を苦しませることができるよ、レナ。彼がきみを傷つけたみたいに、彼を傷つけることができる」

それでもレナは答えられなかった。自分の手を見つめ、コーヒーショップでのイーサンを思い出し、彼女を傷つけたときの彼がどれほど怒っていたかを考えた。彼に仕返しがしたいと思っていた。彼に与えられた痛みの分だけ、苦しめたいと思っていた。

リチャードはレナのギプスを指で軽く叩いた。「ぼくは子供の頃、これをたっぷりと経験したよ」

レナはギプスを撫でた。手の傷はまだ赤く、端のほうに乾いた血がこびりついている。リチャードが計画を語っているあいだ、レナはその血をつまんでいた。

「きみはなにもする必要はないよ。ぼくがなにもかも引き受けるから。前にもきみみたいな女性を助けたことがあるんだ、レナ。ひとことそう言ってくれれば、ぼくが彼を追い払う」

レナは、オレンジに貼ったシールを剝がすみたいに、爪の下で傷口が開くのを感じていた。「どうやるの？」皮膚の端をもてあそびながら、小声で訊いた。「どうやって？」

リチャードも彼女の手を見つめている。「そうすれば役に立つ？　そうすれば、きみは自分を傷つけるのをやめる？」

レナは右手でギプスをつかみ、そのまま両手を腰の下のほうまでさげると、首を振りながら言った。「わたしはただ彼を追い払いたいだけ。ただ逃げたいだけ」

「ああ、レナ」リチャードはレナの顎の下に指を当て、顔をあげさせようとした。レナが動かないことがわかると、体をかがめ、彼女の肩に両手を置いて顔を近づけた。「乗り切れるよ。約束する。一緒にやり抜くんだ」

レナは両手を使って、彼の喉に力いっぱいギプスを叩きつけた。ギプスは顎の下に当たってひびが入ったが、その衝撃で彼は舌を強く嚙み、むち打ちになるほどの勢いで頭をのけぞらせた。彼はよろめきながらあとずさり、両腕を振り回しながら側柱に激しくぶつかった。レナはナンの部屋を目指して廊下を走り、ドアを閉め、リチャードが向こう側からノブを回す寸前に、昔ながらのサムラッチ錠をかけた。

ナンの銃はベッドの下だ。レナは膝をつき、箱を引っ張り出した。ギプスは上の部分が割れていたので、リチャードがドアを壊すより早く、両手を使って弾倉を銃に押しこみ、安全装置をはずすことができた。すさまじい勢いで飛びこんできたリチャードはレナに激突し、彼女の手から銃をはじき飛ばした。レナは這いつくばって銃に手を伸ばしたが、リチャードのほうが早かった。胸に向けられた銃を見ながら、レナは両手をあげてゆっくりと立ちあがった。

「ベッドにのれ」リチャードの口から血と唾が飛んだ。舌を噛んだせいで言葉は聞き取りにくかったし、充分な空気を吸えないかのように呼吸が苦しそうだ。彼は銃でレナに狙いをつけたまま、空いているほうの手で喉を撫で、一度咳をした。「ぼくが助けてやれたのに、ばかな女だ」

レナはその場から動こうとしなかった。

怪我にもかかわらず、その声は部屋いっぱいに轟いた。「ベッドにのれと言ったんだ！」

それでもレナが動かずにいると、リチャードは殴ろうとして手をあげた。

レナは言われたとおりにベッドにのり、仰向けになって枕に頭をのせた。「こんなことする必要はない」

リチャードは慎重にベッドにのると、レナの動きを封じるように彼女の脚にまたがった。口から滴った血を袖でぬぐった。「手を出せ」

「こんなことしないで」

「殴り倒すわけにはいかないんだ」リチャードが後悔しているのは、彼女の意識があるせいで、事態がより難しくなったことだけなのだとレナは知った。「銃を持て」

「こんなことしたくないはずよね」

「いいからさっさと銃を持つんだ！」

レナが従わなかったので、リチャードは彼女の手をつかみ、無理やり銃を握らせた。レナはグロックを遠ざけようとしたが、この体勢ではかなうはずもない。リチャードはレナの頭に銃口を押し当てた。

レナは言った。「やめて」

リチャードはほんの半秒ためらったあとで、引き金を引いた。

ガラスの破片が降り注ぎ、レナは両手で頭を覆って、割れた窓から身を守ろうとした。リチャードは床に吹き飛ばされていた。起きたのはそれだけだった。窓が割れ、彼が床に倒れている。レナの上はがらんとしてなにもなく、ただ視界の先に天井ファンがあるだけだ。レナは体を起こしてリチャードを見た。胸に大きな穴が開いて、まわりに血溜まりができている。

レナは背後を振り返った。割れた窓の外には、リチャードに向けて銃を構えたままのフランクがいた。脅しは必要なかった。リチャードは死んでいた。

17

サラはメイソンの机に座り、肩と耳で電話をはさんで、ナン・トーマスの家で起きたことを語るジェフリーの話を聞いていた。

「レナが警察署にかけてきた電話を、フランクは途中で切ったんだ。それで気がとがめて、彼女と話をしに行った。そうしたら、リチャードが叫ぶのが聞こえて、急いで裏に回った」

「レナは無事なの?」

「ああ」ジェフリーは答えたが、その声の調子から実は無事ではなかったのだとサラは気づいた。「リチャードが弾の装塡の仕方を知っていたら、いま頃レナは死んでいたよ」

サラは椅子の背にもたれ、彼から聞いたことを理解しようとした。「ブライアン・ケラーはなにか話した?」

「なにも」ジェフリーの声は腹立たしげだった。「尋問しようと彼を引っ張ってきたんだが、一時間後には妻が弁護士を連れてきた」

「彼の妻？」人はそこまで自滅的になれるものだろうかと不思議に思いながら、サラは訊いた。

「そうだ」ジェフリーも同じように感じているようだった。「容疑がないのに、彼を勾留はできない」

「シビルの研究を盗んだのよ」

「今朝、地方検事と大学の弁護士と会って、なんの罪で彼を告訴できるかを話し合った。知的財産の窃盗ということになると思う。あるいは詐欺か。簡単ではないが、どうにかして刑務所に送りこんでやるさ。代償は支払ってもらう」ジェフリーはため息をついた。「おれは泥棒と警官には慣れているが、この手の知能犯罪には歯が立たない」

「彼が殺人の共犯だっていうことは立証できないの？」

「それなんだ。共犯なのかどうか、確信が持てない。レナから聞いたところによれば、リチャードが全部認めたらしい。アンディ、エレン・シェイファー、チャック」

「どうしてチャックを？」

「それについては説明しなかったそうだ。リチャードはレナを自分の味方につけようとしただけかもしれない。彼女が好きだったんだろうな。彼女を助けられると考えたんだと思う」

レナ・アダムズを助けようとして見事に失敗した男は、リチャード・カーターが最初ではないことをサラは知っていた。「ウィリアム・ディクソンはどうなの？」

「事故死だ。きみが、リチャードと結びつけられるなにかを見つけないかぎりは」

「ないわ。リチャードは、ケラーの関与をほのめかしたりはしなかったの？」

「しなかった」

「それじゃあ、どうして彼が浮気しているなんて嘘をついたのかしら？」

ジェフリーは明らかにいらだった様子で、再びため息をついた。「引っかきまわしたかったんだろう。それとも、ケラーが彼の助けを求めてくると思ったのかもしれない。だれにわかる？」

「スクシニルコリンは、研究室で厳重に保管されているはずよ」サラは言った。「使用記録は残さなくてはいけない。だれが入手できたのか、わかるはず」

「調べてみるよ。でもふたりとも入手できる立場だったなら、立証するのは難しい」ジェフリーは言葉を切った。「だがサラ、もしもケラーが息子のどちらかを殺すつもりだとしたら、それはリチャードだったはずだ。それに注射は使わなかっただろう」

「ひどい死に方よ」サラは、アンディ・ローゼンの最期の数分を想像した。「まず手足が麻痺するの。それから心臓と肺。脳には影響を与えないから、最期の瞬間までなにが起きているのか完全に認識しているのよ」

「どれくらいかかるんだ？」

「量にもよるけれど、二、三十秒というところかしら」

「なんてこった」

「そうね。それに、検死で検出するのはとても難しいの。体が薬物をあっという間に分解してしまうのよ。五年前までは、検査する方法すらなかったんだから」

「調べるには金がかかりそうだな」

「ケラーがスクシニルコリンを手に入れたことを立証できたら、検査のための費用をわたしが予算から捻出するから。必要なら、自分で払ってもいい」

「できるだけのことはするよ」そうは言ったものの、あまり期待は持てなさそうなジェフリーの口ぶりだった。「ご両親に話をするつもりなのはわかっているが、おれがそっちに行ってテッサに話そうか?」

「そうね」サラの返事が、一秒遅れた。

ジェフリーは少し間を置いてから言った。「どっちにしろ、おれはここですることがたくさんある。それじゃあ、あとで」

「ジェフリー――」

「だめだ。きみはそっちで家族といるんだ。いまのきみに必要なのは、家族と一緒にいることだ」

「そういうことじゃ――」

「サラ」彼の声には傷ついたような響きがあった。「いったいなにが言いたいんだ？」

「わからない。ただ……」サラは言うべき言葉を探したが、なにも見つからなかった。

「時間が必要だって言ったはずよ」

「時間をかけてもなにも変わらないさ。これを乗り越えられなければ、おれが五年前にしたことを乗り越えられなければ――」

「まるでわたしが理不尽なことをしているみたいな言い方ね」

「そうじゃない。きみに無理強いするつもりはないんだ。ただ……」ジェフリーはうめいた。「愛しているんだ、サラ。毎朝、きみがこそこそ出ていくのはうんざりだ。おれの人生にきみがいるのかいないのかわからないような、こんな中途半端はうんざりなんだ。おれはきみといたい。きみと結婚したい」

「結婚？」月に散歩に行こうとジェフリーが言い出したみたいに、サラは笑った。

「そんな驚いた声を出さなくてもいいさ」

「驚いたわけじゃない。わたしはただ……」サラはまた言葉を見つけられなかった。「ジェフ、わたしたちは前にも結婚していた。うまくいったとは言えないわ」

「そうだな。おれもそこにいたから知っているよ」

「どうしていまのままじゃいけないの？」

「おれはそれ以上のものが欲しいんだ。仕事でひどい一日を過ごして、家に帰ったら夕食はなんだときみに訊かれたい。真夜中に、バッバの水のボウルをひっくり返したい。局部サポーターをドアノブにかけたままにしていたおれを罵るきみの声で、目を覚ましたい」

サラはつい微笑んだ。「どれもずいぶんロマンチックね」

「愛している」

「わかっている」サラも彼を愛していたけれど、その言葉を口にすることはできなかった。

「何時頃、ここに来られる?」

「気にしなくていい」

「あなたからテッサに話してほしいの」彼がなにも言わないので、サラは言葉を継いだ。

「わたしには答えられないことを訊くと思う」

「きみは全部知っているじゃないか」

「わたしに話せるとは思えない。いまはそれだけの強さがないのよ」

ジェフリーはしばしの間を置いてから言った。「この時間だと、四時間半くらいかかる」

「わかった」サラはテッサの病室を教えた。電話を切ろうとして、気が変わった。「ねえ、ジェフ?」

「なんだ?」

自分から切り出したのに、なにを言えばいいのかわからない。「なんでもない。それじゃあ、あとで」

ジェフリーは数秒間待ったが、サラがそれ以上なにも言わないので、こう応じた。「わかった。またあとで」

電話を切ったときのサラは、ワニだらけの湖の上で綱渡りをしていた気分だった。今週はあまりに多くのことがあったので、ジェフリーの言葉をきちんと理解できている気がしない。もう一度彼に電話をかけて、ごめんなさい、愛している、と告げたがっている自分がいて、一方では来なくてもいいと言いたがっている自分がいた。

ドアの外では、医者を呼ぶポケベルが鳴り、コードが読みあげられていた。ガラスの向こうを人影が通り過ぎていき、患者の元に駆けつける医者たちの姿がストロボのように一瞬だけ映し出される。インターンだった頃が百年も前のような気がした。いまはなにもかもが複雑になっているように思えたし、若かった頃も人生は同じくらい圧倒的だったけれど、当時のことを思い出すと懐かしさしか感じない。外科医になるための訓練――重篤な患者の治療には、ありったけの自制心を必要とした――は、ヘロインと同じくらい依存性が高かった。グレイディで働くことを考えると、いまも恍惚《こうこつ》感を覚える。人生の一時期、この病院は空気よりも大切だった。それを聞いた家族は青ざめたものだが。

グラント郡に戻るという決断をくだすことは、当時はとても簡単に思えた。家族と一緒に過ごし、己の根幹に戻って安全であると感じ、もう一度だれかの娘であり姉である自分でいる。そうしたかったし、それを必要としていた。町の小児科医というのは、落ち着くにはいい仕事であるうえ、子供の頃に多くのものを与えてくれた町に恩返しができるくらいの平和な時間をもたらしてくれるとわかっていた。けれどアトランタをあとにして一週間もしないうちに、もしもあのまま残っていたら自分の人生はどんなものになっていただろうと、考えるようになっていた。そのときになって初めて、自分がなにを失ったかに気づいたのだ。

サラはメイソンのオフィスを見まわし、もう一度彼と働くのはどんなふうだろうと考えた。インターンだったメイソンは信じられないほど几帳面で、その結果、とても優秀な外科医になった。サラとは異なり、彼のその性格は私生活にも波及していた。彼は汚れた皿をシンクに放っておいたり、乾燥機のなかで服がしわだらけになったりするのをそのままにしておけないタイプの男だった。初めてサラの部屋を訪れたとき、二週間も食卓に置きっぱなしになっている、畳んでいない洋服が入った籠を見て、彼は卒倒しそうになった。翌朝サラが目を覚ましたとき、メイソンは朝五時からのシフトが始まる前に、すべての服を畳んでいってくれていた。

ドアをノックする音が、サラを現実に引き戻した。

「どうぞ」サラは立ちあがった。

片手にピザの箱、もう片方の手に二本のコーラの缶を持ったメイソン・ジェームズがドアを開けた。「お腹がすいているんじゃないかと思ってね」

「いつだってそうよ」サラはコーラを受け取った。

メイソンはピザを持ったまま、コーヒーテーブルにナプキンを置いた。「きみのご両親に、一枚持っていっておいたよ」

「あなたって親切ね」サラはナプキンを敷くのを手伝おうとして、コーラの缶を置いた。

メイソンはサラにピザの箱を渡して、缶の下にナプキンを敷いた。「医学生の頃、きみはこの店が好きだったね」

「〝シュルミーズ〟」サラは箱の文字を読みあげた。「そうだった?」

「いつもそこで食べていたじゃないか」メイソンは両手をこすり合わせた。「さあ、いいぞ」

サラはテーブルを見た。メイソンはナプキンを完璧な正方形に並べている。彼にピザの箱を渡した。「あなたに正しく置いてもらうわ」

彼は笑った。「変わらないものもあるのさ」

「そうね」

「妹さんはよくなってきているよ」メイソンはテーブルに箱をまっすぐ置いた。「昨日よりもずっと元気そうに歩きまわっている」

サラはソファに腰をおろした。「母がお尻を叩いているんだと思う」

「キャシーのことだ、想像がつくよ」彼はナプキンを広げて、サラの膝にのせた。「花は届いた？」

「ええ。ありがとう。とてもきれいだった」

彼はコーラの缶を開けた。「きみのことを考えているって、知ってもらいたかった」

サラはなにを言っていいのかわからず、ナプキンをいじっていた。

「サラ」メイソンはサラのうしろのソファの背もたれに腕をかけた。「ずっときみを愛していた」

サラは狼狽したが、なにかを言う間もなく、メイソンが顔を寄せてキスをしてきた。自分でも驚いたことに、サラはキスを返していた。なにが起きているのかをサラが理解するより早く、メイソンは体を寄せ、ゆっくりと彼女をソファに押し倒して覆いかぶさった。体を押しつけながら、シャツの内側に両手を忍ばせてくる。サラは彼に腕を回したが、いつもならここで感じるはずの高揚感は湧き起こらず、いま自分が抱き締めているのはジェフリーではないということしか考えられなかった。

「待って」サラはズボンのボタンにかかっていた彼の手を止めた。

メイソンはあわてて起きあがった拍子に、ソファのうしろの壁に頭をぶつけた。「ごめん」

「ううん」サラはシャツのボタンを留めながら言った。映画館の裏にいるところを見つかったティーンエイジャーのような気分だった。「ごめんなさい」

「謝らないで」メイソンは足を組み、膝の上に反対の足の足首をのせた。

「でも、わたし――」

彼は足を振った。「あんなことをするべきじゃなかった」

「ううん、いいの。わたしもやり返したし」

「確かに」メイソンは小さくふっと息を吐いた。「ああ、きみが欲しいよ」

サラは、口に唾が溜まりすぎているような気分で唾を飲んだ。

メイソンが彼女を見た。「きみは本当に素晴らしいよ、サラ。きみはそのことを忘れているのかもしれない」

「メイソン――」

「たぐいまれな人だ」

サラは顔が赤らむのを感じた。メイソンは手を伸ばし、彼女の耳に髪をかけた。

「メイソン」サラは彼の手に自分の手を重ねた。

メイソンはもう一度キスをしようとして顔を寄せてきたが、サラは頭をのけぞらせてそれを避けた。

メイソンはさっきと同じくらい素早く体を起こした。

サラは言った。「ごめんなさい。わたし――」

「説明しなくていいよ」

「いいえ、説明しないと」

「本当に必要ないんだ」

「それ以上言わないで」サラは彼の口を封じると、ひと息に言った。「わたしはジェフリーと会っているの。アトランタを出ていってから」近くにいすぎると、彼がまたキスをしてくる恐れがあったから、もっとひどいことにキスを返してしまうかもしれなかったから、サラは彼から離れた。「それ以来、彼だけよ」

「習慣のように聞こえるね」

「そうかもしれない」サラは彼の手を取った。「ひょっとしたら……わからない。でも、こんなふうに壊したくはないの」

メイソンは重ねられた手を見つめた。

「彼に浮気されたことがある」

「だとしたら、彼はばかだ」

「そうね。確かにばかなことが時々ある。でもわたしが言いたいのは、あなたならそれをどう感じるのかわかってくれるはずっていうこと。それに、わたしはだれかに同じ思いをさせるつもりはないの」

「お互いさまじゃないか」

「これはゲームじゃない」サラは言った。「それに、あなたはまだ結婚している。ホリデイ・インで暮らしているとしても」

メイソンはうなずいた。「確かにそうだ」

彼がこれほど簡単に受け入れると思っていなかったのは、サラがジェフリーの容易に屈しない頑固さに慣れていて、メイソンの淡々とした冷静さを忘れていたからだ。アトランタに残してきたほかのすべてと同じように、メイソンを置いていくのがどうしてあれほど簡単だったのかを、サラはようやく思い出した。ふたりのあいだに燃えるものはなかった。これまでの人生でメイソンは、なにかを得るために戦う必要があったことがないのだろう。自分はただ都合がよかっただけで、それほど求められていたわけではないかもしれないとすらサラは思った。

サラは言った。「テスの様子を見に行くわ」

「電話をしてもいいかい？」

彼が違う言い方をしていたなら、イエスと答えていたかもしれない。けれどサラはこう言った。「しないほうがいいと思う」

「わかった」メイソンはいつもの穏やかな笑みをサラに向けた。

サラが立ちあがり、部屋を出ていくまで、彼は無言だった。

「サラ？」メイソンはサラが振り返るのを待った。彼はソファにもたれ、腕は端からだらりと垂らしたまま、さりげなく脚を組んでいた。「ご両親にお大事にと伝えてくれ」

「ええ」サラはそう応じてドアを閉めた。

サラは妹の病室の窓の前に立ち、ダウンタウン・コネクターをじりじりと進む車の列を眺めていた。背後から聞こえるテッサの規則正しい呼吸音は、これまで聞いたなかで最高に美しい音楽だ。妹の姿を見るたびに、ベッドに潜りこんで彼女を抱き締め、無事であることを確かめたくなる衝動をこらえなくてはならなかった。

キャシーが両手にティーカップをひとつずつ持って、病室に入ってきた。サラの脳裏に、テッサがひどくいらだっていた一週間近く前の〈デイリー・クイーン〉が蘇った。あのときを取り戻したいと思うあまり、アイスクリームの味が感じられそうな気がした。

サラが訊いた。「パパは大丈夫？」リチャード・カーターのことを告げたとき、父はそれを受け止められなかった。なにがあったのかをサラが話し終える前に、出ていってしまっていた。

「廊下の突き当たりにいる」キャシーの返事は答えになっていなかった。

サラは紅茶をひと口飲み、その味に顔をしかめた。

「濃いわね」キャシーは言った。「ジェフリーはじきに来るの？」

「そのはずよ」

キャシーはテッサの髪を撫でた。「あなたたちが赤ちゃんだった頃、ふたりして眠っているところをよく眺めたものだわ」

以前は母親が語る自分たちの子供の頃の話を聞くのが好きだったサラだが、いまは聞いているのが辛かった。

キャシーが尋ねた。「ジェフリーはどうなの？」

サラは苦い紅茶を飲んだ。「元気よ」

「彼も辛いでしょうね」キャシーはハンドバッグからハンドローションのチューブを取り出した。「昔から、テッサのお兄さんみたいだったから」

サラはこれまで考えないようにしていたが、それは事実だった。森で彼女が震えあがっていたとき、彼女と同じくらいジェフリーも怯えていた。

「あなたが彼に怒り続けていられない理由が、わかり始めてきた」キャシーはテッサの手にローションを塗りながら言った。「彼がフロリダまでテッサを車で迎えに行ったときのことを覚えている？」

サラは笑ったが、それはその話をすっかり忘れていた自分自身に対する驚きのせいだ。何年も前の大学の春休み、盗難車のビール輸送用トラックにぶつけられてテッサの車がめちゃくちゃになったとき、ジェフリーは真夜中にパナマ・シティまで車を走らせ、地元の警察と話をしてから彼女を連れて帰ってきたのだ。

「テッサは、パパに迎えに来てほしくなかったのよ。絶対にいやだって言った」

「帰ってくるあいだじゅう、パパは〝だから言ったじゃないか〟って言い続けたでしょうからね」エディは、MGのコンバーチブルで二万人の酔っ払い学生がいるフロリダに行くなんて、ばかのすることだと言っていたのだ。

「そうね」キャシーはテッサの腕にローションを塗りこんでいる。「パパの言ったとおりだったわね」

サラはなにも言わずにただ微笑んだだけだった。

「ジェフリーが来たら、ほっとするわ」キャシーはサラにというよりは、自分に言い聞かせているようだった。「すべて終わったって、テッサには彼から言ってもらわなきゃ」

メイソン・ジェームズとのあいだになにがあったのかを母親が知るすべはないとわかっていたが、それでもサラはすべて見透かされているような気がしていた。

「どうかした？」なにか問題が起きたとき、キャシーは必ず気づく。

肩の荷をおろす必要があったから、サラはあっさりと打ち明けた。「メイソンとキスしたの」

キャシーは困惑した様子を見せなかった。「キスだけ？」

「ママ」サラは怒りで気まずさをごまかそうとした。

「それで？」キャシーはローションをさらに手のひらに出し、両手をこすり合わせて温めた。「どう感じたの？」

「最初はよかったの。でも……」頬に手を当てると、熱くなっているのがわかった。

「でも？」

「やっぱりそんなによくなかった。ジェフリーのことばかり考えていた」

「それでわかることがあるわね」

「なに？」どうすればいいのか、サラは母親に教えてもらいたくてたまらなかった。

「サラ」キャシーはため息をついた。「あなたの最大の欠点は、その知性ね」

「あら、わたしの患者にそう言うことにするわ」

「そういう傲慢な態度を取るんじゃないの」キャシーはいらだったときにいつもそうするように、低い声でぴしゃりと言った。「あなたはここ最近、ひどくいらいらしていたし、アトランタに残っていれば手に入れることのできた人生に未練を抱いているあなたを見るのは、もううんざりなのよ」

「未練なんて抱いていない」そう言ったものの、サラは嘘をつくのが下手だった。とりわけ母親には。

「あなたはたくさんのものを手に入れた。あなたを愛して、大切に思っている人が大勢いる。ほかになにか欲しいものがあるの？」

数時間前であればリストが作れただろうが、いまは首を振ることしかできなかった。

「その脳みそがどれほど優れていようと、一日の終わりには心に気を配ってやらなくてはいけないんだっていうことを覚えておくと、役に立つんじゃないかしらね」キャシーは鋭いまなざしをサラに向けた。「心がなにを求めているのか、わかっているんでしょう?」

サラはうなずいたが、実のところ確信はなかった。

「本当に?」キャシーは執拗だった。

「ええ、ママ」サラは答え、どういうわけかわかった気がした。

「よかった」キャシーはさらにローションを絞り出した。「パパと話をしていらっしゃい」

サラはまずテッサに、それから母親にキスをしてから病室を出た。父親が廊下の突き当たりに立ち、さっきテッサの病室でサラがしていたように、窓の外の道路を眺めているのが見えた。肩はまだ丸まっていたが、色褪せた白いTシャツとすり切れたジーンズは、間違いなくエディだ。サラは自分でも時々怖くなるくらい、父親とよく似ていた。

「ハイ、パパ」

彼は振り返らなかったが、窓から入りこんでくる寒気のように、サラは彼の悲嘆をはっきりと感じ取ることができた。エディ・リントンは家族あっての男だった。妻と子供が彼のすべてで、サラは自分の辛さに囚われるあまり、父親が耐えている苦しみに気づかなかった。彼は、子供たちのために安全で幸せな家を必死になって築いてきた。今週、彼がサラと話をしようとしなかったのは、彼女を責めていたからではない。彼は自分を責めていたのだ。

エディは窓の外を指さした。「タイヤを交換している男が見えるか?」

緑がかった鮮やかな黄色の箱バンが見えた。渋滞を防ぐためにアトランタ市が雇っているHERO隊だ。タイヤの交換をしたり、バッテリーを接続してエンジンをかけたり、道路脇でガス欠になった車に無料でガソリンを分けたりしている。平均通勤時間が二時間かかり、グローブボックスに拳銃を忍ばせておくことが合法である町では、税金のいい使い道だと言える。

「あの箱バンのこと?」サラは尋ねた。

「あいつらは金を請求しないんだ。十セントたりとも」

「お驚きよね」

「まったくだ」彼は長々と息を吐いた。「テッシーはまだ眠っているのか?」

「ええ」

「ジェフリーは来るのか?」

「もしパパがいやなら——」

「いや」エディはきっぱりとした口調で遮った。「彼はここにいるべきだ」

サラは重石《おもし》がはずれたみたいに、胸が軽くなるのを感じた。

「ついさっきママと、彼がフロリダにテスを迎えに行ったときの話をしていたの」

「あんな車であそこに行くなとおれは言ったんだ」

サラは笑っていることに気づかれないように、道路に目を向けた。

サラの意識をもっとこちらに向けたいとでもいうように、エディは何度か必要もないのに咳払いをした。「ある男が、肩に大きなトカゲをのせてバーに入っていったんだ」

「それで……」サラは間延びした口調で応じた。

「バーテンダーは訊いた。〝そのトカゲの名前はなんていうんだ？〟」エディは間を置いた。「男は答えた。〝カミさんさ〟バーテンダーは頭を掻いた」エディも頭を掻いた。「〝なんだってカミさんなんだ？〟バーテンダーが訊いた」エディはもったいぶって、また間を置いた。「男は答えた。〝こいつは我が家の家守《ヤモリ》だからな〟」

サラは落ちの部分を何度か声に出して繰り返してようやく理解すると、涙が浮かぶくらい笑いこけた。

エディはただ笑みを浮かべただけだったが、娘の笑い声がこのうえない喜びだと言わんばかりにその顔は輝いていた。

「もう、パパったら」サラはまだ笑いながら涙を拭いた。「これまで聞いた最悪のジョークだわ」

「そうだな」エディはサラの肩に手を回し、自分のほうに引き寄せた。「ひどいジョークだ」

金曜日

18

レナは、彼女が所有するすべてのものが入った箱に囲まれて寮の部屋の真ん中に座っていた。その大部分は、仕事が見つかるまでハンクに預ける予定だ。ベッドはナンの家に運び、ひとりで暮らしていけるだけの金が溜まるまで、予備の寝室を使わせてもらうことになっていた。大学からはチャックの仕事を引き継がないかと打診されたが、こんなことになったいま、保安部のオフィスを二度と見たくはなかった。あのくそったれのケヴィン・ブレイクは退職金を払ってくれなかった。理事会が学長の後任を探すことを発表したことを聞いて、いくらか溜飲《りゅういん》がさがった。

ドアがきしむ音がして、イーサンが入ってきた。数日前ジェフリーが壊した鍵はそのままになっていた。

レナがそちらに顔を向けると、イーサンは微笑んだ。「髪をアップにしているんだね」

レナは髪をおろしたくなるのをこらえた。「あんたは町を出ていくんだと思っていた」

イーサンは肩をすくめた。「邪魔者扱いされているところを出ていくのは、難しいものなんだ」

　レナは小さく笑った。

「それに、いま転校するのは簡単じゃない。大学が倫理規定違反で調べられているところだからね」

「いずれ解決するわよ」大学で働いていたのはほんの数カ月のことだが、スキャンダルがどんなふうに処理されるのかはわかっていた。罰金を科され、数カ月間は新聞にあれこれと書かれるだろうが、一年もたてば記事にされることもなくなり、罰金は払われぬままになり、またどこかの間抜けな教授が自分の名声と財産を守るために――比喩的にであれ、実際にであれ――だれかの背中を刺すのだ。

「それじゃあ、警察との問題は片付いたんだな」

　ジェフリーがどう出てくるのかさっぱりわからなかったから、レナは肩をすくめた。彼は、リチャード・カーターについての話をレナから聞いたあとで、月曜日の早朝に警察署に来てほしいと言った。どんな用があるのか、見当もつかない。

　イーサンが訊いた。「パンティについてはわかったのか?」

「彼は間違った結論に飛びついたの。よくあることよ」レナはまた肩をすくめた。「アンディは変わり者だった。多分、どこかの女の子のものを盗んだんでしょうね」孤独な金曜日の夜、セメダインではなくパンティを嗅いでいるアンディを想像した。レナの指紋があったという本は、彼女自身が孤独だった夜に、むさくるしい部屋に帰って眠ろうとする時間が来るまで、図書館でその本を読みながら時間をつぶしていた結果だろう。

イーサンは開いたままのドアにもたれた。「おれがここを出ていかないってことを知っておいてもらいたかったんだ。おれに会いたくなったときのために」

「わたしがあなたと会うの？」

イーサンは曖昧に肩をすくめた。「わからないよ、レナ。おれは本当にここで変わろうとしているんだ」

レナは自分が怪物になった気分で、自分の手を見つめた。「そうね」

「きみとつながっていたいんだ。あんな形じゃなくて」

「そうね」

「きみはどこかに引っ越して、一から始めてもいい」イーサンはしばしの間を置いてから言い添えた。「おれが転校先を見つけたら、一緒に行かないか？」

「わたしはここを離れられない」彼には決して理解できないとわかっていた。イーサンは家族とそれまでの暮らしを捨て、うしろを振り返ることはなかった。シビルに対して、レナは絶対にそんなことはできない。

イーサンは言った。「もし気が変わったら……」

「ナンがじきに来るわ。もう帰ったほうがいい」

「わかった」イーサンはうなずいた。「それじゃあ、また」

レナは答えなかった。

「また会うだろう?」

彼の言葉が霧のように宙に漂っている。レナは彼を見た。だぼだぼのジーンズ、黒のTシャツ、欠けた歯、そしてどこまでも青い目。

「ええ」レナは言った。「またね」

イーサンは部屋を出てドアを閉めたが、掛け金はかからなかった。レナは立ちあがり、引きずってきた椅子をノブの下に立てかけてドアが開かないようにした。これからずっと、同じことをするたびに、リチャード・カーターのことを思い出すだろう。

バスルームに入った。シンクの上の鏡に映る顔はいくらかましになっている。首の痣は緑がかった黄色になり、目の下の切り傷はすでにかさぶたができている。

「レナ?」ナンの声がした。彼女が開けようとしたドアが椅子に当たる音が聞こえた。

「ちょっと待って」レナは薬棚を開けながら言った。敷板を揺すってはずし、ポケットナイフを取り出した。雨がほとんどを洗い流していたが、柄にはまだ血の跡が残っている。刃を開くと、先端が欠けているのが見えた。残念だが、これを手元に置いておくことはできないようだ。

ドアの下の椅子がまたノブに当たる音がした。ナンの声に心配そうな響きが混じる。

「レナ?」

「いま行く」レナはナイフの刃を閉じるとうしろのポケットに押しこみ、ドアへと向かった。

謝辞

わたしはいつも真っ先に謝辞を読むのですが、自分とはまったく無関係の事柄に対して感謝する、わたしが知らない人たちの長いリストにはうんざりしていました。けれど三冊の本を執筆したいまは、そのリストが必要なことを理解しています。〈グラント郡〉シリーズをこの国で、そして諸外国で宣伝するために、彼らは要求されている以上のことを成し遂げてくれて、その多大な努力に心から感謝しています。

モロー／ハーパー：ジョージ・ビック、ジェイン・フリードマン、リサ・ギャラガー、キム・ゴムバー、クリステン・グリーン、ブライアン・グローガン、キャシー・ヘミング、リビー・ジョーダン、レベッカ・ケイパー、マイケル・モリス、マイケル・モリソン、ジュリエット・シャプランド、ヴァージニア・スタンレー、デビー・シュティア、エリック・スヴェンソン、チャーリー・トラクテンバーグ、ローム・ケサダ、コリーン・ウィンターズ。

ランダムハウスUK：ロン・ベアード、フェイ・ブルースター、リチャード・ケーブル、アレックス・ヒピスリー＝コックス、ヴァネッサ・カー、マーク・マッカラム、スーザン・サンドン、ティファニー・スタンスフィールド。

ほかにも数えきれないくらいの人がいて、ここに書ききれなかった人たちには謝罪の言葉を送らせてください。

エージェントのヴィクトリア・サンダーズは、わたしが高みに到達するためのひらめきを与えてくれました。編集者のミーガン・ダウリングとケイト・エルトンは素晴らしいふたり組です。わたしたちがあれほどうまくやれたのは、まさに神さまからの贈り物です。ドクター・デイヴィッド・ハーパー、パトリス・イアコヴォーニ、そしてダミアン・ファン・カラピエットは、フィクションを執筆するうえで、医学的な文章がかなうかぎり現実に近いものになるように手助けしてくれました。よき友人キャンター・イザークは、〝シャローム〟を二十もの異なる言語で書いてくれました。CincinnatiMedia.com のベスとジェフは、最高かつもっとも信頼のおけるウェブデザイナー兼管理者です。ジェイミー・ロカストロは、ここでは書けないような非常に砕けた質問に答えてくれました。ロブ・ヒューターはグロックについて教えてくれたうえ、わたしを射撃に連れていってくれました。Remington.com には散弾銃の安全装置についての素晴らしいオンライン指導ページがあって、何時間も楽しませてもらいました。オンラインと言えば、誘惑の言葉でわたしを仕事から引き離してくれたオンライン上の友人たちに特別な感謝を。お願いだからやめてね。本当にお願い。

わたしの泣き言を聞いてくれた友人の作家たち、ＶＭ、ＦＭ、ＬＬ、ＪＨ、ＥＥＣそしてＥＭには心からの感謝を捧げます（聞いてくれていたわよね？）。父は無利子でお金を貸してくれただけでなく、いつもわたしを支えてくれました。ジュディ・ジョーダンは最高の母親であり、友人です。九年生のときの英語の教師だったビリー・ベネット・ウォードにはありったけの感謝を捧げます――それでも足りませんが。

個人的な話にはなりますが、ボス、ダイアン、カビー、パット、キャシー、そしてデブ、ニューヨークへの訪問をそれほど恐ろしいものにしてくれないでありがとう。

最後にD・A――自分の存在と同じくらい、あなたのことは忘れがちなの。

訳者あとがき

シリーズもののあとがきはなかなかに難しいところがあるのだが、とりわけこのシリーズは悩ましい。カリン・スローターの作品を読まれている方であればご存じのとおり、この〈グラント郡〉シリーズは〈ウィル・トレント〉シリーズに先駆けて書かれたもので、全六冊からなり、二〇〇七年に完結している。スローターはその前年、二〇〇六年から〈ウィル・トレント〉シリーズの執筆を開始していて、三作目の『ハンティング』から〈グラント郡〉シリーズの主人公のひとりサラ・リントンを登場させて、ふたつのシリーズをクロスオーバーさせた。〈ウィル・トレント〉シリーズは現在十作目の『スクリーム』まですでに日本でも刊行されていて、すでにお読みいただいている方も大勢おられることだろう。そういった方々は本シリーズに登場する人々のその後をご存じなわけで、わたし自身、訳しながら時折不思議な気持ちにかられることがあったので、読んでいる方もタイムスリップしたような複雑な思いを抱くことがあるかもしれない。『スクリーム』のあとがきで、訳者の鈴木美朋氏はこう語っている。〝スローターは本書のためにこの〈ウイル・トレント〉シリーズを書き続けてきたのではないか。もっと言えば、〈グラント郡〉シリーズを終わらせたときに、本書が書かれることは決まっていたのかもしれない〟スローターの頭のなかでは、その時点でそれだけの世界が構築されていたのかと感心したものだが、実は本書にも伏線が忍ばせてあることに気づいて驚嘆した。カリン・スローター、恐るべき作家だと再認識した次第である。

本書で語られる事件の始まりは、グラント工科大学の敷地内にある橋の下で発見された男子学生の死体だった。橋の上から書き置きが見つかり、さらには自殺未遂の経歴もあったため、自殺だろうと思われたが、ジェフリーはなぜか違和感を抱く。検死を行うため現場に来てほしいと連絡を受けたとき、サラはたまたま妊娠中の妹テッサとともに外出中だった。テッサにどうしてもと懇願されて、サラは彼女を連れて現場にやってくる。サラが死体を検分しているあいだにテッサの姿が見えなくなり、その後、腹部と胸部を刺されて意識を失って倒れている彼女をサラが発見した。傷は深く、命も危ぶまれる状態のテッサはヘリコプターで病院に搬送されるが、サラはよりによって妊娠中の妹を事件現場に連れてきてしまったことを激しく後悔し、ジェフリーはすぐ近くにいながら、テッサが襲われるのを阻止できなかった自分を責めた。男子学生の死とテッサが襲われたことに関係があるのかどうかが判明する間もなく、死体の第一発見者である女子学生が、寮の自室で死亡した。銃で頭を吹き飛ばしていて、一見自殺に見えたが、テッサのことを考えればそのまま受け止めるわけにはいかない。事件の可能性を考える必要があった。男子学生の名前を聞いたときのレナの反応を見たジェフリーは、レナが彼と知り合いなのかもしれないと疑念を抱く。その後、男子学生の部屋からレナの指紋が発見され、ジェフリーのなかで彼女に対する疑いが大きくなっていくのだった。

本書の主要登場人物であるレナは、本シリーズ第一作『開かれた瞳孔』で残忍な仕打ちを受けている。双子の妹を殺されたうえ、自身も監禁され、手足を釘で床に打ちつけられて、何度もレイプされたのだ。前作『ざわめく傷痕』では警察官として復職したものの、本書では警察を辞め、不本意ながらグラント工科大学で警備員として働いている。カウンセリングを受けるか、警察を辞めるかどちらかを選べとジェフリーに迫られ、警察を辞めるほうを選んだのだが、心の傷は自分で思っている以上に深く、結局は自ら、大学のカウンセリングセンターを訪れることになる。残虐なシーンが多いと言われるスローターだが、本書で焦点を当てているのは心の痛みのほうだ。妹を傷つけられたサラや息子を失った母親の辛さ、悲しみもだが、スローターはレナのひりつくような痛みを、これでもかというほど突きつけてくる。『ざわめく傷痕』では、性的虐待の被害者であり加害者でもあった少年に、レナはなぜか心を寄せられた。本書では、怒りを内に秘めたイーサンが彼女につきまとう。ジェフリーがひと目で危険人物だと断定するような若者なのに、レナはどういうわけか彼をきっぱりと拒絶することができなかった。危険だとわかっていながら、まるでなにかに引き寄せられているかのように、そちらに近づいていってしまうのだ。傷がある人間は、傷を持つ人間に惹かれるのだろうか。再び血を流すことでしか、傷を癒やすことができないのだろうか。

文中に、サラのこんなセリフがある。「レイプされたことのある女性のうちの八十パーセントは、人生のどこかで二度目を経験するの」この数字が事実なのだとしたら、性的虐待が与える傷はどれほど深いのだろうとおののくばかりだ。女性と子供が受ける暴力とその痛みを書き続けてきたスローターだが、本当に書きたいのは被害者のその後なのだということが、本書のレナを見ているとよくわかる。彼女がどうやって人生を立て直していくのか、今後も見守っていきたいと思う。

スローターにはこのふたつのシリーズ以外にもスタンドアローン作品が数作あり、好評を得ているが、二〇二二年初夏には最新作の〝*False Witness*〟が邦訳され、ハーパーBOOKSより刊行されるとのこと。〈グラント郡〉シリーズの続編も刊行予定なので、楽しみにお待ちいただきたい。

二〇二一年十一月

訳者紹介　田辺千幸

ロンドン大学社会心理学科卒、英米文学翻訳家。主な訳書にスローター『ざわめく傷痕』『グッド・ドーター』『サイレント』『罪人のカルマ』『贖いのリミット』(以上ハーパーBOOKS)、ロボサム『誠実な嘘』(二見書房)、ボウエン『巡査さんと超能力者の謎』(原書房)など。

ハーパーBOOKS

凍《い》てついた痣《あざ》

2021年12月20日発行　第1刷

著　者　カリン・スローター

訳　者　田辺千幸《たなべちゆき》

発行人　鈴木幸辰

発行所　株式会社ハーパーコリンズ・ジャパン
東京都千代田区大手町1-5-1
03-6269-2883(営業)
0570-008091(読者サービス係)

印刷・製本　中央精版印刷株式会社

定価はカバーに表示してあります。

ISBN978-4-596-01862-5